历史·观念·文本
——现代中国文学思问录

孟庆澍 著

河南大学出版社
·开封·

图书在版编目(CIP)数据

历史·观念·文本——现代中国文学思问录/孟庆澍著.
—开封:河南大学出版社,2010.11
ISBN 978-7-5649-0286-5

Ⅰ.①历… Ⅱ.①孟… Ⅲ.①当代文学-文学评论-中国
Ⅳ.①I206.7

中国版本图书馆 CIP 数据核字(2010)第 213003 号

责任编辑　谢景和
责任校对　谢　廓
封面设计　马　龙

出　版	河南大学出版社		
	地址:河南省开封市明伦街85号	邮编:475001	
	电话:0378—2825001(营销部)	网址:www.hupress.com	
排　版	郑州市今日文教印制有限公司		
印　刷	河南郑印印务有限公司		
版　次	2010年11月第1版	印　次	2010年11月第1次印刷
开　本	690mm×960mm　1/16	印　张	16.75
字　数	241千字	定　价	33.50元

(本书如有印装质量问题,请与河南大学出版社营销部联系调换)

孟庆澍，1975年生，河南省汤阴县人。文学博士，河南大学文学院副教授。在《中国现代文学研究丛刊》、《鲁迅研究月刊》、《读书》等刊物发表论文多篇，著有《无政府主义与五四新文化——围绕〈新青年〉同人所作的考察》（河南大学出版社2006年版）。

庆澍印象
——《历史·观念·文本——现代中国文学思问录》小引

九月的北方,真可谓秋高气爽,风景不仅宜人而且简直有点招人。疏懒如我者亦不免受到感染,索性把工作间从封闭狭仄的书房暂移到比较敞亮的北阳台上,照例地泡上一杯茶,点上一枝烟,然后打开笔记本,思谋着给庆澍的这本著作写几句话。时间正是早上八九点钟的光景,旭日临轩,清风徐来,心旷神怡之中,不禁想起了那几句非常著名的语录:"你们青年人朝气蓬勃,正在兴旺时期,好像早晨八九点钟的太阳……"四十多年前我上小学时,这段语录是语文课文的一篇,所以曾经背得很熟,然而时过境迁,忘在脑后也有好多年了,不料今天却因庆澍而重新记起。这颇有点"意识流"的意味,而分析起来则未必无理可循:虽然庆澍早在六年前当了博士,三年前做了父亲,可是我记忆中的他却似乎永远定格为一个阳光帅气的小伙子,总是那样的朝气蓬勃、干练明快、茁壮向上,感染着周围的每一个人。

托大点说,我算是亲眼见证了庆澍学术成长的人之一。1990年代初,庆澍正在河南大学中文系读本科,那时的我也已返回自己的那所母校工作;随后的1996~1999年间,庆澍又继续在河大现当代文学专业攻读硕士,我给他们那一届同学上过课,和庆澍也就更熟悉了;2000年我调到清华工作,庆澍则于次年来到北师大师从王富仁先生读博,期间也常来清华园聊天,交流对一些学术问题的看法……学生时代的庆澍真是个茁壮成长的小伙子,为人特别爽快笃实,没有一般文学青年的文弱之气和客套劲儿,让吃饭就大口吃饭,叫干活就卖力干活;而最让我欣赏的,乃是他自然而然地把青春的朝气转化为学术上的锐气和闯劲,常常不知忌讳地敢想敏感问题,不畏艰难地敢碰学术难题,与师友们讨论起问题来也有一股打破沙锅问到底的执著劲儿。这是一般来自基层、就读普通院校的同学比较欠缺的气质,也是年轻时期的我所没有的素质,所以给我留下了特别深刻的印象。现在想来,他的这种性格气质或许与其家乡的历史传统以及家庭的成长环境有关吧。庆澍是河南汤阴人,那里是岳飞故里,庆澍自己也出生在一个军人家庭,他在这样的传统和家庭里受到熏陶,养成干练明快、刚健笃实和知难而进的性格,并转化为求学为文上的锐气与闯劲,不也是很自然的事情么?这种锐气和闯劲在庆澍的两篇学位论文中有突出的表现。他的硕士论文选题是《论胡秋原的文艺思想》。这在当时是一个不仅难度较大而且不无冒险性的选题,庆澍却毫不犹豫地选择了这个敏感课题,并且在写作和答辩的时候敢于据理力争,显示出难得的学术锐气和论辩能力。这篇论文的核心部分随后修改发表了,现在已成为这一课题上常被征引的参考文献,其全文则第一次完整地收入本书。庆澍随后的博士论文选题《无政府主义与五四新文化》,也同样是个让那时的大多数研究者绕道而行的难题,而他却从史料的发掘和理论的分析两个方面,对这个学术难题做出了显著的推进,这篇论文在2006年出版后得到了学界的好评,被誉为现代思想文化研究的新创获。

庆澍干练明快、笃实认真的性格甚至也影响到他的文字表达。看他的论著,不论涉及多么复杂的问题,具有多大的理论难度或者牵连到多么繁复的文献,在表达上却都给人干净明快之感。当然,庆澍也援引理论,但目的是为了说明问题,而绝不搞无谓的理论装饰或流行的洋八股调;他有很强的分析能力,但始终坚守实事求是的态度,绝不做逞臆曲解之论和过度发挥的阐释。像关于"自由人"胡秋原的论争那样极为复杂夹缠的问题,庆澍能在不算很长的篇幅里,作出那样中肯清爽的分析,至今读来入情入理,几乎让人难以相信那是出于一个年轻的硕士生之手的学术习作。同样,庆澍也一直很重视文献的搜集和辨证,为文笃实认真,但绝不搞繁琐的考证或堆砌的博学。记得几年前他为了考证误收在《章士钊全集》中的一篇小说《绿波传》的作者,曾四处追踪线索直到南通市的图书馆,终于搞清楚了曲折的原委,最后却只用了短短三四千字,就把问题交代得一清二楚。即使不远万里赴美访学,他也摒绝浮华的观摩,一头扎进彼邦的旧报刊中,穷究中国现代作家在那时美国的行迹,撰写出了《经典文本的异境旅行——〈骆驼祥子〉在战后美国文坛(1945～1946)》这样笃实认真的论文,使这个一向为学界津津乐道却长期含糊其辞的文学跨国旅行问题,第一次得到了原原本本的认真梳理和翔实分析。应该说,治学的笃实认真和为文的干净明快,既是个学风和文风的问题,也反映着一个人做人的认真性、踏实度和思想的逻辑性、分寸感。庆澍在这些方面的出色表现,让我再次体会到"文如其人"的意义。

记得诗人冯至在《十四行集》第二十六首里曾提醒人们,所谓熟悉也会成为认识的遮蔽,就在人们熟悉的身边何尝没有待发现的陌生存在——

> 我们的身边有多少事物
> 向我们要求新的发现:
>
> 不要觉得一切都已熟悉,
> 到死时抚摩自己的发肤
> 生了疑问:这是谁的身体?

想想也是,或许正由于自以为太熟悉了,我们对所熟悉的人事之认识反而容易局限于熟悉的方面,而不免忽视了另外的方面也未可知。也因此,有一天突然从自己熟悉的友朋那里发现了一些有所不知的东西,就让人格外欣喜地体验到发现的快乐。我对庆澍亦有此感。以上所说庆澍为人为文的一些特点,也只限于我所熟知的方面。其实,即使作为相熟的师友,我对庆澍的认识也是有所蔽的,也因此,此次翻阅他的这本论著,颇有出乎意料的新发现。

比如,以前我只知道庆澍一直专心致志于近现代文学的研究,从未想过他也对当今的作家作品以及电影很感兴趣,曾经写过不少评论。本书第五章的三篇文字就都是谈当代文学的,其中论汪曾祺一篇,更早在他读硕士期间写出,里面还涉及我的学术习作,我却全然不知。今日补看庆澍早年的这篇评论,显然旨在挑战当时所谓汪曾祺仙风道骨的流行见解,而特别强调了汪氏得自儒家传统的蔼然仁者之气,并认为他的仁爱乃是以抒情而非说教的方式表现,从而形成了独具一格的"抒情现实主义"的风格。这无疑是符合汪曾祺其人其文实际的论断。看得出来,庆澍的这篇清新温情的评论也间接地反映了他自己性格中温柔抒情的一面,并且折射着他对乡土中国人情传统的系恋。再如本书的前两章,可能是庆澍最近的研究成果,我也是首次读到,其卓特的问题意识、开阔的学术视野和非比寻常的深度,令人刮目相看。严格说来,这两章处理的都是学界比较熟悉的研究课题,难得的是庆澍的再开掘确有别开生面的新发现。第一章《两份杂志 一段传奇》,乃是借《甲寅》与《新青年》的关系来具体考察新文学缘何而来的大问题。这两个刊物当然并非罕见,与此相关的新文学起源问题也不断有人探讨,然则庆澍的重探究竟从何着眼和着手呢?对此,他在文章的开篇即清楚地说明了自己与众不同的问题意识——

  众所周知,章士钊的《甲寅》杂志(1914~1915)与《新青年》颇有渊源,胡适的一句"同是曾开风气人",道出了两家杂志在民初思想文化发展脉络中承前启后的密切关系。近年来,一些研究者从发刊宗旨、编辑思路、栏目设置、刊物风格、政治理念等角度,对《甲寅》与《新青年》之间的传承关系多有论述,其中不乏洞见。然而,这些研究均不约而同地忽略了一个历史的吊诡之处:为何同一时期的两家刊物,同样会聚了陈独秀、胡适、李大钊等作者,创立在先的《甲寅》并没有提出新文学的主张?本文试图通过比较两家刊物之差异,指出它们虽然同为带有启蒙色彩的综合性刊物,且作者群多有重合,但《新青年》从创刊伊始便具有自己的独到思路,而胡适的从边缘走向中心,则推动《新青年》逐渐摆脱《甲寅》的办刊模式,完成了向新文化运动舆论载体的转型。

  正是这种瞩目于同中求异的独特问题意识,使庆澍将《甲寅》与《新青年》的比较研究推进到了一个新的层次。紧接着的第二章更推而广之,将研究的目标指向整个近代报刊,这也是近些年学界的一个研究热点,但庆澍没有作泛泛之论,他敏锐地从古典清议与现代舆论的区别着眼,提出了"作为舆论事件的新文化运动"的命题,从而提纲挈领、纵深开掘,新见迭出,令人豁然开朗。就我所见,这两章是近年来关于近代媒体与新文化新文学关系研究中颇具历史识见和理论深度的论文,其间广泛地涉及近代知识分子共同体的形成、现代知识的生产与传播、公共舆论机制的建立等重大问题,实在是很难把握也很容易跑题的,而庆澍的思路可谓放得开而又收得拢,在纷繁复杂中始终能够抓住问题的关键,并恰当运用跨学科的知识和理论来解说文学史的难题。读这两篇长文,我深切地感觉到近来庆澍的为文在保持了一如既往的新锐之气外,又显著增加了一种从容不迫、游刃有余的成熟风度。

其实,成熟的迹象不仅表现在为文的渐趋从容裕如,更体现为历史思考的能够见微知著。从庆澍的近作中可以看出,他对充斥于学界的那些过满过甚的历史大判断特别警惕,而对历史的具体性、历史细节的意义以至历史的偶然性则颇为留意。仍以本书第一章《两份杂志　一段传奇》为例,该章不仅借《甲寅》与《新青年》关系的考论,将新文学缘何而来的宏大叙事具体化,而且不惜笔墨,特别申述了陈独秀、胡适之偶然遇合的决定性作用——

《甲寅》与《新青年》的文学在时间上前后接踵,面目却迥然不同,个中原因众多,自然难以缕述。但我最感兴趣的,却是一个看似偶然但起决定性作用的因素,这就是胡适在这两份刊物中所扮演的不同角色。

由于《甲寅》的停刊,胡适计划中的译作未及发表,而且主编章士钊对他"不务正业"、热衷西洋文学似乎也不以为然,因此胡适在《甲寅》只是一个匆匆过客。但当胡适因为向《甲寅》投稿的经历而结识陈独秀后,却借助《新青年》大放光芒,而新文学的洪流也从此出发。胡适使白话问题成为《新青年》的讨论焦点,进而催生了新文学运动。陈独秀虽然也扮演着举足轻重的角色,但他对白话文的认识远没有胡适系统而有条理——他的优势在于曾经办过白话报,而且当胡适提出《文学改良刍议》之后,敏锐地对白话给予充分肯定。在与《甲寅》擦肩而过之后,胡适的才华在《新青年》得到了充分的发挥。在某种意义上,他改变了《新青年》,从而也撬动了中国文学的历史转折点。这一段传奇经历,由于当事人的自我叙述与文学史家的反复追认,已为人们耳熟能详,而细细追究其个中缘由,却不能不说与刊物主事者的文学趣味大有关系。这也从一个侧面提醒人们,只有将更多看似琐碎的历史细节纳入研究的视野,人们才能更深入、准确而体贴地理解,在清末民初昏晓未割、新旧杂陈的混沌时刻,新文学与新文化究竟缘何而来。

当然,偶然的成功其实并不偶然。所以文章紧接着说到吴虞的遭遇时,庆澍便借机对偶然的机缘与历史的必然之关系作了这样的具体解说——

> 由此视之,杂志的崛起与作者的走红,背后固然有其历史规律,但有时也不能不说是出于某些偶然的机缘。不过,阴差阳错之中其实又有必然:发现吴虞这样有潜力的作者,离不开章士钊作为资深编辑所具有的敏感和眼力;而《甲寅》"排孔而尊耶"的文化立场,在筛选读者的同时也在筛选着作者,它对志同道合的作者有强烈的吸附和聚集效应,从而奠定了《新青年》作者队伍的雏形。
>
> ……有意思的是,由于陈独秀的存在,《甲寅》时期萌发的这种人际联系在章士钊淡出之后并没有消失,反而在《新青年》时期得到了进一步的强化。

无须讳言,多年来学界在讨论中国文化和文学从古典到现代的转换这类大问题、大事变时,总是乐此不疲地希望证成这样那样理有固然、势所必至的规律、普遍性或必然性——从过去的"革命"到今天的"现代性"就曾先后被推崇为不可抗拒的普遍性历史大势。这种大判断往往诱使研究者在自以为掌握了历史大势之后忘乎所以地把话说满说尽,而常常忽视了历史发展其实是很具体很复杂的过程,甚至充满了偶然性。我自己在研究和写作中也常犯笼统推论之病,所以看到年轻的庆澍对历史大叙事、大判断保持警惕,对历史细节、历史偶然性再三致意,确是既欣且愧,深受启发。但愿热闹的学界能多几个像庆澍这样审问慎思的人。

孔子曾提醒为学之士:"学而不思则罔,思而不学则殆。"其弟子子夏又强调说:"博学而笃志,切问而近思,仁在其中矣。"《中庸》复将为学次第总结为:"博学之,审问之,慎思之,明辨之,笃行之。"这些老话大家都知道也常常说道,然而说来容易做来难。庆澍把自己的这部论著题名为《历史·观念·文本——现代中国文学思问录》,或者有取于先贤的忠告以自策励之意吧。事实上,这部凝结了庆澍十多年学术心血的论著,已足以证明他是个笃行实践者,此所以难得也。当然,庆澍尚须努力,那是自不待言的——他今年才35岁,正当年富力强的时候,人生的和学术的好日子还在后头呢,然则好自为之,成就何可限量?

时值中秋,自朝至夕,一边欣赏着良辰美景,一边翻读庆澍的这部论著,诚可谓赏心乐事与共,欣慰感慨俱来,随手笔记,不过十一,复检一过,颇觉零乱无当于序,那就聊为小引吧。

解志熙
2010年中秋节草于清华园北之聊寄堂

目　录

庆澍印象
　　——《历史·观念·文本——现代中国文学思问录》
　　小引 ·· 解志熙（1）

第一章　两份杂志　一段传奇 ···················· （1）
　一、《甲寅》杂志小考 ································ （1）
　二、新文学缘何而来
　　　——从《新青年》与《甲寅》杂志的差异说起 ········ （10）
　三、在"曾开风气"之外
　　　——《甲寅》与《新青年》渊源新论 ··············· （20）

第二章　作为舆论事件的新文化运动 ·············· （33）
　一、报刊、学堂与租界
　　　——社会史视野下的近代舆论 ··················· （33）
　二、从清议到舆论
　　　——清末民初公共意见的近代转型 ··············· （51）
　三、公共领域、政论杂志与新文化运动的发轫 ········ （84）

第三章　观念的激流 ····························· （103）
　一、观念之争的背后
　　　——翻译与五四文体新秩序的建立 ··············· （103）
　二、胡秋原与左联的论战 ··························· （110）
　三、"自由人"的文艺思想 ··························· （119）
　四、"第三种人"与左翼文学的复杂性 ················ （144）

· 1 ·

第四章　历史的碎影 ……………………………………… (153)
　　一、《绿波传》索隐 ……………………………………… (153)
　　二、关于周作人的《闲话并耕》 ………………………… (158)
　　三、经典文本的异境旅行
　　　　——《骆驼祥子》在战后美国文坛(1945～1946) ……… (163)

第五章　文本的言说 ……………………………………… (195)
　　一、仁爱与抒情
　　　　——汪曾祺的气质 ……………………………………… (195)
　　二、知识分子及其问题
　　　　——谈谈《风雅颂》 …………………………………… (208)
　　三、生命不息　犹如喷泉
　　　　——莫言《蛙》三题 …………………………………… (218)

附　　录 ………………………………………………… (227)
　　一、世界舞台上的民族主义 ……………………………… (227)
　　二、穿越边界的历史追寻
　　　　——《语言运动与中国现代文学》读后 ……………… (232)
　　三、大历史与小人物
　　　　——略谈《十月围城》的历史观 ……………………… (241)

参考书目 ………………………………………………… (247)

后　　记 ………………………………………………… (255)

第一章 两份杂志 一段传奇

一、《甲寅》杂志小考

晚清至五四,以《时务报》、《清议报》、《苏报》、《新民丛报》等近代报刊为代表的政论杂志逐渐兴起并成为杂志出版的主流。胡适曾断言:

> 二十五年来,只有三个杂志可代表三个时代,可以说是创造了三个新时代。一是《时务报》,一是《新民丛报》,一是《新青年》。而《民报》与《甲寅》还算不上。①

姑且不论胡适的评价是否恰切,只看他选择的这五家杂志,除了《新青年》有一段时间偏重于"学术思想艺文"的鼓吹,几乎全都是道地的政论刊物。即使是《新青年》,以它前期和后期的表现来看,也不能不算是政论性的杂志。政论杂志在清末民初中国社会的重要性,由此可见一斑。

清末民初政论杂志的发展历程,约略分来,大致可断为三个时期:维新运动时期、海外笔战时期与民国成立之后。它的日渐发达,自有难以缕述的历史与现实的动因。要而言之,这一时期的中国社会,不存在西方式的超然中立的政论杂志,政论刊物的命运完全取决于现实政治,其兴衰与政治形势息息相关。因此,尽管一些政论杂志的影响已远远

---

① 胡适:《与一涵等四位的信》,《胡适文集》第 3 卷,北京大学出版社 1999 年版(后同,不另出注),第 400 页。

超出政治层面,成为重要的文化与思想事件,但要探寻它的诞生,便不能不首先顾及它所处的政治环境。

1913～1914年间,正值二次革命失败,袁世凯政府扫除异己、独揽大权,不仅解散了国会,废除了《临时约法》,而且将进步党弃若敝屣,瓦解了以熊希龄为国务总理的"第一流内阁",使国内"成为北洋军阀官僚的独占舞台"。① 高压之下,大批国民党人流亡海外。章士钊虽不是国民党人,但因参与二次革命,也不得不携妇将雏,再次"违难"东京。② 此时,处于低谷的国民党可谓困难重重:外有袁世凯政府威逼利诱、分化瓦解,拉拢了胡瑛等一批老党人背叛革命;内部则矛盾激化、歧见迭出,孙中山与黄兴之间意见不同,日趋公开化。《甲寅》杂志正是在这样的背景下艰难问世的。

关于《甲寅》的创刊,多年之后章士钊曾有这样的回忆:

> 余在东京,创刊《甲寅》杂志,人谤之曰:此黄克强私人喉舌也,或又曰:此欧事研究会宣传机关。实则此志伊始,为胡汉民所发起(有克强与余一札,证实此事,别有记载)。以余非同盟会会员,亦非国民党党员,顾鼓吹革命,资格颇老,对孙、黄相当尊重,无甚轩轾,此时主办此志,应最合宜,尔时同人之公言如是。③

按说章士钊一手创办了《甲寅》,其回忆应有颇高之可信度,实则这段回忆颇有语焉不详之处。

首先,黄兴致章士钊一信收在《黄兴集》。从中可知,虽孙、黄意见不同,但为顾全大局,黄兴仍愿与孙中山派合作,由孙派的胡汉民动议,邀请非国民党人的章士钊共创国民党机关刊物,而章士钊因与国民党

---

① 李剑农:《中国近百年政治史》,复旦大学出版社2002年版,第365页。
② 白吉庵:《章士钊传》,作家出版社2004年版,第84页。又见袁景华:《章士钊年谱》,吉林人民出版社2005年版(后同,不另出注),第74～75页。
③ 章士钊:《欧事研究会拾遗》,《章士钊全集》第8卷,文汇出版社2000年版(后同,不另出注),第282页。

激进分子意见不同,且此时正欲自办《甲寅》,遂未应允。① 因此,《甲寅》的问世并非"胡汉民所发起",胡汉民所动议的刊物为国民党机关刊物《民国》,后由胡汉民自任总编辑,戴季陶、朱执信、田桐、李沧白、李根源等分任撰述。②

其次,章士钊文中之意,似否认《甲寅》为黄兴个人或欧事研究会之喉舌,实则《甲寅》确与黄兴及欧事研究会有密切关系。章士钊与黄兴相识甚早。1901年,章士钊即在武昌两湖书院结识黄兴,后章又参与筹备发起华兴会,"起从黄兴往来江湖间"③,对黄兴的革命事业多有襄助。民国成立之后,章士钊婉拒黄兴入阁之请,转而担任了《民立报》主笔。二次革命起,章士钊辅佐黄兴,任江苏讨袁军总司令部秘书长,代拟《讨袁通电》并参与军机要务。二次革命失败后,章士钊随国民党人一同流亡日本,与黄兴等人交往尤为密切。章士钊在回忆《甲寅》命名时曾说:

> 愚违难东京,初为杂志时,与克强议名,连不得当。愚倡以其岁朦之,即曰《甲寅》。当时莫不骇诧,以愚实主此志,名终得立。④

可见黄兴不仅知道章士钊办杂志之事,而且参与了刊物的命名等筹备事务,以实际行动表示对《甲寅》的支持。

此外,《甲寅》的创刊与黄兴一派国民党人的活动也有关。二次革命失败后,孙、黄矛盾渐趋公开。孙中山总结军事失败教训,认为宋案发生后应立即兴师讨袁,不应等到大借款成立后始举事,以致袁世凯得

---

① 黄兴:《致章士钊》,《黄兴集》,中华书局1981年版,第351页。在该篇题注中,编者认为:"时黄兴、章士钊均在日本东京。关于筹办杂志之事,指国民党机关刊《民国》杂志,而章士钊正另欲办《甲寅》杂志,故黄兴函中有'两者之间,孰缓孰急,惟兄察之'等语。而章士钊不愿主持《民国》杂志事,《甲寅》杂志遂于一九一四年五月十日创刊。"
② 李根源:《雪生年录》卷二,1929年夏印,出版地不详。
③ 章士钊:《伯兄太炎先生五十有六寿序》,《制言》第41期,1937年5月16日。
④ 孤桐(章士钊):《通讯·者何》,《甲寅周刊》第1卷第10号。

以从容布置,优势在握,所以对黄兴颇有责难;在党务方面,孙中山认为国民党人心涣散,党员不听号召,遂组织中华革命党,要求党员以立誓打手模形式,表示服从。黄兴对孙中山的这些主张均持保留态度,而一些支持黄兴的老党员如李根源、李烈钧、陈炯明、钮永建、程潜、熊克武、柏文蔚等对此也表示反对。章士钊此时显然也站在黄兴一边。后黄派军人组织欧事研究会,名义上是因欧战爆发将影响到中国局势,故对之进行研究,实质则在于反袁。其宗旨"别树一帜,与孙对抗"①:

(一)力图人才集中,不分党界。(二)对于中山先生取尊敬主义。(三)对于国内主张浸润渐进主义,用种种方法,总期取其同情主义。(四)关于军事进行,由军事人员秘密商决之。②

章士钊为欧事研究会发起人之一并担任该会书记。该会所有对外文字,大多由章执笔,可谓欧事研究会中之要角。③ 虽然从时间上来看,《甲寅》创刊在前,欧事研究会成立在后,④因此不能简单地将《甲寅》视作欧事研究会的"机关刊物",但由于章士钊、谷钟秀、陈独秀等与欧事研究会的密切关系,《甲寅》能够反映欧事研究会部分重要人物的政治观点,却是毋庸置疑的。

虽然《甲寅》与黄兴及欧事研究会有如此紧密之关系,但另一方面,它仍有极强的独立性和较大的言论自由度,很少带有派系斗争的痕迹。这种独立性首先来自刊物的个人色彩。《甲寅》基本上是章士钊自家的刊物,虽然黄兴等人也给予支持,但无论杂志的取名或用人,都是章士钊独行其是。谷钟秀、陈独秀、杨永泰、易培荃、高一涵、刘叔雅、李大钊

---

① 章士钊在回忆欧事研究会的缘起时认为,孙、黄意见不同,黄兴离开日本,游美晦迹,"顾黄派军人不甚谓然,黄去而仍未即投孙,依旧别树一帜,与孙对抗。欧事研究会,于焉支持一段较长时期。虽其时世界第一次大战,业经爆发,此不过假借世运,掩饰内讧,非本会之真实职志也"。见章氏著《欧事研究会拾遗》,《章士钊全集》第 8 卷,第 280 页。
② 蒋永敬:《欧事研究会的来由与活动》,《传记文学》(台)第 34 卷第 5 期。
③ 《欧事研究会拾遗》,《章士钊全集》第 8 卷,第 280 页。
④ 《甲寅》创刊于 1914 年 5 月,而欧事研究会成立于同年 8 月。

等虽然先后参与协办,但始终处于辅佐地位。由此章士钊能够不受外部政治势力影响,比较自如地控制刊物的走向。

其次,《甲寅》的独立性也来自章士钊本人的自由主义政治思想。章士钊深受英国议会政治影响,曾发表多篇文章鼓吹言论、出版自由。他极为重视舆论的独立自主,将独立不倚的新闻记者职业视为值得珍惜的"铁饭碗"。

因此,他所编辑的《甲寅》也能够自觉地体现新闻自由的原则,既坚持自己反对帝制也反对激进革命的政治立场,也能够容纳、发表不同的政治意见,不受党争的约束,表现出对言论独立和思想自由的一以贯之的尊重。

由于史料的缺乏,《甲寅》杂志初创时的具体情形,现今已不可考。同时代人的回忆,也大多为只言片语,只能勾勒其大略而已。如章太炎便只提到:"行严复东窜日本,知袁氏不可与争锋,始刊《甲寅杂志》,言不急切,欲徐徐煽启民志,以俟期会。"①从中很难了解刊物创办的详细过程。

今人陈平原曾总结清末民初同人杂志的特点,认为它们:"既追求趣味相投,又不愿结党营私,好处是目光远大,胸襟开阔,但有一致命弱点,那便是缺乏稳定的财政支持,且作者圈子太小,稍有变故,当即'人亡政息'。"②以之比照《甲寅》,则既有吻合,亦有参差。《甲寅》当然以章士钊为灵魂,但是否有一个正式编辑部,尚成疑问。章士钊曾有"爰约同人,创立杂志"③之语,因此刊物草创之际,章士钊当非孤家寡人。

据现有材料来看,谷钟秀、杨永泰、易培基、陈独秀、易白沙、高一涵、李大钊等都曾先后参与《甲寅》的工作,但似乎并不存在一个固定的编辑部。一则《甲寅》虽然只出了十期,但时间拖延甚长,其成员多为在日流亡党人,行踪不定,似难固定为一家刊物服务两年之久。二则清末民初报刊之组织往往极为简单,除了《申报》、《新闻报》等大报组织严

---

① 章太炎:《重刊〈甲寅杂志〉题词》,《中国新文学大系·史料·索引》影印本,上海文艺出版社2003年版,第164页。
② 陈平原:《触摸历史与进入五四》,北京大学出版社2005年版,第53页。
③ 孤桐:《大愚记》,《甲寅周刊》1卷1号,1925年7月18日。

密、人员较多之外,一般中小型报纸往往只有十数人乃至三五人,甚至只有一个编辑、一个仆役也可以办起一份报纸,运转得法,照样每天能够出版。① 何况《甲寅》杂志本为月刊,出版周期更为宽裕。章士钊为主笔兼经理,另有一二人协助便可周转起来,而杂志的邮寄和发行,则可以请家人代劳②,并不需要太多人手。因此,虽然《甲寅》很早就挂出了"日本东京小石川区林町甲寅杂志社编辑部"的牌子,实际上却是章士钊在唱独角戏。③

然而,就是这样一个家庭作坊式的杂志,却让章士钊办得虎虎有生气,"一时中外风行",成为1914~1915年间中国舆论界的翘楚。一家杂志能够产生广泛的社会影响,固然与其内容有关,但也必须以一定的销量为前提。为了推销刊物,章士钊也采取了当时新闻界一些惯用的营销手法。例如在发刊之前,章士钊就曾以杂志介绍书或广告的形式向读者推介自己的刊物,④第一期《甲寅》出版后,亦循例广赠,以招徕读者。⑤

《甲寅》的确切销数现在已不可考,但从零星的记载来看,《甲寅》在当时应属于较为畅销的杂志。据《吴虞日记》记载,仅仅成都的一家"粹记书庄",就可以代派《甲寅》五十份。⑥ 而这样的代派处在全国一度达46家。从第五期开始,《甲寅》的印刷、发行事务转由与章士钊相熟的上

---

① 参见包天笑《钏影楼回忆录》(香港大华出版社1971年版)以及黄天鹏《中国新闻事业》(上海联合书店1930年版),蒋国珍《中国新闻发达史》(世界书局1927年版)第61页之记载。

② 章士钊初办《甲寅》,邮寄发报工作即由家人承担。见章氏著《寄赠——答吴行余、钟夏生》,《章士钊全集》第6卷,第449页。

③ 《甲寅》编辑部所在地就是章士钊当时的住所,地址为"东京小石川林町七十番地"。

④ 《甲寅》第1号周悟民来函中即有"顷接友人缄并贵志介绍书。阅悉,广告所揭主旨内容,用意翔审,择体精严,杂志之林,于斯为美"之词,可见发刊之前已经有宣传活动。

⑤ 章士钊:《寄赠——答吴行余、钟夏生》,《章士钊全集》第6卷,第449页。

⑥ 吴虞:《吴虞日记》(上),四川人民出版社1984年版(后同,不另出注),第209页。

海亚东图书馆代理①,广告登出之后,"来买的人挤满客堂间,一面又忙着去寄邮包,有小包的,有一卷一卷的,真很忙碌"②。除了京津沪等各大商埠,《甲寅》还可以顺利发行到中国腹地,无论是湖南长沙还是四川成都,一个月内都可看到东京出版的《甲寅》。③ 因此在被袁世凯政府查禁之前,《甲寅》的销路应该不坏,能够基本保证刊物正常的运转,这在当时经常依靠政客经济补贴的政论杂志中实属难能可贵。负责发行的亚东图书馆也借此东风,从一家默默无闻的小书店变得广为人知。

虽然《甲寅》颇受读者欢迎,但它也避免不了当时期刊的一个通病——脱期,这大大损害了它的生存能力。按时出版了两期之后,第三期便因为章士钊"骤患时症,移居病院"④而脱期一个月,第四期又脱期两月,第五期则干脆半年之后才出版,其原因则是由于章士钊"兼理数事,过于劳剧,每不免印刷迟缓"。⑤ 虽然也有学者认为其中另有隐情⑥,但可以想见,以一人之力承担一份大型刊物的组稿、撰稿、编辑、印刷、发行、经营等全部工作,短时或可勉力支撑,长此以往,纵有梁启超那样过人的精力,也将不堪重负。为了能够继续维持《甲寅》,自第五期开始,章士钊就将繁琐的印刷、发行工作交给自己熟悉的亚东图书馆代理。这种将编务与发行分开的做法在当时并不少见,后来《新青年》

---

① 亚东图书馆主人汪孟邹之兄汪希颜为章士钊江南陆师学堂同学,后因病早逝。
② 汪原放:《回忆亚东图书馆》,学林出版社1983年版(后同,不另出注),第29页。
③ 杨昌济在1914年7月9日日记中记载了阅读《甲寅》杂志1卷2号文章之事,而此号出版于6月10日,可见在一个月内湖南即可看到《甲寅》,见杨氏著《达化斋日记》。1914年吴虞时任四川省川西道公署顾问兼内务科长,吴虞之弟君毅在日本留学。吴虞在6月21日的日记中记载"君毅本月廿二日曾寄《甲寅杂志》五月号一册",7月17日记载收到《甲寅》,可见从日本到成都大约25天就可以寄到。见吴虞《吴虞日记》(上),第134页。
④ 《特别社告》,《甲寅》第1卷3号,1914年8月10日。
⑤ 《亚东图书馆启事》,《甲寅》第1卷5号,1915年5月10日。
⑥ 白吉庵在《风雨沧桑九二春》一文中认为,《甲寅》出版第四期后,因章士钊和一个大佐夫人恋爱,被大佐侦知,写信来要和他决斗,陈独秀、苏曼殊让章士钊躲避,才避免了纠纷。章士钊回国半年,在上海恢复出版《甲寅》第五期。转引自袁景华《章士钊年谱》,第92页。

将发行包给群益书社,赔赚不管,①就是采取了同样的策略。如此一来,杂志主编可专注考虑内容编排,刊物也可以保持正常经营。因此,《甲寅》实际上是在日本出了4期,在上海亚东图书馆出了6期,而由亚东图书馆担任发行的这6期杂志均按月出版,无一脱期。同时,在全国各地的代派处也增至46处,各省的中华书局、商务印书馆分部也开始代售《甲寅》,销路得以渐次打开。②

就在《甲寅》运营走上正轨,影响日益扩大之际,它却在出版第10期之后突然停刊。从第10期的内容及编者的语气来看,章士钊似乎并无主动停刊之意。换言之,《甲寅》的停刊应是由于外力作用所导致。

首要原因,当然是因为触怒了袁世凯政府。据《回忆亚东图书馆》,发表《帝政驳议》的第九期《甲寅》就已经被查禁,邮局也停止邮寄。③而《甲寅》的正式被禁,则是在1915年9月22日,由北洋政府内务部下令,以"妨害治安"的罪名和《正谊》一起被查禁。④ 作为主编,章士钊还和《正谊》的主编谷钟秀一起遭到通缉。⑤ 由于禁止邮递,杂志不能出租界一步,《甲寅》的销路大减,以至于无法维持,停刊便是最合理的选择。

其次,自1915年8月筹安会成立,袁世凯的帝制运动渐入高潮,而国内外的反袁运动也紧锣密鼓地开展起来。作为岑春煊、李根源等人的重要智囊,章士钊的工作重心逐渐偏于实际政治,与欧事研究会同仁奔走于西南诸省,联络粤桂滇的军事力量,筹划反袁军事行动,因此也已经无暇他顾。刊物此时被禁,正好使章士钊可以全身心投入政治活动之中。在这内外两方面原因的作用之下,《甲寅》刚刚出满十期,便不得不戛然而止。

---

① 见傅斯年《〈新潮〉之回顾与前瞻》,《新潮》2卷1号,1919年10月30日。
② 见《甲寅》1卷6号封底代派处名录。
③ 汪原放:《回忆亚东图书馆》,第29页。
④ 《内务部查禁中外报刊目录清单》,《中华民国史档案资料汇编·第二辑·文化》,中国第二历史档案馆编,江苏古籍出版社1991年版,第509页。
⑤ 《吴虞日记》(上)1915年10月22日记载"晚马光瓒来谈,言《国民公报》登有政事堂来电,通饬缉捕章士钊、谷钟秀,谓其莠言乱政也",第223页。

《甲寅》虽然停刊,其发行却并未完全停止。① 由于北洋政府势力不能达到租界,因此其禁令只限于禁止向内地邮寄,并不能阻止在租界内的书店进行零售,②也不能要求书店销毁存刊。因此亚东图书馆仍然想方设法,以各种方式销售《甲寅》,甚至远在美国的胡适也替亚东图书馆卖出不少《甲寅》。③ 1916年7月8日,北京政府内务部明令通知各省区,为前此被停邮和被查禁的《民国杂志》、《甲寅》等二十一家报刊宣布解禁。④ 亚东图书馆便马上在报纸上登出广告,继续推销《甲寅》。⑤ 同年,亚东图书馆还印刷发行了由章士钊编选、署名"甲寅杂志社出版"的《名家小说》共三册,收入了《甲寅》杂志上发表的文言笔记与小说,由于《甲寅》停刊而没有登完的小说,收入此集时都成完璧。⑥ 此书出版后颇受欢迎,"几十年来,这部小说时常还有读者要来寻访购读的"⑦。这些都说明,即便是停刊之后,《甲寅》对于读者仍保有其吸引力。事实上,正如这一细节所喻示的那样,《甲寅》虽告停刊,但它的文化生命并未终结。随着陈独秀、李大钊、胡适、吴虞、易白沙、杨端六、李剑农、周鲠生等大批《甲寅》作者在五四时期异军突起,他们所创办的《新青年》与《太平洋》杂志引领新文化运动之风潮,《甲寅》亦可谓形灭神存,以另一种方式继续参与着现代中国的思想转型与文化更生。

---

① 《甲寅》在第十期登出广告,声明将发行权从亚东收回。但其发行和停刊后的善后工作实际上仍由亚东代理。汪孟邹在给胡适的信中说:"《甲寅》名义上虽另立发行所,仍由敝处经理。"转引自袁景华《章士钊先生年谱》,第98~99页。
② 见汪原放《回忆亚东图书馆》,第29页。
③ 汪孟邹在1916年5月19日给胡适的信中说:"《甲寅》已代售出不少,好极。《甲寅》迟未出之故,一则前被禁止邮递,内地无法寄送,销场顿减;一则秋桐前与西林赴日,又与任公赴粤,仆仆无暇。但秋桐与炼之意,俟时局略定,务必继续出版,以期永久。将来撰稿有需于吾兄者甚多,当求竭力相助。"见《胡适往来书信选》(上),中华书局1979年版,第2页。
④ 方汉奇:《中国近代报刊史》(下),山西人民出版社1981年版,第726页。
⑤ 见汪原放《回忆亚东图书馆》,第29页。
⑥ 1916年亚东图书馆还以"甲寅杂志社"名义,将《甲寅》上发表过的笔记和小说如《女蜮记》、《说元室述闻》、《白丝巾》、《啁啾漫记》等以单行本形式出版。
⑦ 汪原放:《回忆亚东图书馆》,第31页。

二、新文学缘何而来
——从《新青年》与《甲寅》杂志的差异说起

以往对《新青年》的研究,倘若运用比较方法,无外乎与随之而起的《新潮》、《少年中国》比较,或者与作为对立面的《国故》、《学衡》比较。这种将《新青年》视为起点、从"上游"到"下游"的历时性研究方法无可非议,因为任何一项研究都需要设定起点、划定范围,而且这种研究思路在讨论新文学与新文化运动的传播与扩散时卓有成效。但是,如果我们承认《新青年》也是时代与社会思潮的产物,也曾扮演"中间物"的角色,那么将《新青年》与早于或和它同时期的重要刊物——特别是那些与之有内在关联的刊物——相参照,就是极为必要的。因为只有这样,才能凸显《新青年》到底新在何处,才能更切实地理解,作为复杂、具体的历史过程,新文学与新文化究竟缘何而来。

众所周知,章士钊的《甲寅》杂志(1914~1915)与《新青年》颇有渊源,胡适的一句"同是曾开风气人",道出了两家杂志在民初思想文化发展脉络中承前启后的密切关系。近年来,一些研究者从发刊宗旨、编辑思路、栏目设置、刊物风格、政治理念等角度,对《甲寅》与《新青年》之间的传承关系多有论述,其中不乏洞见。然而,这些研究均不约而同地忽略了一个历史的吊诡之处:为何同一时期的两家刊物,同样会聚了陈独秀、胡适、李大钊等作者,创立在先的《甲寅》并没有提出新文学的主张?本文试图通过比较两家刊物之差异,指出它们虽然同为带有启蒙色彩的综合性刊物,且作者群多有重合,但《新青年》从创刊伊始便具有自己的独到思路,而胡适的从边缘走向中心,则推动《新青年》逐渐摆脱《甲寅》的办刊模式,完成了向新文化运动舆论载体的转型。

从政论空间到文化场域的转身

由于陈独秀曾参与《甲寅》的编辑工作,因此《新青年》理所当然地继承了《甲寅》的衣钵。然而,陈独秀对办刊物也有自己的一套想法,一向头角峥嵘的他并不想生活在《甲寅》的阴影之中,而是针对《甲寅》的不足发展出自己的一些特色。换言之,《新青年》怎样找到自己刊物个性的过程,也就是怎样摆脱《甲寅》痕迹的过程。因此,虽然《新青年》前几卷的面目还比较模糊,但已经和《甲寅》有了一些明显的区别。

首先,《新青年》很明确地将读者群定位为"青年"。刊登于《甲寅》上的《青年》出版预告,首先明白无误地表明了这一点:

> 我国青年诸君,欲自知在国中人格局何等者乎?欲自知在世界青年中处何地位者乎?欲自知将来事功学业应遵若何途径者乎?欲考知所以自策自励之方法者乎?欲解释平昔疑难而增进其知识者乎?欲明乎此,皆不可不读本杂志。盖本杂志之主义……实欲与诸君共同研究商榷解决以上所列之种种问题,深望诸君之学识志气,因此而日益增高,而吾国将来最善良的政治教育实业各界之中坚人物,亦悉为诸君所充任,则本杂志者,实诸君精神上之良友也。①

在《青年杂志》第1卷第1号刊登的《社告》也一再提醒读者,这是一份专门为青年而办的杂志:

> 一、国势陵夷,道衰学弊,后来责任,端在青年。本志之作,盖欲与青年诸君商榷将来所以修身治国之道。
>
> 二、今后时会,一举一措,皆有世界关系。我国青年,虽处蛰伏研求之时,然不可不放眼以观世界。本志于各国事情、学术、思潮,尽心灌输,以备攻错。
>
> 三、本志以平易之文,说高尚之理,凡学术事情足以发扬青年志趣者,竭力阐述,冀青年诸君于研习科学之余,得精神上之援助。
>
> ……
>
> 五、本志特辟通信一门,以为质析疑难、发舒意见之用。凡青

---

① 《青年》出版广告,《甲寅》1卷8号封底。

年诸君对于物情学理,有所怀疑,或有所阐发,皆可直缄惠示,本志当尽其所知,用以奉答,庶可启发心思,增益神志。①

从出版预告中的《青年》到正式出版时的《青年杂志》再到更名后《新青年》,刊物的名字一变再变,但始终不离"青年"二字。翻开目录,《敬告青年》、《共和国家与青年之自觉》、《青年论》、《青年与国家之前途》、《青年论》等等标题也比比皆是,有着鲜明的针对性。在价格策略上,《新青年》也考虑到青年读者的经济状况,其定价为"每册2角,半年6册1元,全年12册2元"②,只有《甲寅》的一半。当时北大学生在食堂包伙每月仅需4两白银,换算为银元即5.6元一个月,可以买28份《新青年》,每份售价大约只相当于一天的饭费,在当时的期刊中可谓相当便宜。③

无视市场上成熟的消费群体,将没有多少消费能力的青年学生定为杂志的主要对象,陈独秀此举可谓大胆至极。但如此剑走偏锋,并非出于陈独秀的一时心血来潮。作为长期策划的产物,陈独秀将《新青年》定位于青年读物,自有他的考虑;而群益书社同意与之合作,也并不就是甘愿做赔本生意。民国成立之后的出版界,以政论杂志和消费性文艺杂志为主,面对青年学生群体的思想文化类杂志很少。普及科学知识、传播现代思想、批评社会时政、辅导青年心智的功能大多由政论刊物承担,而这些刊物风格沉闷晦涩,虽然具有较强的学理性与思辨性,但难以吸引青年读者长久的兴趣,这就为《新青年》留下了施展拳脚的空间。因此我以为,陈独秀对《新青年》的定位其实不是精英杂志,而是"中层刊物"。较之《甲寅》,《新青年》的读者定位范围更广,层次稍低,谈论的内容也更贴近青年自身,不像《甲寅》等政论杂志那样抽象、

---

① 《社告》,《青年杂志》1卷1号,1915年9月15日。
② 见《青年杂志》封底价目表。
③ 当时杂志的定价普遍在每册4~5角之间,例如《甲寅》的定价是"每册4角,半年6册2元2角,全年12册4元",《民权素》每册5角,《小说丛报》每册4角,《小说新报》每册4角,民初时的《小说时报》定价为每册6角。

狭窄而艰深。① 因此,《新青年》的头几卷可以说是一种面对青年读者、"以劝学励志类杂志面目出现的政治性杂志"。编者的用意就是要选择自己的读者,并有意识地把自己的诉求限制在一个排他性、特征鲜明的受众群体之中,以此与其他受众群体区别开来。

《新青年》如此主动划定自己的读者群体,毅然将具有较强购买力的中老年读者弃之不顾,在经营上显然要承担一定的风险,对于一份刚问世的新刊来说,颇有些置之死地而后生的味道。事实证明,这也的确是一步险棋。《新青年》一开始销量并不理想,创刊时不过发行1000份,②出版至第三卷,因销量不佳,"不能广行,书肆拟中止"③。第四卷改为同人刊物出版④,销路一开始仍"大不佳",直到1919年时局风云突变,销路才大有好转。不过,无论是前期的乏人问津还是后来的炙手可热,都不足以说明陈独秀创刊时的定位是否正确,因为刊物的畅销与否不仅与编者的策划有关,其中还有太多的不可知因素。但是必须承认,除了运气之外,陈独秀还具有一个杰出编辑所必备的直觉。正是这种直觉,使他从一开始就选择了一条与《甲寅》完全不同的办刊之路。

《新青年》与《甲寅》的另一显著区别,就是《新青年》的政论要少得多,更多的篇幅是在谈社会文化问题。虽然《新青年》的政治色彩一直很浓,陈独秀对政治更是念兹在兹,但初期的《新青年》在评论现实政治

---

① 在《甲寅》杂志第一期上,章士钊发表《新闻条例》一文,以南京临时政府颁布三条报律,又旋即取消一事,讽刺袁世凯政府发布严苛之新闻条例,意在钳制新闻自由。文章语有涉及南京临时政府内务次长居正处,引起胡汉民等人的不满。其实这篇文章的写作对象,"在国内之智识高层,如杨翼之、孟心史、丁佛言、汤斐予一辈人。志在结成清流同盟,同心一德,以扼杀袁,国、共两党(谓国民、共和两党),切勿自相残杀"。其实不仅仅是这篇文章,整个《甲寅》杂志的写作对象都是当时国内的知识界高层。
② 张静庐:《中国近代出版史料》(二编),中华书局1957年版,第316页。
③ 《鲁迅全集》第11卷,人民文学出版社1981年版,第345页。
④ 《新青年》从1917年8月1日3卷6号出版后,直至1918年1月15日第4卷第1号才问世,这近半年的停顿,当是由于书店准备停刊,陈独秀从中斡旋所致。1918年初,陈独秀曾在北大召集同人开会,会上说明群益书店认为销量太少,为扩大刊物发行量,加快编辑速度,应改为同人编辑的刊物;李大钊在会上提出了"轮流编辑"和"集体讨论"的原则,得到了同人赞同。但这一原则似乎直到第6卷才付诸实行。

方面远不像《甲寅》那样锋芒毕露、引人注目。这其中有多重原因。

首先,《新青年》创刊时恶劣的舆论环境是一大外部因素。袁世凯当政时期,北洋政府颁布的新闻条例甚至比清政府更为严苛。报刊不仅面临随时被查封的危险,甚至新闻从业者的人身安全都得不到基本的保证。就在《青年杂志》创刊的1915年9月,《甲寅》和《正谊》等十几家刊物被北洋政府明令查禁。殷鉴不远,陈独秀不可能不顾及群益书社的经济利益而在政治态度上过于急进。所以在1916年6月袁世凯病死之前,必须考虑政府对舆论环境的控制和对期刊风格的影响。

其次,《新青年》政论不多,也和它的办刊方针、读者定位有关。此时的陈独秀对国内政治非常失望,自身也处于边缘化的政治处境(不能进入当时政治体制的主流),因此不可能也不愿意在实际政治体制中发挥作用,只能转而寻求从思想文化角度发表议论,影响社会。《新青年》就是他的一种尝试。《新青年》以青年读者特别是青年学生为主要发行对象,其功能主要是对青年学生励志劝学,进行精神上的改造和人格的重建,传递陈独秀以文化思想的启蒙和改造为主的革新意图,其内容当然只能以思想、文化为主。为了贯彻这一主张,《新青年》把《甲寅》上出现过的一些文化思想议题重新加以讨论,扩大其影响。例如反对孔教、批评儒家思想等话题,《甲寅》上曾有涉及,其实并不新鲜,但由于《甲寅》的重心始终在政论,因此没有引起舆论界的重视。直到《新青年》重翻旧账之后,才掀起无数波澜。在前几卷《新青年》作者中,真正能够接过章士钊政论衣钵的是高一涵,他对英国自由主义政治思想的阐发,支撑着《新青年》政论的学理性。从五四前后的期刊发展历程来看,能够继承《甲寅》政论传统的也是英美派知识分子创办的《太平洋》而非《新青年》。《新青年》是《甲寅》中分化出来的、以留日学生为主的刊物,除了高一涵之外,大多数作者对英美政治传统的理解是相当肤浅和简单化的。

不过,虽然《新青年》不以政论为主,但其刊物风格却不缺少政治论争中常有的杀伐之气。它将一般报纸政论文的极端文风带入了文化和思想评论,更注意设置议题,引起读者注意,议论的风格有时比讨论政治问题更加偏激,与《甲寅》持重理性的风格相去甚远。正如常乃惪所说,《新青年》时代的新文化思潮,"不过仅仅有一股新生蓬勃之气,可爱罢了,讲到内容上是非常幼稚浅薄的,他们的论断态度大半毗于武断,反不如《甲寅》时代的处处严守论理"①。虽然不以政论见长,却不乏当时政坛党同伐异的风气,这不能不说与主事者的个人气质有关。对此,郑超麟已经从陈独秀与《甲寅》的关系中看出了端倪。他认为陈独秀决不是《甲寅》的发起人之一,在《甲寅》也只发表了唯一一篇正式论文《自觉心与爱国心》,"但不从文字数量来说,而从内容和影响来说,则陈独秀与《甲寅》杂志确有密切关系","那唯一的论文,好像一颗炸弹放在甲寅杂志中间,震动了全国论坛。那篇论文是本杂志之中唯一不与本杂志论调相调和的文字。他以违反甲寅的论调,去同甲寅发生密切的关系。甲寅在陈独秀思想发展上是一个重要的环,他开始从政治的改革又走向更深刻的文化的社会的改革了"。郑超麟认为,在文章掀起轩然大波之后,陈独秀之所以不愿替自己辩护,是因为陈独秀明白"他的文章不合于甲寅的作风"——"他也必须有自己的杂志。从发表那篇文章时起,他就积极计划着自己办杂志了。"②陈独秀个性富于情感、时走偏锋,文章也有明显的煽动性和策略性,的确与《甲寅》严谨缜密、长于说理的风格有差异。当他的这种个人风格在《新青年》得到充分张扬之后,这份杂志自然也就拥有了与《甲寅》不同的个性与内涵。

从"旧"小说到新文学的涉渡

《新青年》与《甲寅》之间另一个引人注目且耐人寻味的不同之处,便是它们的文学与它们对于文学的态度。无论是《甲寅》还是《新青年》,它们都不是纯粹的文学期刊,但对当时的文学却都有着重要的影响。在这方面,人们对《新青年》的认识较为一致,但《甲寅》上发表的诗词小说却似乎因为篇数太少,而没有得到学界足够的重视。事实上,《甲寅》刊发的文学作品自有其特出之处,颇可体现当时的文坛风气。章士钊对《甲寅》文学部分的编排也相当用心,专门设有"诗录"、"文苑"

---

① 常乃悳:《中国思想小史》,上海古籍出版社2005年版,第139页。
② 郑超麟:《陈独秀与〈甲寅〉杂志》,《安徽史学》2002年第4期。

等栏目,同时发表了一批颇受读者欢迎的笔记、小说。① 当然,与《新青年》开启的新文学潮流相比,《甲寅》的文学带有更多旧时代的痕迹,张定璜曾这样评价它们之间的差异:

> 《双枰记》等载在《甲寅》上是一九一四年的事情,《新青年》发表《狂人日记》在一九一八年,中间不过四年的光阴,然而他们彼此相去多么远。两种的语言,两样的感情,两个不同的世界!在《双枰记》、《绛纱记》和《焚剑记》里面我们保存着我们最后的旧体的作风,最后的文言小说,最后的才子佳人的幻影,最后的浪漫的情波,最后的中国人祖先传来的人生观。读了他们再读《狂人日记》时,我们就譬如从薄暗的古庙的灯明底下骤然间走到夏日的炎光里来,我们由中世纪跨进了现代。②

这一段文字颇为著名,因为它被当成鲁迅及新文学独具现代性的佐证而广为引用。但是,《双枰记》、《绛纱记》、《焚剑记》与《狂人日记》之间的距离,是否真的有"中世纪"到"现代"那么远呢?平心而论,虽然《甲寅》发表的那些小说仍然采用传统的才子佳人主题,但表现得并不全是"最后的中国人祖先传来的人生观",而是有了一些现代小说的质素。

先以创作时间最早的《双枰记》来说,就不完全是一篇纯粹的才子佳人小说。《双枰记》首先连载于1910年9、10月的《帝国日报》,1914年11月、1915年5月再次分刊于《甲寅》杂志第1卷第4、5号。主人公以章士钊、陈独秀的好友何梅士为原型,情节则以何梅士真实爱情经历为基础。然作者章士钊的用意并不仅在单纯写情,他在开头便提醒读者此作具有的社会写实功能:"然小说者,人生之镜也。使其镜忠于写

---

① 在《甲寅》发表的笔记、小说有《说元室述闻》(兹)、《女蝛记》(老谈)、《白丝巾》(老谈)、《唧啾杂记》(鲍夫)、《柏林之围》(胡适)、《双枰记》(烂柯山人)、《孝感记》(老谈)、《知过轩随录》(文廷式遗稿)、《绛纱记》、《焚剑记》(曼鸢)、《读史余谈》(无涯)、《西泠异简记》(寂寞程生)。

② 张定璜:《鲁迅先生》(上),《现代评论》第一卷第七期,1925年1月24日。

照,则即留人间一片影。此片影要有真价,吾书所记,直吾国婚制新旧交接之一片影耳,至得为忠实之镜与否,一任读者评之。"不仅如此,小说人物"身毒"的一席话,也表达了对现代自由婚姻的看法:"君须知自由婚姻,希望最富,惟其太富,亦易失望,一至失望,苦乃莫状。人为恶姻,早委运命,一线恩情,引为慰藉,苦中之乐,乐乃逾分。"①这些都增强了小说的社会性。《双枰记》虽然也是以言情为主,但与当时通俗言情小说的不同之处,在于作者亲历主人公事迹带来的真实感,以及民族革命激情与个人哀感的交织所带来的时代气息。

陈独秀敏锐地感受到小说的这一层社会意义:"作者及此书主人皆在予诗中,作诗之人亦复陷入书中。予读既竟,国家社会、过去未来之无限悲伤,一一涌现于脑里。"但他马上又向读者解释:"今不俱陈,人将谓予小题大做也。"②苏曼殊也看出《双枰记》:"微词正义,又岂甘为何子一人造狎语邪?"③

普通读者难以卒解的"小题大做"、"微词正义",正是《甲寅》这类小说的普遍特征。在这些小说当中,"情"固然也是主题,但这种"情"已经不仅仅是格局狭小的古典爱情,而是被视为新一代国民应该具有的真诚、血性和牺牲精神的象征,正如陈独秀所说:"靡施之死,纯为殉情,亦足以励薄俗,罢民之用。情者既寡,而殉情者绝无,此实民族衰弱之征。"④程演生也在《西泠异简记》中发挥了"言情"的作用:"果言情小说之效力有足以激我少年民族纯洁之血气,能钟于情,殉于情,吾方且祝之尸之。"⑤

由于作者注意对"情"的意蕴进行拓展和升华,小说由此便超越了

---

① 烂柯山人(章士钊):《双枰记》,《甲寅杂志》1卷4、5号,1914年11月10日,1915年5月10日。
② 独秀山民(陈独秀):《双枰记·叙一》,《名家小说》(上卷),章行严编,亚东图书馆1916年版。
③ 燕子山僧(苏曼殊):《双枰记·叙二》,《名家小说》(上卷)。
④ 独秀山民(陈独秀):《双枰记·叙一》,《名家小说》(上卷)。
⑤ 寂寞程生(程演生):《西泠异简记》,《名家小说》(上卷)。程演生(1885~1955),字衍生,安徽怀宁人。毕业于安徽高等学堂。曾留学法国。1918年任教于北京大学。

沉溺于一己悲欢的旧言情小说格局,有了一定的社会意蕴。

不仅如此,由于这些小说作者大多曾留洋海外,无论知识背景或人生经验都与传统小说家有所不同,他们笔下的人物与思想自然也带有新鲜的气息。吴稚晖在介绍陈白虚的《孤云传》时说:

> 传中所言,固不过一种之哀情,然其高尚通脱之意态,自结合世界最新思潮,方有此岸伟鲜洁之奇,为古人意境所未有。以视清季靡靡而述千年结晶之怪现状者,不啻如昧旦时忽睇露朝旭。①

章士钊为《绛纱记》作序,也认为《绛纱记》、《双枰记》的主人公与王尔德小说《道连·格雷的画像》中女演员西碧尔的人生观念极为相似,都是一种重情乐死的现代唯美人生观:

> 窃叹女优之为人生解人,彼已知人生之真,使不得即,不死何待。是固不论不得即者之为何境也。吾友何靡施之死,死于是;昙鸾之友薛梦珠之坐化,化于是;罗霏玉之自裁,裁于是。昙鸾曰,为情之正,诚哉正也。吾既撰《双枰记》,宣扬此义,复喜昙鸾作《绛纱记》,于余意恰合。②

凡此种种,都足以使当时的读者耳目一新,留下深刻的印象。

《甲寅》月刊仅存在了短短十期,能够在如此有限篇幅中搜罗并发表这些颇具水准的作品,足见章士钊交游之广泛与眼光之不俗;但《甲寅》并没有把文学作为杂志的核心部分来对待,政论仍是重中之重。章士钊虽然设置文学专栏,看似重视有加,但实际上还是和当时大多数政论杂志一样,以传统的娱情遣兴功能对文学的意义和价值进行限定,其用意还是师友唱和、自娱娱人的成分居多。在编者心目中,那些有关国计民生的经世之文才是"此吾国社会所急需"。因此,章士钊虽然也承

---

① 吴敬恒:《孤云传·序》,《名家小说》(上卷)。
② 烂柯山人(章士钊):《〈绛纱记〉序》,《甲寅》杂志1卷7号,1915年7月10日。

认文学能间接抒发情感、暴露社会之恶,并且自己也曾亲自披挂上阵、炮制小说,但《甲寅》的文学终究未成气候;一些小说虽有新意,但依旧没能跳出传统格调的窠臼,整体未能形成像新文学那样的冲击力和破坏力。反之,《新青年》初期不专设文学栏目,我以为并不是轻视文艺,反而是因为在主事者眼中文学与社会思想评论具有相等的功能与价值,不必特意划入另类。此后杂志的发展也证明了这一点——新文学占据了《新青年》越来越重要的地位,以至于擅长文化批评而文学趣味偏于保守的老作者吴虞也开始抱怨,《新青年》谈新文学实在太多。①

《甲寅》与《新青年》的文学在时间上前后接踵,面目却迥然不同,个中原因众多,自然难以缕述。但我最感兴趣的,却是一个看似偶然但起决定性作用的因素,这就是胡适在这两份刊物中所扮演的不同角色。

由于《甲寅》的停刊,胡适计划中的译作未及发表,而且主编章士钊对他"不务正业"、热衷西洋文学似乎也不以为然,因此胡适在《甲寅》只是一个匆匆过客。但当胡适因为向《甲寅》投稿的经历而结识陈独秀后,却借助《新青年》大放光芒,而新文学的洪流也从此出发。胡适使白话问题成为《新青年》的讨论焦点,进而催生了新文学运动。陈独秀虽然也扮演着举足轻重的角色,但他对白话文的认识远没有胡适系统而有条理——他的优势在于曾经办过白话报,而且当胡适提出《文学改良刍议》之后,敏锐地对白话给予充分肯定。在与《甲寅》擦肩而过之后,胡适的才华在《新青年》得到了充分的发挥。在某种意义上,他改变了《新青年》,从而也撬动了中国文学的历史转折点。这一段传奇经历,由于当事人的自我叙述与文学史家的反复追认,已为人们耳熟能详,而细细追究其个中缘由,却不能不说与刊物主事者的文学趣味大有关系。这也从一个侧面提醒人们,只有将更多看似琐碎的历史细节纳入研究的视野,人们才能更深入、准确而体贴地理解,在清末民初昏晓未割、新旧杂陈的混沌时刻,新文学与新文化究竟缘何而来。

---

① 吴虞在日记中说:"《新青年》四卷二号到,言新文学者太多。"见《吴虞日记》(上),第384页。

三、在"曾开风气"之外[①]
——《甲寅》与《新青年》渊源新论

众所周知,章士钊的《甲寅》杂志(1914~1915)与《青年杂志》(《新青年》)颇有渊源。据著者考证,《甲寅》作者中至少有16人日后也曾在《新青年》发表文章。如果考虑到《甲寅》仅断断续续出了十期,那么这一数字不能不说相当可观。《甲寅》杂志的主要政论作者如高一涵、易白沙、李大钊、刘叔雅等,成了陈独秀创办《青年杂志》时的基本班底;在《甲寅》偶露峥嵘的胡适、吴虞则成了《新青年》的骨干。近年来,一些研究者从发刊宗旨、编辑思路、栏目设置、刊物风格、政治理念等角度,对《甲寅》与《新青年》之间的关系多有论述。然而较之于这些研究所采取的传统视角,我却更愿意从杂志形成、发展的外部因素,包括编辑和作者的人际互动以及刊物所依托的出版机构等角度切入,重新释读这两份杂志之间的渊源,尝试以微观史学的方法,再现新知识者在民初特殊的时代背景下,是如何围绕报刊这一新兴的言论空间进行交往和互动,构筑自己的思想和文化网络,制造引导时代进步的新议题的历史过程。进而指出,一些看似理所应当的思想文化现象背后往往有不可忽视的人事与经济因素,也许正是这些微小而偶然的细节,改变了历史的走向。

晚清以降,报刊业日渐兴盛。一个显见的事实是,无论是商业报刊、党派机关刊物还是同人杂志,凡获得成功者其背后必有一支得力的作者队伍。这或许正是"杂志"作为一种现代出版物的特点。《甲寅》草创于危难乱离之际,仓促间章士钊当然难以组织起一班整齐的人马,因此第一期的主要政论和时评看似出自多人之手,实则都是章士钊变换不同笔名一人操办。但出版大型期刊毕竟不同于没有时间限制的私家著述,即使才高如章士钊者也不可能以一人之力长期包打天下,况且这

[①] 胡适:《题章士钊、胡适合照》,《胡适文集》第9卷,北京大学出版社1998年版,第313页,原句为"同是曾开风气人"。

也有违章士钊"以文字与天下贤豪相交接"的创刊初衷。因此,打造一支像样的作者阵容,开拓更丰富的稿源,就成了章士钊的当务之急。从第二期开始,陈独秀、李大钊、杨昌济、吴虞、胡适、易白沙、高一涵、刘文典等人逐一登场亮相,为《甲寅》增色不少。这样一批背景不同、经历各异的作者如何聚集在《甲寅》帐下,而章士钊又是如何处理与他们的关系,本来就是民初文化史、出版史和期刊研究中不应忽略的重要课题;而如果考虑到这批作者日后均成为新文化运动的领军人物,这一过程就更值得认真检视。如果将章士钊的作者群粗略分为革命旧友、文字新朋、海外新锐、国内名宿等四种身份,那么陈独秀、李大钊、胡适、吴虞或者正可以分别作为代表。以下就以章士钊与这四人的交往为例,对这一历史过程进行力所能及的叙述与释读。

在《甲寅》诸作者之中,与章士钊交往最早且最久者无疑当属陈独秀。章士钊与陈独秀相识甚早,可谓"总角旧交","于其人品行谊知之甚深"。① 1902年,章士钊从武昌顺江而下,到南京江南路师学堂求学,结识了同学汪希颜(后亚东图书馆主人汪孟邹之兄)、赵声(伯先)等,并通过汪希颜结识了因宣传反清而逃至南京的陈独秀。② 1903年《苏报》案发之后,章士钊与陈独秀、张继、苏曼殊、何梅士等在上海创办《国民日日报》,继续宣传革命,负责主要编辑工作的就是章士钊和陈独秀,两人"夜抵足眠,日促膝谈,意气至相得"③,结下深厚友谊。1904年章士钊和杨笃生一同组织了华兴会的外围组织爱国协会,自任副会长,陈独秀、蔡元培、蔡锷等为会员,准备实施暗杀等暴力革命行动。其后由于黄兴在长沙事泄失败,万福华在上海刺杀前广西巡抚王之春又不中,上海的革命团体遭到破坏,同志星散,章、陈也各谋出路。章士钊在日本及英国"苦学救国",陈独秀则继续自己职业革命者的冒险生涯,但两人友谊并未中断。因此,1914年,当因二次革命失败遭通缉而困居上海、

---

① 章士钊:《致龚代总理函》,《章士钊全集》第4卷,第107页。
② 见汪原放《回忆亚东图书馆》,另见袁景华《章士钊先生年谱》。
③ 唐宝林等编:《陈独秀年谱》,上海人民出版社1988年版,第26页。又见孤桐(章士钊)《吴敬恒——梁启超——陈独秀》,《甲寅》周刊1卷30号,1926年2月6日。

"静待饿死而已"①的陈独秀来信寻求谋生之计时,章士钊便很自然地想起邀请这位文才出众、擅长办报的老友来协办《甲寅》。虽然陈独秀在《甲寅》上除几首旧诗之外,只发表了一篇正式论文《爱国心与自觉心》、一篇小说序言《〈双枰记〉叙》以及一封通信,实在算不上多产,但这并不妨碍陈独秀成为《甲寅》的幕后英雄,留下自己的印迹。吴稚晖就曾经说过:"今日章先生视《甲寅》为彼惟一产物,然别人把人物与甲寅联想,章行严而外,必忘不了高一涵,亦忘不了陈独秀。"②

事实上,虽然由于材料的缺乏,今天已不可能再现陈独秀加入《甲寅》工作的具体过程,但从一些蛛丝马迹仍可看出陈独秀在编辑过程中发挥着重要的作用。吴虞曾在《甲寅》1卷7号发表自己的得意之作《辛亥杂诗》,而这些诗就是陈独秀选载并加以圈点的。③ 一年多之后,吴虞又向《新青年》投稿,陈独秀不仅大加欢迎,而且表示已经停刊的《甲寅》正准备续刊,如果吴虞愿意把自己的文章全部寄来,可以"分载《青年》、《甲寅》,嘉惠后学,诚盛事也"④。与此同时,在给胡适的信中,陈独秀也代《青年杂志》和《甲寅》同时向胡适约稿。⑤ 由此可见,陈独秀不仅确实在《甲寅》承担编辑工作,推出吴虞等一批有广泛影响的作者,而且在筹划《甲寅》复刊的过程中也发挥着重要的作用——即便他此时已经拥有自己的刊物《新青年》。事实上,陈独秀是将《甲寅》与《新青年》视为有密切关系的姊妹刊,从而尽心尽力为它们筹划稿源的。

如果说在《甲寅》作者群中,陈独秀是章士钊革命旧友的代表,那么李大钊则堪称章士钊以文会友策略的一大收获。

1914年春,李大钊入日本早稻田大学政治本科。他主动向章士钊投稿,稿件和信函都得以在《甲寅》刊出,从此开始了与章士钊长达十余

---

① C.C生(陈独秀):《通信》,《甲寅》杂志1卷2号,1914年6月10日。
② 吴稚晖:《章士钊——陈独秀——梁启超》,《中国新文学运动史资料》,张若英编,光明书局1934年版,第254页。
③ 《独秀复吴虞》,《新青年》2卷5号,1917年1月1日。
④ 《吴虞致独秀》、《独秀复吴虞》,《新青年》2卷5号,1917年1月1日。
⑤ 《胡适来往书信选》(上),中华书局1979年版,第6页。原文为:"《甲寅》准于二月间可以出版,秋桐兄不日谅有函与足下,《青年》、《甲寅》均求足下为文。足下回国必甚忙迫,事畜之资可勿顾虑。他处有约者倘无深交,可不必应之。"

年的深厚友谊。章士钊对此有详细的回忆：

> 1914年,余创刊《甲寅》于日本东京,图以文字与天下贤豪相接,从邮件中突接论文一首,余读之,惊其温文醇懿,神似欧公,察其自署,则赫然李守常也。余既不识其人,朋游中亦无知者,不获已,巽言复之,请其来见。翌日,守常果到。于是在小石川林町一斗室中,吾二人交谊,以士相见之礼意而开始,以迄守常见危致命于北京,亘十有四年,从无间断。两人政见,初若相合,卒乃相去弥远,而从不以公害私,始终情同昆季,遞晚尤笃。①

虽然对章士钊而言,李大钊只是初识的新朋;但李大钊在与章士钊谋面之前,已经是《独立周报》的热心读者,对章士钊"敬慕之情,兼乎师友"②。尽管李大钊在《甲寅》连通信在内也只发表了四篇文章,但李、章的结交,对双方而言却产生了重大而深远的影响。

已有论者指出,章士钊在李大钊早期思想变化过程中扮演了重要角色,而东京《甲寅》杂志时期尤为明显。③ 这也从一个侧面反映出章士钊在当时舆论界、知识界的地位和影响。反之,李大钊也以其文笔和品德得到了章士钊的高度信任,成为倚若股肱的重臣。1917年章士钊创办《甲寅》日刊之后,李大钊、高一涵随即进入编辑部,担任主笔。正如章士钊所言:"守常在日刊所写文章较吾为多,排日到馆办事亦较吾为勤。"④在《甲寅》日刊时期,李大钊承担了主要编辑工作并发表文章六十余篇,不仅继续阐扬了章士钊的"调和论"政治思想,而且以其近于章士钊的文风,与高一涵、李剑农等一道被胡适写入文学史,列为"甲寅派",进一步扩大了《甲寅》在知识界、思想界的影响。其后章、李虽在政治、文化观点上分道扬镳、渐行渐远,但始终保持良好私交。刊物主编与作者因投稿而结下深厚友情,章、李二人可谓是个中典型。

---

① 章士钊:《李大钊先生传序》,《章士钊全集》第8卷,第82页。
② 李大钊:《物价与货币购买力》,《甲寅》杂志1卷3号"通信",1914年8月10日。
③ 朱成甲:《李大钊早期思想与近代中国》,人民出版社1999年版,第54～73页。
④ 章士钊:《李大钊先生传序》,《章士钊全集》第8卷,第83页。

如前章所述,除李大钊之外,章士钊在《甲寅》时期发掘的新人还有不少。由于章士钊自己曾留英多年,政治思想也倾向于英国议会政治,因此在《甲寅》后期推出了杨端六、皮宗石、周鲠生等一批留学英美的作者。现在看来,在这些新面孔中,最值得注意的当然就是留美学生胡适。虽然胡适只在《甲寅》发表了一篇译作和一封通信,实在算不上主要作者。但由于胡适在日后新文化运动中的特殊地位,他与《甲寅》的这段文字缘以及其中透露出的线索值得认真解读。

对于胡适,章士钊的欣赏与器重是显而易见的。在1915年10月出版的《甲寅》第1卷第10号,章士钊发表了胡适的一封来信,并在"记者按语"中说:"胡君年少英才,中西之学俱粹,本年在哥伦比亚大学,可得博士。"①这大概是国内报刊第一次将胡适与"博士"头衔联系起来,向知识界读者郑重介绍这位暂时还藉藉无名的哥伦比亚大学学生。

然而这并不是他们的初次交往。在《甲寅》出版之前,章士钊、胡适各自对对方就已经有所耳闻。章士钊曾主笔《民立报》,胡适"彼时即有意通问讯",对章士钊其人其文已颇感兴趣。②而胡适1913年8月发表在《神州丛报》上的《诗三百篇言字解》,也给章士钊留下了深刻的印象。1914年8月25日,胡适将短篇小说译作《柏林之围》投给《甲寅》③。由于《甲寅》1卷3号已经于8月10日出版,章士钊接到胡适稿件后,就马上把它编入1卷4号,于11月10日刊出,而这也是十期《甲寅》中唯一的一篇翻译小说。1915年3月,章士钊又写信向胡适约稿,希望胡适"稗官而外,更有论政论学之文,尤望见赐,此吾国社会所急需,非独一志之私也",此外能作通讯体随意抒写时事也可,并希望胡适向同学中能文之士广为介绍。④

胡适的回信发表在《甲寅》第10号,信中表示:"学生生涯,颇需日力,未能时时作有用之文字,正坐此故。前寄小说一种,乃暑假中消遣

---

① 《通讯·记者按语》,《甲寅》1卷10号,1915年10月10日。
② 《通讯·非留学》,《甲寅》1卷10号,1915年10月10日。
③ 《胡适留学日记》(上),安徽教育出版社1999年版,第345页。
④ 章士钊:《致胡适函》,《章士钊全集》第3卷,第369页。

之作……"并承诺:"更有暇晷,当译小说或戏剧一二种。"①

从这些只言片语中,我们不难窥见,作为刊物主编的章士钊与作为投稿人的胡适,关注的对象并不一致。章士钊素不喜小说(虽然他也曾写过一篇《双枰记》),因此他希望胡适多写"吾国社会所急需"的"论政论学之文";而胡适此时的兴趣显然是在西方文学特别是戏剧。在给章的回信中,他并没有迎合章士钊而大谈政治,反而依旧对西洋文学津津乐道:

> 近五十年来欧洲文字之最有势力者,厥惟戏剧,而诗与小说,皆退居第二流。名家如那威之 Ibsen,德之 Hauptmann,法之 Brieux,瑞典之 Strindberg,英之 Bernard Shaw 及 Galsworthy,比之 Maeterlinck 皆以剧本著声全世界。今吾国剧界,正当过渡时代,需世界名著为范本,颇思译 Ibsen 之 A Doll's House 或 An Enemy of the People,惟何时脱稿,尚未可料。②

虽然胡适随信也寄上了一篇较为正式的论文《非留学篇》,但显然他更希望章士钊注意自己正在进行的文学翻译事业。说到底,他们对什么才是"吾国社会之所急需"的问题,答案全然不同——在这里,章士钊对胡适的期待与胡适的自我期许产生了明显的错位。而这种错位,在胡适于《新青年》大放光芒、将自我期待付诸实现之后,显得格外醒目。

但是,不论怎样,胡适还是把《甲寅》视为一个值得信赖并有一定自由发挥空间的言论阵地的,否则也不会在信中将自己的翻译计划和盘托出,并且自告奋勇,负责《甲寅》在留美学生中的代售业务。③由于《甲寅》的停刊以及胡适自己的延宕,胡适的翻译计划并没有成为现实。但此事并未不了了之。众所周知,胡适其后不久就在《新青年》4 卷 6 号"易卜生号"发表了《易卜生主义》,而他和罗家伦合译的《娜拉》(即《玩偶之家》)以及陶履恭翻译的《国民之敌》也在同期发表。这很容易使人产生遐想:如果《甲寅》没有停刊而胡适又寄来自己的译作,五四时期的"易卜生热"是否会提前上演?

---

① 《通讯·胡适致章士钊》,《甲寅》1 卷 10 号,1915 年 10 月 10 日。
② 同上。
③ 《汪孟邹致胡适》,《胡适往来书信选》(上),中华书局 1979 年版,第 2 页。

不过,答案很可能令人失望。因为章士钊的文学趣味更接近传统文人,如果有足够的稿件可以选择,我相信他更愿意采用吴虞的古典诗词而非胡适的西洋剧本来充实《甲寅》的文学栏。1914年,时任四川省川西道公署顾问兼内务科长的吴虞,第一次从他正在日本留学的兄弟吴君毅那里知道了《甲寅》杂志和章士钊:

> 君毅本月廿二日曾寄《甲寅杂志》五月号一册,长沙章行严主宰,留学英国,吴保初(挚父子)之女婿,学术文章皆有时誉,其署名秋桐者是也。①

吴虞对章士钊的背景经历一无所知,而他与《甲寅》发生联系则属于友人之间的辗转引荐,而这样的事情在当时以文人为主的舆论界可谓司空见惯。据《吴虞日记》记载,《甲寅》第二号《中华民国之新体制》的作者"重民"即时在日本留学的成都人张重民。张重民与吴虞之弟君毅相识,他在给吴君毅的信中说:

> 昨以《秋水集》示章士钊(字行严,湖南人,即《甲寅》自署秋桐者,)顷章氏来谈及,极言识解之超,断非东南名士所及。倾慕之忱,溢于词色,必欲仆为之介绍。并请令兄出其平昔所为文,以光《甲寅》。仆于令兄初无一面之识,然北海不必知人间有备,谓备不知北海则不可。本当迳以书干之,惟仆不文,惧无以达章氏之意,仍以此烦执事,可乎?章氏好为政论,其所怀可征诸《甲寅》,言教则排孔尊耶者也。②

之所以不厌其烦地征引此信,是因为其中披露了颇多信息。吴虞作为蜀中名宿,在此之前已颇有文名,然而其影响只局限于四川一隅③。日后他之所以能够借《新青年》暴得大名,追根溯源,与张重民向

---

① 吴虞:《吴虞日记》(上),四川人民出版社1984年版,第134页。
② 吴虞:《吴虞日记》(上),第149页。
③ 吴虞在1916年之前所发诗文不多,大约只有《新民丛报》登诗十一首,《宪政新志》登诗八首,《小说月报》登小说一首、文一篇,《进步》杂志登文一篇,《甲寅》登诗二十首。他在四川本地刊物上发表非孔文章,曾引起争议,但并没有形成全国性的影响。

章士钊推荐《秋水集》有直接之关系。事实上,不仅章士钊看到了《秋水集》,当时正协编《甲寅》的陈独秀对《秋水集》也欣赏有加,在尚未得到吴虞允许的情况下,就从中选择了20首在《甲寅》登出。虽然这并不是吴虞第一次在国内著名杂志上发表作品,但这却是吴虞与陈独秀建立关系之始。吴虞在章士钊约稿之后,也的确向《甲寅》投过稿,但因为《甲寅》中途停刊,没能发表。① 1915年10月12日,吴虞又向《甲寅》投稿,计《儒家重礼之作用》、《儒家主张阶级制度之害》、《儒家大同之说本于老子》等三篇文章和五言律诗五首。② 但是他并不知道《甲寅》在10月10日出版第10号之后已经再次停刊,所以文章又没能发表。好在陈独秀这时已经是《新青年》的主编,吴虞再次向《新青年》投稿之后,《儒家主张阶级制度之害》、《儒家大同之说本于老子》两篇文章得以在《新青年》上刊出,吴虞因之名声大噪。③

由此视之,杂志的崛起与作者的走红,背后固然有其历史规律,但有时也不能不说是出于某些偶然的机缘。不过,阴差阳错之中其实又有必然:发现吴虞这样有潜力的作者,离不开章士钊作为资深编辑所具有的敏感和眼力;而《甲寅》"排孔而尊耶"的文化立场,在筛选读者的同时也在筛选着作者,它对志同道合的作者有强烈的吸附和聚集效应,从而奠定了《新青年》作者队伍的雏形。

从《甲寅》杂志本身短暂的发展过程来看,章士钊与陈独秀、李大钊、胡适、吴虞等人的关系也许是一种再普通不过的编辑和作者之间的关系,很难说有何种特殊的意义。然而,从《新青年》杂志的角度来看,章士钊与他的这些短期合作作者(有些只写了很少的文章)之间建立的却是一种松散、无意识然而却极其"有效"的联系。在这里,章士钊扮演的角色更像是一位组织者,在他打造的这个平台上,具有某些相近社会、政治、文化观念的作者逐渐聚集在一起,虽然并没有结成固定的团体,

---

① 吴虞:《吴虞日记》(上),第181页。
② 吴虞:《吴虞日记》(上),第221页。
③ 1916年12月6日,吴虞第一次向《新青年》投稿四篇文章,其中就有这两篇曾向《甲寅》投过的旧文,后来分别发表在《新青年》3卷4号和3卷5号,见《吴虞日记》(上),第273页。

但已然发出了某些共同的声音。有意思的是,由于陈独秀的存在,《甲寅》时期萌发的这种人际联系在章士钊淡出之后并没有消失,反而在《新青年》时期得到了进一步的强化。

与此同时,我们还注意到,《甲寅》与《新青年》的人事联系不仅仅局限于作者团队的渊源,这两家刊物与出版发行机构之间以及两家刊物之间都有千丝万缕的联系,这或许是导致它们具有特殊亲缘关系的另一原因。

1901年,汪希颜、汪孟邹兄弟先后入南京江南陆师学堂学习,与章士钊、赵声成为同学,并结识了逃亡在宁的陈独秀。1902年汪希颜去世之后,汪孟邹仍然与章士钊、陈独秀等保持着密切的联系。二次革命失败后,亚东图书馆也始终在经济上支持着柏文蔚、陈独秀等人的反袁活动。① 由于共同的思想背景和革命经历,汪孟邹的科学图书社和亚东图书馆始终是陈、章等人值得信任的出版阵地。② 章士钊虽然在办《甲寅》之前就已经在舆论界创下显赫名声,但直至《甲寅》,才可以说真正拥有了属于自己的刊物。《苏报》时期,章士钊只是受雇之主笔,虽然有老板陈范的信任,能放言无忌,但不得不有经济上之考虑;《民立报》时期,章士钊则因在政治观点上与同盟会有所冲突,备受指责攻击;《独立周报》时期,初期无事,后则因王无生暗中接受袁世凯津贴,愤而出走,章士钊独立不倚的办报夙愿始终没能实现。因此,当他为形势所迫,必须将《甲寅》发行权转让之时,首先想到的自然就是亚东图书馆。如前所述,1至4期的《甲寅》出版于日本。由于资料匮乏,现在已很难确定这四期《甲寅》具体是怎样发行的。不过章士钊曾经回忆,《甲寅》第一期的赠阅和邮寄都是由自己家人经手。由此看来,前期《甲寅》的出版发行工作可能都是由章士钊自己来联系的。这似乎可以从《甲寅》1至4期杂乱无章的广告编排上略见端倪。从伊文思图书公司的更名通告到各小型书局的新书广告,从印刷、电镀技师的自荐到"人造自来血"的吹嘘乃至"民国艳史丛书",都曾登上《甲寅》的广告栏,与严肃理性的政

---

① 汪原放:《回忆亚东图书馆》,第33~34页。
② 陈独秀主编的《安徽俗话报》就是由汪孟邹主持的芜湖科学图书社出版发行,而由章士钊办的上海大陆印刷局承印,见汪原放《回忆亚东图书馆》,第15页。

论刊物定位相去甚远,倒是更接近当时商业刊物的做派。这显然不是章士钊有意为之,而是由于当时他的经济条件还远没有宽裕到可以挑选广告客户的地步。然而,在亚东图书馆全盘接手《甲寅》的印刷、出版、发行工作之后,这种情况发生了根本性的改变。虽然由于印刷改在上海,纸张和版式有所改变,但广告版面整洁了许多——牙医和"自来血"广告消失了,取而代之的是亚东图书馆自家书籍和群益书社出版物的广告,此外也为《正谊》和《科学》杂志刊登了几次通告。由于这些客户与亚东图书馆的渊源,这些广告很可能都属于"友情赞助"的性质,因而无法给亚东带来什么经济利益。所以,发行权的易手对章士钊而言固然是有利无弊,可以使他心无旁骛,致力于写作和编务。但对于亚东图书馆而言,却意味着要承担一定的经济压力,这对于小本经营的亚东图书馆来说并不容易。自1913年依靠2000元股本在上海开业,到1918年为止,亚东一共只出版了6种图书。① 而这些图书的销量大多并不理想,在店主汪孟邹的日记中经常有"社务乏款,焦急之至"、"芜款未到,焦灼万分"、"暂借到洋五百元,真正可感"之类的记载,可见其经营着实不易。② 在如此窘迫情况之下,亚东图书馆能够接过《甲寅》的发行事务,固然是因为对章士钊的能力与声望有相当的信心,同时不能不说与他们之间的旧交有很大关系。③

由于和汪孟邹是皖籍同乡,陈独秀与亚东图书馆的关系更非同一般。亚东的前身"芜湖科学图书社"创办的第二年,就出版发行了陈独秀主编的《安徽俗话报》。汪孟邹走出安徽到上海开店,也是出于陈独秀的建议。④ 二次革命失败后,陈独秀亡命至上海,穷困潦倒之中,正是依靠替亚东编辑了一套《新体英文教科书》救急。因此,陈独秀筹划

---

① 汪原放:《回忆亚东图书馆》,第23页。这六种图书是胡晋接、程敷锴合编的《中华民国地理讲义》、《中华民国分类地理挂图》、《中华民国地理新图》,CC生(陈独秀)编《新体英文教科书》,方东树著《昭昧詹言》和章士钊编《名家小说》。
② 汪原放:《回忆亚东图书馆》,第32页。
③ 亚东图书馆与章士钊的关系持续甚久。1919年亚东图书馆因为出售无政府主义书籍,导致店主汪孟邹被捕,正是由于章士钊从中设法,仅罚款了事。见汪原放:《回忆亚东图书馆》,第49~50页。
④ 汪原放:《回忆亚东图书馆》,第23页。

出版《青年杂志》杂志，首先也是选择与亚东图书馆合作。但是，由于亚东图书馆此时已承担了《甲寅》的发行，已无力再负担一份刊物，遂转而介绍给了群益书社。对此，汪孟邹有真切的回忆：

> 民国二年（1913年），仲甫亡命到上海来，他没有事，常要到我们店里来。他想出一本杂志，说是只要十年、八年的功夫，一定会发生很大的影响，叫我认真想法。我实在没有力量做，后来才介绍他给群益书社陈子沛、子寿兄弟。他们竟同意接受，议定每月的编辑费和稿费二百元，月出一本，就是《新青年》（先叫做《青年》杂志，后来才改做《新青年》）。①

亚东图书馆在如此窘境中，能够想到让群益书社来出版《青年》杂志，而群益书社也愿意在前途未卜的情况下担负起这份风险，正显示了两家书店有着非同寻常的关系。事实上，早在科学图书社时期，汪孟邹去上海办货办书，就在章士钊的《苏报》馆里认识了群益书社创办人陈子沛，并在群益书社搭铺借宿。② 亚东图书馆开张时出版的几种地图，也是由群益书社帮助在日本印刷。尤其值得注意的是，就在《甲寅》已经发行和《青年杂志》筹备问世的1915年至1917年初，亚东图书馆和群益书社曾经谋划合并，吸收安徽、湖南两处的资本，组建一家新的公司；陈独秀、章士钊、柏文蔚等亚东老友均奔走其间，积极参与其事，因此《青年》杂志的出版发行从亚东转到群益也就并不令人奇怪。③ 此外，这两家书店关系之好，还可以从它们各尽所能为对方捧场看出。在亚东接手之后的《甲寅》杂志上，群益书社出版物的广告比自家的广告更多，几乎占据了《甲寅》全部广告版面的三分之二，并且在第8号封底和第9号的扉页位置连续刊登了《青年》杂志的出版预告。群益书社也同样投桃报李，在《新青年》上多次辟出专门版面对亚东的《中华民国地理讲义》等看家书籍以及代为发行的《建设》、《新潮》、《少年中国》等刊

---

① 汪原放：《回忆亚东图书馆》，第32页。
② 汪原放：《回忆亚东图书馆》，第21页。
③ 汪原放：《回忆亚东图书馆》，第34～36页。

物进行广告宣传。

　　虽然《甲寅》、《新青年》与亚东、群益之间的合作方式带有浓厚的人情色彩,用现代商业运营的标准去衡量,既不规范,也缺乏商业意识。但或许正是这种"前现代"的、带有乡土色彩的企业运作方式,才能够在激烈商业竞争的环境中,为非主流的思想和言论留出一丝缝隙和空间。随着近代出版业的发展,上海等一些口岸城市出现了大量中小书局,亚东图书馆和群益书社正是这些中小书局的代表。《甲寅》、《新青年》这样的重要杂志由亚东和群益这样的家族式小书局而非商务、中华等大型出版机构出版发行,并非特例,反而是民初相当普遍的文化现象。正是中小民间出版机构的纷纷出现,为文化事业的多元化以及新思想的传播提供了必要的土壤和空间。

　　由此可见,《甲寅》与《新青年》之间的渊源,值得重新诠释之处,正在于诸多社会性因素在其中发挥了相当重要的作用,章士钊、陈独秀的私谊以及前者与出版界的人脉是其中一大关键。在清末民初政界,章士钊以阐发学理见长,陈独秀则热衷于投身实际革命。二人皆为著名之报人,既有独立之思想,亦有强健之笔力,更有广泛之人脉,于是乃会聚李大钊、高一涵、易白沙、胡适、杨昌济、易培基、吴虞等人于《甲寅》,掀动言论,执舆论界一时之牛耳。后得益于亚东图书馆及群益书社之助,乃有陈独秀之《新青年》破土而出,新文化运动就此发轫。就其中彼此胶结的人事、经济关系而言,从《甲寅》到《新青年》,种种机缘凑泊之难得,几乎使之成为无法复制的一段传奇。这也从一个侧面提醒人们,作为复杂的历史过程,新文化运动的发生并非几条坚硬的"历史必然律"所能规范,政事、制度、市场乃至琐细如私人情谊者,都有可能于关键时刻"即兴表演",①从而推动历史的转进。

---

　　① [法]托克维尔:《托克维尔回忆录》,董果良译,商务印书馆2004年版,第94页。

第二章 作为舆论事件的新文化运动

一、报刊、学堂与租界
——社会史视野下的近代舆论

晚清中国社会在充满混乱、冲突的同时也蕴藏着无穷的可能性。在充满未知数的命运面前,无论是皓首穷经的传统文人还是沾染欧风美雨的新派知识分子,都在摸索、寻找着一种与新时代相适应的思想和表达方式。在这一过程中,近代报刊发挥着举足轻重的作用。张静庐曾谈道:"新闻纸有制造舆论,宣传主义的能力,所以中国的革命,实与中国的新闻纸有密切的关系。"①其实何止革命,近代报刊及其所代表的社会舆论,在极大程度上改变了近代知识分子的存在方式和价值,甚至连他们根本的生活方式也被波及。正是通过"舆论"这样一种复杂的社会意识形态的聚合产物,知识者才能够组织在一起,并迅速而有效地传播知识,以一种现代的方式实现自己的历史使命。

这一过程只有在近代才得以开始。

无论柯文的"在中国发现历史"一说在当下如何流行,我始终认为,西方世界的冲击和介入方是中国社会启动近代化进程的主要原因。军事和经济的入侵首先震撼着先觉者的精神世界,使他们更注重从政治层面理解危机并寻找解决危机的方式。他们对报刊的认识也是建立在这一思维模式的基础上。因此我们可以看到,在中国近代报刊刚刚起步、尚未发育完全之际,知识阶层已经有了对报刊相当早熟的政策化的

---

① 张静庐:《中国的新闻记者与新闻纸》(下编),现代书局1932年版,第24页。

解读。由于传统士大夫往往对近代报纸存有偏见和戒备,①新派知识分子起初比较温和地将报纸的作用限制为传布信息以免刺激政府:

> 今夫万国并立,犹比邻也;齐州以内,犹同室也。比邻之事而吾不知,甚乃同室所为,不相闻问,则有耳目而无耳目;上有所措置不能喻之民,下有所苦患不能告之君,则有喉舌而无喉舌。其有助耳目喉舌之用而起天下之废疾者,则报馆之为也。

他们力图使朝廷相信,报纸的效力在于"朝登一纸,夕布万邦",②能够加快信息的流动并巩固而非削弱政府的统治。汪康年也宣称政府可以设报馆以达民隐,凡中外交涉选举、狱讼报销,悉由官登之报,新理新法及一切民间之事及其怨抑,无不可登报,则上下之情通矣。③

但随着政治形势的发展,维新主义者很快就暴露出"思以二三报馆之权力,以变易天下也"④的真正意图,使兴办报馆带有更明显的意识形态目的,成为一种纯粹的政治行为而非经济行为。但是,由于封建皇权体制的存在,一点一滴的变革都须借重政权之力,因此维新派不得不"借权改革",在办报方面亦是如此。这就决定了近代政论报刊从诞生之日起就与官方有千丝万缕的联系。

就以最著名的维新派报纸《时务报》来说,在创办和发展的过程中始终存在着官方的干预。首先,《时务报》在创办初期得到了一些政府要员的大力支持。如张之洞就曾经称赞《时务报》"识见正大,议论切要,足以增广见闻,激发志气,凡所采录,皆系有关宏纲,无取琐闻……实为中国创始第一种有益之报",并饬令湖北全省文武大小衙门及各局

---

① 姚公鹤曾说:"左宗棠在与友人书中,有江浙无赖文人以报馆为末路之语,其轻视报界为何如。惟当时并不以左之诋斥为非者,盖社会普通心理。……故每一报社之主笔访员,均为不名誉之职业,不仅官场仇视之,即社会亦以搬弄是非轻薄之。"见姚氏著《上海报纸小史》,《东方杂志》第14卷第6号,1917年6月15日。
② 梁启超:《论报馆有益于国事》,《时务报》第1期,光绪二十二年七月初一。
③ 汪康年:《中国自强策下》,《时务报》第4期,光绪二十二年八月初一。
④ 吴恒炜:《知新报缘起》,《晚清文选》卷下,郑振铎编,中国社会科学出版社2002年版,第214页。

各书院各学堂购阅此报,费用由政府支出。① 不少省份的官员也纷纷效仿,要求下属订阅《时务报》。在官员们看来,《时务报》的好处除了"议论切要、采择谨严"之外,还在于"于一切舟车制造之源流,兵农工商之政要,旁搜博纪,尤足以广见闻而资治理"②。他们普遍将报纸比拟为古之采风,而报纸的功能也仍然以"通知中外情势为急"。

他们支持报纸,往往不过是想博得一个咸与维新的名誉,未必真地赞成康梁的主张,所以这种"支持"有时就演变为一种掣肘。例如,《时务报》最初的开办经费,张之洞的资助占有很大比例。③ 因此,《时务报》虽名义上属民营,但实际上仍不免受张之洞的操控。在张之洞的支持下,汪康年不仅掌握经济和人事大权,且不时过问梁启超的言论,使梁自觉有"视主笔若资本家之于雇佣"之感。④ 其他维新派报纸如《湘报》等亦无不如此。由于中国近代报纸并不是伴随市民社会的成熟而自发出现的,而是近代知识分子向西方学习模仿、有意为之、承担着多重使命的产物,因此必须借助上层政治势力。即使是一些号称民间报纸的著名大报,也难以完全摆脱官方势力的影响。⑤ 有趣的是,日本近代报纸的最大特点之一,也是这些近代报纸在创办之初,都程度不等地受到官方的指导、保护或控制。⑥ 因此,报纸与官方之间存在错综复杂的关系,在东亚后发国家的现代化进程中并非特例,反而可能是一种

---

① 《鄂督张饬行全省官销时务报札》,《时务报》第 6 期,光绪二十二年八月廿一日。

② 《浙抚廖分派各府县时务报札》,《时务报》第 18 期,光绪二十三年正月二十一日。

③ 梁启超在《〈时务报〉源委》中详细记载了《时务报》最初的开办费用来自上海强学会余款,其中张之洞承担了相当一部分。见《〈饮冰室合集〉集外文》(上),夏晓虹编,北京大学出版社 2005 年版,第 45 页。另,廖梅也指出,《时务报》最初的资金基础,来自上海强学会关闭后的"余款"银六百二十余元。见廖氏著《汪康年:从民权论到文化保守主义》,上海古籍出版社 2001 年版,第 44 页。

④ 朱传誉:《报人·报史·报学》,台湾商务印书馆 1985 年第 5 版,第 89 页。

⑤ 例如《新闻报》的主持人福开森、《申报》的赵竹筠等与清政府官员均有联系,《苏报》案发生后,光绪二十九年闰五月十二日兼湖广总督端方致福开森转金熙生电云:"六犯皆系著名痞匪,竟敢造言污毁皇上,妨害国家安宁,与国事犯绝不相同。务将此义著为论说,登诸报端……此报一出,众论翕然,不必游移。"

⑥ 宁新:《日本报业简史》,中国社会科学出版社 1981 年版,第 14 页。

常态。

值得注意的是,这些维新派报刊所代表的社会舆论及其成功,在满清帝制的架构中是相当脆弱和不稳定的。作为一个封建帝国,清廷对近代化报刊的出现还没有做好准备,或者说,近代报刊的出现,首先面对的是古老亚细亚生产方式下完全陌生和不利的制度环境。梁启超对此深有体会:

> 今设报于中国而欲复西人之大观,其势则不能也。西国议院议定一事,布之于众,令报馆人入院珥笔而录之,中国则讳莫如深,枢府举动,真相不知,无论外人也;西国人数物产民业商册,日有记注,展卷粲然,录副印报,与众共悉;中国则夫家六畜,未有专司,州县亲民,于其所辖民物产业,末由周知,无论朝廷也。西人格致制造专门之业,官立学校,士立学会,讲求观摩,新法日出,故亟登报章,先睹为快,中国则讲此学之人已如凤毛麟角,安有专精其业,神明其法,而出新制也?坐此数故,则西报之长,皆非吾之所能有也。①

由于中西社会环境的巨大差异,报刊的方方面面都必须做出妥协,才有可能在近代中国生存下去,而这种妥协又往往削弱了报刊的内在力量,使其难以长久支撑下去。除了《申报》等寥寥几家商业性报纸,绝大多数近代政论性报刊都避免不了屡起屡挫的命运,原因就在于此。梁启超在《清议报》出版一百期之际,曾分析中国近代报业发展缓慢的原因:

> 一由于创设报馆者,不预筹相当之经费,故无力扩充,或小试辄蹶;二由于主笔访事等员之位置,不为世所重,高才之辈,莫肯俯就;三由于风气不开,阅报人少,道路未通,传布为难;四由于从事斯业之人,思想浅陋,学识迂愚,才力薄弱,无思易天下之心,无自

---

① 梁启超:《论报馆有益于国事》,《时务报》第1期,光绪二十二年七月初一。

张其军之力。而四者之中,尤以第四项为病根之根焉。①

其实,明眼人都可以看出,将报纸发展缓慢的原因归结为报人素质低下,不过是无奈的一种托词。阻碍报业发展的真正原因,此时亡命海外的梁启超可谓是心知肚明,只是形势所迫,不能明言罢了——这就是专制政府对舆论的钳制和迫害。

尽管如此,除了官方与市场等制约因素之外,近代中国社会的剧烈转型仍给报刊留下了广阔的活动空间。近代士绅阶层参与意识的觉醒,使报纸拥有一定的独立性。有清一代,民间结社议政素来为统治者所忌,而清末民族危机中逐渐凸现的一个重要问题就是,不在政治体制之内、也不掌握政治权力的知识分子,是否可以参与国家政治生活,是否具有对政治的发言权? 汪康年提出的"重绅权"的主张,可以视作对这一问题的积极回应。"重绅权"显然主张士绅应当而且有权对国家大事发出本阶层的声音,而政府也应该认真听取和对待士绅们的意见。②这就使近代社会舆论的出现和成熟成为可能。《时务报》的出现无疑有着伸张"绅权"的意味。它的办报经费全部来自捐款,捐款不作垫款,也不算股份,既不是商业性报纸,也不是官办报纸。它不挂洋牌,报馆设在英租界,但性质仍"系中国绅宦主持,不假外人"③。虽然避免不了官方的干涉,但仍属于开明士大夫阶层的民办报纸,基本能够反映和代表这一阶层的思想和意见。正因为如此,在各大城市和开放口岸,维新派报纸比官报更受读者的欢迎,近代政论报刊获得了长足的发展。仅在长沙一地,《湘学报》、《时务报》即各能销售千余份。④ 根据时务报馆在出版第三十九册时统计,各地代派处的销售情况以京津沪三大城市为

---

① 梁启超:《清议报一百册祝辞并论报馆之责任及本馆之经历》,《饮冰室合集·文集之六》,中华书局1989年版(后同,不另出注),第53页。

② 廖梅:《汪康年:从民权论到文化保守主义》,上海古籍出版社2001版,第32页。

③ 《鄂督张饬行全省官销时务报札》,《时务报》第6期,光绪二十二年八月廿一日。

④ 谭嗣同:《与唐绂丞书》,《谭嗣同全集》(增订本),中华书局1981年版,第262页。

最多,其中上海一年来共售出 4655 份又 7256 本(各期累计并含合订本),其中每份按 16 本计算(上海之外其他地方按每份 33 本计算),共为 81738 本,数量极为可观。① 梁启超自己也回忆道:"甲午挫后,《时务报》起,一时风靡海内,数月之间,销行至万余份,为中国有报以来所未有,举国趋之,如饮狂泉。"流风所及,在当时沿海都市之中也出现了不少宣传维新的报纸,"大率面目体裁,悉仿《时务》,若惟恐不肖者然"。② 维新变法失败之后,康梁在海外办的报纸仍然能够透过各种管道输入国内,发挥影响舆论的作用。清政府虽严加封禁,《清议报》仍能以洋行、商号为掩护,发行至汉口、安庆、黑龙江、上海、福州、天津、广州、苏州、北京等重要城市。其后的《新民丛报》更是极一时之盛,销行之广,难以确计。据现有资料来看,仅江南陆师学堂一校就订有该报百余份③。当时在陆师学堂求学的汪希颜在给其弟汪孟邹(后亚东图书馆老板)的信中说:

> 惟在上海购得新书、新报数种,日夕观览,大鼓志气,……其得力最多者为日本新出之《新民丛报》,……吾谓学游六年,不如读此报一年;读书十卷,不如读此报一卷。此报一出,而一切之日报、旬报、月报,皆可废矣。……兄既自购一份,又为吾弟另办一份,负欠典衣,在所不顾,而此报终不可不阅也。④

曹聚仁也曾说:

> 《新民丛报》虽是在日本东京刊行,而散播之广,乃及穷乡僻壤。清光绪年间,我们家乡去杭州四百里,邮递经月才到,先父的思想文笔,也曾受梁氏的影响;远至重庆、成都,也让《新民丛报》飞

---

① 《本馆告白》,《时务报》第 39 期,光绪二十三年八月二十一日。
② 梁启超:《〈清议报〉一百册祝辞并论报馆之责任及本馆之经历》,《饮冰室合集·文集之六》,第 52~53 页。
③ 《苏报》1903 年 4 月 6 日。
④ 汪原放:《回忆亚东图书馆》,第 2 页。

越三峡而入,改变了士大夫的视听。①

其他类型的报纸如白话报也有不错的销量。例如《安徽俗话报》第六期曾登出一份《本报各期销售本省各处数目表》,从中可以看出,《安徽俗话报》在安徽省范围内每期大约售出 1346 份,但到第 12 期,该报的销数已经从 1000 份左右增加到 3000 份,"销路之广,为海内各白话[报]冠"②。可以想见,至少在 20 世纪初年,阅读报纸已经成为江浙京津等风气开通之地日常生活中不可缺少的一部分。以下两份《浙江潮》上刊登的报纸销数表,可略为佐证:

表1 《杭城报纸销数表》③

报　　名	销　　数	所销处
中外日报	约五百张	官场商家学堂住民皆备
苏报	约五十张	学堂为多
新闻报	约二百三四十张	官场商家学堂住民皆备
申报	约五百数十张	官场商家为多
杭州白话	报约七八百分[份]	普通住民
新民丛报	约二百分[份]	学堂学生为多
译书汇编(现改名政法学报)	约二百五十分[份]	同上

其余上海日本新出各种杂志日报设立未久尚未畅行故不列。

表2 《海盐报纸之销数》④

新民丛报	三十份	新小说	五
浙江潮	八	绣像小说	三
湖北学生界	一	中外日报	三十份
游学译编	二同文沪报	六	
新世界学报	三	新闻报	七
科学世界	一	申报	一

---

① 曹聚仁:《文坛五十年》,东方出版中心 2006 年版,第 31 页。
② 《本社广告》,《安徽俗话报》第 12 期,甲辰(1904 年)八月十五日。
③ 见《浙江潮》第 3 期,光绪二十九年三月二十日。
④ 见《浙江潮》第 7 期,癸卯阴历七月二十日。

续前表

外交报	三	繁华报	二
女学报	二	笑林报	一
白话报	四	国民日日报	未详

杂志皆销于读书社会及学堂中，日报除中外日报新闻报外，亦皆销于读书社会为多。

从这两份表格可以看出，《杭州白话报》、《申报》、《中外日报》等在杭州的销量均在500份以上，《新闻报》、《新民丛报》也有不小的市场，同时报刊的读者来源也更为广泛，包括了官员、商人、学生和一般市民。即使在小小的海盐县，各种时新报刊也都有销售，《中外日报》和《新民丛报》甚至可以有30份的销量。虽然这些只是杭州、海盐两地的数据，未必能够代表广大内陆地区，但它却比较直观而真实地显示了近代报刊在沿海城市甚至县城可能具有的影响力。

近代报刊能够逐渐渗入社会，除了维新派（也包括民族主义革命者）的极力鼓吹之外，与中国社会生活的转型也有重要的关系。我们甚至可以认为，社会环境的变动才是近代报刊出现、生存和发展的根本性原因。其中与新闻事业直接相关的是西式印刷技术的引进和近代邮政的发展。1819年，英国传教士马礼逊创办的英华书院出版《新旧约中文圣经》，成为第一部用西方活字印刷技术印行的中文书籍。1843年，墨海书馆成立于上海，采用较为先进的铅印设备，具备了"一日可印四万张纸"的生产能力。① 最迟在1832年之前，石印术已经通过传教士引入我国。② 19世纪70年代后，以《申报》为代表的出版机构开始广泛使用石印术。19世纪末至20世纪初，铅活字凸印、石印术、制版照相术、平版胶印、雕刻凹印、影写凹版、泥版、纸型铅版和珂罗版等现代出版技术已经进入中国，并逐渐得到广泛采用，为报刊业的发展奠定了坚实的技术基础。

同时，近代邮政的发展也为现代舆论的兴起提供了必要的制度环

---

① 王韬：《瀛壖杂志》，上海古籍出版社1989年版。
② 崔福章：《从活版到影印》，《古典文献与文化论丛》，中华书局1997年版，第413页。

境。黄天鹏在《中国新闻事业》一书中谈道：

> 邮电与新闻事业之繁荣,至有关系。……明清信局兴起,近世报纸最初遂托附之以销行,及光绪时,设邮局,交通四通八达,报纸遂由邮局传递,且订专章,受有优待之例,报纸之销行受邮局之助至多也。其次为电报,乃报纸消息灵通之命脉。报纸之最初兴也,消息转录京报,至为迟滞,各地通信寄到,亦费时日。自光绪五年设立电线,消息为之大变,新闻日见敏捷,近电业日兴,又有新闻电优待之例,在传递方面已大便当……①

事实上,几乎全由外人控制的邮政或许是近代中国发展最为迅速和富于效率的现代化机构。到1903年,由海关总税务司英人赫德兼管的大清邮政已经拥有总局33处,分局700余处,除甘肃兰州外,其他省城均已通邮。而截至1907年底赫德回英前夕,全国各州府县则已经拥有邮政局所等2800余处。这些深入中国腹地的邮政机构为近代报刊的发行提供了广阔而通畅的渠道。

如果说印刷技术和邮政事业提供了近代报刊发展的物质与制度支持,那么识字率的提高、新知识分子的涌现与租界的存在则是影响近代舆论形态更重要的文化与社会因素。

机器生产背景下的近代报刊,必须有一定数量的读者才能存活,但前现代中国的社会识字率似乎并不令人满意,而且能够识字与拥有阅读文章的能力完全是两回事,这也使阅读在传统农业中国始终只是极少数精英阶层的专利。依照劳诗静(Evelyn Rawski)的估计,19世纪中国的识字率大约为20%。② 现在看来,这一数字也许是过于乐观。在《万国公报》的一篇文章中,作者估计中国:

> 四万万人中,其能识字者,殆不满五千万人也。此五千万人

---

① 黄天鹏:《中国新闻事业》,上海联合书店1930年版,第103页。
② 转引自张朋园《知识分子与近代中国的现代化》,百花洲文艺出版社2002年版(后同,不另出注),第270页。

中,其能通文意、阅书报者,殆不满二千万人也。此二千万人中,其能解文法、执笔成文者,殆不满五百万人也。此五百万人中,其能读经史、略知中国古今之事故者,殆不满十万人也。此十万人中,略知外国语言文字,知有地球五大洲之事故者,殆不满五千人也。此五千人中,其能知政学之本源,考人情之条理,而求所以富强吾国、进化吾种之道者,殆不满百数十人也。①

在维新变法前夕的一篇文章中,章太炎也表达了对国人知识水准的忧虑:

中国四百兆人,识字者五分而一……其知文义者,上逮举贡,下至学官弟子,无虑六十万人。诵习史传,通达古人者,百人而一。审谛时务,深识形便者,千人而一。以此提倡后进,郡不过数人,则甚少矣!②

尽管这种精英阶层对国民文化水准的自我估量可能并不准确,但它无疑间接反映出前现代国家基层民众缺乏教育的普遍现状。稍后的学者则更悲观地认为,在那个时期,只有百分之五的中国人识字,"而百分之九十五为目不识丁者"③。

另一方面,即使在受过教育、具有阅读能力的知识阶层,由于知识结构和文化背景的限制,19世纪中叶,愿意接触报纸和西书的人依然是极少数。文人士夫的阅读要么以传统经典为主,要么以应对科举的参考书为主,多数传统文人对西式书报不屑一顾,这也使得报纸在当时难有销路。章士钊曾转述康有为之言曰,上海制造局译印新书中经康有为购买、自读及送人者,共三千余册。甲午后询之该局中人,三十年间

---

① 古黔孙鉴清:《论中国积弱在于无国脑》,《万国公报》第183册,1904年4月。

② 余杭章炳麟:《论学会有大益于黄人亟宜保护》,《时务报》第19册(光绪二十三年二月初一日)。

③ 蒋国珍:《中国新闻发达史》,世界书局1927年版,第59~60页。

鬻书总额不过一万一千余册,而康一人所购,竟达四分之一以上,可见当时风气之不开,以及彼开风气负责之巨云云。①康氏之言固然不足全信,但当时士人思想之闭塞则足见一斑。即使是商业性报纸,也曾长期受到冷落、乏人问津,送报人不得不"于分送长年定阅各家者外,其有剩余之报,则挨家分送于各商店,然各商店并不欢迎,且有厉声色以饷之者,而此分送之人,则唯唯承受惟谨。乃届月终,复多方以善言乞取报资,多少即亦不论,几与沿门求乞无异"②。在这样的社会背景下,无论是报刊的普及还是新政的推行都是极为困难的,现代舆论的生成也就根本无从谈起。

但是,随着西式教育制度逐渐引入近代中国,国民受到现代教育的机会大大增多,报纸的潜在读者也被大量生产。1901年,清政府发布《兴学诏》:"著各省所有书院,于省城均改设大学堂,各府及直隶州均改设中学堂,各州县均改设小学堂,并多设蒙养学堂。"③正式将新式学堂合法化。1905年废除科举之后,新式学堂更是得到快速的发展,据研究者统计:"学生人数从1902年的6912人增加到1909年的1638884人,1912年更达到2933387人。加上未计算在内的教会学堂、军事学堂,日、德等国所办非教会学堂以及未经申报的公私立学堂学生,总数超过300万人,成为一股重要的社会力量。"④另一组数据则显示:"清朝于1907年设立学部,命令全国各省普设新式学堂。1909年各式学堂略为五千七百所,其中千所有中学以上程度;学生一百六十余万人,中学以上者十九万余人。"⑤据1916年民国教育部刊布的统计,不包括川、黔、桂三省和未立案的私立学校,学生已达3974454人。1912~1922年"中华基督教教育调查团"的报告则表明,五四前夕中国学生总数为5704254人。⑥虽然相对于中国总人口,新式学堂与学生仍处于相对少数,但就绝对数字而言,受过新式教育的人口已有千万之众。对于这样

---

① 《章士钊全集》第6卷,第274页。
② 姚公鹤:《上海报纸小史》,《东方杂志》第14卷第6号,1917年6月15日。
③ 朱寿朋:《光绪朝东华录》,中华书局1958年版,第4719页。
④ 桑兵:《晚清学堂学生与社会变迁》,学林出版社1995年版,第2页。
⑤ 张朋园:《知识分子与近代中国的现代化》,第7页。
⑥ 陈景磐:《中国近代教育史》,人民教育出版社1979年版,第271、305页。

一个知识阶层结构转变的过程,朱自清曾有过扼要准确的概括:

> 从清末开设学校,受教育的人大量增多。士或读书人渐渐变了质;到这时一部分成为军阀和官僚的帮闲,大部分却成了游离的知识阶级。知识阶级从军阀和官僚独立,却还不能跟民众联合起来,所以是游离着。这里面大部分是青年学生。①

这些"青年学生"——知识结构不同于以往士大夫的新式知识分子,成为近代报刊的主要读者群。鲁迅在南京矿路学堂接触到《天演论》的故事已脍炙人口,而周作人回忆在水师学堂的阅读活动时也说:

> 所看汉文书籍于后来有点影响的,乃是当时书报,如《新民丛报》、《新小说》、梁任公的著作,以及严几道林琴南的译书,这些东西那时如不在学堂也难得看到。②

正是这些受过西式教育的新式知识分子,支撑了晚清报刊的迅速发展。阅读报纸已经成为学堂学生日常生活中重要的组成部分,甚至具有重要的政治意味。事实上,这一时期的学堂风潮,多有因为校方禁止阅报而起者。③ 现代报纸与读者及政治运动之间密切的互动关系,在青年学生参与的中国近代民族革命运动中得到了典型的体现。

与此同时,晚清出现的留学潮对近代舆论发展也有积极的影响。据现有统计,清末留日运动从 1896 年开始,在大约十年的时间里,至少

---

① 朱自清:《文学的标准与尺度》,《朱自清全集》第 3 卷,江苏教育出版社 1996 年版,第 136 页。
② 周作人:《知堂回想录·上》,河北教育出版社 2002 年版,第 130 页。
③ 见桑兵:《晚清学堂学生与社会变迁》,学林出版社 1995 年版,第 74～83 页。章士钊所在的江南陆师学堂,俞明震任总办时,曾一度允许阅读新书报,学生仅购阅《新民丛报》就达百余份之多;后校方变更章程,令学生"除武备课程不得旁阅一字",并欲搜检书报销毁之,见《南洋陆师学堂退学生公函照录》,《苏报》1903 年 4 月 11 日。

有五万人在日本接受了不同程度和类型的教育。① 这批留日学生不仅是新式报刊的忠实读者,不少人还亲自投身其中,一试身手。有身历者回忆道:"乙丙之际,留东诸子,竞从事于杂志,若《江苏》、《浙江潮》、《汉声》、《湖南》、《云南》、《四川》等不下十余种。"②

留学生热衷于舆论活动,有多方面的原因。政治思潮的推动当然是其内因,而另一方面,日本先进的印刷技术和发达的出版业也为中国留学生出版杂志提供了良好的物质环境。正如包天笑所言,那个时候"日本于印刷术很为进步,推进文化的力量很大","为了日本的印刷发达,刊物容易出版,于是那些留学生,便纷纷的办起杂志来"。③ 这些留学生的出版活动当然难言尽善尽美,前人也已经指明其弊病在于:"持久者殆无一焉。固由风气未开,阅者不多,然组织之基础不完固,实为一大原因。盖此种事业,非有适当之人才与目的,适当之资本与机关,固不能久大而有裨于社会也。"④

但除了这些近代报刊在所难免的通病,留学生主导下的舆论事业对社会变革的贡献亦不容抹煞。张元济对此曾有较为公允的评价:

> 光绪己亥以后,东游渐众,聪颖者率入其国法科。因文字之便利,朝受课程于讲室,夕即迻译以饷祖国,斯时杂志之刊,前后相继,称为极盛,鼓吹之力,中外知名。大吏渐为所动,未几而朝廷有考察宪政之使命,又未几而仿行立宪政体之国是定矣。溯厥原因,虽至复杂,然当时输入法学,广刊杂志,不得谓无丝毫助力也。⑤

今天看来,留日学生报刊出版的活跃还有一个重要的外因,就是身处海外、言论不受清政府约束。事实上,这样的有利条件,并非只有海

---

① 尚小明:《留日学生与清末新政》,江西教育出版社2002年版,第2页。
② 陆费逵:《宣言书》,《大中华》第1卷第1期,1915年1月20日。
③ 包天笑:《钏影楼回忆录》,香港大学出版社1971年版,第202~203页。
④ 陆费逵:《宣言书》,《大中华》第1卷第1期,1915年1月20日。
⑤ 张元济:《法学协会杂志序》,《东方杂志》第8卷第5号,1911年7月20日。

外报刊才能够沾润。如果我们放宽视界，就会发现象征近代中国耻辱遭遇的租界（Settlement）乃至以租界为代表的西方势力，在近代报刊的发展历程中却扮演着一个重要的角色——在许多危急时刻，租界这一殖民主义的产物成了民族报刊的保护者。但是，近代报刊无疑是民族主义最有力的催化剂，后者最终回过头来消灭了租界。这样的情节尽管匪夷所思，却也不过是近代中国无数吊诡历史现象中的一个。

其实，自诞生之日起，近代报刊就始终与外国势力有复杂的关系，借助洋人的势力办报几乎成为一种常态。早期的近代化报纸如《中外新报》、《华字士报》、《汇报》、《新报》等背后均有着洋商、洋务集团和买办官僚的身影。①　王韬的《循环日报》开设在香港。著名的《大公报》，其资金来源也有天主教及外资色彩，言论也是先亲法后亲日。《时报》的实际负责人为狄楚青，却是挂着日商招牌，由日人宗方小太郎出面任名义上的发行人。以刊登严复文章而名噪一时的《国闻报》，虽然主事者均为中国人，而且都是清廷官员，②但仍需将报纸假盘给日人西村博并刊登"明治"年号，为自己涂抹上一层外国保护色。至于像《重庆日报》邀请日语教员竹川藤太郎担任名义上的社长，则更是近代报刊业司空见惯之事。有学者就曾总结道：

> 上海的大报纸，从前都会向外国注册，如《申报》为日本，《时事新报》、《时报》、《中华新报》为法国，《新闻报》、《新申报》、《新中外报》、《商报》为美国，《神州日报》为日本是。③

即使一时找不到洋人出面，也必须与外国势力保持某种关系，使清政府有所顾忌。例如革命派报纸《国民日日报》最初由章士钊、张继、何靡施、卢和生、陈去病等筹办数月，"因虑易招清政府仇视，乃以广东东

---

①　方汉奇：《中国近代报刊史》，山西人民出版社1981版，第63页。
②　严复时为天津水师学堂总办，王修值时任天津北洋学堂总办，夏曾佑为天津育才学堂总办，杭辛斋以本州博士弟子员肄业于北京同文馆，在主编《国闻报》之前曾上书光绪，被授以内阁中书。为了保护自己，《国闻报》还将报馆设在租界，且主事者均隐其真实身份。
③　蒋国珍：《中国新闻发达史》，第69页。

莞人卢和声为发行人。盖卢系英国海军工程毕业之老留学生,自幼生长香港,曾任上海西报记者有年,国民日日报可用其名在英领属注册,以避免清吏鱼肉也"①。从中颇可见出外国势力对清廷的威慑能力。

为了寻求更直接可靠的保护,许多报刊索性就设在租界。租界之所以特殊,是由于被外国势力控制,清廷法律在此形同虚设。早期清政府官员在租界尚有一定法律管辖权,但"自1866(同治五年)年起,华官已失去了在法租界逮捕和提审华籍被告之权。……可是不久之后,在公共租界逮捕华人,亦须经领事团团长的同意"②。随后出现的公审会廨也只具有形式上的意义,不少轰动一时的大案要案,都受到租界当局的干涉而得到缓冲。对此,台湾学者吴圳义的一段论述颇值得注意:

> 一九零三年(光绪二十九年),在"苏报案"发生之后,伍廷芳在针对会审公廨的奏摺中说:"最近几年来,外籍会审官时常袒护非华籍的当事人,使会审一词成为空谈。现在洋官公开地干预纯粹华人案件。如果华人被控犯罪,理应由华官依照个别情形及以往的判例,加以量刑。但是现在外国领事只以本人的见解,而不考虑中国法律及判例,去判决诉讼案件。这种本质不正常的判决日愈增加,因此使租界的华籍商人和居民根本不知受何种法律所统治。"伍廷芳的奏摺显示着满清政府的不满……对于中国人的指责,外国政府不会有丝毫的让步。③

在《剑桥中华民国史》中,美国学者费惟恺也认为:

> 中国的主权在理论上是完整的,但实际上租界是外国人的自治飞地。在这些地方,外国人不仅享有治外法权和特权,公共租界当局还实际上行使对中国居民的司法权。中国人虽在人口中占绝大多数,但在市政机构中却毫无参与权。中国当局只有得到有关

---

① 冯自由:《革命逸史》第1集,中华书局1981年版,第135页。
② 吴圳义:《清末上海租界社会》,台湾文史哲出版社1978年版,第25页。
③ 吴圳义:《清末上海租界社会》,第26页。

外国领事的批准,才能逮捕在租界里的中国人。在上海的公共租界,中国人之间的民事或刑事案件是由会审公廨审理的,而会审公廨实际上(并非根据条约赋予的权利)经常由外国陪审员控制。①

况且租界本身法律制度就不够完备,对新闻报刊的管理更是没有一定之规。例如,迟至1919年6月29日,法租界的第一部新闻出版法才得以颁布。② 租界当局对待新闻出版宽松的态度与试图严厉控制舆论的清政府显然存在着矛盾。

由于治外法权的存在,中国政府的势力不能达到租界,因此华人在租界出书办报就成为较为普遍的现象。姚公鹤曾经分析上海报纸发达之原因在于历史最早、交通便利、商业发达,而这三者"已全出外人之赐",而报纸发达之最大原因,"以托足租界之故,国内政治上之暴力不得而施"。③ 今人也认为:"平心而论,我国人在租界内经营出版事业比较方便些,这是事实。"④

蒋国珍则明白指出:

> 国内政变起时,反对方面的政治家,和像外国亡命一样,预先把反对言论的机关,迁移到租界,向外国领事署注册。这是清末以来,攻击专制武断政府而避免其压迫的长套手段。⑤

因此,近代史上众多著名报刊均设在租界便并非偶然——老资格的《申报》社址几经变动,但始终都在租界范围之内;《新闻报》也设在公

---

① 费正清主编:《剑桥中华民国史》(第一部),上海人民出版社1991年版,第146~147页。
② 《法租界第一部新闻出版法》,见《老话上海法租界》,中共上海市卢湾区委党史研究室编写,上海人民出版社1994年版,第105页。
③ 姚公鹤:《上海报纸小史》,《东方杂志》第14卷第6号,1917年6月15日,第198页。
④ 《近现代上海出版业印象记》,朱联保编撰,学林出版社1993年版,第5页。
⑤ 蒋国珍:《中国新闻发达史》,第69页。

共租界;《时务报》从创刊起就设在英租界;《大公报》社址先在天津法租界,后迁往日租界;《苏报》、《国民日日报》也设在英租界。

不仅如此,由于租界在中国有其"排他性的专享权利",在一定条件下较便于革命党的活动,因而与辛亥革命关系极为密切。① 因此,主张民族主义的革命派报纸也得益于租界不少。首先,"租界成为革命刊物的散布站",革命党人将革命报刊从海外带回租界,然后由沿海租界而向内陆流传,"即由点而面,最后秘密流传到教堂、学校、军队等各种角落"。其次,租界本身便是革命党报纸理想的栖身之地:"民国以前的国内报刊,因受清廷的压制,不敢随意发挥,只有在上海的租界刊行的报纸,还可以有相当的言论自由。"虽然租界当局有时也应清廷之请,封闭租界报馆、拘捕编辑记者,但在申请办报方面似乎并无太多限制。革命党人可以借用外国人名义继续创办新报,租界中带有革命色彩之报纸因此层出不穷——先有著名的《苏报》、《国民日日报》,继之以蔡元培办的《警钟日报》,于右任所办的《神州日报》、《民呼报》、《民吁报》、《民立报》,陈其美所办的《中国公报》,李怀霜、周桂笙创刊的《天铎报》等等。②

民国政府成立之后,言论管制的短暂缺失使报刊对外国势力的依附性一度有所减弱,打着洋人旗号的报纸显著减少。但随着南北政府重新收紧舆论尺度,众多报纸放弃幻想,不得不重新托庇于租界。张静庐认为名记者邵飘萍、林白水等被军阀杀害,原因就在于北平虽为首都,但究竟是中国的土地——

> 为有枪阶级统治权力所能及到,所以在北平办报的,确是比上海天津为困难,因为上海天津有外国人的租界呀! 中国人办的新

---

① 已有学者指出,各国对于租界的管理似以法国为松弛,法租界鱼龙混杂,"从事革命活动者比较易于掩护身份,而一旦事机泄露,若涉及扰害治安,仅受租界当局的取缔与惩处,不至直接受清府之迫害",即使清政府施加外交压力,租界当局常常能基于人道立场,把革命党人视同政治犯处理而不加引渡,所以革命党人乐于在此寻求庇护。见陈三井《租界与中国革命》,《中国现代史专题研究报告》(二),中华民国史料研究中心编印,1985年版,第228页。

② 陈三井:《租界与中国革命》,《中国现代史专题研究报告》(二),第224页。

闻纸一定要在租界上出版，才敢说话——自然是说中国话！——而外人在中国境土内办的新闻纸，却可以自由地批评中国的政局，这是怎样的矛盾，而可痛心的事呀。①

面对两难的处境，以丧失国家主权和民族尊严为代价寻求租界的庇护，就成为中国报人无可奈何的选择。

在租界的报纸虽然能够避免中国政府的直接迫害，却又不得不受租界当局的干涉。事实上，租界无论是有利或阻碍中国革命，都受一定客观条件和政治情势的制约，其根本出发点还是维护西方列强的在华利益，只有在不损害租界当局利益的情况下，租界的新闻舆论才能够得到一定的保护和发展。否则，在各方利益的博弈和权衡之下，租界当局有时也会对舆论进行管制。出版机构即使设在租界，清政府也可以通过与租界当局的约定加以干涉，其出版自由程度仍然有限。② 例如，1907年创刊的《神州日报》因为宣传反清和民族主义而受到工部局干涉，稍后创刊的《民呼日报》则由于主编于右任、陈飞卿被工部局以"毁坏名誉"罪名拘捕，被迫停刊。继之而起的《民吁日报》又被租界当局查封，"永远禁止出版"。这一系列默契的动作背后，隐伏着租界当局与清政府某种耐人寻味的关联。

如上所述，中国近代报刊脱胎于一个极为复杂和富于东亚特色的社会环境，中国社会百年来动荡多变又新旧杂糅的特性，使近代报刊和在此基础上出现的近代舆论，在深受西风熏染的同时又具有与西方现代舆论相当不同的外在形态和内在特征。民意的起伏、精英的参与、官方的操纵、租界的存在与市场的力量等诸多因素于此汇流并互相博弈，使中国近代舆论具有多元的内涵与多维的动态结构，从而成为具有自身发展逻辑的独特的历史存在。这一发展轨迹，值得认真追寻。

---

① 张静庐：《中国的新闻记者与新闻纸》（下编），第48页。
② 例如1898～1900年间，大同译书局出版康、梁所著各书，被清政府焚板禁售；1903年，大同书局出版邹容《革命军》一书，被清政府禁售；1904年上海启文社、时中书局、镜今书局、东大陆图书译印局等经售陈天华《警世钟》一书，被清政府通过公共租界工部局控告，各店主被判拘押三月至二年不等。

二、从清议到舆论
——清末民初公共意见的近代转型

诚如曹聚仁所言:"一部近代文化史,从侧面看去,正是一部印刷机器发达史;而一部近代中国文学史,从侧面看去,又正是一部新闻事业发展史。"①百年来的中国文化运动和文学潮流和以报刊为代表的现代舆论,有着不言而喻的密切关系。但是,我们这里所说的现代舆论与传统中国的公共意见有哪些根本不同?它具有怎样的现代性特征和功能,并与新文化的发生有怎样的关联?在此,我们将对这些关键问题试作回答。

显然,这里的关键词是"舆论"。今人对舆论较为全面的一个定义是:

> 舆论是公众关于社会以及社会中的各种现象、问题所表达的信念、态度、意见和情绪的综合,具有相对的一致性、强烈程度和持续性,对社会发展及有关事态的进程产生影响。其中混杂着理智和非理智的成分。②

我对舆论的讨论也是以这一定义为基础的。但是,这并不是说这一定义完全没有值得斟酌之处。很显然,这是个更适合现代社会舆论状态的定义。例如,"公众"一词就具有显而易见的含混的现代性意味,在不同的语境中解读,很容易产生歧义——中国封建社会是否有和"公众"概念相称的群体,实在值得讨论。因此,如果严格按照这一定义,那么古代中国社会是否具有舆论也很值得怀疑。所以,尽管绝大多数研究者都默认古代中国社会存在一定形式的社会舆论,但我们必须清楚,

---

① 曹聚仁:《文坛五十年》,东方出版中心 2006 年版,第 83 页。
② 陈力丹:《舆论学——舆论导向研究》,中国广播电视出版社 1999 年版,第 11 页。

它们的舆论主体与现代舆论的主体——公众——有相当的区别,而且这种区别具有根本性的影响。

毋庸置疑,在漫长的历史发展过程中,中国社会形态虽几经变化,最后形成高度集权的帝国体制,但始终存在着社会性的民众意见表达。这些民众意见的表现形态非常特殊,既有谏鼓、拦轿、民谣、揭帖、演剧等民间表达方式,也有春秋时代的"王官采诗"、宋代的"登闻鼓院"、明清的"谏诤之制"等政治体制内的方式,更有士人在乡校、太学书院、朝堂、讲会、党社等场合表达意见的"清议"。清议是中国封建时代社会舆论的典型形态,不过也属于那些易于理解却难于给出明确定义的诸多概念之一。"清议"一词似乎最早见于《三国志·张温传》,说吴人暨艳"性狷厉,好为清议",但在三国时代之前就已经有清议存在,是指汉代民间士族对人才选拔的议论,称为"乡议"或"乡论",朝廷选官每以为依据。到东汉末年,朝政为宦官集团所把持,士族知识分子和太学生遂"激扬名声,互相题拂,品核公卿,裁量执政"①,以月旦人物为手段,批评时政,招致两次党锢之祸。到了魏晋,随着士族名士的利益得到保证,清议逐渐转变为脱离实际政治的清谈,"虚无放诞之论盈于朝野",就不成其为舆论了。其后宋代太学生的政治活动、明代东林党人、复社以及晚清清流派都被视为有代表性的清议运动。

清议在高度集权的传统政治体制中发挥了重要的制衡作用,其意义也一度被提升到"而国无是不足以立"的地步,②但较之于现代舆论,它仍有先天的局限性。首先,清议是一种重要权力,但它一般被上层阶级或士大夫阶层操纵,普通民众无与焉。虽然清议被称为"公论","凡所谓清议者,皆忠于君,利于民之言也"③,但很多时候,这只是士人阶层的自我想象。清议的主体是"清流",亦即士大夫阶层,与底层民众没有多少关系,因此清议缺乏足够的代表性和公共性,它主要还是体现士

---

① 《后汉书·党锢列传第五十七》。
② 王夫之:《读通鉴论·卷十·三国·二三》,中华书局1975年版,第282页。
③ 方苞:《书杨维斗先生传后》,《方苞集》(上),上海古籍出版社2008年版,第120页。

人阶层的利益。正如赵园所说:"在通常的使用中,清议更指非居权力中枢的士人干预朝廷政治的言论形式。其所表达的与其说是模糊的'民间',无宁说是士集团的意志与愿望。"同时,清议之所以具有力量,在于它以儒家内在的伦理道德为基础,对社会问题进行严厉甚至苛刻的评价,"清议强调的是言论的合道德性('清')",①但对道德标准的阐释权却完全掌握在士人阶层手中,并不属于民众。从形式上来说,清议常常采取小范围、精英化的传播方式,或是口头舆论,或是私人著述如日记、笔录、文稿,或是官方文件如台谏官员的弹劾奏折,流传范围有限,一般民众很难接触和理解。因此,在与官方博弈的过程中,士大夫阶层往往是孤军奋战,不能与民众联合起来对政府施加实质性的压力。② 由于清议只能代表士人阶层的意见,而很难反映民众的看法(即使对下层民意有所反映,也往往是经过了士人的加工、修饰或扭曲),因此清议并非真正意义上的"舆论",而只是局部的群体性的意见表现,因而容易被集团利益化,被个别政治势力操纵。朱一新在《无邪堂答问》中就认为:

> 梨洲但知清议之出于学校,不知横议之亦出于学校也;但知陈东欧阳澈之为太学生,不知为贾似道颂功德者亦太学生也。学校之习一坏,则变乱是非之说,多出乎其中。③

在封建时代,士人自身已经意识到这一问题的严重性。

以清议为代表,我们可以触及古代中国社会舆论存在的诸多问题:其一,民众对社会中的重要问题和现象是否都知情?其二,由于民众没有话语权,由远离民众的士大夫阶层作为民众的代言人是否合适?其三,没有合适的媒介,个人的异议能否成为普遍的观点?其四,没有制

---

① 赵园:《明清之际士大夫研究》,北京大学出版社1999年版,第209页。
② 当然这并不绝对,在士人利益和民众利益重合一致之际,士人们的言论和行动也会得到民众的广泛支持,这样的例子在历史上并不鲜见。但在大多数时候,民众与士大夫阶层之间相当隔膜。
③ 转引自章炳麟:《论学会有大益于黄人亟宜保护》,《时务报》第19期,光绪二十三年二月初一日。

度层面和法律架构(宪政)对舆论合法性的保护,舆论能否成为常态?

显然,以"清议"为标本,答案都是否定的。舆论的本义是"公众意见",是西方启蒙时代以来市民社会发展的产物。但是,这种"公众意见"在传统中国是无从寻觅的。

首先,如果没有现代意义上的"公众",也就没有舆论。绝大多数民众的失语,使封建时代的中国难有真正的舆论出现。其次,没有社会事务的知情权也就没有舆论。但主宰封建时代社会事务与民众关系的观点是"民可使由之,不可使知之"。统治者非常高明地切断了信息的传递,民众对国家重要事件和社会问题一无所知,当然也谈不上有自己的意见。因此,要想有真正能够代表民意的舆论,就必须使信息尽可能完整地传达给民众。再次,舆论必须有一定的传播媒介和表达方式。如果人们的意见只停留在内心而没有表达出来,显然不构成舆论。而如果这种意见仅仅表达出来而没有传播开去,形成一定数量人群共同的意见,这也不是舆论。显而易见,这一过程需要更为发达的媒介和传播手段,正是这种表达方式的变化构成了古代舆论与现代舆论的不同。媒介形态的不同甚至可以决定舆论的一些根本特征的变化。最后,除非有健全的制度设计给舆论以合法保护,否则舆论的地位不会真正稳固,也不可能充分真实地反映民意。

有学者指出:

> 在现代民主社会中,社会舆论构成了维持政府法纪和官僚士气的重要力量,但在传统中国则并非如此,它缺乏把民间清议纳入政治调解的合理机制。①

虽然自古就有"防民之口,甚于防川"之训,但在高度集权制的政治体制下,掌权者不会认真对待民众的意见。宋钦宗在学生运动高潮过后就迅速罢免李纲并将太学生领袖陈东处死,就是明证。清议固然可以凭借道德力量影响时政,但相对于坚固的皇权,它最终是软弱和不稳

---

① 阎步克:《西晋之"清议"呼吁简析及推论》,《中国文化》第14期,1996年12月。

定的。

但是,中国社会的舆论形态在清末民初发生了根本性的转变。简言之,就是从古典形态的"清议"转变为以报刊为基础的近代舆论(现代舆论)。当然,近代舆论的兴起有多重助力:中西交通的展开、中央政府控制力的削弱、地方势力的崛起、通商口岸的增设、市民社会的繁荣等等,都是中国社会舆论形态发生变化的原因。然而我认为,近代报刊的出现和兴起才是其最重要的因素。梁启超曾云:"夫舆论之所自出,虽不一途,而报馆,则其造之之机关之最有力者也。"①报刊作为大众传媒和舆论载体,不仅提供了近代舆论的物质性基础,而且深刻地改变了舆论的生成、存在和表达方式,赋予舆论以鲜明的现代性特征。从这个意义上说,报刊的出现正是中国现代舆论诞生的标志。

那么,近代报刊出现之后的中国社会舆论又具有哪些特点?换言之,近代报刊在哪些方面对舆论产生了何种影响?舆论的建构又在哪些方面改变了近代报刊的面貌?我以为,以机器印刷、周期出版为标志的西式报刊大大增强了近代社会舆论的公共性,从而使舆论真正成为有代表性的、公众意见的体现。

报刊的出现使公共意见的传播媒介发生了根本改变。如前所述,传统舆论的载体主要是口头传播,纸质媒体还包括奏章、书稿、私家著述、信函,到了明代坊刻发达之后还包括揭帖、传单等等,但是传播范围十分有限,时效性也较差,很难就某一事件形成多数共同意见。但是,近代报刊出现之后,纸质媒介很快取代口头传播而成为社会舆论的主要传播媒介。报刊的发行从心理上拉近了不同地域之间的空间距离,报刊的定期出版和快速流通则使社会意见的生成节奏逐渐一致,报刊可以使民众的注意力集中在同一主题,使"公众意见"成为可能——报刊可以长期保存和被多人传阅的特点更使社会意见的"公共性"大大增强。简言之,舆论传播媒介的物理性质改变从根本上决定了近代舆论的性质和特点,报刊为社会提供了公共议题,并从空间和时间两个方面改变了社会意见的生成方式,从而促使以小农经济为主的松散前现代

---

① 梁启超:《国风报叙例》,《饮冰室合集·文集之二十五》,第21页。

社会向具有凝聚力的、作为现代民族国家雏形的"想象的共同体"①转变。

不仅如此,报刊功能的进化还为舆论提供了充分的生成空间。众所周知,报刊的功能极为丰富。但由于意识形态的因素,国人创办报刊之初,更强调其传递信息的基本功能,希望以此打动当权者为报刊开禁。他们鼓吹报纸之利在于"通"——能够"通上下"、"通内外",故能使国富民强。正如梁启超所说:"阅报愈多者,其人愈智;报馆愈多者,其国愈强。曰:惟通之故。"②

在梁氏所办报刊中,向国人输入常识始终是一项重要的内容。③在报纸日兴之后,政府也刻意突出报纸沟通朝野官民的作用。

袁世凯所办的《北洋官报》就明白表示:"求其所以交通上下之志,使人人知新政新学为今日立国必不可缓之务,固不能无赖于官报也。今设直隶官报,以讲求政治学理,破锢习,浚智识,期于上下通志,渐至富强为宗旨。"④

1906年创刊的《政治官报》,其目的也在于"使绅民明悉国政,为预备立宪基础之意"⑤。这些官办报纸的主要功能还是传播官方信息,使民众了解并支持政府的政策。但是,随着政治形势的变化和西方新闻理论的传入,报纸不再被视为被动的信息传递工具,而是具有更主动、积极的社会参与功能。

1903年,一位署名"筑髓"的作者撰文认为,欧美之报章已经不仅仅是"第四种族",而且"于一切方面皆操其绝高之主权焉",特别是在对民众的启蒙教化方面:

> 教育国民,尤报馆最重之责任。政法也,经济也,社会也,伦理

---

① 参见本尼迪克特·安德森:《想象的共同体——民族主义的起源与散布》,吴叡人译,上海世纪出版集团2003年版。
② 梁启超:《论报馆有益于国事》,《饮冰室合集·文集之一》,第101页。
③ 例如《国风报》发刊词就开宗明义:"本报以输进常识为一最要之宗旨。"
④ 转引自曾虚白《中国新闻史》,台北国立政治大学新闻研究所1966年版,第113~114页。
⑤ 转引自曾虚白《中国新闻史》,第118页。

也,凡夫一学一说,有关乎人文之发达者,必奋笔直书,以灌输于国民之脑。且更为照魔镜,为听音器,……朝作道德说而夕出无量数之大君子,夕唱尚武论而朝产无量数之军国民,报馆之左右社会,其势力为何如也耶?

他进一步指出,现代报馆、新闻记者有"引导现代社会创造未来世界之大主义大目的",因而对于社会要尽"报告的、代表的、判断的、命令的"四大职责。① 在这里,作者其实已经看到现代报刊对于舆论的重要作用。

同一时期,在日本发达的报章舆论环境的刺激下,流亡的梁启超也明确意识到报纸有制造、引导舆论的可能,报纸不应只发挥传递信息和灌输常识的作用,而且更应该刊登政治性的评论和批评,用以宣传自己的观点,并且尽量使之成为民众的公共意见,从而实现最终的政治目的。② 他在《敬告我同业诸君》中认为,报馆有监督政府、向导国民的两大天职。舆论操名誉监督之权:"舆论无形,而发挥之代表之者,莫若报馆。虽谓报馆为人道之总监督可也。"又说:

> 西人恒有言曰,言论自由,出版自由,为一切自由之保障。诚以此两自由苟失坠,则行政之权限万不能立,国民之权利万不能完也。而报馆者即据言论自由出版自由,以龚行监督政府之天职者也。故一国之业报馆者,苟认定此天职而实践之,则良政治必于是出焉。

针对当时有些人认为报纸的作用在于"为政府之顾问"、"为政府之

---

① 筑髓:《论欧美报章之势力及其组织》,《浙江潮》第 4 期,光绪二十九年四月二十日。

② 例如《新民丛报》就设有"舆论一斑"栏目,在第一期的"舆论一斑"中选录了《国文沪报》、《新闻报》、《新中国报》、《中国日报》等报纸对李鸿章的评价,形成对一个话题较为集中的讨论。在这个讨论中,各种意见都得到了表达,主持者的倾向性也得到了体现。这表明,梁启超等新知识分子不仅对"舆论"概念已经有了比较清晰和现代的认识,而且已经把报刊视为"舆论"的代表,并能够熟练地制造舆论。

拾遗补阙"的言论,梁启超认为报馆并非政府的臣属,而是与政府处于平等的地位:"政府受国民之委托,是国民之雇佣也,而报馆则代表国民发公意以为公言者也。故报馆之视政府,当如父兄之视子弟,其不解事也,则教导之,其有过失也,则扑责之,而岂以主文谲谏毕乃事也?"①显而易见,梁启超对西方新闻与舆论理论已颇为熟稔。同一时期,《国民日日报发刊词》更深入地谈到舆论、报刊与平民的关系:

  舆论谁尸之?……夫贵族与平民之界既分,则不在贵族而在平民无疑……自十九世纪欧洲有所谓第四种族之新产儿出世,而舆论乃大定。……此种族者何物也? 乃为一切言论之出发地,所放于社会之影光,所占于社会之位置于是。
  盖即由平民之趋势,迤逦而来,以平民之志望,组织而成,对待贵族而为其监督,专以代表平民为职志,所谓新闻记者是也。……故记者既据最高之地位,代表国民,国民亦即承认为其代表者。一纸之出,可以收全国之观听,一议之发,可以辕全国之倾势……虽然,言论者必立于民党之一点而发者也,有足为事实之母之言论,必先有为言论之母之观念,所为民族之观念是也。故欧洲之有第四种族,必平民得与三大种族之列,而后以平民多数之志望,并合发表而为第四种族,乃足以抵抗贵族教会而立于平等之地位。②

文章确认了平民(公众)是舆论的主体,同时也确认了新闻记者(报刊)代表民众体现社会舆论的重要功能,充分体现了当时知识界对报刊与舆论关系的认识水平。

与此同时,为了适应代言舆论的功能,近代报刊的形态也发生了一些变化。在形式上,"论"的出现和演变是较为突出的例子。早期的中

---

 ① 梁启超:《敬告我同业诸君》,《饮冰室合集·文集第十一》。
 ② 《国民日日报发刊词》,《国民日日报汇编第一辑》,东大陆图书译印局,1904年9月。

国近代报刊上已经出现了论说文,虽然也有像王韬这样杰出的政论家①,但论说大多形态粗糙、意图模糊、视点散乱,反映的也更多是个人的政治诉求和意见,不足以代表群体意见。但随着思想和政治活动的日渐活跃,变法改制等国家公共事务引发了知识阶层越来越浓厚的兴趣,报刊之"论"的公共性和社会性也在逐渐增强。在《〈时报〉发刊例》中,梁启超对报纸论说的特点做了一些原则性的界定:

> 第一　本馆论说以"公"为主,不偏徇一党之意见。非好为模棱,实鉴乎挟党见以论国事,必将有辟于所亲好,辟于所贱恶。非惟自蔽,抑其言亦不足取重于社会也,故勉避之。
>
> 第二　本馆论说以"要"为主。凡所讨论,必一国一群之大问题。若辽豕白头之理想,邻猫产子之事实,概不置论,以严别裁。
>
> 第三　本报论说以"周"为主。凡每日所出事实,其关于一国一群之大问题,为国民所当厝意者,必次论之。
>
> 第四　本报论说以"适"为主。虽有高尚之学理,恢奇之言论,苟其不适于中国今日社会之程度,则其言必无力,而反以滋病。故同人相勖,必度可行者乃言之。②

这四点总结,反映出时人对报纸论说的公共性和社会性已有深入了解。当然,这里的"公"指的还是"公正"而非公众。但梁启超随后就明确指出,公正的言论正是来自公众:"夫健全舆论云者,多数人之意思结合,而有统一性、继续性者也。非多数意思结合,不足以名舆论;非统一继续,不足以名健全。"③

现代舆论的公共性和传统儒家文化中对公正、公平的期待在这里

---

① 美国学者柯文认为:"在中国近代新闻业初期,出版报纸仅是为了获利,很少对某问题表态或影响群众舆论。王韬的报纸却是少见的例外,经常刊登社论,且多是出自王韬本人的手笔。"见氏著《在传统与现代性之间——王韬与晚清改革》,雷颐、罗检秋译,江苏人民出版社 1994 年版,第 75 页。
② 梁启超:《〈时报〉发刊例》,《〈饮冰室合集〉集外文》(上册),第 154 页。
③ 梁启超:《国风报叙例》,《饮冰室合集·文集之二十五(上)》,第 20~21 页。

都被浓缩为一个"公"字，成为当时报刊普遍的追求，以至于清末民初的各类时政报刊，无论政治立场如何，大都将"公"作为办刊的首要原则。梁启超的《国风报》宣布："凡时评不攻击个人"、"凡论说及时评皆不徇党见。"①

民国成立后出现的《雅言》则声明："本杂志以条陈时弊、昌明文学，不徇党私，不尚意气为宗旨。本社经济同人均系独立，所作一本良知，不受党牵，不为势迫。"②

《正谊》也在广告中自称："本杂志以公平之主张，发稳健之言论，不涉一党伪私之见，足为政论之模范。"③

谷钟秀在《发刊词》中则进一步说明："必有建言者，竭至诚之忱，扬大公之大纛，不惮苦口哓音，以与世相周旋，而后能渐入人心，冀挽回于万一。"④

其实不仅仅是"公"，如"诚"、"正"、"恒"⑤等当时报纸经常标榜的一些办报准则，在传统的道德内容之外，也都具有现代的公共性与社会性意味了。

与此同时，论说的内容也日渐丰富，跳出了早期报纸狭隘浅陋的局限，将更多公共性事务纳入视野："其对象，则兼政治上与社会上。政治上者，纳诲当道也；社会上者，风厉国民也。其选题，则兼抽象的与具体的。抽象的者，汎论原理原则也；具体的者，应用之于时事问题也。"报纸论说在时政之外也涉及国计民生，具有更广泛的社会性："凡社会上

---

① 梁启超：《国风报叙例》，《饮冰室合集·文集之二十五（上）》，第25页。
② 《甲寅》封底所刊《雅言》之广告。
③ 《正谊》广告，《甲寅》1卷6号，1915年6月10日。
④ 谷钟秀：《发刊词》，《正谊》第1卷第1期，1914年1月15日。
⑤ "恒"是梁启超在解释《庸言》杂志的命名时提出的："庸之义三，一训常，言其无奇也；一训恒，言其不易也；一训用，言其适应也。振奇之论，未尝不可以骤耸天下之观听，而为道每不可久，且按诸实而多阏焉。天下事务，皆有原理原则，其原理之体常不易，其用之演为原则也，则常以适应于外界为职志，不入乎其轨者，或以为深赜隐典，而实则布帛菽粟，夫妇之愚可与知能者也。言之庞杂，至今极矣，而其去治理若愈远，毋亦于兹三义者有所未惬焉，则庸言报之所为作也。"梁启超：《庸言》，《庸言》第1卷第1期，1912年12月1日。

所睹之利病，无不陈，而于道德风习，三致意焉，端本也。"①

不过，由于公众力量还不够强大，制度保障不足，舆论的公共性和社会性往往需要依靠新闻从业者的道德修养来保证。报刊政论能否反映舆论，与报刊主笔的个人品质有直接关系。在《论日报渐行于中土》中，王韬就认为舆论的代言人必须有特殊的道德标准：

> 西国之为日报主笔者，必精其选，非绝伦超群者，不得预其列。今日云蒸霞蔚，持论蜂起，无一不为庶人之清议。其立论一秉公平，其居心务期诚正。

因此，对于秉笔之人"不可不慎加遴选。其间或非通材，未免识小而遗大，然犹其细焉者也。至其挟私评人，自快其忿，则品斯下矣，士君子当摈之而不齿"。② 只有报纸的主持者出于公心，才能够真实反映公众意见。

在《国风报叙例》中，梁启超也认为"直道"和"公心"是健全舆论所不可缺少的要素："故必有柔亦不茹、刚亦不吐，不侮鳏寡、不畏强御之精神，然后舆论得以发生，……故必无辟于其所好恶，然后天下之真是非乃可见。"③舆论的公正依赖于诸如新闻从业者的道德之类的偶然性因素，正反映出近代报刊发展环境的先天不足。以至于论说的公共性不是从论者对公共意见的熟悉程度而是从论者的个人道德节操表现出来，成了中国近现代舆论的一大特征。

近代报刊之所以能够反映舆论，具有更强的公共性和社会性，与报刊读者的公共化也有直接的关系。传统中国的邸报之类的官方媒介，为政府信息的单向传播工具，受众面非常狭窄。但早期近代报纸出现之后，报纸的读者面就大大扩展。同时，报纸的流行也培育了不同层次、数量日增的读者。商业性报纸的读者主要是市民和商人，政论性报

---

① 梁启超：《国风报叙例》，《饮冰室合集·文集之二十五（上）》，第 24 页。
② 王韬：《论日报渐行于中土》，《韬园文新编》，三联书店 1998 年版，第 109~110 页。
③ 梁启超：《饮冰室合集·文集之二十五（上）》，第 20 页。

刊的读者则主要是官僚士大夫阶层。随着报刊的发展,商业性报纸和政论性报纸的功能逐渐重合、趋同,它们的读者群也相互渗透,形成了以社会大众为主、兼及政府官员的读者群结构。由于这样的读者群结构的存在,报纸就有了沟通官民的作用。舆论是不同于政府的社会声音,甚至常常是与政府相对抗的声音,但这些声音只有被统治机关所了解时才能够发挥效力。所以,近代报纸论说的预设对象往往不只是社会大众,还包括政府官员,报刊要在两者之间发挥桥梁的作用。正如梁启超所说,报纸要以自己的言论、对策"以献替于有司,而商榷于我国民"①。报纸之所以不同于请愿书,就在于报纸不只反映民众的意愿,也能够传递政府的意图:

> 报纸诚常有代表国民请求之事,然寻常请愿书,仅限于一时一事,而报纸之代表国民请求,可随时随事而发,且请愿书大抵但为国民请求政府之一种手段,而报纸则既可代表国民向政府为请愿,亦可代表政府向国民为请愿,又可为国民与国民间之相互请愿,且可为国与国间之国际请愿,其范围至广,斯其作用至繁,匪可同日语也。②

1903年《苏报》刊登的一篇文章阐述了读者公共化背景下报纸、舆论与政府之间互动的过程:

> 报馆者,发表舆论者也。舆论何自起?必起于民气之不平。民气之不平,官场有以激之。是故舆论者,与官场万不相容者也。既不相容,必生冲突。于是业报馆者,以为之监督曰某有事碍于国民之公利,曰某官不能容于国民,然后官场有所忌惮,或能逐渐改良,以成就多数之幸福,此报馆之天职也。此天职者即国民隐托之于报馆者也,苟放弃此天职,即不得谓之良报馆。③

---

① 梁启超:《上海〈时报〉缘起》,《〈饮冰室合集〉集外文》(上册),第153页。
② 刘蕭和:《勖报》,《甲寅》1卷6号,1915年6月10日。
③ 《论湖南官报之腐败》,《苏报》,1903年5月26日。

拓展读者群、获得更广泛的民众支持,给报刊的公共性带来了坚实的保障,同时也给报刊的形式提出了新的要求。换言之,近代报刊必须在外在形式上作出变化,以适应读者公共化的趋势。事实上,从近代报刊出现之后,这种变化就始终存在,通信栏的出现和流行就是其中最典型的例子。如同近代报刊一样,"通信栏"也是西方舶来品。英国老牌报纸《泰晤士报》的通信栏历史悠久,《旁观者》等周刊的通信栏也各有特点,明治维新之后日本报刊的通信栏也办得有声有色。因此,通信栏是世界范围内报刊所惯用的一种加强与读者联系的手段,也是报刊作为公共言论空间在形式上具体而微的体现。不过,通信栏在中国报刊的出现和流行却经历了一个渐进的过程。就早期政论报刊而言,通信栏或类似的栏目出现甚早,但地位并不重要。在《时务报》时期,就已经有了杂志与读者的互动沟通,它从第六册开始设"奉覆来函"栏,以简短之只言片语集中答复读者的来信。但此栏并非每期都有,且不为编者所重,只是聊备一格而已。《新民丛报》上也设有"问答"一栏,但其内容多为编读之间关于西学常识的问答,几乎从不讨论时政问题,殊少兴味。此外《新民丛报》还在"杂俎"中设有"尺素五千纸"一栏,由编者对读者来信进行统一答复,但见不到读者的意见。在"饮冰室师友论学笺"中也偶尔会看到一些编者友人的来信,但是数量不多,且掺杂着私人关系,不足以代表一般读者。随着中外报界交流日渐频繁,一些新派报纸逐渐开始重视通信栏。秦力山主持的《国民报》辟有"答问",其主旨是"主客问难,究诘事理,此送一难,彼通一义,庶几明辨,阐发宗旨"①,立意与欧西报纸的通信栏已相当接近,且更注意读者意见的表达。此外《二十世纪大舞台》、《中国白话报》、《民报》、《有所谓报》、《江西》、《京话日报》等报刊都开辟了"答问"、"邮筒"、"来信"、"来书"之类的栏目。②

在清末民初的报人中,章士钊是少数擅长利用通信的一位。他在

---

① 秦力山:《〈国民报〉序例》,《秦力山集》,中华书局1987年版,第35~36页。

② 方汉奇:《中国近代报刊史》(下),山西人民出版社1981年版,第656页。

办《苏报》、《国民日日报》时就开辟了通信栏,所谓"尺书千里,疑义与析;脑海相通,江山铁笔"①,将读者的回应视为"铁笔"——亦即报纸舆论——必不可少的一部分,获得了读者的普遍欢迎。留学英伦之后,英国报刊发达的通信部分给章士钊留下了更深的印象,以至于他在称赞《帝国日报》的通信栏时对英国报纸的这一优长亦念念不忘:

> 其尤足以尽新闻之职务而为他报所忽者,则为唱(倡)导投函一事。英人之言曰:"英伦社会有一不安之象,《泰晤士报》投函栏中必有一相应之函。"斯言当也。英人之好投书与英纸之乐受投书,实为英纸之发达史中之一要键。吾人未审利用新闻纸以抒吾见,陈吾苦,而新闻纸复未能与此加之[注]意,是乃割弃新闻天职之一部分,且为社会不活动之一表征也。②

1912年,章士钊和王无生合办《独立周报》,也设有"投函",内容日渐活跃。1914年《甲寅》创刊之后,通信一栏更是办得风生水起,为这份严肃政论杂志增加了活泼灵动的一面。在发刊词中,章士钊明确表示通信为舆论重要之一部分:

> 本志既为公共舆论机关,通讯一门,最所置重,务使全国之意见,皆得如其量以发表之,其文或指陈一事,或阐发一理,或于政治学术有所怀疑,不以同人为不肖,交相质证,俱一律欢待,俾先登录,若夫问题过大,持理过精,非同人之力所及,同人当设法代请于东西洋学者以解答之。③

显然,章士钊在这里对通信的重视并非出于讨好读者,也不应单纯以办刊技巧视之,相反,章士钊始终把是读者的意见当成自己刊物观点和立场的重要来源和参照,以平等的态度与读者交流,进而使自己的政

---

① 《国民日日报发刊词》,《国民日日报汇编第一辑》。
② 章士钊:《老大帝国之少年新闻》,《帝国日报》,1910年11月15日。
③ 《本志宣告》,《甲寅》1卷1号。

治思想获得广泛民意基础的。在刊物提供的"公共空间"中,无论读者对编者的意见赞同与否,畅所欲言的通信和交流,本身就足以使读者产生对刊物的信赖。因此,对通信的倚重和精心打造就成为章记报刊的显著特征。① 正如一位读者所说:"自大记者主持《民立报》以来,仆即见其对于通信一门,颇为注意,意在步武欧美诸大周刊、日刊诸报,以范成舆论之中心。"②特别是《甲寅》时期,章士钊在通信栏上更是耗费心力、苦心经营,时人认为《甲寅》的通信:

> 固为博采旁搜,集思广益起见。然质证疑难,妙有折衷,则读者之兴味顿增,于国人政治学术上思考力之策进,尤赖有此。贵志之用心良苦矣!③

并给予很高的评价。以至于时至今日,有学者认为在《甲寅》的诸多栏目中,"以通信最为出色"④。其后,《新青年》之通信栏在陈独秀手中虽青出于蓝,产生更大影响,⑤但追根溯源,则与《甲寅》注重通信的特点不无干系。

通信栏之发展虽是一个渐进的过程,但对近代舆论而言却具有重要之意义。它绝不仅仅只发挥事务性的功能——在说明投稿须知、提醒邮购事项、纠正错别字等琐事之外,内容充实的通信栏往往意味着报刊/舆论代言人和读者/舆论主体之间的互动。通过通信,编辑和主笔可以和读者保持广泛而及时的联系,同时也可以使来自读者的意见传播开去,从而使读者相信自己的观点可以成为舆论的一部分并在一定程度上影响事件的进程。虽然由于报刊的读者也主要是知识阶层因而

---

① 当时报刊虽大多设有通信一栏,但有自身特点者不多,一些报刊也不甚注重此栏,只是聊备一格而已。如与《甲寅》同时期的《大中华》即没有通信栏,虽设有"来稿"一栏,但多是读者投寄之完整文章,并非编读之间的往来互动。
② 李菼:《宪法会议——致甲寅记者》,《甲寅》1卷1号"通信"。
③ 周悟民:《政与学——致甲寅杂志记者》,《甲寅》1卷1号"通信"。
④ 《辛亥革命时期期刊介绍》第4集,人民出版社1986年版,第529页。
⑤ 见李宪瑜:《"公众论坛"与"自己的园地"——〈新青年〉杂志"通信"栏》,《中国现代文学研究丛刊》2002年第3期。

无法代表全体民众,但市民阶层的兴起和参与以及报刊读者面的扩大,使得报纸体现民意的可能性大大增加。通信对报刊公共性/舆论的建设性作用并非只存在于理论层面,我们可以轻易在近代报刊中找到经典案例,这就是《苏报》。

在清末民初的众多报刊之中,1896年创刊的《苏报》有着特殊的地位。但最初它只是一份再普通不过的市民报纸,由中国人胡璋(铁梅)的日籍妻子生驹悦担任"馆主",在上海的日本总领事馆注册,①报馆设在上海英租界三马路中市。1900年,由于经营不善,胡璋将《苏报》盘给了曾经做过知县的陈范(梦坡)。事实上,直到章士钊担任主笔之前,《苏报》都是一份平庸无奇的报纸,其规模也是家庭作坊式的。② 但正如日本学者高田淳所言,癸卯(1903)之年,对于章士钊或中国革命史而言,都是一个重要的转折年头,原因即在于这一年发生了"苏报案"。③苏报案对于当时民族革命运动所产生的影响,今天已经无须赘述。需要提醒人们注意的,是《苏报》的通信栏在造成舆论进而催动实际革命运动中扮演的重要角色。

1903年6月1日,章士钊出任《苏报》主笔。章氏少年气盛,刚刚上任就大胆改革,在栏目设置和体制形式上下了不少工夫,使《苏报》面目一新。除了一些技术性措施如"特于发论精当,时议绝要之处,夹印二号字样"④以引起读者的注意之外,明确宣布:"本报务以单纯之议论,作时局之机关,所有各省及本埠之琐屑新闻,概不合本报之格,严从沙汰,以一旨归。"⑤摆脱过去对新闻的时间性依赖和单纯作为报道新闻事件的工具性特征,将《苏报》定位于严肃的政论性报纸。为了配合《苏报》对政治时事的关注,章士钊又将原有的"学界风潮"栏目位置提前,

---

① 方汉奇:《中国近代报刊史》(上),第231页。
② 陈梦坡接手《苏报》后,由自己写论说,儿子则发新闻,女儿则有时编些诗词小品之类,"所以他们是合家欢,不另请什么编辑记者的"。见包天笑:《钏影楼回忆录》,香港大学出版社1971年版,第182页。
③ 高田淳:《章炳麟·章士钊·鲁迅》,刘国平译,远方出版社1997年版,第172页。
④ 《本报大改良》,《苏报》1903年6月1日。
⑤ 《本报大沙汰》,《苏报》1903年6月3日。

紧跟"论说"之后,吸引读者的注意;同时新增"舆论商榷"一栏,欢迎读者来稿讨论问题,①为发表读者观念、造就舆论提供了充足的言论空间。

《苏报》上最引人注目的"学界风潮"一栏,其初衷不过是想借学生运动的声势拓展销路,②而且并非由访员或主笔撰稿,而是由众多读者来函组成,如《录某君自东京成城学校来函》、《来函述杭州美国浸礼会蕙兰书院学生退校始末记》、《来函述嘉兴塘湾蒙养学堂徐教习之野蛮》(均见1903年5月7日)、《扬州笃材学堂来函》(1903年5月8日)、《函述江宁水师学堂之腐败》(1903年5月28日)、《再述江宁水师学堂之腐败》(1903年5月29日)等等。个中原因,可能并非出于编辑刻意设计,而是因为报社财力、人手所限,无力派访员亲自调查各地学生运动实情,只得依靠读者自行投函充数。但就是如此仓促上阵的栏目,却顺应时势,迅速吸引了读者的注意。很快即有读者来信称赞《苏报》:"于学界最为留心,实为报界特色,改良以后增学界风潮一门,遍征来函,以饷同志,不胜钦佩。"

《苏报》也凭借其对于教育新闻的专注而得到了教育界读者的广泛欢迎。同时,由于编者的政治立场显而易见,其用意也在于依靠学生从事革命运动。因此报社没有仅仅把读者来信刊登出来了事,而是通过论说、点评与读者进行互动,将发生于一时一地的学校风潮扩大为波及整个社会的公共议题,进一步造成舆论。在1903年5月11日的"论说"栏中,编者就刊登了《读杭州蕙兰书院学生退校始末记书有感》一文,认为学生的反抗"是为政治界反抗力之先声",赞扬退学学生:

> 处教会势力极炽之时,而毅然为此,且动必以律师直为壮,而又合力以有所建设,非如焚堂杀人、卒聚卒散者之野蛮暴动也,是

---

① 《本报大注意》,《苏报》1903年6月2日。又见《"舆论商榷"告白》,《苏报》1903年6月4日。

② 章士钊曾回忆:"辛壬之间,江南学堂多事,该报承南洋公学以墨水壶退学之余波,增辟'学界风潮'一栏,藉资号召,声价大起,梦坡意动思更以适时言论张之,扩其销路,而未必有醉心革命,道人木铎之坚决意志也。"见章氏著《苏报案始末记叙》,《章士钊全集》第8卷,第150页。

真不愧文明国民之资格者。呜呼！吾安得不崇拜赞叹而以为我国民之一大纪念乎！

另一方面,《苏报》的编辑也深谙新闻"炒作"之术,不失时机地拿出版面刊登一些对学潮的异议。例如,有读者致信《苏报》,认为该报所记载事实"诬者十九也",至于其中原因:

> 有谓贵报受人贿赂以污人名誉者,有谓贵报受外人唆使破坏中国学界之萌芽以戕贼同种者,有谓贵报省各处访事之费藉此以为报料者。种种物议,虽不免过实,然亦贵报之记事不实有以授之隙也。……然贵报必曰,此来函之咎,报馆不担责也。有闻必录,报馆之例则,然也。然天下赖有贵报者,将赖以主持公理乎?抑视如黏贴匿名揭帖之墙壁乎?……如欲主持公理,似不应如是之漫无区别也。……且贵报屡以脱除奴隶性根教人,义主正大,而奈何疏于觉察,甘为来函者之奴隶而不辞?甚或据为定论,加以品评,亦蹈吠影吠声之恶习耶?①

面对这样严厉的指责,《苏报》则不动声色地予以辩解:

> 本报之学界风潮无非关系全体,个人问题类不登载,其有登载者,必以个人问题而与学界全体有关系者也。且登录实事,两无偏袒,或两说并存,以质当世,而俟公论……②

在鼓动学潮的同时,也刊发对于学潮的不同意见,《苏报》编辑此举颇为高明。如此一来,既能显示自己作为舆论代言人的公允与宽容,也能通过对保守论点的驳斥产生"借力打力"之效果,而两方争辩所造成众声喧哗的热闹局面也正是编者所乐于看到的。

《苏报》通信栏目的成功,不仅仅体现在报纸销数的增加,其时轰动

---

① 《侯井心来函》,《苏报》1903年7月3日。
② 《覆侯君书》,《苏报》1903年7月3日。

江南社会的一些学潮事件,背后都有《苏报》言论的影子。①《苏报》自身也因为激烈的反清色彩而酿成轰动一时的"苏报案",遭到"永远停刊"的命运,成为晚清民族革命运动中的重要事件。正如章士钊所言:"查清末革命史中,内地报纸以放言革命自甘灭亡者,《苏报》实为孤证。此既属前此所无,后此亦不能再有。"②因此,苏报的通信栏目——"学界风潮"与"舆论商榷"——典型地体现了晚清报刊的公共性:在这里,报纸、民众和政治行动之间不仅仅具有意识形态上的联系,而且产生了实质性的互动。司法的介入,也使"苏报案"成为清末舆论兴起后公共言论、租界当局与清政府多方势力对抗、制衡、博弈的标志性事件。由于第一次成为舆论的主要来源,公众意见的参与在这里显得格外重要;同时,正是由于第一次真正以公众意见作为自己的基础,舆论才具有介入社会事务、改变社会现实的实践性力量。

以上所举《苏报》之例,只不过是为了说明近代报纸形式的变化如何促进公众意见的表达并进而形成公共舆论,以及报刊成为舆论代言人之后对社会事务的实际干预能力。事实上,报刊舆论在清末民初的社会转型中起到举足轻重的作用,正如时人所说:"我国共和告成,强半藉报纸鼓吹之力。"③而报刊之所以有如此强大的力量,其根本原因就在于以民意为基础。公共意见的重要常常使报刊在报道事实与顺应舆论之间倒向后者,完全成为舆论的工具。在辛亥革命时期,这一倾向更为明显。例如轰动一时的"密谕事件"中,《苏报》所刊登之清廷严拿留学生密谕,本属子虚乌有,而当清廷谴责《苏报》捏造上谕时,《苏报》却坚称密谕系从江督署借钞得来,完全属实。为了造成舆论,不惜虚构事实,"要之当时凡可以挑拨满、汉感情,不择手段,无所不用其极"④。马叙伦也曾这样描述公众意见对报纸的操纵:

---

① 如1902年11月南洋公学学生因"墨水壶事件"而起的退学风潮就得到了《苏报》的舆论支持。
② 《苏报案始末记叙》,《章士钊全集》第8卷,第150页。
③ 徐良:《美国报纸史略》,《庸言》第1卷第21期,1913年10月1日。
④ 章士钊:《疏黄帝魂》,《章士钊全集》第8卷,第206页。

袁世凯叫冯国璋攻破了汉阳,上海各报不敢发表,因为那时人民宁信民立报为宣传捏造的消息,而对于真实的如革命军失败的消息,就会打毁报馆的,申报新闻报就被打过,这是民意的测验。①

民国成立之后,由于南北政治势力的对峙,报刊新闻获得了更大的发展空间,出现了短暂的舆论"黄金时代"。即使是在北洋政府专权的北方,公众意见也可以在各种政治力量犬牙交错的缝隙中存在,甚至可以公开以监督政府为号召。② 关赓麟在回忆民初舆论的活跃时指出:

共和初造,人人自以平等,公论国事,意气发舒。项城虽枭雄,对于指目而谤责之者,未尝公然加罪。盖其时涂饰宣传、掩覆事实之术未工,而仇视清议、摧残舆论之手段亦未敢不顾一切而行之也。③

近代舆论的历史局限

但是,尽管舆论在清末民初中国社会的转型过程中发挥了重要的作用,我们仍需注意其局限性。这种局限性来源于两种因素:1.舆论自身的先天弱点;2.在近代中国社会的具体历史语境中,舆论作用的有限性。我们既要看到舆论在近代中国的巨大影响,也要看到它的实际作

---

① 马叙伦:《我在十八岁以后·参与辛亥革命》,《新文化》第三卷第六期,1947年2月5日。
② 黄远庸和张君劢等创办《少年中国周刊》时,就明确提出对于袁世凯政府,"愿普天下皆以公明之正义督责之,而我今则为其前驱者也"。见黄远生:《少年中国之自白》,《远生遗著·黄远生遗著附录》,上海书店,据中国科学公司1938年版影印,第10页。
③ 关赓麟:《黄远生遗著序三》,《远生遗著·黄远生遗著附录》,第3页。

用常常受制于环境和具体历史条件因而相当有限,不能给予过高的估计。① 换言之,由于历史语境的限制,近代中国舆论体现出的只是"未完成的公共性"。以下试分述之。

首先,报刊舆论既是人的意识形态产物,也是通过人的意识形态产品——文字——来传播的,其受众也是人群社会。因此,虽然舆论主体是多数民众,舆论也不可能完全客观地反映社会,而只能是主观性极强地间接地反映现实。民初舆论界人士对舆论的先天主观性已有充分的认识,梁启勋在文章中深入地论述了舆论产生过程中的感情与道德因素:

> 舆论为实事之母,而感情则舆论之母也。感情如电,其力之强弱,当以发电机与受电机之大小为比例差,若人之神经受感情之刺戟,舒之则演为勇敢,郁之或变为狂易。若在众人,则神经受刺,舆论斯起,舆论之结果,即成事实矣。……
>
> 舆论者感情之浪也,感情起舆论而舆论又回复以起感情,递进无已,其势非见诸事实者不休,事实见而舆论熄,舆论熄则感情得而静也。故曰舆论为事实之母而感情则舆论之母也……
>
> 感情之力既如此其大,感情之用既如此其妙,于是群众之中,其神经较为敏捷者,辄利用此机械以操纵人群,而震荡社会。若此等神经敏捷之人之心术如端正也,则群众受其赐……若此等神经敏捷之人如心术不端也,则群众受其祸。盖彼之率众以进,为私利非为公益也。感情之易动已如前所言,若须要时而以手段挑拨之,

---

① 据宋晞回忆,在浙江沿海地区识字的人大约有百分之二十,但能拿到报纸看到杂志的却达不到百分之一,只有读过大学或经济能力较好的读书人,到上海、杭州去订,才可以看到报纸杂志,而这还是四五十年代的事情,若在晚清舆论的力量更达不到百分之一。张玉法并且指出,在晚清时代,报纸杂志对民意的影响,还不如口头的传播。有学问有见解的人,很多是在喝茶、赶集、走亲戚家的时候传播自己的意见,这同样也影响到民意,应该考虑到这种情形。此外,识字率和阅报率也是两回事,能够识字并不一定就具有阅读理解报纸和写作的能力。此外,机器设备等外在物质条件也是制约报刊发行和传播范围的重要因素,应把这些因素估计在内。见《中国现代史专题研究报告》(十),台北:中华民国史料研究中心编印(1985),第161~170页。

固易易耳,所以人之操持不可不慎也。①（省略号为引者加）

另一位舆论界的代表人物梁启超对舆论自身的局限也深有体会。早年梁启超曾经认为,为了实现变法的政治目的,可以采取激进的宣传策略推动群众觉悟。但在此时,他也意识到民众情感的过度参与并非舆论之福：

> 近儒之研究群众心理学者,谓其所积之分量愈大,则其狂热之度愈增,百犬吠声,聚蚊成雷,其涌也若潮,其飚散也若雾,而当其热度最高之际,则其所演之幻象噩梦,往往出于提倡者意计之外,甚或与之相反,此舆论之病征也。而所以致病之由,则实由提倡者职其咎。盖不导之以真理,而惟务拨之以感情,迎合佻浅之性,故作偏至之论,作始虽简,将毕乃巨,其发之而不能收,固其所也。

意识到舆论因其主观性的弊端之后,梁启超从正面阐述了建立"健全舆论"的重要性。他指出舆论本身并不可贵,可贵的是健全的舆论。产生健全的舆论,要有"五本"：常识、真诚、直道、公心、节制。② 这"五本"无疑是居于舆论中枢地位的报刊业者,为了制约舆论主观性而采取的自我约束机制。其中的"节制"一语,更是提醒人们不要滥用民意。

其次,在中国社会步履蹒跚的现代化进程中,报刊舆论受到外部环境的诸多限制,其作用也大打折扣。

这里的外部环境,首先是指近代中国极不发达的社会经济。由于缺少足够的财源,除了少数几家商业性大报,多数近代报刊始终被经济

---

① 梁启勋：《说感情》，《庸言》第2卷第3期，1914年3月5日。
② 梁启超：《国风报叙例》，《饮冰室合集·文集之二十五(上)》，第20页。

问题所困扰:这些报刊往往依靠捐款创刊,①但随后便经营乏术,坐吃山空,最终倒闭了事;即便是一些销行甚广的政论性报刊也逃脱不了这样的命运。例如《时务报》,先以捐款开馆,其后广受资助,两年以来社会各界"捐款至万余金"。而后逐渐依靠自身经营维持运转,算得上是"民办报馆在并无其他经营项目收入的情况下,主要依靠书报收入进行运营的典范"②。按照梁启超和汪康年再三估算,《时务报》能够每期销售四千份,就可维持。③ 但即便如此,也不能改变《时务报》多数时间处于亏损的局面④。文人学者办报,虽然可以保证优质的稿源,但往往不懂经营;而晚清社会经济环境的恶劣,各地代派处和读者拖欠报资、邮费的陋习更严重影响着报馆的生存,甚至常常出现销量越大、亏损越多的奇怪局面,成为许多报刊难以为继的重要原因。对此深有体会的梁启超认为,办报第一难关即在于经济不易独立。⑤ 张静庐曾谈到晚清康有为、梁启超、章太炎、蔡子民、吴稚晖、于右任、狄平子、汪穰卿等人办报,虽然都是著名的学者,可惜都是一班文人,除了下笔千言地做做文章外,不明经营之术,因此,经济发生困难,便渐渐地消灭。⑥

直到五四时代,"叫好不叫座"依然是困扰《甲寅》、《新青年》编者的重要问题。学者客串报人、不懂经营固然是报刊难以为继的原因之一,归根结底,紊乱、脆弱的社会经济环境才是报刊发展缓慢的根本原因。

由于经济常常陷于困窘,部分报刊便不得不投靠政党势力以求生

---

① 《清议报》的创刊经费有三个来源:英籍旅日华商冯镜如和冯紫珊、林北泉等人的投资;梁启超逃亡时带出的"赤金二百两";黄遵宪等人的捐款,此外该报还得到了日本当局的支持。《新民丛报》的开办费一万元,由冯紫珊、黄为之、邓荫南、陈侣笙、梁启超等分头向旅日侨商筹措。《民报》成立之初,曾由同盟会在会员大会上议定每个会员捐助出版费五元,充当《民报》的经费。此后《民报》还曾征集捐款,仅在纪念《民报》创刊周年的一次集会上,就当场募得捐款七百余元。见方汉奇《中国近代报刊史》,第184~188页。
② 廖梅:《汪康年:从民权论到文化保守主义》,第64页。
③ 梁启超:《〈时务报〉源委》,《〈饮冰室合集〉集外文》(上),第46页。
④ 廖梅:《汪康年:从民权论到文化保守主义》,第66页。
⑤ 梁启超:《〈时事新报〉五千号纪念辞》,《饮冰室合集·文集之三十六》,第67页。
⑥ 张静庐:《中国的新闻记者与新闻纸》(下编),现代书局1932年版,第19页。

存;加上原有的政党机关报,清末民初的报坛便常常呈现"泛政治化"的局面,政治势力成为制约舆论的另一重要因素,舆论被政党所操纵,丧失公信力,从"清议"变为"横议":

> 今之以言论号召于天下者,多挟其党见之私,黄钟瓦缶,杂然并作,望风捕影,各阿所私……是者非之,非者是之,反唇相诋,循环无已,驯至恶声遍于国中,士庶之听闻,亦因以大惑。①

报刊与政治势力相绞缠本是舆论界的常态,但这种情况在清末民初的舆论界显得格外严重。姚公鹤在《上海报纸小史》中指出:

> 上海报界之有政治意味,当以前清季世某上海道购买某报始,继是而官僚购报之风盛行,其不能全部购买者,则又有津贴之名。报纸道德一落千丈矣。惟以今日世界报纸论,机械作用,本非所讳,顾在彼为发表政见之用,而在此乃庇护私党之助,于是上海报纸始有党派。②

民国成立之后,报刊介入实际政治的程度变本加厉,而时人也视为理所当然之事:

> 至于指挥国民政治之方针,与夫开导国民之常识,则非赖报纸之力不为功。政治家非籍(藉)报纸之力,亦无以表其政见于国民也。且政治家及政客之历史,亦赖报纸然后广传于世。准此而谈,则报纸之在政治上其势力如何,从可知矣。报纸既占有政治上之势力,则有操纵官吏及政客之权。即由此中之特权,不法之辈,常倚之以行其政治上之私心矣。③

---

① 李大钊:《是非篇》,《言治》第1年第4号,1913年9月1日。
② 姚公鹤:《上海报纸小史》,《东方杂志》第14卷第6号,1917年6月15日。
③ 徐良:《美国报纸史略》,《庸言》第1卷第21期,1913年10月1日。

由于党争激烈,报纸多为政党利用,接受政党与政客之津贴,不能持公正立场,而变身为党争之工具。当时的有识之士对此也有严厉的批评:"未几南北意见蜂起,报纸之功用,纯为私党之利器,互相攻讦,互相诋諆,而全国报纸,遂无复虚心讨议之心矣。……故二次南方之革命,未始非报纸激成之。"①刘肅和在《勖报》中也认为西式政党的机关报传入中国后逐渐趋于恶质化:

> 乃自报纸中有机关说兴,而公道每为私斗所掩,而其毒乃独中于吾国幼稚报界为最深。盖文明列强所谓某报为某机关,不过表其抽象的性质而已,至其具体的平常的论记,仍必以公正态度为原则,即令隐为某某卫护,亦必择遇偶现之一二重要事件,仍设法以公正之论调,立批评之地位,而行卫护之大凡。真实卫护,必求效力。使为机关报者,一切失其公正态度,则已失社会之信仰。虽力行卫护,亦不过屡见卫护之事迹,并不得卫护之功效,其为机关之作用,不啻自行取消,智者决不为此。

他进一步指出,经济独立对于报刊保持公共性和社会性极为必要,报纸要"养其公",就必须从市场而非官场获得支持:"盖办报实必本于营业主义,而后其报乃有日进发达之望。吾国近来报界办法,颇中法国报界之恶弊,即多半以报纸为机关的,而非营业的。"②、

除了经济问题和政党势力的介入之外,近代舆论还需应对前现代国家建立在专制政治基础上的一整套严厉的思想言论整肃制度。社会舆论是不同于政府的公共言论的,很多时候甚至是与政府直接对抗的,是在与官方思想相冲突、相斗争的过程中产生的。正是在这一过程中,近代中国报纸才从政府教化的工具转变为民众的代言人。如前所述,清政府根本没有意愿根据社会舆论的发展调整自己蛮横、专断的封建法律体系,北洋政府也将新闻舆论视为仇雠加以重重限制。因此,清末民初的法律和行政系统给舆论带来的是普遍的迫害和压抑。

---

① 刘陔:《新闻记者与道德》,《甲寅》1卷2号"通信"。
② 刘肅和:《勖报》,《甲寅》1卷6号。

《大清律例》中规定:"凡造谶纬妖书,及传用惑众者,皆斩……""凡妄布邪言书写张贴,煽惑人心,为首者斩立决。为从者斩监候。"又规定:"各省抄房,在京探听事件,捏造言语,录报各处者,系官革职,军民杖一百,流三千里。"

这些意义含混、执法者可以随意解释的陈旧法规对近代报刊完全适用(《苏报》案判决时曾引用之),使得宣布一家报刊有罪成为轻而易举之事。除了正式国家法律之外,地方政府也曾发布过禁止"伪造谣言刊卖新闻纸"和"私自刊刻新闻纸"之类的禁令。①

戊戌政变之后,慈禧惊恐于维新派报纸鼓动之力,曾下谕严禁报馆:

> 馆中主笔之人,率皆斯文败类,不顾廉耻,即饬地方官严行访拿从重惩办。

1906年清政府开始颁布报律,先后制定《大清印刷物专律》共六章四十一款及《报章应守规则》;1908年1月,又在前二者基础上参考日本报纸法制定了《大清报律》共四十五条,对报刊出版发行加以严格的限制。此外,一些地方官员还单独颁有自己"手订"的"报律"②,对报刊出版随意干涉③。

在1898年至1911年的十三年间,据不完全统计,至少有53家报纸遭到迫害,占当时报纸总数的1/3强;其中被查封的30家,被勒令暂时停刊的14家,其余的分别遭到传讯、罚款、禁止发行、禁止进口、禁止邮递等处分,办报人遭迫害的不下二十人。④

除了民初短暂的兴旺之外,袁世凯政府治下的新闻舆论同样备受桎梏。1912~1914年间,北洋政府相继颁布《戒严法》、《治安警察法》、

---

① 方汉奇:《中国近代报刊史》(上),第133页。
② 方汉奇:《中国近代报刊史》(下),第596页。
③ 例如1906年8月,两广总督岑春煊曾以行政命令禁止《东方报》、《日日新报》进口;1907年7月,又以"议论既多狂悖,纪载尤多虚诬"为名,札饬广东巡警总局禁止《世界公益报》等进口。
④ 方汉奇:《中国近代报刊史》(下),第596页。

《报纸条例》和《出版法》等一系列法律,对新闻舆论进行钳制。在政治上,"二次革命"之后,国民党系报纸几乎全被查禁。到了1913年底,全国继续出版的报纸只剩下了139种,与1912年初的500种比较起来,锐减了三百多种,被称为"癸丑报灾"。在袁世凯统治的短短数年中,全国报纸至少有71家被封,49家受传讯,9家被反动军警捣毁;新闻记者至少有24人被杀,60人被捕入狱。① 对于这样恐怖的气氛,章士钊虽在海外,亦感同身受:

  一载以还,清议绝灭,正气销亡,游探遍街,道路以目。新闻之中,至数十日不著议论,有亦只谈游观玩好无关宏旨之事,或则满载陈篇说帖尘羹土饭之文,尤且禁锢记者,颁定条例,既严诽谤,复重检阅,欧洲中古之所未闻,满洲亲贵之所惮发,毁及乡校,智下于子产,禁至腹诽,计踵乎祖龙,自古为同,斯诚观止,则又暴民专制之所不敢为,而今之君子以为安国至计者也。惟防民之口,甚于防川,其抑之也至,则其爆发也愈烈。望前路之茫茫,曷隐忧其有极。②

在政治高压的情境中,一些新知识分子自身对舆论公共性、独立性的信念也发生了动摇,放弃了舆论监督政府的职责,转而赞同、维护政府对舆论的控制。这其中有不少是当时著名的舆论领袖。例如梁启超就曾经向袁世凯献策,希望袁能够利用舆论:"居服从舆论之名,举开明专制之实"、"暗中为舆论之主,而表面自居舆论之仆。"③"二次革命"失败之后,张东荪也为袁世凯政府制定报律辩护:

  报律之定,非仅国民受其益,即报章亦得其保护,大凡法律无不为双方之保护,双方之制限,绝无专为一方面而设者也。今之人

---

① 以上数据均见于方汉奇《中国近代报刊史》(下),第711~720页。
② 章士钊:《政本》,《章士钊全集》第3卷,第11~12页。
③ 见1912年2月23日梁启超致袁世凯函,丁文江、赵丰田编:《梁启超年谱长编》,上海人民出版社1983年版,第617页。

苦报章之诋毁也久矣,苟一一讼之于法庭,而不待其更正,则一日之间,讼事必数十起,报馆固受其病,而法庭亦不胜其烦,是故取缔之责,宜属之有司,而容人民告发,斯为正当耳。辛亥之役,一二报馆,煽惑人心,以促鼎革,此后乃思以此故智,随时施设,此所宜严重监督者也。又况民智幼稚,邪说易入,保育之职,端在政府矣。①

其后以反袁而见重于世人的名记者黄远庸,也曾经认为报律的制定未尝无益于舆论:"今论者举律辄言日本,然日本之报律之为文明国所不齿,具有公论,况彼之司法及行政之可信任之程度尚远倍于吾国耶?窃谓今日报界但能得法权之支配,不受司法以外之摧残,其愿已足,反对报律之时代,亦即过去,故编订报纸条例,未尝不为吾人所赞成……"②知识分子的普遍倒戈,既反映出舆论公共性的基础——市民阶层力量——的弱小,也体现了过渡时期知识分子思想的犹疑与立场的矛盾。这种思想的内在矛盾来自于新旧转型时代知识分子身份的不确定性,正是这种身份的不确定性或者说社会角色的多重性,使他们无法摆脱对政治力量的依附。③

余英时认为,应该"把'士'看作中国文化传统中的一个相对的'未定项'"。在他看来:

> 所谓"未定项"即承认"士"有社会属性但并非为社会属性所完全决定而绝对不能超越者。所以"士"可以是"官僚",然而,他的功能有时则不尽限于"官僚"。例如汉代的循吏在"奉行三尺法"时固然是"吏",而在推行"教化"时却已成为承担着文化任务的"师"了。

---

① 张东荪:《乱后之经营》,《庸言》第 1 卷第 17 期,1913 年 8 月 1 日。
② 远:《报纸条例》,《庸言》第 2 卷第 4 期,1914 年 4 月 5 日。
③ 知识分子依附权力并非中国的特例,市场如果发育不良,知识分子必然要寻求其他谋生之道。甚至在英国,直到 18 世纪中叶,也才把写作视为一种职业。刘易斯·科塞指出,职业作家的出现需要更多的读者,而在 18 世纪之前,"知识成果虽为行家欣赏,但并不能在较大范围出售,只要这种情况依然存在,文人就必须依赖财富和权力的庇护"。见刘易斯·科塞:《理念人——一项社会学的考察》,郭方等译,中央编译出版社 2004 年版,第 39 页。

"士"也可以为某一社会阶层的利益发言,但他的发言的立场有时则可以超越于该社会阶层之外。……相对的"未定项"也就是相对的"自由"。①

在变动不居的辛亥革命时期,知识分子的身份更突出地体现了"未定项"的特点,因而也有了某种相对的"自由"。这种自由更多的是指知识分子(包括传统文人)在政治权力中心和社会空间之间的交叉、流动,导致了这一时期文坛出现的政客/文人以及舆论界出现的政客/报人角色互换的普遍现象,这无疑使我们在估量知识分子反映社会舆论的公共性和独立性时应该秉持更加谨慎的态度。

知识分子身份的游移首先反映在文学领域。政客的文人化与文人的政客化成为清末民初文坛的普遍现象,事实上这二者是如此相似,以至于我们有时很难分辨。许多政界人物都身兼文人之职,涉足于文学创作,并且还不限于古典文学——其中如蒲殿俊等甚至成为新文学的干将;文人进入政界并有一番作为者也大有人在。产生这一现象的原因自然是多方面的。

首先,文人政客化常常是出于谋生的需要。章士钊在1911年写了一篇杂文《诗人之生活》,议论的就是文人的政客化。他读到时人某家诗话有曰:"先生以文学负盛名,为王湘绮所倾倒,骈文高淡似汪容甫,诗以唐人为归,雍容尔雅,却到好处。生平所致力者,尤莫若词,……近以一官需次江左,上峰委办海口厘捐,局处寂寞之乡,日以填词自遣。"

对此章士钊不禁感叹:"诗卷与筹算杂陈,太觉没趣。"并认为文人不在文学里讨生活,当了厘捐委员却一味填词:"吾国百事莫举,兹为病源。"

但事实上章士钊自己也是游走于文坛宦海之间,对其中甘苦自然深有体会,所以又说:"然先生办厘捐必非所甘,文人糊口之艰,于兹可见。"②至于政客的文人化,则是由于中国士人重视文章词赋的文化传

---

① 余英时:《士与中国文化·自序》,《士与中国文化》,上海人民出版社1987年版,第11页。
② 秋桐(章士钊):《诗人之生活》,《帝国日报》1911年7月27日。

统所致。一方面,封建时代士大夫阶层旧有的风雅还未褪尽,诗词文章依然是官僚们固有的趣味;另一方面,出身现代教育的技术官僚尚未大批进入政治体制,旧体文学依然是政治人物知识结构中重要的组成部分。

与此同时,作为公共舆论代言人的新闻从业人员也与官场有着千丝万缕的联系,其中许多人本身就曾为官员。在渴望干预时政乃至图谋成为帝王师的一些知识分子看来,利用舆论与政治权力发生关系并非什么坏事,反而值得期待。梁启超就曾认为新闻界与政界的人员流动值得欢迎:"其有益于国事如此,故怀才抱德之士,有昨为主笔而今作执政者,亦有朝罢枢府而夕进报馆者。"①事实上,梁启超自己就是这样一位游走于官场和报坛之间的近代知识分子的典型。梁氏去世之后,有人曾用一个图式概括了他周旋于政治、学术、舆论的一生:

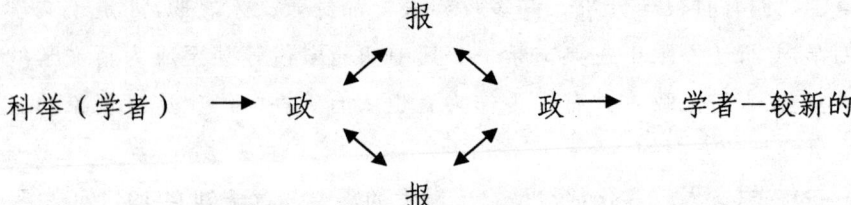

其实这个公式不仅可以概括梁启超的一生,更可以用来代表当时许多知识分子的人生历程。虽然作者在文末认为梁启超"始于学,终于学,可云无憾"②。但实际上较之于学术,梁显然更钟情于政治,一生中投身政治的岁月远超耕耘学界的时间。问题在于,依违于舆论与政治两者之间,并不能使知识分子在两造都获得成功。相反,在各种政治势力的夹缝中,由于难以处理公众、政府和自身之间错综复杂的关系,等待这类知识分子的往往是悲剧结局。张荫麟在总结梁启超这一代知识分子时,曾一语道破梁氏的尴尬处境:

他不能不说话,而且最能说话,而且说的话最多,但他说的话,

---

① 梁启超:《论报馆有益于国事》,《时务报》第1期,光绪二十二年七月初一。
② 彬彬:《梁启超》,《追忆梁启超》,夏晓虹编,中国广播电视出版社1997年版,第14页。

不独对于原来的目的,全不济事,而且使他受着左右夹攻。①

无独有偶,另一位著名报人——先后创办三份《甲寅》、身兼两部部长、风头一时无两的章士钊也摆脱不了同样的命运。如前所述,章士钊所办之报刊与政治皆有密切关系。章士钊本人虽标榜不入任何政党,但其实颇热衷于政治。他前期所创办的《独立周报》、《甲寅》杂志,受政治势力影响之痕迹已经颇为明显;到他放弃北大教职、身入宦海之后创刊《甲寅日刊》、《甲寅周刊》时,则已属于典型的政客办刊。背靠北洋政府,手握行政资源,如此办报,其堂皇气派自然不同于流亡东京时的窘迫寒酸。一些读者也趁机大肆吹捧:

> 记者进而为国务员,吾国先例,容或有之,身为国务员,同时执笔作新闻记者,先生实为开山之祖。夫国务员者,位分尊严,率皆自重其身,不肯以真面目示人,偶答客问,亦皆扑朔迷离,令人不得其旨。先生乃欲以国务余闲,披沥肝胆,出其真实言语,以与社会相周旋。如此乖世戾俗,安得不令人疑其自白,疑其攻人,疑其漏泄密勿,并疑其别有作用?……虽然,先生有主张之政论家,而具有实行之愿力者也。政党既不适于吾国,则施行政策,惟有执政者能之。先生身居施政之地,手疏论政之文,双方并力,载驰载驱,其收效当倍宏而且速。②

但是,既然有人抬轿,也自然有人对其行径并不买账。张客公在给章士钊的信中,就毫不客气地指出,《甲寅》周刊的问题就在于章身为政府大员却偏要充当舆论导师:

> 先生居密勿之重地,作舆论之导师,譬之杂剧登场,独脚兼扮,声容迥异,情感立殊,施受一身,牵强两失,此其一也;临时执政府,

---

① 张荫麟:《梁任公辛亥以前的政论与现在中国》,《大公报·史地周刊》第79期,1936年4月3日。
② 《王荟生致章士钊函》,《章士钊全集》第5卷,第202页。

虽无内阁之名,而国务会议相沿,仍具联责之实。政府措施不当,今恒有之,持异则见恶于同僚,扶同则有违于清议,此其二也;朝野易位,主客易观,环境感受不同,体察各有得失,先生所掌教育,国务之至狭部分也。部议所是,众或非之,为敌楚咻,不辞白战,既贻官报之诮,徒尸护短之名,此其三也。①

读者"重世"也致函章士钊,谈自己读到《甲寅周刊》之后,感受到章士钊前后文风的变化:"此章君乙丑之文,非甲寅之文也……甲寅之岁,章君为文,乃流居异域,处士横议之文也。今年乙丑,章君为文,乃执政府兼长两部,台阁之文章也。文固出于一人,而时地不同矣。斯名也,实不可假借。"②委婉地指出了章士钊身份地位的变化对其文章产生的负面影响。

事实证明,章士钊在仕途和舆论两方面都一败涂地。从章士钊刚刚上任就采取四大措施来看,他并不是一个成熟的政客。至少从现在看来他的施政并不成功,反而引起了不小的骚动。他骤登高位,又无经验,不免流露出书生意气、好大喜功的一面,以致最后沦为整个知识界的公敌,不得不在舆论的攻击下落荒而逃。到了后期,《甲寅》周刊已经几乎完全成为一个官方刊物,丧失了最后一点公信力,彻底沦落为段祺瑞政府的言论工具。近现代史上的政客型文人或文人型政客,其创办刊物往往是在下野之后,如果此后再入政界,刊物就难以为继。换言之,一旦身为宦海中人,再想重执舆论牛耳,不免困难重重。事实上,章士钊续刊《甲寅》,既有性格执拗、不甘服输的原因,也似乎是无奈之举。身入侯门而欲操纵舆论,他对自己将要面对的困境心知肚明。个中原因,章士钊以自己应段祺瑞之邀、担任总长为例,说得异常透辟:

> 猥以下材,备员枢府,庶政倥偬,更无暇时,以言文事,相去又远。……身居政府,凡属秘要,例不得外泄,纵有异见,只能贡之密勿,未可论于堂皇,攻人既所不宜,自白时嫌未便,为文之不能精也

---

① 《章士钊全集》第 5 卷,第 276 页。
② 《章士钊全集》第 6 卷,第 72 页。

如彼,持论之受制也如此。自有《甲寅》以来,重刊斯志之机,宜莫狭于今日也矣。①

后期《甲寅》影响力减弱,不能不说与章身兼教育、司法两总长有关。章士钊虽明于此理,无奈深陷泥潭,身不由己,最终将自己的士林声誉毁于一旦。

顾炎武曾有云:"一为文人,便无足观",但对于追求舆论公共性和独立性的知识分子而言,却可谓是"一为政客,便无足观"。政客在民初的社会声誉本不甚佳,李大钊就曾说,政客在恶浊的政海潮流中谋生活,其目的就在于"国务员座位"和"黄金",然而"斯二者之数量有限,而政客之欲望无穷",所以大多数失望政客,堕入"鬼混的生活","盖政界者,游民之活动场所也。不问谁何,一入其中,即为洪炉所熔冶,荒奢逸惰之余,即或厌倦此生涯,亦不能去而之他。为生活计,尤不得不鬼混其间"。② 政客在国人心目中形象既如此之差,知识分子一旦进入政坛,便难以避免"同流合污"之讥。当然,构成舆论主体的新知识分子和学生,其意见本身并不一定具有天然的合理性与道德的正面价值。但毫无疑问,知识分子与政治权力的结合一旦蔓延开来,舆论也就丧失了最基本的生存能力和空间。

二次革命失败之后,国内舆论界的凋敝和无力就是最好的说明:

> 一年以来,吾国报纸之态度,已成江河日下之势。上海地处交通,言论界托庇外人范围之内,对于当局之政见,尚时有所短长于其间,以之比较往日,虽大形退步,然平心而言,以衡都门报纸,尚高一等,……继而业报纸者,苦于销路日狭,支持维艰,于是将昔日揣摩政府之心理,移之揣摩社会一般人士之心理。社论既少,闲评遂多。偶检报纸,非叙京华之风月,即谈八埠之声歌。丝竹而外,无复文章。北里之游,顿成习惯。③

---

① 孤桐:《大愚记》,《甲寅周刊》1卷1号,1925年7月18日。
② 李大钊:《政客之趣味》,《言治》第1年第4期,1913年9月1日。
③ 刘陔:《新闻记者与道德》,《甲寅》1卷2号"通信",1914年6月10日。

胡适曾经不解,何以政论会在1917年之后突然式微,我以为答案并不难找到。袁世凯死后政治困局久久不得疏解固然是原因之一,近代舆论的局限性逐渐暴露,从而丧失公众的信任才是最根本的原因。报刊和舆论知识分子易受政治权力操纵,政客文人身份的双重性,知识分子对话语权的垄断,都使近代报刊舆论的公共性和独立性处在"未完成状态"。在当时的社会历史条件下,这种未完成状态不可能得到任何实质性的改变。这或许正是民众对所谓"政论"丧失兴趣的最大原因。

三、公共领域、政论杂志与新文化运动的发轫

中国社会的舆论形态在清末民初发生了根本性的转变,简言之,就是从古典形态的"清议"转变为以报刊为基础的近代舆论。当然,近代舆论的兴起有多重助力:中西交通的展开、中央政府控制力的削弱、地方势力的崛起、通商口岸的开放、市民社会的繁荣等等,都是中国社会舆论形态发生变化的原因,然而近代报刊的出现和兴起才是其中最重要的因素。正如梁启超所云:

> 夫舆论之所自出,虽不一途,而报馆,则其造之之机关之最有力者也。①

报刊作为大众传媒和舆论载体,不仅提供了近代舆论的物质性基础,而且深刻地改变了舆论的生成、存在和表达方式,赋予舆论以鲜明的现代性特征。从这个意义上说,报刊的出现正是中国现代舆论诞生的标志。不仅如此,以政论杂志为代表的近代社会舆论,更可以被视为近代中国社会"公共领域"的一部分。当然,较之于西方工业革命以来

---

① 梁启超:《国风报叙例》,《饮冰室合集·文集之二十五》,中华书局1989年版,第21页。

的舆论形态,中国近代舆论有着"发育不良"的先天疾病,体现为"未完成的公共性"。但是,分析并了解它在中国社会语境中形成的东方式特征,可以使我们对它何以如此和怎样发挥历史作用具有恰如其分的估量。在这个基础上,我们对近代中国社会是否存在公共领域这一重要问题将会具有自己的解答——这个答案并非全无意义,事实上,它关系到我们将如何回应以下诸问题:新文化运动从何而来？它是不是一个与社会文化、生活、制度环境无关的偶发事件？如果不是,新文化运动与近代社会舆论又有怎样的关系？

这里需要首先对"公共领域"概念加以讨论。当下对公共领域和公共空间的讨论,大多都建立在哈贝马斯对这一问题的阐释基础上。他认为:

> 所谓"公共领域",我们首先意指我们的社会生活的一个领域,在这个领域中,像公共意见这样的事物能够形成。①

在著名的《公共领域的结构转型》中,他又指出:

> 有时候,说到底公共领域就是公众舆论领域,它和公共权力机关直接相抗衡。②

在讨论本文问题时,我大体上接受哈贝马斯的观点,因而着重考察近代社会舆论的生成；并且认为,如果不能否认近代中国社会出现了与国家权力相对抗的社会公众意见,就不能否认公共领域在中国社会的存在。但是,在使用哈氏"公共领域"理论的时候,也需要注意"公共领域"概念的特殊历史时效与阶段性内涵。将西方的理论框架移植于中国,要看其具体的移植是否能真正改变我们提问历史的方式。一个不可忽视的事实是:如果说清末民初出现了中国的"公共领域",那么显而

---

① 汪晖、陈燕谷主编:《文化与公共性》,三联书店1998年版,第125页。
② 哈贝马斯:《公共领域的结构转型》,曹卫东等译,学林出版社1999年版,第69页。

易见,它与国家、政府的关系比在西欧出现的同类现象要紧密得多。无论从何种角度而言,大量的证据都证明,在清末民初的社会环境中,国家、政治力量始终对公共空间具有"相当重要的"——如果不是"绝对的"——影响。在中国,公共领域的形成未必与"高度制度化意义上的社区共同体"有关,中国的城市化是前现代且发育极不充分,因此在这里生存的"公共性"是极为有限的。但也正因为极为有限,所以才格外值得重视并加以严肃的讨论。应当摒弃那种将哈贝马斯理论简单套用在中国近代史研究上的倾向——这种套用最好的结果也不过是验证了哈贝马斯理论在东亚同样有效而已,而事实上这种套用的尝试在多数时候都是极为拙劣的,以至于人们反而对哈贝马斯理论自身的意义和价值产生了怀疑。

另一些学者更明确指出了中国式"公共领域"与哈贝马斯定义之间的差异。玛丽·兰金认为,中国出现的公共领域与哈贝马斯所描述的有很大不同:

> 晚期帝国公共领域(或更为确切地说:诸领域)是地方性的,而且对国家政策几乎没有直接影响,它与商业的兴起及商品经济有关,而不是与资本主义——也不是与混血的绅—商精英的对立面中产阶级——相联系。其核心的特征是管理,而不是开放的公共讨论。地方事务中官方与精英活动之间的关系通常是在双方意愿下建立的,而不是相互对抗,精英不打算捍卫与国家对立的权利,或给国家权力划定一条正式的界限。在缺乏公开的公共讨论的情况下,中国的公共领域不属于理论上界定的那种形态。[①]

但是,玛丽·兰金并没有完全否认中国近代公共领域发挥作用的可能性。她指出,在民国初期,市民社会的某些因素得到了发展(尽管

[①] 玛丽·兰金:《中国公共领域观察》,载《中国研究的范式问题讨论》,黄宗智主编,社会科学文献出版社2003年版,第202页。

市民社会最终没有出现),例如报刊出版业为国家的辩论提供了一个论坛。① 台湾学者李孝悌也认为,在20世纪初的中国社会:

> 即使没有出现过制度性的与国家相制衡的"公民社会",但民间各种蓬勃的自发性活动,其性质很显然的已经与传统的"士绅社会"有别。这样一个"民间社会"的出现,不只在清末和民初的历史脉络中有意义,放在1949年之后权力国家的形成,以及各种社会势力——不管是传统的"士绅社会",或我在本书中所谓的"民间社会"——土崩瓦解后的情势中来考量,也应该有更多让人省思的空间。②

因此,由于与国家相对并在一定程度上自主于国家的市民社会的出现,同时也由于各种因素所导致的中央集权力的削弱,统治者想要垄断言论、禁止不同意见已不可能。

那么,近代公共空间是由哪些社会活动所构成?近年来,学界对此进行了颇为深入而广泛的讨论,报刊、学校、学会、书局、讲演、阅报处、戏园以及一些民间活动都被纳入研究的范围。这里主要对与舆论的建构有着更紧密联系的报刊、学会略作阐述。

首先,近代报刊是形成公共领域的主导性力量。正如蒋国珍所说:"Journalism 的发达是和 Democracy 相并行的。"③作为公共性最强的一种社会活动,报刊出版是近代舆论不可或缺的组成部分。一方面,晚清以来社会环境的巨变为报刊的发展提供了一定的空间;另一方面,无论是商业性报刊还是政论性报刊,都在形制上不断改变,不断丰富和进化自身的社会功能,以适应社会不断增强的对舆论公共性和独立性的要求。早期中文报纸的读者大多数是在港口经商的中国商人,因此当

---

① 玛丽·兰金:《中国公共领域观察》,载《中国研究的范式问题讨论》,黄宗智主编,社会科学文献出版社2003年版,第211页。
② 李孝悌:《清末的下层社会启蒙运动:1901~1911·再版序》,河北教育出版社2001年版,第6~7页。
③ 蒋国珍:《中国新闻发达史》,上海世界书局1927年版,第51页。

时的中文报纸势必强调商业性新闻。这些早期报纸,无论是《新报》、《申报》还是《沪报》,都是以增加销量与利润为最终目的。

为此这些报纸纷纷在内容形式以及发行方式上谋求改进和革新:"他们以明白易解的笔法来写新闻稿,改良版面设计,使用标点符号,使忙碌的读者可以迅速浏览。"①虽然这些商业性报纸总是极力避免倾向性过于明显的政治诉求,但它对市场的迎合也为公共领域的出现提供了适宜的温床和土壤。换言之,商业性报纸对通俗性、市民性的追求推动了报刊形式上的现代化,而政论报刊则在思想文化领域有意识地拓展了公共空间。

维新运动时期出现的政论报纸,虽然多为同人性质,建构公众意见平台的意图却已经十分明确。《实学报》鼓励公众积极参与报章讨论,宣告"虽报馆设在租界,并不假外人为护符,提倡维持则海内宏达与有责焉。"又说:

> 但本馆论说期于敬业乐群、集思广益,五洲方闻如有撰述不吝赐教,当谨署大名,列入文编;或于本报论说有所咨询、有所匡正,倘以爵里姓氏见示,定当酌刊报后,以表大公。

对于那些无力将自己学术研究成果刊刻的读者,该报也愿意:"每期付印,俾成完帙。"②

著名的《时务报》,不定期设有"时务报馆文编"一栏,即该报所收外稿择优刊出之场合。《时务报》的论说虽然以本馆主笔为主,但也兼采外稿。第五十三册就发表了姚锡光、赵而霖、高凤谦的来稿,并在封底告白中宣布从本期开始仿照欧洲各报之例,兼录外来文字,由总主笔选定入报,并循例略奉润资。同时,《时务报》还多次设定议题进行征文,提供读者参与报章言论的机会。它发布公告称沪上同志拟设一会课,"略取会文辅仁之意",每年开课两次,由同人公同拟题,全国读者可以

---

① 黎安友(Andrew J. Nathan):《近代中国舆论之兴起》,载《中国现代史专题研究报告》(十),中华民国史料研究中心编印1985年版,第140页。

② 《实学报启》,《时务报》第36期,光绪二十三年七月二十一日。

将文章寄送《时务报》,由《时务报》评出名次,予以奖励,并"择佳卷汇刻"。

第一次会课的两个题目是"问中国不能变法之由"、"论农学(详论中国农学治宜兴暨农学新法各省土宜)"。① 到了第三十八册,在封底将第一次会课名次姓氏登出,取前五十名,并公布第二次会课题目:"问泰西日本维新以前,一切弊政与今日中国多相类者,能条举之否?""中东战纪本末书后。"

从《清议报》的"规例"来看,报中所登论说是由报馆主笔所作,但也采用外稿。②

民初之后,特别是在民众对民国政党政治日渐失望之际,政论报刊更注重标榜"不偏不倚"的客观性和公正态度,政论报纸逐渐从为党派立言转变为替民众(国民)代言,在主观上有意识地增强舆论的公共性和独立性。黄远庸在谈到《庸言》的理想时,明确表示要建设一个客观的、"公同论辩之机关":

> 吾曹此后,将力变其主观的态度,而易为客观。故吾曹对于政局,对于时事,乃至对于一切事物,固当本其所信,发挥自以为正确之主张,但决不以吾曹之主张为唯一之主张,决不以一主张之故,而排斥其他主张。……盖吾人此后所发表者,演绎的理论,决不如归纳的事实之多。以今日大势,固以指导吾人趋于研究讨论之途,决不许吾人逞臆悬谈腾其口说故也。

又说:

> 以是吾曹不敢以此区区言论机关,据为私物,乃欲以此裒集内外之见闻,综辑各种方面之意见及感想,凡一问题,必期与此问题有关系之人一一发抒其所信,以本报为公同论辩之机关,又力求各种方面之最有关系人士,各将其所处方面之真见灼闻汇为报告,以

---

① 《新设时务会课告白》,《时务报》第17期,光绪二十二年十二月十一日。
② 《横滨清议报叙例》,《清议报》第1期,光绪二十四年十一月十一日。

本报为一储给材料之宝库……①

　　晚清政论报章鼓励公众积极参与公共事务，并将公众意见公开发表，使政论报章逐步摆脱了团体、派别和个人色彩，有了真正意义上的舆论代言作用。

　　其次，以年鉴学派的长时段理论来看，从晚清（甚至可以上溯到明代）至民国初年一直存在于中国社会的民间社团和自愿结社，可以等同于前现代的市民社会，并在公共领域的形成中起到了比某些短暂的外部冲突更重要的作用。学会、团体的设立，首先是政治运动的需要。维新派知识分子已经意识到公共性的社会活动对于实现政治目的的重要性，他们称赞光绪对结社的支持将有力地促进政治改良："皇上至圣至明，洞知时务一道，非讲习则不明，非群聚以讲习则不能得其要领……"②

　　梁启超也多次谈到开设学会的必要：

　　　　呜呼！欲救今日之中国，舍学会末由哉。自强学一役，被议中缀，而京师一二觔学之士，犹为小会，月辄数集，相与讲论，治平之道，亹亹勿绝，今琉璃厂之西学堂是也。惟岁以来，此风渐恕，于是桂林有圣学会，长沙有湘学会，武昌有质学会，苏州有苏学会，上海有算学会、务农会、不缠足会等，次第兴起，……盖公理既明，此风以盛，实中国剥极而复一大键也……③

　　开设学会社团，其目的固然有强烈的现实针对性和政治功利性，但对于社会更深远的意义，则在于促进了公共空间的生成。苏学会在开办启事中明确提出要建设一个公众意见的交流机构：

---

①　远生：《本报之新生命》，《庸言》第2卷第1、2期合刊，1914年2月15日。
②　《都城官书局开设缘由》，《时务报》第1期，光绪二十二年七月初一。
③　梁启超：《会报叙》，《时务报》第38期，光绪二十三年八月十一日。《时务报》所设的"会报"栏目专门记载各学会情况，"凡各会办事情形及序记章程等皆入焉"。

国家广设学堂，力开风气，两湖两粤，皆兴学会，虽僻郡小邑，亦知自新……长洲章钰、元和张一麐、吴县孔昭晋，今拟各集同志，量为酬资，多购书籍，以增智慧，定期讲习，以证见闻，不开标榜之门，力摒门户之见……①

叶瀚、曾广铨、汪康年、汪锺霖等人创办的蒙学会，其公共性则更为突出：(1)学会的对象为公众，"本报以启蒙为主，而妇学师较为正蒙之原"。(2)以公共性的教育、普及为目的："本会开设学报原为开通风化起见"，"本会设报之意为急于劝世起见，事关公义，极愿广送以开新智"。②（3）将宗旨、章程等在第一时间刊布于报纸，以引起世人注意。(4)将办报印书作为自己的主要任务，如出版《蒙学会报》。

事实上，由于报刊得不到有效的制度保障，在清末民初数十年的政治动荡中，以士绅为主体的民间学会、社团，始终是公共领域赖以存在的重要社会组织。在政争激烈的民初时期，有人曾这样概括讲学结社对于政治权力的制衡作用：

是故今日之社会固极污浊，然诚得其人而转移之，则变齐变鲁以至于道，正未必不可为也。然则转移之道宜如何？其第一之急务，在提倡讲学结社之风而已矣。盖社会既已污浊，欲以独力与之抗，则因寡众之势不敌，终莫能如之何，不宁惟是，以一人而抗社会，其在志气强毅之士，犹可独立不挠，不至转为所化也，若中材之人，则因势力之孤，其志气亦从而馁，有同化于社会而已矣，安能与之对抗？是故今日欲与恶社会宣战，必不可不结成团体，内之则可互相慰藉以长其志气，外之则可互为声援以厚其势力……③

值得一提的是，这里将报刊和学会社团作为公共空间发生的两个

---

① 苏州来稿：《苏学会公启》，《时务报》第33期，光绪二十三年六月二十一日。
② 《蒙学公会》，《时务报》第42期，光绪二十三年九月二十一日。
③ 吴贯因：《社会与人物》，《庸言》第1卷第5期，1913年2月1日。

领域分别加以讨论,并非因为它们之间有泾渭分明的区别,而只是为了论述的方便。实际情况是,这些民间团体和学会的活动与创办报刊常常紧密结合在一起,从而将公众意见的讨论、生成和表达合二为一。由此所构成的社会舆论以及在此基础上形成的公共领域,就不再是理论叙述中孤立、碎片、分散的状态,而是拥有动态、多元结构的"有机物"了。对此,史家已有认识:

> 学会成立后,主要的任务是办报。因为报纸是"民之喉舌",在报纸上可以指出外患日迫,中国的危急情况,进而指出成立学会对挽救世变的重要性。同时,报纸也可以推广学会的宣传,登载各地学会成立的情况,各地学会的章程,促进学会的推广,达到"以书报为起点,而以学会为归宿焉"的目的。进而酝酿变法的风气,造成变法的舆论。①

在这方面,《时务报》对"不缠足会"的报道②,《清议报》对横滨华商团体活动的报道,都是学会团体、报纸以及舆论互动的典型案例③。

下面,我们需要回到本节的根本问题:如果把《甲寅》和《新青年》看成两个同类项——彼此紧密衔接的、1910年代的代表性政论刊物——

---

① 朱传誉:《报人·报史·报学》,台北商务印书馆1985年版,第84页。
② 《时务报》从第四十七册开始登载读者对于不缠足会的反应,并附有林琴南的《新乐府·小脚妇(伤缠足之害也)》,以文学的形式鼓吹不缠足的主张,造成舆论。在第五十册的"会报"栏中,登出了《嘉定不缠足会章程》、《福州戒缠足约章》、《不缠足会广议》等文章,同时又将不缠足会的董事、捐助人的姓名与捐助金额发表。这些地方性社团组织的活动消息,出现在全国性报纸之上,使得原本属于地方事务的不缠足活动具有了一定的"公共性",成为公众议题。
③ 义和团运动爆发之后,海外华人十分关注,横滨华商举行集会,表达了对事件的观点。《清议报》对此作了详尽的报道,实际上对华商的立场表示支持,见《记横滨华商会议事》,《清议报》第50期,光绪二十六年六月十一日。光绪二十七年八月二十七日,为了纪念孔子诞辰二千四百五十二年,旅居横滨的中国绅商和大同学校共同举办了崇祀之典,这同样也是一个富于政治意味的公共活动。典礼的详细记载见《横滨第四次崇祀孔子圣诞记》,《清议报》第94期,光绪二十七年九月初一。这两个事件完整地再现了公众意见的生成—表达—宣传—传播的全过程,对于认识舆论的生成机制颇有助益。

在近代公共空间兴起的背景下,它们对于新文化运动的发生有着怎样的意义?常乃惪曾在他不甚出名、但现在已引起广泛注意的《中国思想小史》中谈到了《甲寅》的作用:

> 章士钊虽然也并不知道新文化运动是甚么,但他无意间却替后来的运动预备下几个基础。他所预备的第一是理想的鼓吹,第二是逻辑式的文章,第三是注意文学小说,第四是正确的翻译,第五是通信式的讨论。这五点——除了第二点后来的新文化运动尚未能充分注意外——其余都是由《甲寅》引伸其绪而到《新青年》出版后才发挥光大的,故我们认《甲寅》为新文化运动的鼻祖,并不算过甚之辞。①

常乃惪的论述极富见地并给我许多启发。但在这里,我想从其他角度做出一些新的回答。

首先,从知识社会学的角度来说,五四新文化运动的发生并不是孤立、偶发的历史事件,相反可以视为此前长时间的知识(思想/观念/意识)积累的产物。正是这些"知识"与新式教育、近代出版等社会性因素共同构成了新文化运动得以发生的必备的一整套资源谱系。以《甲寅》、《新青年》为代表的民初政论杂志,本身既是这种资源谱系的一部分,同时又直接提供了新的知识。这些政论杂志对"民主"、"宪政"、"法治"等政治问题的讨论,实际上为新文化运动进行了理论上的准备。从对西方政治理论和中国政治现状理想化的描述,到后来对民主宪政理论的多维度反思,都是从否定之否定的角度引出了五四新文化的诸多重要命题,如从国家制度架构中的民主到以社会为本位的民主(社会性的民主)等等。五四新文化最终从"民主"理论中衍生出反民主,从宪政架构下的民主主义走向以社会为本位的激进的大民主,与此不无关系。基于此,下述论断便显得恰如其分:

---

① 常乃惪:《中国思想小史》,上海古籍出版社2005年版,第137页。

应该说《甲寅》月刊是中国思想界从对民初那一场民主政治实验失败的反省中,逐步走向新文化运动的一个重要中介。①

正由于这样,从较为传统的研究视角——这里我指的是启蒙视角——来看,早在五四之前,这些政论刊物已经在进行启蒙,因而像《甲寅》、《大中华》、《正谊》等民初政论杂志,甚至更早的《清议报》、《新民丛报》等改良派刊物,都不应像通常那样被视为新文化的批判对象,而是广义上启蒙运动的组成部分。因为从知识积累的角度来说,这种启蒙是政治性的启蒙。对于中国而言,启蒙应该包括政治启蒙(如章士钊所译介的著名口号"不出代议士,不纳租税")。1917年发生的主要是新文化启蒙,同时也包括以苏俄社会主义为主的新一轮政治启蒙。但是资产阶级代议政治的启蒙在维新运动之时就已经开始,并一直持续。1911年辛亥革命胜利之后,共和政治启蒙更是充斥着当时的报刊,因为绝大多数国民对新建立的政治制度还缺乏最基本的了解。政治启蒙发展为新文化启蒙,只能说明政治启蒙的作用不明显。在一定程度上可以说,政治启蒙的失败开启了新文化启蒙运动。政治启蒙是最直接的作用于社会制度的,是最应该发挥作用而没有发挥作用的启蒙思想。但是,文化启蒙就完全成功了吗?社会制度的变革,归根结底是政治问题,或者说要体现在政治制度的变迁上,最终需要从"文化的现代化"落实为"政治的现代化"。因此从这一角度来说,《甲寅》的意义不可抹煞,其经验教训值得借鉴。正因为上述原因,《甲寅》杂志在政治理念上的"新"就与其在文化理念上的"旧"形成了鲜明的对比,而这种状况也就很好理解了:它并非表明《甲寅》反对新文化运动,而是恰恰说明作为一个整体的中国现代启蒙运动的重心,在这一阶段合乎逻辑的、同时无可避免地处于政治启蒙阶段,这是中国知识分子的当然选择(除了鲁迅等少数人以"立人"为目标)。只有在经过这一历史阶段之后,《新青年》才会在《甲寅》的停刊与"甲寅作者群"的解体中诞生,新文化运动也才会水到渠成。

---

① 邹小站:《章士钊社会政治思想研究(1903~1927)》,湖南人民出版社2001年版,第85页。

其次,以《甲寅》《新青年》为代表的一批政论杂志,参与并主导了这一时期知识生产的过程。具体说来,清末民初知识界的关注焦点(即知识生产的主题),表现为国家—社会—文化的演变过程。在以往的思想史研究中,人们大多只看到从"政治"到"学术文化"的跳跃,却忽略了"社会"这一重要的环节。晚清时期从西方引入的"社会"概念,在民初、特别是袁世凯当政之后,逐渐成为知识讨论/生产的中心话题,知识阶层对时局的看法普遍发生了从"政治性"到"社会性"的转变。在实际社会生活中,知识阶层从热衷组党转而标榜"不党不群",从强调政治层面的改革转而注重社会的改良。这种由外向内的转化,既是社会参与策略的转变,又代表了知识分子对自身公共性、社会性的初步自觉。亲身经历这一思想转向过程的张东荪,对此有相当生动的描述:

> 当清末造,不佞与三数友人,聚谈于东京,愤政治改革之无术,乃欲先从事于社会改良,即所谓 Social Reform 者,以为预备焉。惟政治改革,为功也速,社会改革,为功也迟,二者虽相助互为表里,然其成事之迟速,固不可同日而语也。未几革命起,以为政治改革,得其机会矣,方色然而喜,讵知革命以后,政治之泯棼愈甚,干戈之纷起也,雈苻之满地也,党争之乱政也,暗杀之流行也,学校之毁弃也,商业之凋散也,种种恶现象,皆为革命前之所无,孰知凡吾人当日以为可以强国者,今日尽反以弱国。然则政治改革,果不可行耶? 吾思之重思之,知非政治改革之不可行也,社会未经改良以相适应耳。夫政治与社会相表里,社会程度未齐,乃欲施以理想之政治,鲜有不败者……①

在这一转移过程中,作为当时舆论重要组成部分的政论杂志发挥

---

① 张东荪:《中国之社会问题》,《庸言》第 1 卷第 16 期,1913 年 7 月 16 日。

了相当关键的作用①。《庸言》明白宣布：

> 以是吾人造言纪事决不偏于政治一方,以事到今日,吾人已深知一社会之组织美恶决非一时代、一个人、一局部之所为,在此大机轴中一切材料以及动静,无不为其因果,而向者之徒恃政论或政治运动以为改革国家之道者,无往而非迷妄。故欲求症结所在,当深察物群,周知利病,……故于政治的论述以外,凡社会的理论及潮流与社会事实,当为此后占有本报篇幅之一大宗也。②

梁启超也把"注重社会教育,使读者能自求得立身之道与治生之方,并了然于中国与世界之关系,以免陷于绝望苦闷之域"③作为自己创办《大中华》的首要目的。

同时,在1914～1916年间,这些政论杂志内容的"社会性"也逐渐增强,关于人生、宗教、社会、道德、伦理等方面的文章逐渐增多,最后从政论刊物演变为综合性的、具有更多开放性的刊物。以《大中华》杂志为例,从第1、2期来看,《大中华》立意将注意力从政治转移到社会,梁启超、吴贯因、梁启勋等人的文章都提出"社会"的重要性。在第2期上,虽然仍有《中日最近交涉平议》等政论文,但更多的是《德国民法浅说》、《尊孔与读经》、《英雄与社会》、《中国古代之社会政策》、《中国之盐税问题》、《活动幻影之发达及影片之制造》、《香港上海之公众卫生问题》、《埃及之学校状况》等文章,涉及社会、文化、教育的方方面面。《甲寅》虽然仍以政论为主,但陈独秀、李大钊关于"爱国心与自觉心"的讨

---

① 戈公振在《中国报学史》中谈到,民国以来的杂志可以分为学术与政论与改革文学思想及批评社会之三大类,而关注点有一个变化的过程:"一国学术之盛衰,可于其杂志之多寡而知之。……欧战以前,民国初造,国人望治,建议纷如,故各杂志之所讨论,皆注意于政治方面,其着眼在治标。欧战以后,国人始渐了然人生之意义,求一根本解决之道,而知命运之不足恃。故讨论此种问题之杂志,风起云涌,其着眼在将盘根错节之复杂事汇,皆加以根本之判断。"见戈公振:《中国报学史》,上海古籍出版社2003年版,第217页。
② 远生:《本报之新生命》,《庸言》第2卷第1、2期合刊,1914年2月15日。
③ 天民:《梁任公之著述生涯》,《大中华》第1卷第1期,1915年1月20日。

论,章士钊和读者关于孔教、逻辑和翻译的讨论,已经能够间接体现知识界关注重心的转移。耐人寻味的是,"社会性议题"的凸显,并没有促使知识阶层在制度层面寻求突破,反而使知识阶层的诉求集中在道德感和伦理主义,并由此引发对传统文化问题的集中反思。至《新青年》出,这一倾向就更为明显,并最终使"社会"和"文化"成为五四时期知识生产的主题。就此而言,《新青年》与此前的《庸言》、《甲寅》、《大中华》等民初杂志显然存在某种思想史意义上的延续性。

最后,还是从知识社会学的角度而言,新文化运动可以被视为一种新的知识生产。近代政论杂志作为舆论的主要表现形式以及公共领域中的特殊结构和主体,作为新知识分子的一种典型交往模式,改变了原有的知识生产方式,从而为新文化的发生奠定了基础。

第一,清末民初数十年的舆论参与,使知识分子的社会角色和功能发生了改变:从辅佐型的"帝王师"到独立的、公共性的"社会人"(学术的、社会的、为民众代言的)。当然,仍然有一部分知识分子处在政治体制之内,但在体制之外已经出现了报刊、学校、书局、学会、公益性组织等流动的生存空间。随着民间社会的发展,体制外知识分子也逐渐分化,出现了学术型精英(现代学院派知识分子的前身)、社会型精英和为民众代言型的精英。必须承认,由于新式教育施行不久,新知识、新资源的生产和积累都局限于一定的范围;换言之,只有一定的社会阶层才能成为这些知识的直接被影响者和受益者,民众在知识生产过程中的下游状态并未得到根本改变。但是,近代舆论的出现和报刊的广泛传播,毕竟使得知识分子可以在权力体系之外获得自身价值,使他们可能与下层社会建立更广泛的联系,并从舆论的公共性获得改造社会的力量。

第二,知识分子存在方式的改变直接影响了知识生产的方式。如果说新文化运动主要是由中国的精英知识分子发动并推行的,那么,分析并描述1911年之后的中国社会是怎样在一种完全不同于传统帝制的共和体制下(不论这共和体制是多么名不符实)选择并组合这些精英,应该不是毫无意义的。这个问题还可以有另一些问法,比如:如果说新文化运动的核心部分是新文学,那为什么新文学的倡导者不是来自文学领域(既不是来自桐城、选派等旧派文学圈子,也不是来自鸳鸯蝴蝶派,也不是来自王国维、林传甲等文学研究者)而是来自其他领域(法律/政治/哲学/逻辑)?换言之,文学的变革为什么是依靠其他知识背景的知识分子而不是文学家的推动而成功?这些知识分子各有自己的专业领域,他们对于文学都有所了解,但并不是文学家(至少在刚刚开始鼓吹新文学时还不是)。他们为什么会成为文学这一领域的知识生产者?在知识的生产角度上,我们应该怎样理解其他知识领域对文学的介入进入与改写?这些新文学的提倡者在中国知识界第一次的亮相,往往是以政论家的面貌出现,原因何在?所有这些,也许就是我探讨清末民初的政论杂志与新文学关系的最初动因。

社会学家柯林斯在《哲学社会学:智识变迁的全局理论》一书中提出了知识的传承和创新的解释模型——互动仪式链理论和网络结构理论,颇可借鉴。他认为:"学术群体、师生链条,同时代的竞争对手,是他们共同构成了结构性的力场,学术创新就是在这里面发生的。"①具体说来:"这个力量的结构场域就是知识分子社区。在这个知识分子社区里有他们自己的互动仪式。智识活动是通过这些仪式发生的。互动仪式链由文化资本,情感能量和分层的网络结构组成。没有知识分子社区,对知识分子来说,要有创新的智识活动如果不是不可能的,也是非常困难的,没有知识分子社区,形成不了知识分子网络。但是,根据柯林斯,包括代内和代际的知识分子网络对思想观念的提出是不可或缺的。"②

实际上,柯林斯强调的是交流和对话对于知识生产的作用。不论是知识分子的互动、知识分子社区或是网络结构,都为观念的交流和对话提供了平台。柯林斯主要以这一理论分析古希腊以来世界范围内哲学思想的生成。但我认为,这一理论对于阐释以十年为单位的微观历史现象(相对于数百年)同样有效。为什么几乎全部中国近现代重要知识分子都出现在晚清至五四的大约三十年(一代人的时间),而这三十

---

① 柯林斯:《哲学社会学:智识变迁的全局理论》,新华出版社2004年版,第9页。

② 陈心想:《知识的传承创新与知识分子社区》,《读书》2004年第11期。

年为什么成为中国近现代知识生产的黄金时代？以柯林斯的理论来看，清末民初知识生产的迅速增长，与这一时期知识分子网络和知识分子社区的蓬勃发展有直接而密切的联系。例如俞樾—章太炎—章门弟子的师生链条，以万木草堂为中心的维新派知识分子网络，包括《新民丛报》、《民报》等论敌在内的东京知识分子社区（从表面上看，梁启超与革命派知识分子的论战非常激烈，彼此视若仇雠，但从知识的传承和创新来看，这既是观念的竞争，也是一种有效的交流，并且促进了知识的生产），英美留学生群体，以上海为中心的近代知识分子网络，以蔡元培为中心的浙江籍新知识分子群体等等。根据不同的线索和标准，可以划分出不同的知识分子社区，但在知识生产的过程中，它们都是有意义的。其中，公共领域的出现创造了一种知识分子的新的交往场域。在各大都会，学堂、报馆、酒家、茶肆、番菜馆甚至妓院都成为知识分子交流沟通的场所，各种团体、集会也日趋活跃，提供了更为广泛的思想言论交流的空间。因此，近代报章的流行直接导致了一种以刊物为中心的知识分子社区的形成，《甲寅》和《新青年》就是其中的典型代表。

那么，政论杂志又是怎样建构知识分子社区的呢？一方面，杂志的公共性使意见的表达和交流成为可能，围绕杂志，读者与编者、读者与读者之间形成了"想象的共同体"，这在《新青年》表现得更明显。在这里我们可以借用本雅明的一个概念——"虚空的共时性"，意指当人们阅读报纸或期刊时，会觉得自己和作者、编者、其他读者生活在一个共同的空间，有共同的日常生活，也有共同的喜怒哀乐，共同的社群由此形成，一定的知识分子群体也由此形成——因为能够读书读报者特别是喜读某种书报者，其知识背景、思想观念也应比较接近，有助于一个有共同思想倾向的知识分子群体的形成。这种"虚空的共时性"可以帮助我们理解《新青年》何以在短时间内产生如此广泛的影响。通过《新青年》这个平台，具有比较相同的思想和文化理念的新知识分子集合在一起，组成了一个松散而富于弹性的网络。这些来自不同地区的民间的意见和观念通过陈独秀的组织和选择，凝聚为一种声音和舆论，并在全国范围内逐渐传播开来。另一方面，杂志作为公共言论空间，对争论的容忍使不同意见得以共存。异质思想的对立、冲突、反驳,观点之间的公开竞争,立场的种种差异,都是知识生产必不可少的条件——"尽管流传的神话与此相反,大多数知识分子不能在孤独中创作自己的作品,他们需要和同行进行辩论和讨论,以形成自己的思想。"[1]尽管这些政论杂志有时仍不免有门户之见,但就本质而言它们更欢迎争论,有时甚至主动挑起争端。激烈的论战不仅能够吸引同道中人,也能够牢牢地吸引对手的眼球,从而将竞争对手纳入自己的网络之中。

需要注意的是,和其他类型的知识分子网络/社区一样,围绕刊物形成的知识分子社区也是动态而不稳定的,随时可能发生分化、解体和重组。围绕《甲寅》所形成的知识分子社区以章士钊为组织领导者,当刊物停刊、章士钊投身仕途之后,这一社区随即解体,并在原有作者群基础上又形成以《新青年》为中心的知识分子社区。其中胡适是这个结构中的学术上的领导者,陈独秀则是组织领导者。当陈独秀试图摆脱原有的知识分子网络,重建新的马克思主义知识分子社区的时候,原有的知识分子社区也就立刻面临解体,必须重组了。知识分子社区中学术领导者和结构组织者的身份可以重合,也可以互相转化。在这个结构中是学术领导者,在那个结构中可能就会成为结构组织者。例如,胡适在五四后期所形成的学院派知识分子社区中就扮演了学术领导者和结构组织者的双重角色。

由此可见,借助自身的公共性和开放性,政论杂志建构了一种民初新知识阶层的对话、交往、沟通模式,包括前所未有的以现代报刊为载体的政治、思想、文化、宗教的广泛辩论,导致了我所谓的"异议时期"的出现(尽管这个时期非常的短暂)。在政论杂志形成的公共空间中,由于有了一致的讨论主题,知识生产围绕着国家、社会、文化(文学)进行,知识分子自身的专业背景不仅不再成为障碍,反而成为新的知识生产的有利条件(例如胡适的哲学背景、傅斯年的史学背景、李大钊的政治

---

[1] 刘易斯·科塞:《理念人——一项社会学的考察》,郭方等译,中央编译出版社2001年版,第4页。

学背景等等)。① 几乎所有知识分子都可以对一个共同话题发言并彼此争论,知识背景在这里不再重要,重要的是自由交流、沟通、讨论的机制。② 如果没有晚清以来舆论的发展和公共领域的出现,这一切将不可能。从这个意义上说,公共领域的出现,是新文化运动发生的前提条件之一,或者说,从公共性的角度来看,新文化运动就是一次成功的舆论事件。

---

① 在其他知识生产领域如文学也是如此。在清末民初的一段时期内,文人的身份是混乱而不固定的,而种种文学社团的结构也是复杂多样的,进入文学社团的人并不都是纯粹的文人——甚至我们可以说,在当时没有"纯粹"的文人存在。这样一种结构和文人身份的含混性,都直接影响了当时的文学面貌:一方面,使文学写作、文学阅读与各个社会阶层相联系而不至于成为狭隘的小众化活动;另一方面,则使社会各方面的政治、生活、思想、观念、风俗、信仰等等在文学中得到充分而多元化的反应。不同身份的文人把搅动那个时代的一切重要观念、行为和思想都带到了文学中,从而使文学的社会性大大增强了。

② 这似乎也可以用来解释1980年代中国社会出现的"美学热"和"文学热",由于不同专业背景知识分子的加入,使之成为超越了学科界限的公共大讨论。

第三章 观念的激流

一、观念之争的背后
—— 翻译与五四文体新秩序的建立

众所周知,五四前后是继晚清之后又一个翻译活动的活跃期。伴随着中外文化交流的扩展,启蒙知识者往往扮演多重角色,其中"翻译者"就是一个极重要而又常被人们忽略的写作身份。五四前后正是中国文学从古典向现代转进的关键时期,在断然否定中国文学自身的革新机能之后,启蒙主义者纷纷将目光投向了世界文学。无疑,频繁的翻译活动正是中国文学现代化最重要的催化剂。

几乎与此同时,在创造社与文学研究会之间发生了一场著名的论争。在历来的现代文学史著中,这次论争都被认为是围绕不同的文学观念展开、代表现实主义与浪漫主义的崛起与碰撞,从而影响深远的一次论争。这些结论诚然有自己的逻辑与合理性,然而,我以为翻译在其中扮演的角色颇值得注意。

一方面,论争双方在文学观念上的差异似有被夸大之嫌。双方在文学主张上并非严守壁垒、不越雷池,而是互有重合、彼此渗透,其间的区别并不像后来文学史所描述的那样分明,正如郭沫若所言:

> 文学研究会和创造社并没有什么根本的不同,所谓人生派与艺术派都只是斗争上使用的幌子。①

---

① 郭沫若:《创造十年》,《学生时代》,人民文学出版社1979年版,第127页。

在论争过程中,同一人、甚至同一篇文章中前后矛盾之处也所在多有。茅盾曾大谈"天才论"①,郭沫若也不讳言"文学的社会使命"②。这样本无定见、多凭感兴,意在逞才使气的讨论,难免如沙滩上的阁楼,其实际意义很值得怀疑,更遑论另一些批评者跟风逐潮的善变之言了。

在中国文学新旧更迭的转折时期,原有的文学秩序行将被拆解殆尽,而全新的白话文学体系一时还无从措手。为了应对新文学理论建设的迫切之需,启蒙知识分子一则试图勾勒出中国白话文学传统的脉络,在中国文学内部寻找白话文学的一线生机,以求建立现代新文学之合法性;③另外,文艺复兴以来的西方文学理论成为中国启蒙知识分子引介、模仿的对象,他们争先恐后地赶赴这场理论盛宴,在汲取异域理论资源的同时释放着后发国家普遍的现代性焦虑。然而,面对如此"压缩饼干"式的理论输入潮流,译介者虽有急切吸收的愿望,却着实缺乏消化吸收的胃口。他们往往生吞活剥地理解西方理论,反哺于中国思想界的则多半是些含混、生涩的半成品。因此,在众声喧哗之中引介的种种欧美文学理念,虽被时人奉为经典而大加鼓吹,其实际价值并不如后人所想象的那么重要。围绕这些文学观念之间的差异而滋生的种种争论,于今观之,其重要性也要大打折扣。因为从某种意义上说,文学史上的论争往往启衅于观念而着眼于形式,最终是要落脚于"关于语言的表述,关于文本的论争"④。毕竟,某种新的文学理念是否成立,最终取决于它能否表现出与众不同的文体个性、写作风格。也就是说,能否成为真实的文学行动和文学实践。

另一方面,在这场理论混战之中,翻译的确扮演着不容忽视的角色。一个直接而有力的证据,就是论战双方的主要成员和大部分文章

---

① 冰(茅盾):"所谓诗人的天才决不是神妙不可测的东西,是精神上一种尖锐无比的透视力,能够透过肉界而窥测灵界;又是一种灵妙无比的捕捉力……所以诗人全靠天才,没有这样天才的人做起诗来,也许有几首是极好的,但他不是诗人。"《说部、剧本、诗三者的杂谈》,《时事新报·学灯》,1920年11月14日。

② 郭沫若:《文艺之社会的使命》,《民国日报·文学》,1923年5月18日。

③ 见胡适:《白话文学史》,新月书店1928年版。

④ 弗雷德里克·杰姆逊:《后现代主义与文化理论》,陕西师范大学出版社1987年版(后同,不另出注),第163页。

都涉及翻译的讨论。仅以创造社方面而言,以郭沫若、成仿吾为主,郁达夫、王独清、敬隐渔、梁实秋等主要干将纷纷出马,均参与了对翻译问题的论争。更有意思的是,几乎在同一时期,创造社与胡适派文人之间发生的一场恶战,同样是以郁达夫发表《夕阳楼日记》指摘余家菊"乱译"为开端——依然是翻译在从中作祟。诚然,这些论战中所夹杂的意气之争与人身攻击,使本应严肃的讨论逐渐流于轻浮无聊,但后世史家在叹息之余,却也往往把其中的复杂性轻轻放过。所以,如果过分拘泥于文学观念的外在差异,而忽略了论战中大量关于翻译的讨论,我们或许会失去一次从文体的角度考察、发掘论战深层意义的契机。

如果认真体察五四后期的种种"主义"之争,我们便会发现:"如何表达",或者说如何创造、建构一种"现代"的语言表达方式,可能才是五四后期白话文学诸多论争的潜在主题。随着白话在报纸、杂志等现代传播媒介的广泛使用,以及官方对白话文在教育领域的准入与扶持,白话文逐渐确立了自身的地位。事实上,一些文化保守主义者并不反对应用白话,只不过认为白话只有启蒙下层民众的工具性之特长,而不具备文学性。因此,将中国语言分为两造,分别承担普及和提高之功用的意见一时颇为流行。

早在辛亥革命之前,刘师培就认为俗语入文是文字语言进化的趋势,且对于国民启蒙大有助益,"以通俗之文推行书报,凡世之稍识字者,皆可家置一编,以助觉民之用,此诚近今中国之急务也";而古文又不宜骤然废除,"故今日文词,宜区二派:一修俗语,以启瀹齐民;一用古文,以保存国学"。[①] 高凤谦也主张文字应分为"应用之文字"与"美术之文字",而且认为"美术之文字"的特点是"则以典雅高古为贵,实为一科专门学"。[②]

五四时期,此种论调又重新流行。因此,白话文运动的重心实际上已经从获得"工具的合法性"转移为努力获得"文学的合法性"。但是,粗糙简陋、流于模仿的早期白话文学并不能使文学革命的参与者们满

---

① 刘光汉(师培):《论文杂记》,《国粹学报》第1年第1期,1905年1月。
② 高凤谦:《论偏重文字之害》,载《辛亥革命前十年间时论选集》第3卷,三联书店1977年版,第11页。

意,他们逐渐认识到,文学进化的关键在于使语体文真正从承载、传播信息的口头工具转变为具有审美价值的书面艺术载体,实现"国语的文学,文学的国语"。①

早在1918年,俞平伯便主张,诗歌"确是发抒美感的文字,虽主写实,亦必力求其遣词命篇之完密优美。"并提出"用字要精当、做句要雅洁、安章要完密"、"音节务求谐适"等作白话诗的条件。② 其后,周作人也指出:

> 中国话多孤立单音的字,没有文法的变化,没有经过文艺的淘炼和学术的编制,缺少细致的文词,这都是极大的障碍。讲文学革命的人,如不去应了时代的新要求,努力创造,使中国话的内容丰富,组织精密,不但不能传述外来文艺的情调,便是自己的略为细腻优美的思想,也怕要不能表现出来了。③

不久,他又批评现有的白话文学进步甚微:

> 诗的改造,到现在实在只能说到了一半,语体诗的真正长处,还没有人将他完全表示出来,因此根基并不十分稳固。④

并不以新诗见长的鲁迅也感觉到白话诗的单调,很希望"此后能多有几样作风很不同的诗就好了"⑤。茅盾也认为白话文学出品虽多而"变化太少"⑥。可见,启蒙主义者对白话文学的主要不满主要表现在文学形式层面。虽然此时他们的大部分注意力还被种种"主义"之争所

---

① 胡适:《建设的文学革命论》,《新青年》第4卷第4号,1918年4月15日。
② 俞平伯:《通信·白话诗的三大条件》,《新青年》第6卷第3号,1919年3月15日。
③ 周作人:《译诗的困难》,《晨报副刊》,1920年10月25日。
④ 周作人:《新诗》,《晨报副刊》1921年6月8日。
⑤ 鲁迅:《致傅斯年》,《新潮》第1卷第5号,1919年5月。
⑥ 玄珠(茅盾):《创作谈杂评:一般的倾向》,《时事新报·文学旬刊》第33期,1922年4月1日。

吸引，但伴随着思想启蒙主题的逐渐退场，文体问题的重要性正日益凸显，而翻译与现代白话文体的诞生、发展和演变正有着直接而密切的关系。

告别文言之后，在原质上属于本土口语的白话，要完成向现代文学语言的转变，就不得不借重异域文学以实现自身的现代化。五四时期的知识者正是通过大量指向性译介活动来陶铸写作体式、灌输文学观念、培养文学趣味，从而使新文学的发展尽可能地符合自己的构想。鲁迅对苏俄、日本小说与爱罗先珂童话的翻译，周作人对东欧文学的翻译和日本俳句的介绍，郑振铎的翻译《吉檀迦利》与《飞鸟集》，茅盾多次拟定"当前应翻译之西洋书目"等等活动，都相当深远地影响了新文学的发展轨迹，并直接导致某些白话新文体的诞生，如冰心、宗白华等人的"小诗"。具体到文学研究会和创造社，且不说前者的《小说月报》、《文学旬刊》本来就重视译介外国作品，单是翻开标榜创作为"处女"的创造社刊物，便可发现他们所轻视的"媒婆"——翻译——其实也占据了极为重要的位置。在以创作为主的六期《创造季刊》中，外国文艺的翻译、介绍及讨论共十五篇；在以论说为主的五十二期《创造周报》上，这类文章的总数达到二十五篇（尚不包括断续连载了二十五期的郭沫若译《查拉图司屈拉》）。更重要的是，文化发展的过程即是知识经典传播的过程，这一过程在阶级社会中具有天然的不平衡性。弗·杰姆逊曾经指出，在超符码化的社会中知识也许会成为经文：

> 而这种经文往往是用外文写的……也正是经文这种对大众来说不可能直接接触的特性确保了教士也即知识界的地位，他们垄断了对经文的解释，垄断了语言，这也是一种形式的权力。[1]

在中国文化转型的关键时期，语言既是文化表达和传播的主要工具，也是一种知识与技术工具，同时又是一种权力。对于西方语言的掌握和垄断，更被新知识分子用于启蒙、诱导、控制其他社会群体。因而，

---

[1] 弗·杰姆逊：《后现代主义与文化理论》，第18～19页。

这一时期的翻译活动不仅是文学行为,更是一种权力行为。在文学领域,新文学从一开始就被视为近代西方文艺在落后民族国家的"快速复制"过程,恰当、适时的翻译可以使译者参与、引导甚至主宰这一过程,否则,便会有被抛离文学进化的轨道而边缘化的危险。因此,通过译介西方文本,不断参与民族国家文学的重构过程(现代白话文体的表述与实践),以维持自己在新文学发展中的主导地位,就意味着对新文学话语权的继续掌控——启蒙知识者对翻译活动的夸张热情充分表达了他们对这一问题的自觉和重视,尽管这种"重视"往往是下意识的。

以充满激情或感伤、略显铺张夸饰的书写风格将文学研究会枯燥、沉闷的"自然主义"写作一举取而代之,正是处于新文学边缘,倍感压抑的郭沫若们的理想。但作为后来者,采取怎样的进入策略,如何获得话语权并进而参与到新文学秩序的建构过程,是创造社所面临的一个极为现实的问题。在创作方面,《女神》、《沉沦》在商业与艺术两方面都取得了巨大的成功,打开了文坛的一个缺口。在批评方面,"翻译",这一有关学识、文体、灵感、艺术感受力等多方面因素,并与现代白话文体的形成有密切联系的复杂写作实践,便成为创造社既趁手而有力的武器,而且甫一交锋,他们便愉快地发现对面的茅盾、郑振铎们恰恰并不以外语见长。

这便足以解释创造社为何要以翻译问题向文坛固有势力发难,并围绕之发表了那么多的意见。这些文字大多热衷于指斥文研会系(包括胡适周围文人)的翻译硬伤,而且每每使之狼狈不堪,①但在提出严肃的译学理论方面并无成绩。虽然郭沫若也提出了"风韵译"的主张②,可茅盾也早就有过类似看法,并不新鲜。③ 实质上,这些言不及义

---

① 例如佩韦(茅盾)在《今年纪念的几个文学家》一文中将 Atheism(无神论)译作"雅典主义",成仿吾便在《创造季刊》上撰写长文大加嘲讽。

② 郭沫若:《批判意门湖译本及其他》,《创造季刊》第 1 卷第 2 期,1922 年 8 月。

③ 雁冰(茅盾)曾在《译文学书方法的讨论》一文中指出:"翻译文学之应直译,……发生最大的困难,就是原作的'形貌'与'神韵'不能同时保留。""就我的私见下个判断,觉得与其失'神韵'而留'形貌',还不如'形貌'上有些差异而保留了'神韵'。"见《小说月报》12 卷 4 号,1921 年 4 月 10 日。

的高调除了自我标榜之外，丝毫无补于翻译质量的改善。这便形成了新文学初期的一个奇观：一面是翻译者们据守各自阵营，彼此唇枪舌箭，指责对方的翻译质量；一面是大量粗制滥造的译本源源而生，不绝如缕。正如一位新文化运动的过来人所言："新文化运动以来的译文译书，其'糟糕'是'有目共赏'、'有口皆碑'。"①当然，这些翻译行为乃至互相诋毁，不能排除抢占市场、争夺读者等商业因素的介入，但我们更要看到，他们指摘彼此翻译中的低级错误、贬低对方的学识，乃是"项庄舞剑"，其真正用意乃在于消解翻译者精心构筑的话语壁垒，建立或捍卫自己对西方文学的阐释特权，确保参与白话文体日益欧化的建构过程，从而进入、分割新文学的叙述空间。

伴随着狼籍于版面的大量论争文字，创造社以更为激进的姿态顺利地获得了足够的话语地位和阅读期待，可以进行白话文体的写作实验。当然，正如前面所指出，我们很难说此时的讨论者有多少"文体的自觉"，他们的行动更多是被对权力/话语权的天然本能追逐所驱使。但是，这并不妨碍我们指出这场口舌之争的真正动因，乃是文学语言表达方式的变革要求。它处在文学启蒙者的理论视野之外，同时又隐含于写作潜意识之中。换言之，它是有创造力的作家的另一种本能。作为语言艺术，新文学要求这一时期的"文学"语言不仅应该言文合一，实现"平民化"，便于更多作者模仿、复制从而实现思想启蒙功能，更应从初期白话文的粗糙简陋转变成为具有审美价值的语言，从而与工具性文字区别开来——对"美文"的阐说、新格律诗的提出、对"纯诗"、象征诗的讨论，可说皆源于此。而翻译既是白话文体形成的最初来源之一，又是白话文体继续"文学化"、"书面化"的重要条件。离开翻译这一重要背景，我们不仅难以准确阐释新文学写作体式的发生与演变，也难以发现新文学秩序建立的某些潜在规则。

---

① 朱自清：《翻译事业与清华学生》，《朱自清全集》第4卷，江苏教育出版社1990年版，第200页。

二、胡秋原与左联的论战

胡秋原是一位与政治活动关系紧密,同时在文史哲领域均有所建树的中国现代著名知识分子。由于众所周知的原因,在 20 世纪 80 年代以前的大陆学界,胡秋原的文艺观通常被视为是打着普列汉诺夫旗号的自由主义文学理论,是"站在反动的小资产阶级立场替资产阶级反动文艺作辩护"①,他与左联的论争也往往被视为对左翼文学运动的攻击。② 进入 90 年代,一些学者对左联与"自由人"论战进行了重新考察,对这一问题做出了有益探索。但是,对胡秋原文艺观的具体内容、理论渊源仍缺乏深入、细致、全面的爬梳整理,他和左联的论争也依然有待更具有历史主义的评价。著者试图远离某些先入为主的理念,从具体的历史语境入手,来勾勒胡秋原的文艺理论谱系,近距离地观察支撑这一理论体系的内部逻辑,进而对论争的性质做出自己的判断与解释,以期深化我们对这一重要文学史问题的认识。

讨论胡秋原的文艺观点,自然应以他与左联的论争为重心。尽管胡秋原对文艺理论问题的论述,在论战之前出版的《唯物史观艺术论》一书及发表于《语丝》、《北新》上的一些文章中已经有所涉及,但更集中地保留在他的辩论性文章中。因此,有必要先对论争的经过及双方理论表述的具体语境进行一番梳理与回顾。

一场遭遇战:怎样认识"五四"

1931 年 12 月,胡秋原主编的《文化评论》杂志创刊了。虽然这份杂志存在的时间不长,但已经足以成为一场日后影响深远的激烈论争的发源地,其导火索便是创刊号上的两篇文章:署名"文化评论社"的《真

---

① 丁易:《中国现代文学史略》,作家出版社 1955 年版,第 96 页。
② 1950 年代的几部重要文学史著如王瑶《中国新文学史稿》(1951)、丁易《中国现代文学史略》(1955)、刘绶松《中国新文学史初稿》(1956)等均持此说。

理之檄》与胡秋原的《阿狗文艺论》。《真理之檄》实则出自胡秋原之手，文章确定文化运动的任务为："继续完成五四遗业，以新的科学的方法，彻底清算，再批判封建意识之残骸与变种"，"又要以新的方法，分析批评各种帝国主义时代的意识形态"，"更必须彻底批判这思想界之武装与法西斯蒂的倾向。"①文中把"完成五四遗业"规定为今后文化运动的任务之一，这与当时"左联"某些理论家对五四的认识大相径庭。

自后期创造社转向以来，中国左翼文学运动深受苏俄"无产阶级文化派"、"岗位派"及日本"福本主义"等思潮影响，强调以阶级性作为文学的唯一价值标准，固守阶级纯洁性原则，而这必然使他们对思想文化领域一系列重大问题的回答带有激进的色彩。他们所要确立的马克思主义的指导地位，往往是通过对各种非无产阶级意识进行不加分析的拒斥来进行的。他们急于将中国现代文化移植于新的基础——无产阶级文化，而把五四新文化运动筚路蓝缕开创的启蒙思想传统与无产阶级文化对立起来加以批判。② 这种倾向在"左联"的部分成员身上表现得尤其明显。《真理之檄》发表后不久，《文艺新闻》第四十五期即发表《请脱弃"五四"的衣衫》一文，表示"左联"方面的异议。文章认为五四运动"其最大的任务与最后的成果是反封建，是代表中国新兴资产阶级之文化的抬头"，随着中国半殖民地化程度的加深，"促逼它的演出者——智识阶级及学生群众，早早脱弃那光辉绚烂于一时的'五四的衣衫'"，"集合在反帝国主义的战旗之下从事于反帝的文化斗争"。显然，文章把五四新文化运动所代表的反封建主义与反帝国主义的文化斗争对立起来，并认为五四已经落伍了。

---

① 文化评论社：《真理之檄（发刊辞）》，《文化评论》1卷1号，1931年12月。
② 例如，彭康认为："我们要用马克思主义来批判一切非马克思主义的思想，要把广大的劳苦群众从一切反动的思想解放出来。"（见彭康《新文化运动与人权运动》，载《新思潮》1932年2月第4期）。李初梨则认为五四时期"科学"与"民主"的口号是"资本主义意识的代表"，在他看来，中国的文学革命，由于资产阶级和小资产阶级的没落，已失去了它的社会基础，因此也已经没落，取而代之的"应当而且必然地是无产阶级文学"（见李初梨《怎样地建设革命文学》，载《文化批判》1928年第2期）。可见，创造社理论家们要批判的不是新文学革命未彻底完成的对传统文化和文学观念的批判，而是五四新文学革命本身。

对此，胡秋原认为："我们并没有穿上，也没有要穿上五四衣衫，穿上五四衣衫的，自有胡适及其之流。"这首先表明他对《新青年》同人分化后以胡适为代表的自由主义者保持着警惕，针对他们脱离实际的空谈，指出："我们已有用新的武器的可能与必要，我们已无须什么'赛'先生'德'先生之类了。"而所谓"新的武器"正是胡秋原当时所信奉的"现代唯一的真实科学方法"，即"历史底辩证法底唯物论"。① 他清醒地认识到："说继续五四，自然只是 Aufheben 五四，超越五四，而不是复活五四，抄袭五四。"②

然而，尽管胡秋原强调当前的文化运动应超越五四，但他并没有像"左联"某些理论家那样，为了建立"纯粹"的无产阶级文化而全面否定包括五四在内的新旧文学传统，他指出："根本上，没有五四，就没有五卅，也就没有今后文化运动（如'普罗文化'）；历史根本就是一个过程，一个继续。"③这种对历史过程连续性的强调，又多少带有胡适的影子。

胡秋原与左联的论争因对五四的不同评价而起，这一细节实际上折射了他们之间的一个深刻分歧，即建设新的文化运动是否需要文化传统遗产。这种分歧的产生并非偶然，而是由于他们在接受国外无产阶级文学思潮的过程中，分别侧重于观点针锋相对的两派：以"无产阶级文化派"、"岗位派"、"拉普"为代表的一派和以托洛茨基、沃隆斯基、"山隘"为代表的一派。对文化传统遗产的认识问题，只是上述两派一系列歧见之一。因此，正如我们后来所看到的，胡秋原与"左联"的论争并没有局限于个别具体的理论命题，而是必然扩展开来，围绕一些左翼文学理论的基本问题展开激烈交锋。

论争的白热化：从《文艺新闻》到《现代》

就在胡秋原与《文艺新闻》仍纠缠于如何评价五四时，一位名不见

---

① 胡秋原：《文化运动问题——关于"五四"答〈文艺新闻〉记者》，《文化评论》1卷4号，1932年4月。

② Aufheben，当时音译为"奥伏赫变"，德语"扬弃"之意。

③ 胡秋原：《文化运动问题——关于"五四"答〈文艺新闻〉记者》，《文化评论》1卷4号，1932年4月。

经传的批评家谭四海(或许是化名)敏感地发现了一些更值得批判的观点,譬如"文艺自由论"。他认为,胡秋原提出"文学与艺术至死也是自由的,民主的"①,就是主张永久的、绝对的自由与民主,鼓吹文学"不是阶级性的,受社会一切限制的了",进而指责以胡秋原为代表的《文化评论》显然是包藏祸心,"为虎作伥"。②

《文化评论》以同人署名文章的形式,对谭文的指责作了总答复,文中第一次出现"自由人"这一概念。文章说:

> 我们所谓自由的智识阶级,不过表明我们:1,只是一个智识分子;2,是站在自由人的立场。事实是如此,因为我们:1,不愿自称革命先锋,2,我们无党无派,我们的方法是唯物史观,我们的态度是自由人立场。③

从这段自白中,我们可以归纳出他们的三个特点:(1)以马克思主义唯物史观为方法;(2)并不反对革命,只不过不满于左联"唯我独尊"、"唯我是无产阶级"的革命高调,以"不愿自称革命先锋"加以暗讽,并与之保持距离;(3)标榜无党无派。我们或许可以把"自由人"视为一个松散的,以胡秋原、王礼锡等人为核心的知识分子群体。以今天的标准来衡量,除了"自由人"这个名字之外,他们其实并没有多少自由主义的气味。

不过,"自由人"刻意与左联区别开来的姿态显然刺痛了后者。《文艺新闻》很快发表了一篇由瞿秋白执笔的社论性文章回敬《文化评论》,将批判矛头指向了胡秋原的"自由主义"。文章认为,胡秋原高唱"不准侵略文艺"的口号,正暴露了他"'自由人'的立场,'智识阶级的特殊使命论'的立场",而这正是"'五四'的衣衫,'五四'的皮,'五四'的资产阶

---

① 胡秋原:《阿狗文艺论》,《文化评论》1卷1号,1931年12月。
② 谭四海:《"自由智识阶级"与"文化"理论》,载《文艺自由论辩集》,苏汶编,现代书局1933年版,第16页。
③ 同人:《是谁为虎作伥?》,《文化评论》1卷4号,1932年4月。

级自由主义的遗毒"。作者进一步强调,这种遗毒应该"肃清"①!(着重号为原文所有,以下同)

就在此时,一波未平一波又起。在神州国光社出版的《读书杂志》上,胡秋原又掷出一颗"重磅炸弹"——《钱杏邨理论之清算与民族文学理论之批评(马克斯主义文艺理论之拥护)》,目标直指左联批评界的代表人物钱杏邨。他认为钱杏邨的文学批评"充满理论混乱,观念论的,主观主义的,右倾机会主义与左倾小儿病",并宣布"只有真实地深刻地理解学习辩证法唯物论,才能救钱杏邨于观念论的泥沼之中"。② 文章的副标题表明,胡秋原自己是"拥护""马克斯主义文艺理论"的——对此,我们不能简单视之为胡秋原的自我粉饰。事实上,如果将正副标题加以对照,就可以看出其中隐含的潜台词:清算钱杏邨的文学理论和批判民族主义文学,正是拥护马克思主义文艺理论的实际行动。这样一来,文章与钱杏邨所代表的左联争夺马克思主义文艺理论正统传人的用意,便是昭然若揭。

向来好斗的"左联"受到如此不加掩饰的严重挑战,当然会作出强烈反应。洛扬(冯雪峰)迅即发表《阿狗文艺论者的丑脸谱》一文进行反击。文章指责胡秋原是"为了反普罗革命文学而攻击钱杏邨",是站在"取消派"的立场,暴露了"托洛斯基派和社会民主主义派的真面目",是"朴列汉诺夫最坏的歪曲者,最恶劣的引用者"。他还提醒大家要注意胡秋原的"狡猾",呼吁"现在就必须赶快比较有系统的更详细的给他批驳"。③ 可惜文章情胜于质,卫道的激情多于理性的分析,对胡秋原的辩驳既不"系统"也不"详细",这样的文章显然是缺乏说服力的。

苏汶(杜衡)随即以《关于"文新"与胡秋原的论辩》一文表达自己的意见。他以一个作家的直觉,敏感地认识到论战双方"这两种马克斯主义者之间的距离是不可以道里计的",因为他们"一方面重实践,另一方

---

① 文艺新闻社:《"自由人"的文化运动——答复胡秋原和〈文化评论〉》,《文艺新闻》第56期,1932年5月23日。

② 胡秋原:《钱杏邨理论之清算与民族文学理论之批评——马克斯主义文艺理论之拥护》,《读书杂志》第2卷第1期"新年特大号",1932年1月10日。

③ 洛扬(冯雪峰):《"阿狗文艺"论者的丑脸谱》,《文艺新闻》第58期,1932年原题为《致文艺新闻的一封信》,后为《文艺新闻》记者改为现题。

面只要书本;一方面负着政治的使命,另一方面却背着真理的招牌"。作者进而指出在两方争斗之时,"最吃苦的,却是这两种人之外的第三种人。这第三种人便是所谓作者之群"。① 苏文的出现,为"左联"提供了新的攻击目标,②论战的空间也随之转移到杜衡好友施蛰存主编,以兼容并包著称的《现代》杂志。

1932 年 10 月号的《现代》杂志一次刊发了五篇论争文章。在这五篇文章中,易嘉(瞿秋白)的文章更具理论分量。他认为,胡秋原想通过批判钱杏邨促使中国马克思主义文学理论发展,是不可能的事情。因为胡秋原的所谓"自由人"立场"不容许他成为真正的马克思主义者"。在比较钱杏邨与胡秋原的观点之后,瞿秋白批评胡秋原的观点根本就是"变相的艺术至上论",其错误就在于"恰好把朴列汉诺夫理论之中的优点清洗了出去,而把朴列汉诺夫的孟塞维克主义发展到最大限度——变成了资产阶级的虚伪的旁观主义"。③ 此外,文章还从文学的阶级性、文学的社会功用等方面对胡秋原的观点作了进一步的批驳。较之左联前几篇言之无物的批判文章,瞿文内容更为充实,论证也较严密,堪称胡秋原的理论劲敌。④

鲁迅、陈雪帆(陈望道)加入论战,则更侧重于改变左联阵营的斗争策略。他们的文章试图扭转"左联"批评家横扫一切的批评风格和过于狭隘的关门主义倾向。鲁迅一方面严厉地批评杜衡无视阶级矛盾的尖

---

① 苏汶:《关于〈文新〉与胡秋原的论辩》,《现代》1 卷 3 期,1932 年 7 月 1 日。
② 从杜衡加入论争起,"左联"方面便认为他与胡秋原之间存有默契,"帮胡秋原来进攻左翼文坛"[见周起应(周扬)《到底是谁不要真理,不要文节?》,《现代》第 1 卷第 6 期],因而在继续批判胡秋原的同时逐渐地把矛头对准了杜衡。但无论从个人的理论素养还是文章的深度来说,杜衡都与胡秋原有着不小的差距,而且随着论争对象的转变,他们关注的重心也有所不同。限于论题,本文只探讨胡秋原的文艺观,而不过多涉及杜衡的"第三种人"理论。
③ 易嘉(瞿秋白):《文艺的自由和文学家的不自由》,《现代》1 卷 6 期,1932 年 10 月 1 日。
④ 胡秋原对此文并未作出正面答复,而是借上海光华书局发行的《读书月刊》杂志之约,作了《关于文艺之阶级性》一文,全面阐述自己在此问题上的观点。由于苏汶在编辑《文艺自由论辩集》一书时没有将《关于文艺之阶级性》一文收入,因此这篇文章很少进入研究者的视野,但其重要性毋庸讳言。下节论述胡秋原的文艺观时我将着重谈及这篇文章。

锐对立而要做脱离现实的"第三种人",另一方面也声明左翼文坛并非不要同路人,而是"招致那些站在路旁看看的看客也来同走",①体现了他对左翼文学更为独特也更个人化的理解。陈雪帆则认为不应将胡秋原、杜衡对左翼理论、理论家的某些批评,扩大为对整个左翼文坛和无产阶级文学的不满,从而忽略了对左翼理论家不切实不尽职处的批判。他批评一部分左翼理论家"只知以抽象的一般阶级理论来硬套在文艺现象上,使人动弹不得,而于别人树着大纛来攻的,又只懂得缩回阶级的立场架格遮拦,并无趁势进攻的力量",希望"左翼诸公"排定学习的课程表,克服急惰,"兼程学去"。② 显然,经过双方观点的碰撞,左翼内部已经有人意识到自身存在的种种问题,而这也从反面证明胡秋原、杜衡的批评意见在一定程度上有其合理之处。

有趣的是,随着左联阵营中出现反思的声音,胡秋原也提出要"反省"。在《浪费的论争》一文中,胡秋原指出:过去流行于左翼理论家中的武断专横的作风、唯我独尊的态度"不是一个革命者所应有的",并希望论争双方"大家都能够反省一下"。③ 反省,意味着对已有的观点作出检讨和修正,只有在此基础上,论争双方的观点才有可能逐渐趋于一致从而达成某种共识。事实上,胡秋原在《浪费的论争》中,对文学的阶级性、文学的社会功用、文艺与政治、文艺政策等一系列问题都作了更周密、更详尽的补充性论述,并对以往一些观点的具体表述作了修正。

歌特(张闻天)文章的出现,使双方在某些观点上趋于一致的可能性更为明显。这篇题为《文艺战线上的关门主义》的文章首先指出:

> 在中国社会中除了资产阶级文学与无产阶级文学之外,显然还存在着其他阶级的文学,可以不是无产阶级的,而同时又是反对地主资产阶级的革命小资产阶级文学。

---

① 鲁迅:《论"第三种人"》,《现代》2卷1期,1932年11月1日。
② 陈雪帆(陈望道):《关于理论家的任务速写》,《现代》2卷1期,1932年11月1日。
③ 胡秋原:《浪费的论争》,《现代》2卷2期。

而且它在中国革命文学中是"最占优势的一种"。接着,作者从贯彻中共的革命统一战线理论角度出发剖析了关门主义和急进思潮的危害性,认为不加分析地否认"第三种人"、"第三种文学"的存在:

> 排斥这种文学,骂倒这些文学家,说他们是资产阶级的走狗,这实际上就是抛弃文艺界上革命的统一战线,使幼稚到万分的无产阶级文学处于孤立,削弱了同真正拥护地主阶级的反动文学做坚决斗争的力量。①

由于张闻天在当时中共党内的领导地位,可以说他的意见在一定程度上代表了党中央的看法,"左联"也不可能不受影响。张文发表于11月3日,时任"左联"文委书记的冯雪峰写于11月26日的《关于"第三种文学"的倾向与理论》一文,攻伐之气即已大为减弱,转而明确表示要纠正个别同志"指友为敌"的错误,声称:"我们不把苏汶先生等认为我们的敌人,而是看作应当与之同盟战斗的自己的帮手,我们就应当建立起友人的关系来。"②态度与此前相比,已经有了大幅度的转变。如果论争双方都能坚持以这种平和理性的态度探讨问题,那么对于深化左翼文艺运动的理论探讨、促进"左联"与左联之外作家的互动与结合,乃至推动左翼文学运动的发展,都将产生非常正面的作用。

然而,不同的声音还是出现了。同年11月15日出版的《文学月报》一卷四期,发表了"芸生"的长诗《汉奸的供状》,模仿工人的口吻指责胡秋原是"帝国主义的牧师+地主资产阶级的和尚",威胁要把胡的脑袋"变成剖开的西瓜"。胡秋原随即化名"朱仲谦",同样作了一首白话诗《丢他妈章和芸生》反唇相讥。③ 论争的气氛骤然恶劣起来。

冯雪峰认为《汉奸的供状》完全违背了中共的统一战线政策,经与

---

① 歌特(张闻天):《文艺战线上的关门主义》,《斗争》第30期,1932年11月3日;又见《新文学史料》1982年第2期。
② 丹仁(冯雪峰):《关于"第三种文学"的倾向与理论》,《现代》2卷3期,1933年1月1日。
③ 该诗载《读书杂志》1932年11、12月合刊;又见胡秋原:《文学艺术论集·下》,第969页,台北学术出版社,1979年11月初版。

瞿秋白、鲁迅等讨论,决定公开纠正,争取主动,由鲁迅写下《辱骂和恐吓决不是战斗》这篇名文,登在《文学月报》第 5、6 号合刊的通信栏。①然而,鲁迅的意见并没有被"芸生"们接受。在同期《文学月报》上,绮影(周扬)的文章依然指责胡秋原是文学领域内的"法西斯蒂",是"来曲解,强奸,阉割了马克思列宁主义",明确表示:"不把胡秋原当作同路人,而只当作敌人来攻击,到现在为止,是并没有错误的。"②此外,1933年 1 月 1 日创刊的《现代文化》杂志也把首期作为"批判自由人专号",刊登了欧阳霞举、方萌、首甲(祝秀侠)等人的批判文章。不仅如此,在《现代文化》第二期上,首甲、方萌、郭冰若、丘东平等人发表文章《对鲁迅先生的〈辱骂和恐吓决不是战斗〉有言》,公开反驳鲁迅的意见,认为鲁迅犯了"把普洛文化运动任务估计过低,把我们的诗人与斗争的实践分离"这样的错误,并送给鲁迅"右倾的机会主义"和"右倾的文化运动中和平主义"两顶帽子。"左联"内部分歧的公开化,不仅深刻地暴露了左翼文学界的复杂性与矛盾性,而且决定性地影响了"左联"对论争的最终定性。

"浪费的论争":没有结论的结论?

此时胡秋原的注意力主要集中在从 1932 年绵延至 1933 年的中国社会史大论战,作为"《读书杂志》派"的代表人物,他发表多篇长文参与其中。因此,直至他赴福建参加"福建事变"为止,整个 1933 年间胡秋原大约只发表了两篇与"自由人"文艺论战有关的文章,阐释自己对论争的阶段性思考。他认为,在文学运动中只有两个原则是正确的:

> 一,革命政党乃至其文学团体,应在原则上承认文艺创作之自由,以及在某种程度上承认作家创作之自由;二,如果是一个进步的作家,也应该不闭目于时代之斗争,应该获得马克斯主义概念,

---

① 见《新文学史料》,1982 年第 2 期。
② 绮影(周扬):《自由人文学理论检讨》,《文学月报》第 5、6 号合刊,1932 年 12 月 15 日。

该从时代解放运动中丰富其灵感。

他表示,这两个原则正体现了"1925年苏俄党之文艺政策议决案之根本精神",而一年来的论争的意义只在"重新体认那议决案之正确性而已",因而的确是"浪费的论争"。①由此可见,胡秋原对俄共中央政治局《关于党在文学方面的政策》的决议中反对"岗位派"处理文艺与政治关系问题上教条主义和庸俗社会学错误的精神,具有相当的了解和体会。这份决议指出,在风格和形式上,党主张各种文学流派、团体自由竞赛,不应有衙门官僚式的领导;应根除对文学事业的专横和外行的行政干涉。② 此外,决议中对"同路人"作家所采取的团结、帮助的积极态度,也为胡秋原所赞同。在《第三种人及其它》一文中,胡秋原把文学运动中的知识分子分为四种人:第一种人是各种反动派,Conservative;第二种人是Revolutionist——Bolshevik;第三种人就是Radicals;第四种人则是各种Opportunist和Philistine。由于反动势力的猖獗,因此革命者与一切Radicals应携起手来,现在正是"互相反省,勉励与合作的时候"。现在看来,胡秋原所提的"第三种人"实际上代表了一部分中共之外的同情、倾向左翼革命的知识分子,"左联"是应该也可以与他们联合起来的。然而,左联对胡秋原"合作"的呼吁没有任何积极的回应。

在三卷七期《读书杂志》上胡秋原发表声明,辞去主编之职。不久他即赴福建参加陈铭枢、蔡廷锴领导的"福建事变",投入到反蒋抗日的实际斗争中,他与"左联"的论争也就此告一段落。

三、"自由人"的文艺思想

提到胡秋原的文艺思想,人们最先想到的往往就是"自由主义"。

---

① 胡秋原:《一年来文艺论争书后》,《读书杂志》3卷2期,1933年2月。
② 见李辉凡:《二十世纪初俄苏文学思潮》,社会科学文献出版社1993年版(后同,不另出注)第197页。

在他与"左联"的论争中，瞿秋白便以这一笼统含混、言人人殊的概念来概括胡氏的观点，后经众多文学史著异口同声的强调，似乎已经盖棺论定，无从翻案。这些文学史论断往往附以胡秋原本人的两句名言为佐证：

> 文学与艺术，至死也是自由的，民主的。
> 将艺术堕落到一种政治的留声机，那是艺术的叛徒。①

倘若孤立地看这两句话，确有鼓吹文学自由主义之嫌。但是，如果我们把胡秋原这一时期有关文艺问题的论述集中起来加以考察，便会发现他的文艺观念或许被长期地误读了。

向谁要自由？

这个问题实际上牵涉到胡秋原提出"文艺自由论"的真实意图。1980年代以前的文学史著大多认为他不向"反动的"国民党统治者要自由，反而向备受压迫的左翼阵营要自由，乃是"为虎作伥"，并由此推测其中隐藏的"险恶用心"。然而，实际情况或许更为复杂。

在实践层面，文艺自由问题首先涉及政府当局的文化管制与文艺政策。不难发现，胡秋原对国民党政府的态度并非帮闲式的"小骂大帮忙"，而是几乎全盘否定了其统治的合法性。他抨击国民党治下的中国"恐怕比俄国'沙'的时代还要一百倍黑暗了"，"真是一个修罗地狱了"。国民党的政治统治则被他尖刻地称为"是在洋大人支配下的西崽，巡捕，流氓三位一体的统治"。② 他对国民党当局所谓保障言论自由的谎言给予直截了当的揭露，指出：

> 国民政府一面说保障言论自由，但你一"言论自由"，他们又说

---

① 胡秋原：《阿狗文艺论》，《文化评论》1卷1号，1931年12月。
② 冰禅（胡秋原）：《革命文学问题——对于革命文学的一点商榷》，《北新》半月刊第2卷第12号，1928年5月1日。

是"反动","党"钳人之口的时候,必定科以"颠复国体"的罪名。①

在文章中,他列举了"左联"五烈士被害,丁玲、潘梓年被绑架,恽代英、邓演达、杨杏佛被杀,牛兰夫妇、陈独秀被囚等等实例,批评国民党政府推行白色恐怖,迫害左翼文化运动的种种行径。②

国民党御用文人组织的"民族主义文艺运动"也是胡秋原批判的主要目标。他深刻地看到了民族主义文学运动背后的官方意识形态意图:"民族文学运动就是对时代解放运动之扑灭运动"③,其本质是"法西斯蒂的文学",其目的与作用是"借暴君之余焰"、"巡逻思想上的异端,摧残思想上的自由,阻碍文艺之自由的创造……残虐文化与文艺之自由发展"。④ 针对民族主义文学宣称要用"一个对于文艺底中心意识"⑤统率整个文学创作的主张,胡秋原反唇相讥:"我就不明白为什么要什么'中心意识'","用一种中心意识独裁文坛,结果,只有奴才奉命执笔而已"。在他看来,民族主义文学家所得意的理论与作品只是"最陈腐可笑的造谣与极其低能的呓语。毫无学理之价值,毫无艺术之价值"⑥。显而易见,胡秋原提出自由民主的文艺,有着明确的指向:他既向国民党统治当局发难,要求保障言论自由和人身自由;也向官方支持的"民族主义文学运动"抗议,要求创作自由。国民党政府及其文艺政策是胡秋原提出"文艺自由论"的主要对象之一。

另一方面,有些学者又据此认为胡秋原"并不是向左翼文坛而是向着代表特权的民族主义文学运动要自由",似乎胡秋原提出文艺自由论只是针对官方文艺政策,而与左翼文坛并无关系。我以为这种看法也不尽符合历史。追根溯源,胡秋原提出"文艺创作自由论"最早便是以太阳社、后期创造社为对象。早在1928年,年方十八岁的胡秋原便以

---

① 胡秋原:《浪费的论争》,《现代》第2卷第2期,1932年12月1日。
② 胡秋原:《第三种人及其它》,《读书杂志》第3卷第7期,1933年9月1日。
③ 胡秋原:《钱杏邨理论之清算与民族文学理论之批评——马克斯主义文艺理论之拥护》,《读书杂志》第2卷第1期"新年特大号",1932年1月10日再版。
④ 胡秋原:《阿狗文艺论》,《文化评论》1卷1号,1931年12月。
⑤ 《民族主义文艺运动宣言》,《前锋月刊》创刊号,1930年10月。
⑥ 胡秋原:《阿狗文艺论》,《文化评论》1卷1号,1931年12月。

"冰禅"为笔名在《北新》半月刊发表文章,参加当时鏖战正酣的革命文学论争。他认为革命文学运动存在着"抹煞一切的文学,排斥一切他们所认为'非'革命文学"的唯我独革的倾向。针对革命文学鼓吹者们所表现出的将文学与政治关系教条化的倾向,胡秋原引用布哈林(Bukharin)的一段话加以批评:

> 在艺术的创造上,需要自由和多种多样的倾向……文艺要有竞争,有批评,要由无产阶级的本身决定其价值。限制会使艺术性萎落。自由竞争才是使无产阶级文学长成的最好的方法。①

胡秋原感叹道:"这实在是深解文艺的话。真是的,在艺术的世界里最必要的是自由:要有精神的不羁的自由,才能产生伟大的艺术。"②从这里我们隐约可见胡秋原日后所提出的"文艺自由论"的雏形。在写于1930~1931年间的《唯物史观艺术论》一书中,胡秋原同样对空喊"克服"、将阶级性绝对化的左翼批评家有所指摘,表示"文艺是有极大权利要求最大的自由的"③,反对把政治概念、阶级意识生硬地塞进文艺作品。可见,对左翼文学运动兴起后出现的一些理论主张及弊端,胡秋原早就有所思考与批评,"文艺自由论"正是他一以贯之的主要观点。

因此,谈及文艺自由,胡秋原所预设的读者既包括国民党统治当局及民族主义文学运动,也包括左翼文坛"留声机论"的代表们。不同的是,他向国民党统治者要求属于人权范围的言论自由、人身自由,反映了政治权利上的斗争与要求;向民族主义文学运动要自由,则是为了彻底暴露、批判其官方文艺的孱弱本质,进而论证其不能有存在的自由;向左翼文坛索要的则主要是创作上的自由,即反对把文学与政治的关系简单化、机械化,反对以行政命令的方式给作家规定创作大纲的公式

---

① 这段话在胡秋原日后与"左联"的论争中也曾出现,见《是谁为虎作伥?》,《文艺自由论辩集》,现代书局1933年版。

② 冰禅(胡秋原):《革命文学问题——对于革命文学的一点商榷》,《北新》半月刊第2卷第12号,1928年5月1日。

③ 胡秋原:《文学艺术论集·上》,(台北)学术出版社1979年11月版(后同,不另出注),第227页。

化做法,体现了他的文艺观念中重视艺术本体特性及其规律的特征。可以看到,他的文艺自由论有着不同的理论意图和侧重点,既不能只及一点、不及其余,也不应将它们大而化之、混为一谈。

从普列汉诺夫(Plekhanov)到瓦浪斯基(Voronsky)

胡秋原虽然以"文艺自由"的主张广为人知,但它只是胡秋原文艺观念中的一个组成部分。作为一个内容庞杂繁复的非均质存在,胡秋原的文艺观涵盖了艺术的特点、文艺的阶级性、文艺与政治、文艺与生活、文艺批评与文艺政策等多个论域。在此基础上,他对左翼革命文学创作及"同路人"作家等现实性极强的文学实践问题也有所阐述。从理论谱系来看,他深受苏俄理论界普列汉诺夫、托洛茨基(Trotsky)、瓦浪斯基(今译沃隆斯基)等人的影响,同时也接受了德国社会民主党1910~1912年文艺论争中的部分观点,对日本无产阶级文学的主要理论斗争也有所借鉴。因此在探讨、分析其理论时,必须将这些因素联系起来,放在二十世纪二三十年代世界范围内马克思文艺理论发展、传播的历史背景中加以考察。

文艺特点的问题是文艺理论的中心问题之一。对此,胡秋原认为:

> 艺术者,是思想感情之形象的表现。①
> 艺术只有一个目的,那就是生活之表现、认识与批评。②

这一提法并非胡秋原的创见,而是来源于普列汉诺夫关于艺术特质的三原则。1."科学可以认为是藉概念的思索,反之,诗是藉形象的思索。"它源自别林斯基而为普氏所用,被普氏认为是艺术"最主要的特质"。2."艺术者,是人生这反映与再现。"3."艺术作品之形式必与其思

---

① 胡秋原:《阿狗文艺论》,《文化评论》1卷1号,1931年12月。
② 胡秋原:《是谁为虎作伥?》,载《文艺自由论辩集》,苏汶编,现代书局1933年版。

想适合。"①这三条原则体现出了普列汉诺夫美学的马克思主义性质和深刻内容:第一条原则表明普列汉诺夫认识到艺术的特殊对象和特殊本质,指出艺术最主要的特点就在于用生动的形象来表现,就在于形象思维或"创作想像力";第二条原则说明普列汉诺夫坚持"存在决定意识,意识是对存在的反映"的唯物主义反映论;第三条原则体现出普列汉诺夫对艺术作品内容与形式辩证关系的深刻把握,特别是"把艺术形式的优劣看作评价艺术作品的美学标准之一,看作文艺的特点之一,这是普列汉诺夫的一个重要思想"。②

作为普列汉诺夫忠实的学徒,胡秋原不可能不受其影响。他对普列汉诺夫三原则做了详细解释和阐发,并感慨道:

> 这是如何旧而陈腐的真理啊!诚如列捷尼夫说的,"我相信许多'左翼'的批评家必对朴列汉诺夫的'陈腐'理论,侮蔑地耸肩膀罢。然而这些'一般的命题'在现在还是有极大的力量,藉这二三命题之助(虽然这还不足以构成系统的美学,只可看作是其若干预备要件)在某种程度上,实在是现代艺术理论领域上混沌潮流中的一个指南针"。③

虽然胡秋原并没有用更多的篇幅论述文艺的特性问题,但无疑不会乖离普氏的唯物主义哲学立场和基本理论主张,因此也必然会与认为艺术是人的主观精神产物的主观主义艺术论有本质的区别。事实上,他的"文艺阶级性"、"文艺与政治"一系列观点正是以此为哲学基础和逻辑起点的。

在胡秋原与"左联"的论争中,文艺的阶级性问题一直是争论的焦点。胡秋原曾经多次明确地表示,文艺是有阶级性的。他认为:"在1932年还要来证明文艺阶级性,那无异于来证明地球是圆形一样了。"

---

① 胡秋原:《文学艺术论集·上》,第36~46页。
② 吴元迈:《普列汉诺夫与马克思主义文艺理论》,《马克思主义文艺理论研究》第2卷,文化艺术出版社1984年版,第346页。
③ 胡秋原:《文学艺术论集·上》,第48页。

因为:"艺术家不是超人,他是社会阶级之子,他生长熏陶于其阶级意识形态之中,将他的阶级之思想,情绪,趣味,欲求带进于其艺术之中是必然的事实。"①在批判民族主义文学所谓"民族意识"创造"民族"的理论时,胡秋原指出:"无论民族与民族意识,都是非常暧昧的名词。在阶级社会里这意识更为各阶级本身意识所决定。"②他更以文艺阶级性原理论证普罗文学存在之合理性,认为:"中国既有普罗之存在、成长与斗争,自然必有普罗文学的存在、成长与斗争。"③但是,胡秋原并没有绝对化地理解文艺与阶级的关系。相反,他对当时中国左翼文学理论中流行的将文学与阶级意识关系简单化的倾向一直持批评态度。例如,钱杏邨把文学作品是否表现了无产阶级意识作为新旧写实主义的分水岭,要求作家坚决克服"客观观照"、"如实描写"这种旧写实主义的创作方法,不是通过暗示而是直接表明自己的倾向性,并以此作为衡量文学作品价值的标准,完全忽视了艺术自身的特性,"把文学与阶级、与作家世界观的关系变成了脱离现实、脱离艺术特性的机械关系"。④ 胡秋原则认为艺术虽然是意识形态之一种,受经济基础的支配,但它们之间"实有许多复杂的中间媒介"⑤。他引用普列汉诺夫的观点,表示艺术虽带阶级性,但只是表现在社会心理上,通过心理而间接地、曲折地表现着。⑥ 因此,文学作品并非只有阶级性,也不能抛弃艺术形象生硬粗暴地表现阶级性,而应在"真而且美地描写生活"⑦的基础上,用形象表现思想,使阶级意识自然而然地流露出来。

针对某些左联批评家动辄以作家的阶级出身为由否定其作品,胡秋原就以巴尔扎克为例,说明某一阶级的作家不仅可能以其艺术批判

---

① 胡秋原:《关于文艺之阶级性》,《读书月刊》第 3 卷第 5 期,1932 年 10 月。
② 胡秋原:《钱杏邨理论之清算与民族文学理论之批评——马克斯主义文艺理论之拥护》,《读书杂志》第 2 卷第 1 号,1932 年 1 月 10 日再版。
③ 胡秋原:《勿侵略文艺》,《文化评论》第 4 期,1932 年 4 月。
④ 艾晓明:《中国左翼文学思潮探源》,湖南文艺出版社 1991 年版,第 177 页。
⑤ 胡秋原:《文学艺术论集·上》,第 148 页。
⑥ 胡秋原:《文学艺术论集·上》,第 148 页。
⑦ 冰禅(胡秋原):《革命文学问题——对于革命文学的一点商榷》,《北新》半月刊第 2 卷第 12 号,1928 年 5 月 1 日。

敌对阶级,也可能批判其自身阶级:

> ……法国的 Balzac 辄作资产阶级经济之肯定的诗人。然而,巴尔扎克在许多著作中,又表示对大资产阶级的否定评价。①

在他看来,无论艺术家的阶级背景、世界观的性质如何,都只能部分地影响而不能决定艺术家的创作;只要艺术家能够充分掌握并运用"先进"的创作方法,其作品就有可能超越自身的阶级局限而达到与历史发展趋势的一致。对于这些非无产阶级出身的作家,钱杏邨与左联一些批评家从强调阶级意识出发,要求他们加快世界观改造,迅速地转变为具有"纯正"无产阶级意识作家。胡秋原则认为一个阶级的意识形态并非毫无缝隙的整体,而是"表现有不同的层或集团"②。因此作为阶级成员的作家,其世界观也便呈现多样性。作家世界观的转变需要"刻苦的用功;与严肃的态度",③需要一个较长的时期,绝不可能一蹴而就。

机械理解艺术与阶级关系的另一表现,是将过去时代的文化艺术与过去的阶级等同起来,加以彻底否定,甚至提出烧掉一切旧文化、捣毁图书馆、枪毙古典作家等口号。④ 它是苏俄"无产阶级文化派"所犯的主要错误之一,对我国左翼文化运动也危害非浅。对此,胡秋原讽刺道:

> ……过于机械地理解文艺之阶级性者似乎可以将古今文学,分贮于四口箱子中,贴上签条:A 箱为封建阶级文学类,B 箱为资产阶级类,C 箱为最可恶的小资产阶级文学类,D 箱,为普罗文学。于是,最好用、"十万无烟火药"将前三箱轰去,完成那文学的革

---

① 胡秋原:《关于文艺之阶级性》,《读书月刊》第 3 卷第 5 期,1932 年 10 月。
② 胡秋原:《浪费的论争》,《现代》第 2 卷第 2 期,1932 年 12 月 1 日。
③ 胡秋原:《第三种人及其它》,《读书杂志》第 3 卷第 7 号,1933 年 9 月。
④ 李辉凡:《二十世纪初俄苏文学思潮》,第 62 页。

命。①

其实早在1928年革命文学论争中,他便已批评了这种错误倾向,并引述沃隆斯基的话:"与帝政的专制奋斗,与黑暗的,腐败的俄罗斯奋斗,旧文学很有堂皇,伟大,令人钦敬的功绩……"②来说明旧文学中自有其进步性的一面。他指出,那些认为古典主义是贵族阶级的、浪漫主义是资产阶级的论调非常可笑。因为一种艺术作风(Style)、型式(Type)以及倾向,可由各种阶级以各种不同的动机来接受。③ 在此,他所强调的是艺术形式、创作方法的相对独立性,从而为扬弃地继承文化遗产提供理论依据。应该说,胡秋原的观点是符合意识形态的历史继承性原则的。

由上述几方面看来,胡秋原对文艺阶级性的理解与当时盛行于左翼文化运动中的观点有明显的区别。这并不是指他对文艺体现阶级性有所怀疑,而是指他从艺术本身的特点出发,尊重艺术自身规律,灵活而非僵化、全面而非片面地阐释了文艺与阶级的复杂关系。这种理论探索,对于纠正当时左翼文学运动中将文艺阶级性简单化、绝对化的倾向具有积极的意义。当然,其中也存在着缺陷,我们将在后面一并谈到。

关于文艺与政治的关系。值得注意的是,胡秋原并不主张文艺脱离政治。他指出:"一种政治上的主张放在文艺里面,不独是必然而且在某几个时期却是必要的。"④面对左翼批评家指责他是"变相的艺术至上论"⑤,胡秋原表白道:

> 我决不是"立定主意反对一切"利用艺术的政治手段,而对于

---

① 李辉凡:《二十世纪初俄苏文学思潮》,第62页。
② 胡秋原:《文学艺术论集·上》,第10页。
③ 胡秋原:《关于文艺之阶级性》,《读书月刊》第3卷第5期,1932年10月。
④ 冰禅(胡秋原):《革命文学问题——对于革命文学的一点商榷》,《北新》半月刊第2卷第12号,1928年5月1日。
⑤ 易嘉(瞿秋白):《文艺的自由与文学家的不自由》,《现代》第1卷第6期,1932年10月1日。

利用艺术的革命的政治手段,并不反对。①

可见,他与那些鼓吹"为艺术而艺术"的唯美主义者有着本质区别。他与左翼诸理论家的差异就在于,他更重视文艺应与什么样的政治结合以及怎样结合的问题。他认为:

> 我们固然不否认文艺与政治意识之结合,但是:1.那种政治主张,应该是高尚的,合乎时代大多数民众之需要的,如朴列汉诺夫所说:"艺术之任务,其描写使社会人起兴味,使社会人昂奋的一切东西。"2.那种政治主张不可主观地过剩,破坏了艺术之形式:因为艺术不是宣传,描写不是议论。不然,都是使人烦厌的。②

这并非他一时心血来潮之说,而是经过长期学习、思考后得出的结论。首先,他认识到文艺与政治虽同为意识形态,但有所区别:

> 不过正如朴列汉诺夫再三告诫我们的,艺术虽为精神文化形态(ideology)之一,社会心理机能之一,但艺术与经济之间实有许多复杂的中间媒介,与社会经济决无直接的关系……,政治是直接受经济决定的(一阶级统治他阶级的组织),艺术则是由经济与政治决定的社会人心理所反映的精神文化形态之顶层建筑。③

在《革命文学问题》一文中,他又引述藤森成吉关于文艺与政治区别的论述:

> 艺术比政治宗教等离经济的基础还要远一阶段。……艺术不能像政治宗教般的跟经济状态的变化而急剧的变化,即有不为所动的一面。由质上说艺术比政治是更高级,更高度的,在人类生活

---

① 胡秋原:《浪费的论争》,《现代》第 2 卷第 2 期,1932 年 12 月 1 日。
② 胡秋原:《勿侵略文艺》,《文化评论》1 卷 4 期,1932 年 4 月。
③ 胡秋原:《文学艺术论集·上》,第 148 页。

上像一朵盛开了的花。①

胡秋原既承认文艺与政治有结合的必要和可能,又认识到它们之间具有明显的差异,所以他反对那种无视艺术自身审美特性,将文艺视为政治工具的极端功利主义观点,表示"将艺术堕落到一种政治的留声机,那是艺术的叛徒"②,其矛头直指一些普罗文学家所鼓吹的"文艺永远是,到处是政治的留声机"③的主张。

由于文艺与政治存在着差异,因此文学作品与政治论文、文学创作与政论写作也不可能完全等同。左联某些理论家经常引用美国作家辛克莱(Sinclair)的名言"文学是宣传",将文学创作等同于政治说教。胡秋原则认为:"一切的艺术都是宣传,这前提似不无可疑之处。"在他看来,伟大的作家通过精心的艺术创作,在作品中表现了自己的理想,这与左翼理论家们所谓的宣传是"大异其趣"的。他指出:"我们只能说'艺术有时是宣传';而且,不可因此而破坏了艺术在美学上的价值。"④

由于认为艺术即是宣传,将文艺创作简单地等同于政治写作,因此在创作方法上左联批评家们提出了"simple and strong"⑤的要求,主张表现"力的文艺"。⑥ 在这种创作思想指导下,一些左翼文学作品中充斥着标语口号,钱杏邨更是认为:"标语口号文学对革命的前途是比任何种种的文艺更具有力量的。"⑦对此,胡秋原毫不客气地加以批评:"这样的作品就变成俗不可耐的,催人呕吐,使人厌恶的浮浅空虚的名

---

① 冰禅(胡秋原):《革命文学问题——对于革命文学的一点商榷》,《北新》半月刊第2卷第12号,1928年5月1日。
② 胡秋原:《阿狗文艺论》,《文化评论》1卷1号,1931年12月。
③ 易嘉:《文艺的自由与文学家的不自由》,《现代》第1卷第6期,1932年10月1日。
④ 冰禅(胡秋原):《革命文学问题——对于革命文学的一点商榷》,《北新》半月刊第2卷第12号,1928年5月1日。
⑤ 同人:《前言》,《流沙》创刊号,1928年5月。
⑥ 这是钱杏邨提出的著名口号,并以之来命名他的一部文集。
⑦ 钱杏邨:《从东京到武汉》,载《茅盾论》,黄人影编,上海光华书局1933年版,第134页。

词之游戏。"①他认为"艺术品与政治论文之间存有为艺术特质的鸿沟"②,因此文艺的审美特性决定了艺术作品不应像政论一样把倾向性特别指点出来,也不必把他所描写的社会冲突的未来的解决办法强加给读者,而要让它从情节和场面中自然流露出来。换言之:"每个伟大的文学家,表现了他自己,忠实的描写了人生的真实,他的理想,幻想,也就透过了他的作品而诏示我们以未来了。"③因此,根本不需要把标语口号生硬地塞进作品宣传政治主张,图解政治任务。

关于文艺与生活的关系。自始至终,胡秋原坚持"艺术是生活之表现,认识与批评"。这是胡秋原综合了普列汉诺夫"艺术是人生之反映与再现"与沃隆斯基"艺术是生活之认识"理论并加以发挥而成④,其中包含着三层内容:文艺来源于生活;文艺反映生活;文艺影响生活。以下试分述之。

1928年,胡秋原发表《文艺起源论》,系统地说明了艺术起源于生活的观点,其内容仍多来自于普列汉诺夫。他回顾了唯心主义、唯物主义对文艺起源的几种观点之后,指出:"到了俄国朴列汉诺夫……才给了我们新的唯物艺术史观。"那么普列汉诺夫是怎样看此问题的呢?他认为:"原始艺术是在共同生活中产出,是社会的现象,是社交的产品;不是个性的现象。"又表示:"工作是艺术的本原,最早最初的艺术是直接受经济的影响而发达。"于是胡秋原顺理成章地得出结论:"实用是艺术最原始的动因,最初的艺术是从实生活的必要而起。"他批评那些唯心主义的艺术起源论是"倒果为因","无论如何是难以得到圆满的答案"。⑤

正是因为胡秋原以普氏为师,从唯物主义立场上理解文艺起源于

---

① 胡秋原:《钱杏邨理论之清算与民族文学理论之批评——马克斯主义文艺理论之拥护》,《读书杂志》第2卷第1号,1932年1月10日再版。
② 胡秋原:《文学艺术论集·上》,第148页
③ 冰禅(胡秋原):《革命文学问题——对于革命文学的一点商榷》,《北新》半月刊第2卷第12号,1928年5月1日。
④ 见胡秋原:《文学艺术论集·上》,第43页,第39页
⑤ 秋原(胡秋原):《文艺起源论》,《北新》半月刊第2卷第22号,1928年10月1日。

生活这一命题,所以对于艺术反映的内容也必然答之以"生活"。他指出:"文学之所以为文学,就因为她是真而且美的描写生活。"①针对当时左翼文坛刻意强调、夸大文学的宣传作用,根据创作大纲而非生活实感进行创作的倾向,胡秋原有过这样的论述:

> 不去深入事象之本质;不去广摄社会之全景;不去捕捉大众之心理;不将大众生活中,不在自己的体验中,丰富自己作品之生命;不以健全的意识,敏锐之才能,去认识现代生活中之一切复杂事象;不去努力将大众的行动和所思所感的,透入自己的意识,用生动的具体的形象描写出来,总而言之,不以唯物辩证法去观察描写一切,……徒然讲什么抽象的漠然的"力的文艺",结果不会出乎无力的无生命的无机作品的。②

可以看到,胡秋原不仅认识到艺术创作的内容来自生活,而且进一步提出,要进行成功的艺术创作,必须全身心地投入生活、体验生活,用"先进"的唯物辩证法描写生活,舍此别无他途。正因为如此,他对张资平那些脱离现实、玩弄技巧的小说极为反感,而对鲁迅、茅盾等深刻反映社会生活的作品大加揄扬。③

关于艺术对生活的影响即艺术对生活的能动作用问题,先让我们了解一下当时中国左翼主流理论家对此的认识。在当时的左翼文学界,苏联哲学家,同时也是"无产阶级文化派"理论家波格丹诺夫(A. A. Bogdanov)的"组织理论"流行一时。这一理论不是把艺术看成人类认识的一个特殊领域,而是把它看成"思维经济"和"经验要素"系统化的表现之一,并把艺术纳入"争取生存的社会劳动斗争中的组织设施"一

---

① 冰禅(胡秋原):《革命文学问题——对于革命文学的一点商榷》,《北新》半月刊第2卷第12号,1928年5月1日。
② 胡秋原:《钱杏邨理论之清算与民族文学理论之批评——马克斯主义文艺理论之拥护》,《读书杂志》第2卷第1号,1932年1月10日再版。
③ 同上。

桊东西去。① 受其影响，李初梨提出"文学的社会任务，在它的组织能力"，认为文学的"组织机能"可作为一个阶级的武器，把五四新文学运动确定的"文学的任务在描写生活"看成"小有产者意识的把戏，机会主义者的念佛"。② 此外，"列夫派"理论家楚扎克（旧译褚沙克）的"生产艺术论"在中国左翼文学界也颇有市场。这一理论认为艺术不应该只描写生活，而应该去创造生活，把艺术等同于生产。"列夫"的其他口号如"艺术是建设生活"也颇受欢迎。在这些理论主张的推波助澜下，一些中国左翼批评家对文艺的社会功能逐渐产生了不切实际的夸大和渲染。对此，胡秋原表示："对于文艺之社会机能，不能估得过高，正如不能估得过低一样。"又说："以为文艺可以改造世界，这是'半部论语治天下'的见解，是以为口中念念有词就能致人于死地的原始巫术崇拜者。"③但胡秋原并非如瞿秋白所言，是"否认艺术的积极作用，否认艺术能够影响生活"④。他明白地表示："但说在某种程度上影响生活，我并没有否定。我说文艺是生活的批评，就是说能影响。"又解释道："我不是否定上层建筑能反作用于基础，但不可夸张，还原到'意识支配世界'的观念论，而回避了实际的政治斗争。"⑤正如批判的武器不能代替武器的批判，对意识形态的能动作用的认识应有一个清醒、客观的认识。鲁迅便坦率地说过："我是不相信文艺的旋乾转坤的力量的。"⑥又说："一首诗吓不走孙传芳，一炮就把孙传芳轰走了。"⑦讲的就是这个意思。更何况艺术对生活的影响、创造，并不同于物质实践活动的创造，它是依靠艺术的审美特性去创造生动的形象，通过艺术作品自身的魅力去吸引人、引导人、鼓舞人从而改变生活。胡秋原正是从了解、把

---

① 见波格丹诺夫：《无产阶级创作道路（提纲）》，《十月革命前后苏联文学流派》（上编），外国文学研究资料丛书编辑委员会，上海译文出版社1998年版。

② 李初梨：《怎样地建设革命文学》，《文化批判》1928年第2期。

③ 胡秋原：《浪费的论争》，《现代》2卷2期，1932年12月1日。

④ 易嘉：《文艺的自由与文学家的不自由》，《现代》第1卷第6期，1932年10月1日。

⑤ 胡秋原：《浪费的论争》，《现代》2卷2期，1932年12月1日。

⑥ 鲁迅：《文艺与革命（并冬芬来信）》，《鲁迅全集》第4卷，人民文学出版社1981年版，第83页。

⑦ 鲁迅：《革命时代的文学》，《鲁迅全集》第3卷，第423页。

握艺术的审美特性出发,较全面地回答了艺术影响生活的问题。

上文从艺术的特点、文艺阶级性、文艺与政治、文艺与生活等方面对胡秋原的文艺观作了一个简略的考察。然而,文艺理论最终要回到文本中去,通过文艺批评表现出它的生命力。因此,胡秋原对文艺批评问题也相当重视。他从文艺批评的原则入手,结合普列汉诺夫等人的批评理论作了较为深入的探讨。

胡秋原面临的首要问题便是科学批评的基础是什么。对此,他概括了普列汉诺夫的观点,认为对于文艺创作现象,批评者应该"立于唯物论,立于历史与社会及因果事实关系的见地,反对观念论,反对精神与绝对观念之见地"①。在与"左联"的论争中,他再一次声明:

> 我确信,今后批评(精确地说,科学底美学理论),只有根据唯物史观才会有进步的罢。②

坚持以唯物史观为文艺批评的基础,一方面使胡秋原与自由主义批评家如梁实秋等有了本质区别,同时也使他对左翼文学批评实践的局限性有更为深刻的理解,从而为避开这些理论陷阱提供了可能。

在学习普列汉诺夫批评理论的过程中,胡秋原首先继承了普列汉诺夫的"现实批评"概念,即"无论艺术怎样,不要阿谀,批评第一要求活的正义"③。接着他又补充道:"'真实批评'唯一要求,质言之就是真事。"将它们综合起来看,可见发现其中包括着两方面的要求:1.要求批评者忠实地根据批评原则去判断,不作违心之辞;2.要求作品具有真实性,并以此作为批评之标准。前者提出了批评态度问题,后者则提出了批评的标准和内容问题。胡秋原根据前者,指责钱杏邨对蒋光慈、张资平评价过高,对鲁迅、茅盾则贬抑过甚,"处处表现那种使人难堪的非真

---

① 胡秋原:《文学艺术论集·上》,第93页。
② 胡秋原:《钱杏邨理论之清算与民族文学理论之批评——马克斯主义文艺理论之拥护》,《读书杂志》第2卷第1号,1932年1月10日再版。
③ 胡秋原:《文学艺术论集·上》,第94页。

实批评"。①

同时,胡秋原又在后者的基础上对批评的方法与内容做了阐述,其内容多来自于普列汉诺夫。

普列汉诺夫认为批评家在评价表现时代要求的作品时有两种方法:第一,关注作品中生活真实是怎样描写的;第二,关注作品中表现着怎样的真实。运用前者便是美学批评;运用后者便是社会批评。普氏较为强调批评的社会性,认为"客观批评愈真正是科学的,则必愈益成为社会批评",②但他并未轻视对文艺作品的美学批评。

相反,中国左翼的一些批评家受苏俄"无产阶级文化派"、弗里契等人文学社会学批评的影响,片面强调文艺批评的社会性而放弃了对艺术作品的美学批评,并由此导致批评中出现了空洞、教条、公式化的倾向。对此胡秋原仍以钱杏邨为例,指出:

> 批评也是一种创作(在某种意义上)……然而钱先生的批评论文,好像成了一个公式,耍来耍去总是那么一套,……甚至于内容,字句总不出老规矩和打油调,死也不能给人一点什么东西。跳来跳去不出那个圈子,结果变成革命八股……③

他承认,指出文学现象的社会学意义是艺术批评的首要任务,但他又提醒人们"这不过是最初的任务"。在对艺术作品进行社会批评之后,"必须继续解剖其艺术价值"。倘若批评家借口他已看出作品的社会意义而拒绝美学的批评,那么"不过是暴露他对他自己想据以立论的见地茫然无知而已"。④

胡秋原坚持文艺批评必须社会批评与美学批评并重,根本原因在于他对艺术作品的内容与形式关系有着更为健全的理解,并且以之为

---

① 胡秋原:《钱杏邨理论之清算与民族文学理论之批评》,《读书杂志》第 2 卷第 1 号,1932 年 1 月 10 日再版。
② 胡秋原:《文学艺术论集·上》,第 95 页。
③ 胡秋原:《钱杏邨理论之清算与民族文学理论之批评》,《读书杂志》第 2 卷第 1 号。
④ 胡秋原:《文学艺术论集·上》,第 99 页。

基础,确立了文艺作品的价值构成。首先,他承认"内容决定形式",认为"在马克斯主义者,形式与内容并重,而内容不待言是主脑"①。这与三十年代的唯美主义、现代主义理论家有根本的区别。其次,他引述普列汉诺夫的话来说明形式与内容的辩证统一关系:"艺术作品之形式当然必与其观念适合,同样观念亦必与其形式适合。"②因此,在衡量作品的价值时,便必须兼顾内容、形式两方面。为了便于理解,胡秋原用一个公式来概括普氏观点:

假定　内容的思想价值＝I;
　　　形式的美学价值＝F;
　　　艺术作品感情传达范围之广度深度＝B;
则　艺术作品之价值＝(I×F)×B。③

诚然,对艺术作品价值的判断与衡量是一个相当复杂的过程,并非套用一个公式便能得出结果。但它作为一种理论概括,却简明扼要地说明了艺术批评要求社会的(历史的)和美学的标准统一、二者不可分离的马克思主义批评论原理。因此,胡秋原对这一论点的阐述,对于扭转当时流行于左翼文坛的庸俗社会学批评风气有着不可忽视的意义。

综上所述,作为一个苏俄文艺理论的充满热情的学习者,在普列汉诺夫、沃隆斯基等人影响下,胡秋原对文艺的特性、文艺的阶级性、文艺与政治、文艺与生活及艺术批评等方面均作了相当有价值的阐述,体现出普列汉诺夫、沃隆斯基等人理论中一以贯之的尊重艺术审美特性与规律的特色,是三十年代中国马克思主义文艺理论派别中不可忽视的存在。然而,同样不可忽视的是,他在接受外来影响时缺乏足够的分析和鉴别,同样流露出教条机械的一面。这不仅使他对不同派别的左翼理论评价不够客观,而且导致自身理论体系繁冗芜杂,自相矛盾、不能自圆其说之处所在多有。胡秋原和他的"左联"论敌一样,都没能逃脱

---

① 胡秋原:《文学艺术论集·上》,第104页。
② 胡秋原:《文学艺术论集·上》,第107页。
③ 胡秋原:《文学艺术论集·上》,第111页。

历史的局限,主要表现在以下几方面。

众所周知,普列汉诺夫很重视作品中所反映的思想意识,他曾引用英国批评家罗斯金(John. Ruskin)的观点来表明自己的看法:

> 艺术价值之高下,决定于其所表现的情操之高下;而那情操之高下则决定其足以作人与人间精神结合手段的范围的广狭与程度之深浅。①

胡秋原接受了这一观点,认为:"艺术之价值,则视其所含蓄的思想感情之高下而定。"②又说:"没有高尚情思的文艺,根本伤于思想之虚伪的文艺,是很少存在之价值的;我永远这样相信。"③那么,什么是"高尚的情思"呢?胡秋原解释说:"其实,时代解放运动的思想、自己牺牲以利他人的感情,都是高尚的情思。当然我们不否认革命情思是高尚的情思。"④显然,他试图用"高尚情思"来涵盖更多内容,以尽量显得不像左联批评家们那么狭隘和片面,但却给人造成了含糊其词、模棱两可的印象,因此受到"左联"方面的猛烈抨击。事实上,他的"高尚情思"主要指的是人道主义思想和情感。胡秋原曾引用霍善斯坦因(Hausenstein)的一席话以表示自己对人道主义的欣赏:

> 艺术是爱。艺术是社会爱之最高形式,……罗丹在个人主义的灵感下创造其艺术,然而创作那素描之手,是以对于社会爱的神往,对于惹起艺术性发酵的人类感之远大无尽的同情的射影的神往之念烧燃起来的。那就是人道。⑤

胡秋原认为:"这里所说的,含有一切伟大艺术的灵魂。"在对这段

---

① 转引自胡秋原:《文学艺术论集·上》,第49页。
② 胡秋原:《阿狗文艺论》,《文化评论》1卷1号,1931年12月。
③ 胡秋原:《勿侵略文艺》,《文化评论》1卷4号,1932年4月。
④ 胡秋原:《浪费的论争》,《现代》第2卷第2期,1932年12月1日。
⑤ 霍善斯坦因:《艺术与社会》,转引自胡秋原《文学艺术论集·上》,第153页。

话的注释中,他又大加发挥,认为无产阶级革命的重大意义——

> 不仅在无产者之单纯执政……而在永绝人类爱之一切障碍——主要的是阶级经济地位造成的。这才是永久伟大的理想,最高的诗意。①

在这种认识的影响下,胡秋原的文艺观便带有浓厚的人性论倾向,冲淡了自身理论的阶级色彩。他在论争中曾多次引述俄国作家安得列夫(今译安德列耶夫,L. Andreev)"文学之最高目的,即在消灭人类间一切的阶级隔阂"的观点,认为:"只有人道主义的文学,没有狗道主义之文学。"②在此基础上,他对一些富于人道主义精神的作家评价极高,如称日本白桦派作家有岛武郎为"以真挚的正视人生,向真实人生突进的有岛氏";认为战旗派作家藤森成吉是"有诗人情趣而富有磅礴人道主义精神,其直率的真挚,热烈的真实人生之追求,是使其在日本无产文学界占永久地位而为克服无产文学内部怠惰的大力的",因而在"创作方面最可敬服";对于卢梭、托尔斯泰、罗曼·罗兰等经典作家,胡秋原也认为他们高唱人道主义、诅咒战争,"实在破坏了过去文化上的传统而开拓了未来无产文学的一条道路"。他之所以不吝把这些作家统统归于人道主义者而加以礼赞,就是因为人道主义在他庞杂的思想观念中具有极为重要的统合性作用,"实在有如一个把精神革命的个人主义与经济革命的社会主义连络的桥梁"。③ 但是,由于胡秋原对人道主义本身的复杂性与历史性认识不足,对人道主义抱有不切实际的幻想而且无原则地主张消灭阶级隔阂,不仅客观上弱化了阶级斗争的必要性,并且与自己的文学阶级性主张形成了内在的、难以解决的矛盾。正是这种矛盾,才使得左联对他的批评具有相当充分的必然性与合法性。

这种理论局限还表现在如何正确运用马克思主义基本原则的问题

---

① 胡秋原:《文学艺术论集·上》,第153页。
② 胡秋原:《阿狗文艺论》,《文化评论》1卷1号,1931年12月。
③ 胡秋原:《日本无产文学之过去与现在》,《语丝》第5卷第34期,1929年11月4日。

上。胡秋原认为,假如有一个人并非一个战士,然而他在书斋中用马克思主义研究了许多东西,仍不失为一个马克思主义者。他把"自由人"解释为:

> 是指一种态度而言,即是在文艺或哲学的领域,根据马克斯主义的理论来研究,但不一定在政党的领导下,根据党的当前实际政纲和迫切的需要来判断。①

显然,胡秋原有意无意地把理论研究与实际斗争对立起来,割裂了理论与实践这一矛盾的辩证关系。他忽视了马克思主义本质上是一种实践的理论的特点,片面地认为在书斋中也能掌握马克思主义,从而把马克思主义抽象化、书本化,以至跌入经院玄学的泥淖。从这一点来看,李欧梵评价胡秋原"是带有点书卷气的学者的一种'态度'"②可谓是知人之论。马克思主义不仅是批判的哲学,而且是行动的哲学,其力量在于能够被无产阶级当作思想武器来改造现实世界。因此,真正的马克思主义者不仅注重真理,也十分关切当前的斗争实践需要。胡秋原绝对排斥政治功利和对抽象真理的形而上追求,因而缺乏时代要求文艺理论所具有的积极的干预、战斗的激情,其理论因此失去了现实意义,从而注定了在现代中国的寂寞命运。

除此之外,胡秋原对无产阶级文化的理解也有所偏差。这一点上他受托洛茨基影响颇深。托洛茨基无产阶级文化理论的根本问题就在于,认为从社会主义(无产阶级专政)向共产主义(无阶级社会)过渡的时期中不能产生无产阶级文学,这实际上是他的"不断革命论"及所谓"社会主义不能在一国获胜"的政治理论在文化问题上的翻版,因此托氏便成为无产阶级文化取消主义的代表人物。受其影响,胡秋原一方面对于无产阶级文学运动抱有"无限同情"③,另一方面对无产阶级文

---

① 胡秋原:《浪费的论争》,《现代》第2卷第2期,1932年12月1日。
② 李欧梵:《文学潮流(二):走上革命之路》,《剑桥中华民国史》第2卷,上海人民出版社1992年版,第472页。
③ 胡秋原:《浪费的论争》,《现代》第2卷第2期,1932年12月1日。

化是否存在也持"最大的疑问"。① 他把托氏的无产阶级文化"取消论"称为"精萃之论",并希望读者能"一读其名著——仔细咀嚼之"。他曾声称:"无产者文化现在没有将来也没有,这并不是可哀的,因为现在是过渡期,我们要永远消灭阶级,开拓"人类文化"之进路。"②与托氏论调如出一辙。不仅如此,他还认为列宁也赞同此观点,更足以见其理论认识有时是多么混乱。

胡秋原的文艺观念还导致了其他缺陷。例如他由反对文学图解政治,以致于不分青红皂白,一概反对"以不三不四的理论来强奸文学",而忘掉了自己的理论家出身,这些情绪化的措辞只能助长双方的语言暴力而无助于论争的深入与问题的解决,并在某种程度上放大了自身思维的局限性。但实事求是地说,在国外无产阶级文艺思潮进入中国,如同大河奔涌因而泥沙俱下的1930年代,要做到完整、准确、深刻而富于鉴别性地把握这些文艺思想又几乎是不可能的。因此,对于胡秋原的种种理论局限,我们应有同情之理解,既无需为之文过饰非,也应避免诛心之论,将不实之词强加于人。

1927年,胡秋原接触到《苏俄文艺论战》一书,因为附录上提到普列汉诺夫是第一个以唯物史观解释文艺的人,从此他便对普氏产生了浓厚的兴趣。③ 他东渡日本求学,阅读了大量普氏著作,同时对其他无产阶级文艺理论著作也多有涉猎,从梅林、蔡特金(C. Zeitkin)、湜姆美尔、霍善斯坦因(W. Hausenstein)等德国早期社会民主党人,到托洛茨基、沃隆斯基、卢那卡尔斯基(Lunacharsky)等苏俄文艺理论家,都曾是他汲取理论养分的对象。正如我们从上文所看到的,胡秋原的文艺思想主要吸收了普列汉诺夫的观点,同时融汇了上述诸家的一些论述,形成了注重艺术自身规律、尊重艺术审美批评的理论特征,在与"左联"的论争中体现出强劲的战斗力和说服力。胡秋原文艺观的出现,既是对"左联"中占据主流的急进文艺思潮的一次冲击,又是对中国左翼文学运动

---

① 胡秋原:《日本无产文学之过去与现在》,《语丝》第5卷第34期,1929年11月4日。
② 胡秋原:《文学艺术论集·上》,第186页。
③ 古继堂:《胡秋原与中国现当代文学》,《新文学史料》1996年第4期。

的有益补充,把它划入资产阶级文艺论的范畴,无论从理论谱系还是从实际内容来看,都是难以自圆其说的。

在此可能有人会发出疑问:既然胡秋原的文艺观属于左翼文艺理论范畴,为何他要选择"文艺自由"这样一个极易引起误解的口号呢?我认为,这实际上是由胡秋原的理论背景所决定的。早在1910—1912年间,德国社会民主党内部便就普罗文学和文化遗产等问题产生过激烈的论争。针对 H. 修培尔贝尔、兑雪尔等人提出的否定文化遗产、文学应体现社会主义倾向性等主张,佛兰兹·梅林(Mehring)等人均作文反驳,其中淇姆美尔的《无产者艺术是什么》一文中已提出"决定艺术价值之要素,在艺术性之领域,不在倾向之领域"的观点,①已包含了反对将"倾向性"凌驾于艺术审美规律之上的总想。梅林也提出了"必须承认美学与政治之间有一定境界"的观点,②胡秋原指出:"他关于两者境界的话,总而言之是说艺术有其自身专门的特性,不是完全为'政治'所掩蔽的。"③在二十年代苏俄文艺论战中,托洛茨基、沃隆斯基等人也持类似的观点。正如艾晓明所言,他们与"岗位派"分歧的实质是"文学是否还具有自身的特性"④。这一问题随着国际无产阶级文学运动的发展,相继成为日本、中国无产阶级文学论争的核心问题。由于他们主张尊重艺术规律,必然反对根据政党的方针政策去创作而要求宽松、自由的创作环境,因而在苏俄这一派常常被论敌称之为"自由主义"而加以批判,⑤而胡秋原对之的继承、发挥,决定了他对"文艺是政治工具论"的反感和对创作自由的重视,也就无可避免地被贴上"自由主义"的标签。

另一方面,胡秋原也并非主张绝对的文艺自由。他与三十年代的

---

① 胡秋原:《文学艺术论集·上》,第147页。
② 胡秋原:《文学艺术论集·上》,第157页。
③ 胡秋原:《文学艺术论集·上》,第158页。
④ 艾晓明:《中国左翼文学思潮探源》,第63页。
⑤ 共产主义学院文学艺术部的学者们,如 M. 格尔凡德和 A. 佐宁便把沃隆斯基及"山隘"派理论称为"资产阶级自由主义在文学艺术中的表现"。见斯·舍舒科夫:《苏联二十年代文学斗争史实》,冯玉津译,上海译文出版社1994年版,第308页。

几种自由主义文学观有着根本的不同。他首先承认自己用语欠妥,而使人误以为是"与干涉主义者绝反之放任主义者"。"其实",他解释道,"我如果真是主张绝对自由贸易的人(亚丹斯密也不是如此),则批评民×文学不啻自相矛盾了",①明确地否认自己提倡"文艺绝对自由"。他与那些更为典型的文学自由主义者相比,差异之处远远多于共同之处:梁实秋以人性普遍存在论来反对阶级论,否定普罗文学,而胡秋原则从未否定过阶级和无产阶级文学的存在,他只是主张文艺除阶级性外还应有美学的要素在;梁实秋认为除了反抗的精神,文学与革命没有多少根本关系,②而胡秋原从一开始就反对把文学与革命相分离的观点,他批评的是那些违背创作规律,在作品中生硬、机械地表现革命的做法。③ 此外,他与林语堂、周作人的追求趣味的人生艺术化观念相差更不可以道里计,后者所表现出的个人主义、唯我主义乃至消极、颓废的一面,与胡秋原所信奉的唯物史观是格格不入的。主张文艺创作自由,必须以为唯物史观为基础,以承认文艺来源于生活、文艺与阶级和文艺与政治的辩证关系为前提——正是在这一点上,胡秋原与三十年代的文学自由主义者们区别开来。

不难看到,胡秋原文艺思想是五四后成长起来的一代中国青年知识分子与苏俄及日本无产阶级文艺理论相遇后的观念产物。在一定程度上,胡秋原与"左联"在一系列文艺理论问题上的分歧,也是国际无产阶级文学思潮内部不同理论派别在中国语境中的反映。在接受无产阶级文艺理论的过程中,"太阳社"、"创造社"乃至"左联"受苏俄"无产阶级文化派"、"岗位派"、"拉普"的影响颇深;胡秋原则正以"岗位派"的论敌——沃隆斯基、托洛茨基为自己的导师之一。因此,对于他与"左联"的论争,也应放在世界文学"红色的三十年代"的大背景中,作为中国左翼文艺理论内部的冲突看待。在论争中,无论是胡秋原还是"左联"批评家们,其观点中所表现出的合理与偏激之处,都没能超出 1924~1925

---

① 胡秋原:《一年来文艺论争书后》,《读书杂志》第 3 卷第 2 期,1933 年 2 月。
② 梁实秋:《文学与革命》,《新月》第 1 卷第 4 号,1928 年 6 月 10 日。
③ 胡秋原:《革命文学问题——对于革命文学的一点商榷》,《北新》半月刊第 2 卷第 12 号,1928 年 5 月 1 日。

年苏俄文艺论战的范围。正因如此,在论争后期,胡秋原才会感叹,一年来的论争的意义只不过是"重新体认那决议案之正确性而已"①。有意思的是,胡秋原所提到的俄共中央《关于党在文学方面的政策》的决议正是俄共中央对苏俄文艺论战的总结。在我看来这并非巧合,而恰恰说明胡秋原与"左联"的论争与沃隆斯基/"山隘"派与"岗位派"的论战并无本质的不同,在某种意义上,甚至可以说前者是后者在中国的延续。

倘若此说可以成立,那么我们马上会遇到另一个问题:既然同为国际无产阶级文学思潮的中国化产物,何以"左联"始终视胡秋原为势不两立的敌人,将他们之间的论争定性为敌我矛盾?我以为,在所谓"宗派主义、关门主义"的政策化解释之外,或许还有其他原因。

首先,胡秋原主要接受了普列汉诺夫、托洛茨基、沃隆斯基等人的观点,而这些人在当时的苏联无一例外都受到了严厉的批判。普列汉诺夫被认为犯有严重的孟什维克主义和客观主义错误;托洛茨基则早已被驱逐出境、流亡海外;沃隆斯基也因参加托洛茨基反对派于1927年被开除出党。因此,在"左联"眼中,胡秋原不啻是上述三人谬论之集大成者,是彻头彻尾的反动分子。他们或许认为,对于中间作家和普通读者来说,打着"普列汉诺夫"旗号的胡秋原比梁实秋之流更具欺骗性,乃是更阴险、狡猾的"红萝卜"式的假左派。②

其次,胡秋原复杂敏感的政治背景和社会关系,更使"左联"认定他是一个不折不扣的敌对分子。《读书杂志》主编王礼锡与胡秋原过从甚密,此人虽是一位诗人,但曾是"AB"团骨干成员之一,在江西从事过反共活动,③尽管他此时已有所左倾,在主持神州国光社期间出版了不少

---

① 胡秋原:《一年来文艺论争书后》,《读书杂志》第3卷第2期,1933年2月。
② 司马今(瞿秋白):《财神还是反财神(乱弹)》,《北斗》第2卷第3、4期合刊,1932年7月。
③ 戴向青、罗惠兰:《AB团与富田事变始末》,河南人民出版社1994年版,第51页;又见陈格枢《"神州国光社"后半部史略》,《文史资料选辑》第87辑,文史资料出版社,1983年版。

介绍马克思主义的社会科学书籍,但改变不了左翼人士对他的根本看法。① 胡秋原所依持的神州国光社虽是一家老牌书店,但1930年已由广东军阀陈铭枢接办,成为陈的喉舌机构。因此胡秋原主编刊物、发表文章均被认为有政治势力幕后支持,鲁迅讽刺胡秋原"在指挥刀的保护之下,挂着'左翼'的招牌"②,正是依据于此。此外,曾是"左联"成员的杨邨人与胡秋原为武昌大学校友,凭此关系,杨邨人逃离江西苏区后得以在胡秋原主编的《读书杂志》上发表《脱离政党生活的战壕》等文章,宣布脱离中共。胡秋原还在编者按中对杨邨人转向后众叛亲离、遭人唾弃的狼狈处境表示同情,这就不能不使"左联"对他抱更深的敌意。

最后,苏俄文艺论战发生在无产阶级已掌握政权的社会主义国家,论战双方大多(或曾)是俄共的重要理论家;胡秋原与"左联"的论争则发生在阶级矛盾、民族矛盾异常尖锐的半殖民地、半封建中国,胡秋原不仅不是"左联"成员,还被认为参加了所谓的反动组织"社会民主党"③。政治环境的险恶与阶级斗争的残酷,使任何一个本属内部矛盾的理论分歧都可能被放大为你死我活的斗争。在这种特殊环境中逐渐形成的"非友即敌"乃至"非我即敌"的思维模式,把政治面貌模糊、社会关系复杂而又屡出逆耳之言的胡秋原视为敌人,便是势所必至,理所必然。这样一来,一场本属左翼文艺理论内部的论争,在易时易地之后,在人们眼中骤然改变了政治属性,其本来面目反而渐渐不为人所知。

---

① 例如,在1932年《文化月报》创刊号上,署名"敢言"的文章《请看王礼锡的"列宁主义"》仍毫不客气地称王为"社会法西斯蒂AB团的主角"、"如疯狗一样,向中国无产阶级狂吠"。
② 鲁迅:《论'第三种人'》,《现代》第2卷第1期,1932年11月1日。
③ 洛扬(冯雪峰)在《致文艺新闻的一封信》中认为胡秋原是"托洛斯基派"和"社会民主党"。按:胡秋原并未加入过"托派",当时也从未有"社会民主党"这样的组织成立。见刘炎生《"自由人"再认识》,《中国现代文学研究丛刊》1994年第3期及戴向青、罗惠兰《AB团与富田事变始末·前言》。

四、"第三种人"与左翼文学的复杂性

与"自由人"联系在一起的"第三种人",常常也被视为文学自由主义的代表。直到最近,依然有学者认为施蛰存"十分倾向于'第三种人'的观点",因而"其基本政治立场在三十年代初无疑是自由主义"。① 我也认为施蛰存同苏汶(杜衡)的观点较为接近(但需注意,这里指的是苏汶在《现代》时期的观点),问题是苏汶的"第三种人"理论主张的便是自由主义么?这个看似不证自明的说法,现在看来还有值得商榷之处。吴福辉曾提出,"自由主义"一词即使可以"聊备一格","也不应作为文学史主体级的标准来运用"。② 因为任何一种概念或类型都不能完全涵盖具体的历史现象,过于宽泛地、无节制地使用自由主义这一概念,很可能会遮蔽历史的复杂性。因此,应尽量避免脱离历史语境,对研究对象进行简单化的政治定位。从个人经历上看,杜、施、戴等人均参加过共青团,其中杜衡与戴望舒在"四一二"反革命政变后曾被逮捕,"险被枪毙"。③ 尽管由于"封建主义的家庭顾虑"④,他们退出了实际的政治活动领域,但1930年杜衡又和戴望舒一同参加了"左联"。杜衡与戴望舒、施蛰存早期所从事的左翼文学活动又确实颇有影响,连那些认定他们属于自由主义的学者也"不能否认他们具有一定的革命倾向性"。从理论阐发上看,似乎也很难说苏汶此时的言论就是"自由主义"。我认为,在三十年代,区分一种文艺观点是否是"自由主义"的,关键要看它是否承认文艺具有阶级性,是否承认文艺的社会作用,是否承认无产

---

① 黄德志:《关于施蛰存等作家的思想倾向及其他》,《新文学史料》2003年第4期。

② 吴福辉:《中国自由主义文学的评价》,《深化中的变异》,浙江文艺出版社1999年版,第294页。

③ 施蛰存:《震旦二年》,《沙上的脚迹》,辽宁教育出版社1995年版(下同,不另出注)。

④ 施蛰存:《最后一个老朋友——冯雪峰》,《沙上的脚迹》,第129页。

阶级文艺的合理性与必然性,只有对此皆作否定之回答,才可算是"自由主义"的文学观点;而并不是言论中含有"自由"二字,便是自由主义的。相对于胡秋原的苏俄理论背景,苏汶(杜衡)的理论资源较为庞杂,从苏俄马克思主义文学理论家普列汉诺夫、波格达诺夫到英国批评家马修·阿诺德都曾出现在他的文章中,并非一个"思想纯正"的普罗文学家。然而,可以看出他是承认文学的阶级性的,只不过反对把文学阶级性加以绝对化的理解:

> 我们现在不必空空地讨论文学有没有阶级性,像这样初步的问题是谁也会得这样回答:文学是有阶级性的。这个我当然也承认。在这里,问题是应当这样分别提出的:(A),所谓阶级性是否单指那种有目的意识的斗争作用?(B),反映某一阶级的生活的文学是否必然是资助某一阶级的斗争?(C),是否一切非无产阶级的文学即是拥护资产阶级的文学?①

再来看梁实秋是怎样说的:

> 喜怒哀乐的常情,并不限于阶级。文学的对象就是这超阶级而存在的常情,所以文学不必有阶级性,……其本质固在于人性之描写而不在阶级性的表现。②

显然,在是否承认文艺具有阶级性这一问题上,他们有着根本不同的看法,我以为这是构成两者之间本质区别的重要原因。

对于文艺与政治,杜衡认为:

> 但是我并不是和干涉主义相反的绝对的放任主义的主张者。我也觉得,干涉在某一时候也是必要的,这就是在前进的政治势力或阶级的敌人也利用了文学来做留声机的时候。做前进的政治势

---

① 苏汶:《"第三种人"的出路》,《现代》1卷6期,1932年10月1日。
② 梁实秋:《论第三种人》,《偏见集》,南京正中书局1934年版。

> 力的留声机的文学,纵然未必能完成文学的永久的任务,然而多少还有它存在的必要,因为它可以替代一张标语或一张传单,而标语和传单到底也是必要的……
> 我当然不反对文学有政治目的,但我反对因这政治目的而牺牲真实。更重要的是这政治目的要出于作者自身的对生活的认识和体验,而不是出于指导大纲。①

可见,杜衡并不反对文学为进步政治所用,甚至不反对它在一定程度上的"标语口号化",只是反对"指导大纲"式的僵化创作模式。而周作人却说"我是不相信文章有用的"②,林语堂也认为文学只是"个人之性灵之表现"③,这其中差别之明显,似也不必多言。

文学上的自由主义,往往强调多元化以及对异己思想的宽容。可是对于文化当局支持的"民族主义"文学,杜衡却并不宽容,他指出:

> 至于那种反动的政治势力的留声机的文学,我们相信它断然只有造谣中伤,断然是虚伪而不是真实,因此,我们无论站在政治的立场上,或真实的立场上,都应当坚决地反对它,甚至在可能的范围内消灭它的存在。④

又说:

> 我所要求的自由,曾几次说明过,实际上是单限于那些多少是进步的文学而言;我决没有,而且决不想要求一切阿猫阿狗的文学的存在。⑤

---

① 苏汶:《论文学上的干涉主义》,《现代》2卷1期,1932年11月1日。
② 周作人:《关于写文章之二》,《苦茶随笔》,河北教育出版社2002年版,第173页。
③ 林语堂:《论文》,《论语》第15期,1933年4月16日。
④ 苏汶:《论文学上的干涉主义》,《现代》2卷1期,1932年11月1日。
⑤ 苏汶:《文艺自由论辩集·编者序》,《文艺自由论辩集》,现代书局1933年版。

之所以不厌其烦地引述原文,固然是因为我非常赞同"要多方参照,尽量去阅读原始期刊"的观点;另一方面,则是因为以往我们在理解苏汶所说的"自由"时,常常有意无意地忽略了上下文的联系,忽略了某些具体言说的对象和语境,忽略了他对左翼文学与"民族主义"文学根本不同的态度,而这些都在一定程度上反映着作者复杂的政治立场,所以"多方参照"是极为必要的。当然,苏汶对"左联"批评家多有指摘,行文或有过激之处,可从今天的标准来看,他的批评却也不无道理。在承认文艺具有阶级性的前提下,根据文艺自身的独特规律,要求艺术家的独立头脑和自由精神,以及创作方法上的不拘一格,这是从历史教训中得出的必然结论,也是我们今天的共识,而不是什么"自由主义"的文艺观。

同样,施蛰存在主编《现代》时,无论左翼作家、京派海派,都可兼收并蓄,可偏偏就"不接受国民党作家",这也不能说是自由主义的态度吧。至于被认为"表明了编者的自由主义立场,以及作为一个自由主义者的宽容性"的《现代·创刊宣言》,我倒是认为,其要点在于表明了《现代》的非同人性。这种"非同人性"带来的是稿源的多样化,但这并非出于"自由主义"理念的诉求,而是资方和编辑出于在当时特殊的政治环境中谋求生存、发展的考虑,是经济利益与办刊原则互相妥协的产物。当时左翼刊物虽受欢迎,但频频被封却很让书局老板们吃不消,出于经济上的考虑,以中间色彩的刊物最为有利。鲁迅对《现代》的这一办刊原则颇为理解,他在给杜衡的信中说:

> 本月《现代》已见,内容甚丰满,而颇庞杂,但书店所出,又值环境如此,亦不得不然。至于出版界形势之险,恐怕不止《现代》,以后也许更甚。①

又如施蛰存自己回忆:

---

① 鲁迅:《致杜衡》,《鲁迅全集》第12卷,人民文学出版社1981年版,第268页。

这两位老板,惊心于前事,想办一个不冒政治风险的文艺刊物,于是看中了我。因为我不是左翼作家,和国民党也没有关系,而且我有过办文艺刊物的经验。这就是我所主编的《现代》杂志的先天性,它不能不是一个采取中间路线的文艺刊物。①

可见,《现代》选择施蛰存,固然和他的"中立"色彩有关(施蛰存未加入左联),但更多的却是出于现代书局老板洪雪帆、张静庐经济上的考虑,但在选择具体稿件时"只依照着编者个人的主观为标准",所以鲁迅的《为了忘却的记念》等左翼重头文章可以冒着风险及时发表,而国民党作家依然不能入施蛰存的法眼。施蛰存还明确表示:

我们愿意尽了文艺杂志所能做的革命工作……我们愿以《现代》为一面警惕的镜子,使他们(青年读者——引者注)从这里多少得到些刺激的兴奋,因而坚定了他们的革命信仰。②

由此可见,标榜"非同人性"的《现代》并不"自由"、更不"中间"。它与真正标举自由主义的刊物之间的不同,略翻一翻同时期的《新月》就可以感受到。

当时海上报刊等所谓"公共话语空间",由于统治当局的严厉整肃已日渐逼仄。先取得合法性以求生存,再于发稿上打打"擦边球",不失为左翼文化界较为现实的斗争策略,客观上也为那些处于困顿之中的"亭子间作家"提供了一个稿费的来源。鲁迅就把《现代》当成一个可以战斗的阵地。查《鲁迅日记》,其中记载鲁迅与杜衡、施蛰存、戴望舒三人书信往来二十余通,对于施、杜等人的来信,鲁迅几乎每信必复。对于《现代》约稿,鲁迅总是欣然应允,如期交稿,③施蛰存也总是尽快发

---

① 施蛰存:《〈现代〉杂忆》,《沙上的脚迹》,辽宁教育出版社1995年版,第27页。
② 施蛰存:《社中谈座》,《现代》3卷4期,1933年8月1日。
③ 参见《鲁迅全集》中有关书信。

排。鲁迅的《为了忘却的记念》被排在《现代》2卷6期的头篇,并配有"柔石留影"、"柔石手迹"、珂勒惠支木刻《牺牲》、"最近之鲁迅"等照片和插图。在当时的政治气候下,《现代》能有如此勇气,其倾向性是不言而喻的。

所以,按照我如前所述的标准,苏汶的主张并未见得就是自由主义,而施蛰存在编辑《现代》时,也没有"体现了他在《创刊宣言》中所宣扬的自由主义精神"。在这一时期,他们所主张的"创作自由"是相对而言的——并不给予他们所厌恶的右翼文人;他们的倾向和取舍也是较为清晰的——左翼而带有中间色彩。

左翼文学的复杂性

对于自己的政治立场,施蛰存曾表述为"我们自己觉得我们是左派,但是左翼作家不承认我们",又概括为"政治上左翼,文艺上自由主义"。① 联系到施蛰存本人提出此说的时间和场合(1992年与新加坡作家对话),其中当然不免有把"自由"色彩加以渲染的一面,然而其政治立场属于左翼,应无疑问。对于这种"组合型"思想模式,某些学者也承认它的存在,然而又认为施蛰存等作家"似乎还不能划到左翼的行列,他们仅仅是曾经一度热衷于左翼,其基本政治立场在三十年代无疑是自由主义。"因为他们"倾向革命、接受马克思主义""还不如说这是一种趋时心态使然"。我并不否认在左翼文学运动中始终存在着趋时或投机者。在"红色的三十年代",接触、学习马克思主义文艺理论并非某几个人或某些社团的专利,反而是文学青年们的普遍兴趣。当创造社与太阳社之间还在争夺"左翼文学发明权"时,左翼文艺理论却早已广泛传播开来,并不为谁是"正统"所拘囿。事实上,左翼文学理论传播与接受的实际情况较后人的描述更为复杂而多样,文学青年们参与左翼文学的目的和方式也不尽相同,其中无疑有趋时甚至投机的因素存在。但是,如果按照某些人的标准,作家只有"始终"而非"趋时"地热衷于左

---

① 施蛰存:《为中国文坛擦亮"现代"的火花——答新加坡作家刘慧娟问》,《沙上的脚迹》,第181页。

翼文学,才能划入"左翼"阵营,那么如何解释鲁迅、茅盾前后的变化,又如何解释王任叔(巴人)1931年后的脱党而又重回左翼文坛的经历?在漫长而艰苦的斗争过程中,作家思想出现波动,这样的例子并不鲜见。正如郁达夫被"左联"开除、替"第三种人"辩解,并不表示他就是一个"自由主义"作家,也没有妨碍鲁迅与他一贯的友谊。如果不考虑当时政治环境的复杂与险恶,不考虑作家的私人生活背景,不考虑作家的个人交游,是很难对作家的政治立场做出准确定位的,更何况作家的思想是在不断的发展变化之中。我们对于1935年前的施蛰存、杜衡等人,也当作如是观。

另一方面,在现代文学逐渐"经典化"的今天,我们评价作家的文学活动,应该是以主观"动机"还是以客观文本为标准?对于文本分析而言,自从"新批评"理论出现之后,作家的创作动机已不再受到论者的重视;对于重实证考据的文学史研究而言,作家种种玄远难解的"动机"又应该占据多大的分量呢?退一步说,即便作家的主观动机有值得重视之处,我们又如何确定这一"动机"?判断"动机",除非有作家当时可靠的书信和日记,否则就需依靠作家的回忆与自述,可是黄先生自己也承认:"也许因为作家记忆有误,或者因为时代的影响,作家本人对历史时间的记录也会打上一定的主观色彩又是也不一定非常客观。"那么,以这样的证据推断出的"动机"又有多少可信度呢?可见,动辄以"动机"论来构造、阐述历史是相当危险的,最为坚实有力的论证还是建立在原始文本之上。所以,尽管我也认为"趋时"的确可能是一部分文学青年投身革命文学的真实动机,但是,这只是从文学潮流传播与接受的一般规律出发所作的推测,并不能成为判断他们的实际文学活动是否属于"左翼"的标准。

由此,我们不得不重新思考一个重要的问题:左翼文学的范围如何界定?左翼作家又指的是哪些人?只有创造社、太阳社以及"左联"作家创作的作品才叫左翼文学吗?这些似乎不言自明的问题,细细想想,却又好像不那么简单。毫无疑问,创造社、太阳社和以他们为主体所组成的"左联"是左翼文学的核心。然而,我们何不直接称之为"左联文学"而要叫"左翼文学"?不就是因为在"左联"这一核心之外,还有

"翼"——即边缘化、流动化的外围作家群——的存在吗？怎么在文学史的叙述中他们倒成了左翼的对立面了呢？这种命名与叙述中的逻辑矛盾不正反映出某种"动机论"的取向吗？姑且不说"左联"内部存在着诸多矛盾与思想差异，即在"左联"之外也存在过带有左翼文学色彩、形形色色的文学小团体或个人。"第三种人"只不过是其中较为典型的一个罢了。这些团体或个人，在某个时期（绝大多数是早期）都曾接触过苏俄、日本无产阶级文学理论，都曾有过或浓或淡的普罗文学色彩。如果将二十年代末、三十年代初左翼文学的译介情况做一细致梳理，便会发现这些游离于"左联"之外的个人和社团也扮演着相当重要的角色，他们译介了许多马克思主义理论书籍，构成了左翼文学边缘然而却不可忽略的一部分。① 施蛰存、杜衡等人的早期文学活动即是如此。即是在论争发生后，杜、施等人依然与鲁迅及部分"左联"人士保持着密切的联系，《鲁迅全集》中的书信部分即可证明。此外，任国靖先生介绍过一则史料，亦足佐证：

> 1982年12月江西人民出版社重印《创作的经验》一书，前面附有楼适夷同志写的一篇《重印题记》，文中讲了该书的出版过程，对我们了解鲁迅与"第三种人"的关系很重要。《创作的经验》是1933年6月由上海天马书店出版，其中收有鲁迅、茅盾、丁玲、叶圣陶、张天翼等十七位作家写的创作经验谈。
> 　　这本书实际上是鲁迅主编，"主意都是先生出的"，仅由楼适夷出面组稿。在这十七位作家中就有杜衡和施蛰存，楼适夷说："当时编这本书是当作'左联'的一项任务来做的。我们约请了'左联'

---

① 手边正好有张大明先生所编《中国现代文学思潮资料目录（一）：书目》（《中国现代文学研究丛刊》2002年第3期），其中有施蛰存、杜衡所办水沫书店与胡秋原所在神州国光社出版左翼理论书籍的部分目录，当为佐证。此外，李今在《苏共文艺政策、理论的译介及其对中国左翼文学运动的影响》（《中国现代文学研究丛刊》2002年第1期）中也把胡秋原的《唯物史观艺术论——朴列汗诺夫及其艺术理论》、《俄国革命之境的托尔斯泰》列入了马克思主义文艺理论的译介活动。可见，虽然胡秋原等人虽然算不上"纯粹"的马克思主义者，但他们的翻译、介绍的确是三十年代中国左翼文学运动的有机组成部分。

的作家,也约请了几位不属于'左联'的作家为此书写作专稿。他们虽没有参加组织,但对'左联'的事一向都是积极支持的。就是在文艺思想上有不同意见,像杜衡,那时正和'左联'有所争论,但当他知道是'左联的任务'——我们要求作家把稿酬捐作'左联'的经费——也还是乐意地响应写稿了。这件事象征地说明了三十年代'左联'所取得的一些成就,不但是'左联'本身,其中实在也有周围许多朋友的力量。"①

当然,随着时间的流逝,他们并没有从左翼文学的边缘回到主流中来,而是渐行渐远,如杜衡等人还走向了历史的反面。然而,正如有人曾说,革命就像一列开动的火车,有人自始至终坚持到底,也有人中途下车,还有人有半路上车。如果我们承认事物发展的历史性,也就应当承认事物发展的阶段性,换句话说,就是应该承认在左翼文学的萌芽期,其复杂性、变动性是和合理性同时存在的,趋时与投机行为也是当时活跃而复杂的左翼文学活动中的一个部分,这并不值得奇怪。一些文学团体和个人处在不断地分化、瓦解、转变过程之中,有些甚至走向左翼文学的反面,但是不能因此否认他们也曾经参与过左翼文学的发轫与生长,并在其中留下了自己的痕迹。左翼文学就是在这样不断吐故纳新的过程中逐渐成长起来的。对于文学史研究者而言,只有将他们也纳入研究视野中,才有可能重现左翼文学思潮输入中国时如大河奔流般极为开放而活跃的原生态势,从而对1930年代中国作家思想背景的形成原因有更为准确的估量。

---

① 任国靖:《鲁迅和"第三种人"》,《文坛边缘》,学林出版社1987年版。

第四章 历史的碎影

一、《绿波传》索隐

在近现代文学史上,章士钊的政论和旧体诗自有其地位,小说则非其所长,且章士钊也说自己"夙不喜小说,红楼从未卒读"①,可见他也志不在此。不过,十卷本《章士钊全集》(文汇出版社2000年)中还是收录了两篇小说《双枰记》与《绿波传》,虽然数量不多,但篇幅都甚长,很能增加章氏文学创作的分量,一些研究者也就据此展开论述。但是其中的《绿波传》并非章士钊所作,采入全集,实属误收。不仅如此,民初还有几部署名"孤桐"的小说,作者也非章士钊。

《绿波传》最初连载于《东方杂志》第九卷第十至十二期(1913年4—6月),单行本由上海商务印书馆于1914年9月出版,作者署名"孤桐"。这是一篇"取烈女游侠而一之者也"②的言情小说,叙写了女主人公绿波与飞云的感情纠葛,其中穿插技击之事,全篇寄托了作者"美人英雄"的浪漫情思。我初读《章士钊全集》,便隐约感觉《绿波传》与章士钊其他作品文风不类,并且奇怪章士钊在民初政争激烈、间不容发之际,何以不去写政论,而有兴致作这样一篇儿女情长的小说?《章士钊全集》收入这篇小说,显是因为作者署名与章士钊尽人皆知的名号"孤桐"一致,但章士钊本人在《字说》一文中明明说得很清楚,自己早年自号"青桐",《帝国日报》及《民立报》、《独立周报》、《甲寅》杂志时期起用

---

① 孤桐:《字说》,《甲寅周刊》1卷1号,1925年7月18日。
② 孤桐:《绿波传》,《东方杂志》第9卷第10期,1913年4月。

"秋桐",《新闻报》时期用本名"行严",直到二十年代中期办《甲寅周刊》时才改用"孤桐":

> 愚以桐为号,乃有取于桐德,至别构一字以状之,本无一定。……香山《孤桐》诗云:"直从萌芽拔,高见毫末始。四面无附枝,中心有通理。寄言立身者,孤直当如此。"孤桐孤桐,人生如尔,尚复何恨?诵云居之诗,取峄阳之义,愚其皈依此君,以没吾世焉矣。因易字孤桐,缘周刊出版布之。①

如果章士钊所言不虚,那么1912年写《绿波传》的"孤桐"便应另有其人。不过,这仅仅是一种间接的推测,当时并没有直接证据可以证明此"孤桐"非彼"孤桐"。然而不久之后,我又读到朱铭先生的《〈说君〉及其他》一文,进一步印证了我的怀疑。朱文谈到,《绿波传》非章士钊所作,"民初的孤桐另有其人,写过不少小说。"②但是,朱文也只有结论,而省略了论证的过程。证据在哪里?这位名不见经传的小说家"孤桐"又是谁?他还有哪些作品?——朱文的言之凿凿而又语焉不详,使我心中的疑虑非但没有消散,反而愈积愈浓。直到2006年,我在上海图书馆查到了另一部署名"孤桐"的小说《游侠外史》,方才有了一点线索。这部《游侠外史》由上海文明书局1921年6月印行,1924年3月再版。正文之前有一短"叙",透露了一些蛛丝马迹:

> 吾沉酣小说有年,间一为之,以公同好,此语所谓非曰能之,愿学焉者。若当世即以吾之论相督过,则吾知惧矣,吾知愧矣。
> 　　中华民国四年十月东台蔡达叙于淮阴县北之农圃。

小说正文之前还有署名"如皋黄髯客"的"题辞":

> 惊看沧海数扬尘,一卷文章涕泪新。感尔抱冰存壮志,前身合

---

① 孤桐:《字说》,《甲寅周刊》1卷1号,1925年7月18日。
② 朱铭:《〈说君〉及其他》,《读书》2004年第9期。

是钓鼇人。

虎头猿臂拜将军,击鼓鸣笳动暮云。公战无人私斗勇,更从何处问商君。

扫眉从古辱胭脂,快读奇文剧可思。寄语投林悲国难,不须求变作男儿。

淮南有客梦江潭,写出芳菲九畹兰。珍重国香犹往日,玉钗未肯挂君冠。

从"叙"和"题辞"来看,小说作者"孤桐"应是原籍江苏省东台县的蔡达,而且这位蔡达很可能也是《绿波传》的作者。这不仅仅是因为他们署名相同、创作时间相近(分别为1912年、1915年),更因为两部小说的语言风格和故事情节颇为相似:都是文言小说,而且语言雅致幽婉,属于典型的文人小说;不仅如此,在发表时都标明自己是"言情小说",且情节也如出一辙——《游侠外传》也是叙写主人公行侠仗义而获佳人芳心,几乎照搬了《绿波传》"烈女游侠"的故事模式。章士钊的《双枰记》虽然也是言情小说,但故事取材于章氏挚友何梅士的真人真事,与这两部小说的纯粹虚构截然不同。因此,《绿波传》和《游侠外史》的作者很可能为同一人,即笔名孤桐的江苏东台人蔡达。至于那位"如皋黄髯客",也许是蔡达的友人,或者就是蔡达本人也未可知。

然而,无论上述推论看起来多么合情合理,它依然只停留在假设阶段;如果缺乏更有力的证据,这样的假设充其量也只称得上"言之成理",却绝不可能成为定论。可是遍查各种人名工具书,近人之中,"孤桐"除章士钊之外并无二解,而"蔡达"之名更是杳如黄鹤。无奈之中,只好利用作者的籍贯碰碰运气了。

由于旧属东台县的部分区域现已划归如东县,与如皋县同属南通市,因此从南通开始查找此人,或许不至于太离谱。于是我便利用假期赴南通查找资料,看看能否有所收获。幸运的是,在《南通市志》中果然记录有一位蔡达(观明),此人笔名正是"孤桐",著作有《孤桐馆文甲编》、《孤桐馆诗》等多种。① 虽然《南通市志》并没有提及蔡达写过小说,但无论如何,查找的目标变得更明确了。功夫不负有心人,在南通市图书馆的地方文献和特藏部,蔡达尘封已久的十余部著作、手稿使此前的推测一一得到印证,而《绿波传》的真正作者也终于水落石出。在自传《知非录》中,蔡达对自己写小说的经历有清晰的记述:

> 民国元年在上海为解决旅费问题,首先做的一部小说,——《筠娘遗恨记》,——不过把旧日笔记小说拉长了,和当时报章杂志上的小说派头差不多。……接下来便做了一本《绿波传》,约三万几千字。每天在沪江第一台,不起草稿,奋笔直书,最多的时候,竟写到五六千字。书成之后,寄给《东方杂志》社,不久接到复信,邀往宝山路商务印书馆编译所面谈,以每千字二元定议——不能谓之"议",还不是听他吩咐么。——但又不照字数算,止[只]给了大洋六十元,由张菊生签发支条。……在当年《东方杂志》第十期至十二期,连续登出。②［省略号为引者加］
>
> 做《绿波传》的时候,完全是空中楼阁,事实也不过是《儿女英雄传》、《七侠五义》的化装,但言情的地方,掺杂一点发乎情止乎礼的旧礼教思想罢了。那时向王剑宾借了一部《晋书》在看,所以文章仿《晋书》做的。加之向日对《文选》用过一番功,所以这部书的文章方面,颇有点和时派不同。但这部书不是悲剧,所以感动读者的力量差些。③

至于《游侠外史》,书中也有详尽的回忆:

> 《游侠外史》的内容,和《绿波传》是一贯的,可是结构方面,进步多了。事实是虚构的,可是那时正在淮阴农校,这便是卧云庄的

---

① 南通市地方志编纂委员会:《南通市志》(下),上海社会科学院出版社2000年版,第2543—2544页。
② 蔡观明:《知非录》,1933年自印本(后同,不另出注),第16—17页。
③ 蔡观明:《知非录》,第111页。

幻象建筑的基地,而且淮泗本是英雄的出产地,外侮日深,也不无想有几个历史上的武士出现。至于文章和《绿波传》大不相同。这书的文章,有些和林琴南相近的,——我看林译小说自《茶花女》起,差不多他老人家生平所译十分之七八都看过了,——所以内容也受了司各得的《十字军英雄记》、《撒克逊劫后英雄略》、《剑底鸳鸯》三部书的影响——人物也有些欧化了,——此外带点唤起军国民的思想的意味罢了。①

字数、情节、发表时间、发表刊物,种种细节都与《绿波传》完全吻合,而《游侠外史叙》中的"淮阴县北之农圃"也有了着落。可见,这位蔡达(观明)才是《绿波传》的真正作者,至于笔名"孤桐"和斋号"孤桐馆",则是得自蔡达故乡旧宅前的一株梧桐。② 据蔡达自述,所作小说除《绿波传》,还有《筠娘遗恨记》、《游侠外史》、《吴笺》、《清波向往记》、《花月新痕》、《误吻》、《玉无瑕》、《青衫红粉》等。

至此,《绿波传》非章士钊所作,似乎可以定论。士钊一代文宗,自然无需他人文章为己增色;而蔡达虽非名家,且中年后足不出南通,影响局限一隅。但一生心血,所作诗词文章及学术著作均有可观之处,时至今日,理应得到公正的评价。以下便是整理出的蔡达小传,以供学界师友参考,兼以纪念这位湮没已久的作家:

蔡达(1893—1970),原名达官,又名尔文,字观明,笔名孤桐,号观明识博室主人,江苏东台栟茶镇(今属如东县)人,通文史,兼擅金石书画。1909年入通州国文专修科,师从屠寄习古文。1917年后从事教育工作,曾任江苏省立第七中学和南通中学国文教师。时有文名,与梁启超、钱基博、姚鹓雏等游。1924至1926年在上海圣约翰大学、光华大学任教。1928年回乡,任栟茶行政局局长。后退居乡里,对地方文化建设贡献良多。曾创办国故专修学社,出版《国故丛刊》。1949年后曾任江苏省文史馆馆员、南通市文物管理委员会副主任、南通市政协委员,并长期在南通市图书馆工作。勤于著述,惜多未正式出版。艺文类除

---

① 蔡观明:《知非录》,第111页。
② 蔡观明:《知非录》,第5页。

了小说之外，还有《孤桐馆文甲编》、《孤桐馆诗》、《知非录》、《孤桐馆余韵》等多种；学术著作有《文学通义》、《中国文学史》、《经学指津》、《中国文字学》、《孤桐馆语言学论丛初集》、《吴嘉纪年谱》、《金沧江年谱》、《谈谈桐城文派》等十余种，另有《国医蠡测》等医书多种。①

二、关于周作人的《闲话并耕》

2003年6月，我在"天涯社区"(www.tianyaclub.com)"闲闲书话"版无意中见到一篇帖子，作者是互联网上有名的藏书家"木兆轩主人"。文中谈到他从友人"两暮轩主人"处购得胡逸民著《我的回忆》一书，是"一本香港或者其他什么地方私印的小册子"，正文之后附有一篇周作人文章《闲话并耕》的影印手迹。经他查阅现已出版的各种周作人文集并《集外文》等，均未见收入，遂将之略作整理，以飨同好。因我此时正关注周作人与无政府主义的关系，而此文正涉及以许行为代表的农家思想——这与周作人鼓吹的新村理想大有关系，因此如能证实此文确系知堂佚文，对我将有直接的帮助。于是我便电话联系到售书人"两暮轩主人"（齐康先生），承他慨然惠寄手迹复印件，使我得一睹文章原貌。该文为手迹影印件，共13页，毛笔小楷，不分段，有标点，落款为"三十七年十一月六日，知堂"，并有"知堂"印一枚。经仔细核对，发现现存各类周作人文集确未收入此文。随后，为证实此书的存在，我又联系购书者"木兆轩主人"，希望能一睹原书或购得复制件，并建议其将此文整理发表，但始终杳无音信。虽然从文风、笔迹来看，此文很可能确系知堂手笔，但苦于未见原书，忽忽数年，始终未能有确切定论。所幸2006年伊始，我又从"孔夫子旧书网"(www.kongfz.com)购得一册《我的回忆》，始得略叙此文情状。

---

① 参见蔡观明《知非录》、《孤桐馆文甲编·自序》(1926年线装本)、《谈谈桐城文派》（南通图书馆油印本），政协如东县学习文史委员会《如东大观》（第三卷）、《南通市志》等。

此书为淡蓝色封面，32开繁体竖排，铅印，无出版地、出版机构和出版时间。正文前附作者胡逸民照片9幅及胡氏义女刘书林序。正文共66页，为作者的自传及诗作、联语合集。《闲话并耕》一文即以手迹影印形式附于正文之后。据序文中"胡老先生今年九十岁"及"胡老先生在港三十年"以及正文中"我今年（一九七九年）已是九十岁"等判断，此书出版应不早于1979年。作者胡逸民（1890～?），别号耕莘，浙江永康人。为早期同盟会成员、国民党员，历任江西高等法院院长、国民党中央清党审判委员会主席兼江苏省第一模范监狱长、南京中央军人监狱长等职。抗战胜利后，因战时滞留南京并与陈铭枢交往甚密，被国民政府控以通敌罪名，判处十年有期徒刑，羁押于南京老虎桥监狱，与周作人、江亢虎、刘乙青、周佛海、陈公博等同牢，1950年赴香港定居。在《我的回忆》一书中，胡逸民并未谈及与周作人的交往。但1948年周作人所作《〈虎牢吟啸〉序》和《〈虎牢吟啸〉后序》两文[①]，却涉及了胡逸民：

  胡逸民先生壮年奔走革命，民国建立后曾司狱政，并任南京监狱事，今乃以事被幽于老虎桥，忽尔下阶，几同入瓮，处境如此，可以怨矣。时值乱世，会逢百罹，处此境者不止胡先生一人，惟千万人有此情意而不能言，代言者乃不可少，此亦是能言者之责任，国乱民困，有沦胥及溺之惧，及今不言，对于祖国是愈疏也。[②]

  胡逸民先生拿了所著的《我与江先生》稿本一册给我看，问有什么意见，可以写一篇序也好。胡先生是我的浙东同乡，可是以前不曾见过，至去年他以被人诬陷入狱，这才相识。我看他是个实行家，也是理想家，很重意气，好议论，平常虽然不事著述，这一年来却写了不少东西，有诗、有小说、有笔记，一共总有几十万字，这一部乃是最近的作品。[③]

---

 ① 见《周作人集外文1926—1948》，陈子善、张铁荣编，海南国际新闻出版中心1995年版。
 ② 《〈虎牢吟啸〉序》，《周作人集外文1926—1948》，第658—659页。
 ③ 《〈虎牢吟啸〉后序》，《周作人集外文1926—1948》，第660页。

可见周作人与胡逸民是在狱中相识的难友,并曾为其诗稿《虎牢吟啸》、书稿《我与江先生》作序。①《闲话并耕》也是写于民国三十七年(1948年)底,从时间和内容上看不是为《我的回忆》一书所作的序跋,而是一篇独立的文章,可也不能说与胡逸民全无关系。因为胡氏出身农家,宦海沉浮之际,始终未能忘怀农事。抗战军兴,他未随国民政府西迁重庆,而是在南京和平门外曹后村创办"并耕农庄","躬耕自食,不问政治",这大概便是周作人称之为"理想家"的缘故。② 联系到周作人五四时期对新村的热衷,此时深陷囹圄的他们多少应有些同感,③或许正因为如此胡逸民才得到了这篇文章。后胡氏又在香港恢复并耕农庄,务农三十余年,《我的回忆》第三部分为诗集,即命名为"并耕杂感"。所以胡氏将《闲话并耕》收入自己书中也并非没有道理,或许正是为了纪念彼此未酬的一番理想吧。当然,《闲话并耕》一文的价值绝不仅止于此。周作人借孟子与许行两位起兴,对儒、道、农、墨诸家思想均有评述,字里行间颇有值得咀嚼处。由于周作人狱中所留文字多为旧体杂诗,所以此文对于研究周作人后期、特别是"老虎桥时期"的思想自有相当之价值。

对于原文,"木兆轩主人"曾整理出一个网络版初稿,但他为阅读方便,将原本不分段落的文章分为数段,并改动了一些标点。我则一仍其

---

① 《周作人年谱》(增订版)认为《虎牢吟啸》是写胡逸民与江亢虎"在老虎桥监狱一年中的交际言行,他们俩的案情,又推论及中国司法的毛病与监狱的缺点等"(张菊香、张铁荣编,天津人民出版社2000年版,第723页),误。据《我的回忆》一书记载,《虎牢吟啸》为胡逸民在狱中的旧体诗集,已经出版。因此《我与江先生》似别有一书,但并未出版。现存的《〈虎牢吟啸〉后序》则应为周作人为胡氏《我与江先生》一书所作,其确切的名称应为《〈我与江先生〉后序》。其实细读两文内容,已可知它们是分别为两本书所作的序。

② 见胡逸民《我的回忆》,第18页。

③ 谷林先生曾发表《周作人"杂诗"佚篇》一文(《文汇读书周报》2003年8月29日),披露周作人与胡逸民唱和的一首佚诗,题为《胡逸民以〈幽兰诗〉见赠并索和,倒用原韵写得百字,用以奉答。卅七年十二月六日,在南京。》,写作时间与《闲话并耕》相近,内容也颇有可参照处:"我非隐居士,岩阿事幽讨。私意重事功,空言非所宝。最喜禹与稷,尊崇过孔老。茶苦固当然,花开亦复好。所重在秋实,此意长在抱。于人苟有益,荣辱焉足道。廿年事笔墨,闻道苦不早。力行不中程,忧心常慄慄。自惭蒲柳姿,何敢慕芳草。不如稊与稗,百姓得半饱。"

旧，按手迹实录，不分段落，标点亦未动，并纠正了网络版文字的个别错讹之处，俾使此文能以本来面目示人。当然，藏书家"木兆轩主人"和南京书商"两暮轩主人"才是此文的发现者和提供者，我自不敢掠美于人，惟不愿视其重新湮没于虚拟世界，遂不揣冒昧，公之于众。鲁莽僭越之处，还望学界师友见谅。

附：

闲话并耕

  《孟子》里许行这一章，是全书中的一篇大文章，虽然比不上柏拉图的问答那么体大思精，有戏曲的风味，却也写得很有趣，而且其中蕴藏着中国两种重要的思想，很值得加以研究。孟子自然是老牌的儒家，可是，虽然他标举的旗帜是尧舜文武周公孔子，实在却已与孔子很有点不同之处。他不像孔子那么只说简要抽象的话，却更是流畅具体的多了，有如对了所谓时君几次三番的讲五亩之宅的办法，又于尧舜之外或者简直可以说之上，更屡次的举出禹稷来，说得非常的可佩服，这都是一部《论语》里所没有的。这大概并不单是孟子个人的思想的关系，实在也还是时代环境转变了的缘故吧。那异军突起的墨翟，道家的一派的杨朱，各自著书立说，尽量宣传，这些替代了孔子时代的桓魋和女乐成了儒家的最大的敌人，孟子不得不大辩而特辩，以攻为守，在这辩论中间，虽是抱着必胜信念，看记录时也总说是胜利了，在实际上却不能不受着影响，自己的意见和主张不自觉的也有所补充修改。许行这一派自称为神农之言者，想必是古已有之，史称黄老之学，后世其书不传，不能详知，东汉前半尊崇黄老，似乎也只是安静无为，还是老氏之流，看不出什么黄帝的痕迹。黄帝的确太是辽远了，说他会有什么学说学派传下来，那当然是未必可能，但就是道家者流所假托的也罢，不知何以竟没有呢，直至汉代方士讲求长生的出来，附会他为房中术的祖师，这才有些传说,可是不足道了。我想那为神农之言的朋友大抵也是道家,是黄老的一派吧,在黄帝和老子之间传说上或者有些承先启后的人,神农是其一也未可知。这一派人源流当很久远,不过我们现在难以臆测,但如孔子同时的那些隐逸中,有几个可以推想是属于这一路的,如耦耕的长沮桀溺,如荷蓧丈人,他们自己都在躬耕,却并不真是厌世,只是不赞成读书人的帮闲生活,丈人对子路说的话最为明显。孔子虽是反对隐逸,可是对待那些人却是很客客气气的,到了孟子的时候,他老人家比孔子更是积极的游说运动,要替诸侯计划行王政,而许行之徒似乎这时也多活动起来了,于是来了那一场论战,表面上他还相当的和气,但在内心里未必看得与杨墨有什么不同,那么这辩论并耕的文章大概也正是他平生一篇得意之作吧。如上文所说,孟子因了辩难的关系,虽然结果必力申己说,但无意中亦并非不受一点影响,其尊崇禹稷即是最好的一例。本来稷事稼穑,固与为神农之言者一致,墨者以禹为模范,似乎也可以相接近了,而事实上却并不然,这是什么缘故呢?我想孟子的意见上有一点,根本上不但不能与为神农之言者或墨家相容,而且实在也与他自己尊崇禹稷的意思相冲突的,那便是劳心的治人,劳力的治于人,治于人者食人,治人者食于人的这一节话。禹与稷何尝只是劳心而要劳力者来供养他呢,他们不是一个治水,一个种田,而且感觉饥溺由己,皇皇然无一日之安吗?大人小人与劳心劳力的话本来是儒家固有的思想,因为他们都是柔懦的读书人,平常只能讲习诗礼,帮助人家办事,虽然招牌上抬出尧舜文武来,实际所敢希望者至多也只是一个周公,孔子到了衰老的时候也就不复梦见了。因此之故,儒者的理想是有人用我,给他一年半载包王天下,结果二千五百年来不曾试过,但其为儒者的理想总是无变的。孟子虽则比较孔子时已增加了许多新思想,如称禹稷,如民为贵,社稷次之,如闻诛一夫纣矣等皆是,可是根本的这个大人小人的问题却是仍旧,可以说是孟子的也是一般儒家的最大的毛病。我们现在平心来看孟子与许行的论难,无论孟子的劳心劳力的主张怎么不合理,一切事不是可以耕且为的,这句话总是不错,并不是有什么理论,乃是从事实上证明这是不可能的。至于在许行一方面,虽然实际难以实行,但是并耕的理想却仍是很崇高很美的一种东西,这是诗与宗教的产物，正不因其不可实现而遂减其光辉。我自己是没有宗教也不懂宗教的，但是有一种意见，以为宗教的作用重在个人而不是社会或国家，其好处在于崇高与美，不论神秘，或空灵不切实用，其作用还是有增无减，譬如基督教，我觉得实行政教分离后之天主教要比美以美或青年会好得多。并耕不能作为社会运动去推行，也恐怕不能怎么大规模的做去，但如当作一个理想的生活集团，那倒是非常有意思的事。中国传统的道家思想在文艺上发现出来，最明显的是隐逸生活，这根源很远，老子的简单的几句话，在陶渊明便写成了一个桃花源，以后文人几乎无不表示向往，即使身在廊庙的说起来也总是心在山林，这里边自然也可分个真假，总之其势力之大是无疑的了。把这个中国文人素所向往的生活去实现出来，思想背景又有并耕学说作根柢，这是再好也没有的事了，不管时代如何变迁，这事总是值得做的。不过如上文说过，这也只是如宗教事业一般，一部分人去实行他的理想，于他们个人最有意义，至于对于社会有若何好的结果或影响，我想也总是次要的吧。印度泰戈尔的圣地尼吉屯，甘地的圣巴马提阿须蓝，均不免有人亡政熄之感，过去北京（非北平）的工读互助团，日本日向的新村，我都有点关系，深知道有许多困难，虽然这事情原是很有意义，很有趣味。我对于政治经济都是门外汉，所以这问题要整个如何解决才行，我什么也不能说，我这里只是对于孟子与许行的老话表示一点我的意见罢了。后来孟又与许再行两位先生的高论，见仁见智，各有道理，我也不能有所轩轾，幸恕不妄下雌黄，作狗尾续貂的愚事了。

三十七年十一月六日 知堂

三、经典文本的异境旅行
——《骆驼祥子》在战后美国文坛（1945～1946）

众所周知，1945 年《骆驼祥子》英译本（译名为"Rickshaw Boy"，即洋车夫，以下为论述方便，统称为《骆驼祥子》）的出版，使老舍在大洋彼岸声名鹊起。尽管译者伊文·金（Evan King）未经老舍允许，便擅自改动了小说的部分情节，之后不久，还因为《离婚》的译本版权与老舍对簿公堂,但《骆驼祥子》的这一译本在老舍作品海外传播史上仍然举足轻重。它不仅立刻成为美国图书市场引人注目的畅销书,而且也是日后众多语种译本所依据的蓝本。① 老舍本人虽然对译者擅作修改非常不满,②但也承认这一版本"译笔不错"。③ 因此,对于老舍作品乃至中国现代文学在世界范围的传播,《骆驼祥子》英译本可谓功不可没。然而时至今日,由于种种原因,人们对《骆驼祥子》的这番美国之旅依旧所知甚少。例如,《骆驼祥子》怎样成为畅销书? 当时的美国文坛又是如何评价《骆驼祥子》? 情节的改动是否影响了评论者对它的基本判断? 对于作者老舍,美国评论界又有怎样的认识? 这些问题依然有待回答。著者在查阅 1945—1946 年间美国各大报刊的基础上,搜集整理了一批相关史料,试图对上述问题略作疏解。这或不仅有益于老舍和《骆驼祥子》研究,亦可使人们以一斑而窥全豹,借助具体个案,对中国现代文学经典在西方语境中的文本旅行以及所衍生的种种情状,有更为真切的认识。

尽管不少论者都提到,《骆驼祥子》是经美国著名的读书俱乐部"每月一书俱乐部"(Book-of-the-Month Club)列为"八月之选"(The Book-of-the-Month Club Selection For August)而一炮而红,④但实际上,在此之前美国主流报纸就已提前做了铺垫。

早在 1945 年 5 月 29 日,《纽约时报》的"书—作者"(Books—Authors)栏目就已经提到:"每月一书俱乐部的八月之选是《洋车夫》(雷纳和希区柯克公司),一本关于当代中国的小说,作者老舍。"⑤6 月 15 日,《纽约时报》的同一栏目再次提醒读者:"下个月将要由雷纳和希区柯克公司出版其作品《洋车夫》的老舍,1928 年以来是中华全国文艺界抗敌

---

① 见孔令云《〈骆驼祥子〉英译本校评》,《新文学史料》2008 年第 2 期。
② 乔治高:《老舍在美国》,《明报月刊》1977 年 8 月号。又见《赛珍珠为介绍老舍致劳埃德的信件》,《十月》1988 年第 4 期。
③ 老舍:《〈骆驼祥子〉序》,《老舍全集》第十七卷,人民文学出版社 1999 年版,第 181 页。
④ 见孔令云《〈骆驼祥子〉英译本校评》,《新文学史料》2008 年第 2 期;黄淳:《老舍研究在美国》,《民族文学研究》2005 年第 1 期等。
⑤ Books—Authors. The New York Times,May 29,1945.

协会的领导人,他大约五十岁,现正在写他最雄心勃勃的小说《火葬》,这本书是对战时中国的描写。《洋车夫》……是他在美国出版的第一本书。"①7月1日,《纽约时报》"读者与作者"(People Who Read and Write)栏目也将《骆驼祥子》列为7月份值得注意的小说类新书之一。②

当然,《骆驼祥子》能够成为美国畅销书,主要还是得力于"每月一书俱乐部"的大力推荐。后者成立于1926年,是美国最早、规模最大同时也最有影响的读书俱乐部,截止1949年4月,它号称拥有四百万会员,一本书倘若被它选中,几乎肯定会成为畅销书。③ 它的刊物《每月一书俱乐部新闻》(The Book-of-the-Month Club News)每期都会重点推荐一本新书,同时配发一组评论文章以及作者照片、生平简介等等。1945年7月号的《每月一书俱乐部新闻》就着重推介了《骆驼祥子》,列为"八月之选"。它发表了美国著名批评家、耶鲁大学教授、每月一书俱乐部编委会主席亨利·坎比(Henry Seidel Canby),《纽约先驱论坛报》书评人路易斯·甘尼特(Lewis Gannett),林语堂等人的评论,同时配发了 Kay Yang④ 的长文《老舍》,全面地向美国读者介绍这位中国作家。

紧接着,7月29日美国几大报刊上同时刊出了《骆驼祥子》的书评:《纽约时报》发表了纳什·K.伯格(Nash K. Burger)题为《中国城市中的死与生》的评论;《哈特福德新闻报》刊登了玛克辛·T.博特纳(Maxine Tull Boatner)的书评《中国的勇气和失败》;《芝加哥论坛报》也有了范妮·布彻(Fanny Butcher)⑤的评论《为了成功:一个洋车夫的奋斗》以及对老舍的介绍。不仅如此,《纽约时报》趁热打铁,于第二天继续在

---

① Books—Authors. The New York Times, June 15, 1945. 按:显然美国文坛对老舍乃至中国现代作家非常陌生,在这短短的介绍中就有两处明显错误:"文协"成立于1938年而非1928年;老舍此时正在写作的是《四世同堂》而非《火葬》,后者1944年就已经在《文艺先锋》上连载,并由晨光出版公司出版了单行本。

② People Who Read and Write. The New York Times, July 1(1945).

③ 见 Into How many Homes and What Kind? Book-of-the-Month Club-News, no. 4(1949).

④ 应为中文人名,待考。

⑤ 美国资深书评人和新闻记者,曾在《芝加哥每日论坛报》担任文学编辑四十年,是美国1940年代家喻户晓的文学评论家。

"时报好书推荐"(Books of the Times)栏目刊出威廉·杜·博伊斯(William Du Bois)的书评。几家主要报刊的参与,掀起了一场评论《骆驼祥子》的小高潮。

虽然美国图书市场竞争激烈,新陈代谢频率极快,但在接下来的几个月里,我们依然可以在美国报刊上读到有关《骆驼祥子》的不少消息。

9月2日,《华盛顿邮报》发表C.B.的评论《中国故事直接冲击你的想象》;9月20日,西海岸重要的报纸《洛杉矶时报》透露,弗雷·布朗(Frey Brown)已经购买了《骆驼祥子》的版权,正在将之改编为剧本,预计下年2月即可在纽约上演;著名的《大西洋月刊》也在9月号刊文介绍了《骆驼祥子》;10月13日,美国最有影响的黑人报纸之一《芝加哥保卫者报》发表了霍华德·D.古尔德(Howard D. Gould)的书评,表达了少数族群对这本小说的看法;临近新年,《芝加哥太阳报》的文学编辑A.C.斯佩克托斯基(A.C. Spectorsky)把《骆驼祥子》列为自己在圣诞节向读者推荐的"十本最佳书"之一。① 直到第二年5月,我们仍然还能从美国最重要的亚洲史学术刊物之一《远东季刊》上,发现曾经担任过金陵大学英文系主任的亚历山大·布雷德(Alexander Brede)对《骆驼祥子》的评论。应该说,美国文坛虽然对中国现代文学相当陌生,但仍然给予了《骆驼祥子》以热切的关注。在这些评论的推动下,《骆驼祥子》成为美国图书市场名副其实的畅销书,甚至进入了市民文化生活,成为当时一些妇女俱乐部讲座的时髦话题。② 虽然其具体销量今天已经难以考证,但一条报纸消息或可从侧面反映《骆驼祥子》受欢迎的程度,这则《芝加哥论坛报》的消息感叹不同出版公司的运气就像它们拥有的纸张数量一样不公,出版《骆驼祥子》的雷纳和希区柯克公司陷入了"幸福的烦恼"——由于其出版物连续被每月一书俱乐部选中而纸张告急,不得不将这些畅销书交给翻印机构去印刷;另一家Prentice-

---

① Ten Christmas Listsof Ten'Best'. The New York Times, December 12 (1945).

② Book Review Scheduled for Women's City Club, Chicago Daily Tribune, January 14(1945).

Hall 出版公司则刚刚开始出版小说,由于销量零落,剩余了大量的纸张。① 另一位美国1940年代家喻户晓的文学评论家范妮·布彻,则在一篇文章里介绍了老舍经济上的困窘,接着又不禁大加感慨:"好了,他再也不会缺什么了,现在每月好书俱乐部已经选中了《骆驼祥子》……"小说走红的程度以及带来的效应由此可见一斑。

《骆驼祥子》的红极一时,美国文坛的诸多评论可谓助了一臂之力。当然,我们不能否认这背后可能有某些商业因素,但这并不意味着这些批评都是毫无价值的应景之作。事实上,由于这些作者大多是美国职业评论家、资深文学编辑或大学教授,他们的立论往往力求公允而其批评也常常颇有见地,至少老舍本人相当重视美国文坛对自己作品的评论。② 那么,这些评论家究竟是如何看待《骆驼祥子》这样一部来自现代中国的小说的呢?

除了林语堂之外,当时美国主流文坛对中国现代文学几乎一无所知,但这并没有妨碍人们认识到《骆驼祥子》的文学价值。评论者普遍认为《骆驼祥子》是一部难得的、可以与西方文学经典相提并论的佳作。今天看来,这种评价标准固然还有"西方中心主义"的嫌疑,但较之于此前美国大众文化对中国形象"傅满洲"式的丑化与想象,已不啻有天壤之别。作为《骆驼祥子》的主要推介者,《每月一书俱乐部新闻》编辑委员会在推荐评语中说:

> 只要你还生活着,你就可能会深深地喜欢上这部小说的主角——祥子。他为了最卑微的幸福所作的努力将使感性的读者洒下同情之泪,但命运不能打倒他,最终人类本性的善良在他身上纯洁地、胜利地显现……我们五位评委一致认为《骆驼祥子》——一

---

① Harry Hansen, Paper Inequalities Cause Publishers Many Headaches, Chicago Daily Tribune, April 8, 1945. 这里所说的纸张数量不均衡,是指美国战时实行的纸张定量配给制度,使各家出版社因销量不同而造成的纸张库存不均,这种情况在1945年夏季尤为突出。见 Books: The Doldrums, Times, July. 30, (1945).

② 1949年老舍回到中国之后,仍然很重视美国评论界对《四世同堂》(英译名《黄色风暴》)、《鼓书艺人》(英译名《大鼓》)等作品的评价,特地要求美国经纪人将评论文章寄给他。见舒悦《老舍致美国友人书简四十七封》,《十月》1988年第4期。

位迄今为止不为美国公众所知的中国作家的作品——是我们时代最杰出的小说之一。①

编委会主席坎比也在评论中认为,老舍借助祥子的视角来表现北平:

> 18世纪伟大的英国小说曾以这种方式极为生动地描写了伦敦,《骆驼祥子》置身其中,毫不逊色……你读完这本书之后,它仍徘徊不去,萦绕在你的心头,在你头脑里留下了强烈而新鲜的印象,使你忍不住再三回味。总之,它看上去不仅非常引人入胜,更是一部精美而令人难忘的小说,代表了一种新的中国文学。②

无独有偶,另一位评论家亚历山大·布雷德也认为,在表现苦难这方面,《骆驼祥子》"可以和《悲惨世界》这样的小说并肩,在世界文坛上拥有一席之地"③。路易斯·甘尼特则指出,在《骆驼祥子》中,"中国说书人的悠久历史融入了西方文学表现人生的伟大传统"④。纳什·K.伯格则称赞:"在表现中国人民生活的小说中,《骆驼祥子》应该是一座里程碑式的作品。"⑤

值得注意的是,评论家们给予《骆驼祥子》如此赞誉,并不是因为它模仿了西方经典,而恰恰是因为它具有独特的中国气质。

范妮·布彻认为:"这本小说有自己的特质与活力,就像伊利诺伊大草原上丛生的一枝黄,堪萨斯平原上的向日葵,或者加利福尼亚山边火红的野罂粟。它土生土长,没有受过外国技巧的裁剪。"⑥亨利·坎

---

① Book-of-the-Month Club News, no.7(1945).
② Henry Seidel Canby, Book-of-the-Month Club News, no.7(1945).
③ Alexander Brede, Far Eastern Quarterly, vol.5, no3(1946).
④ Lewis Gannett, Book-of-the-Month Club News, no.7(1945).
⑤ Nash K. Burger, Life and Death in a Chinese City, The New York Times, July 29(1945).
⑥ Fanny Butcher, A Rickshaw Boy's Struggle to Get Ahead in The World, Chicago Daily Tribune, July 29(1945).

比也谈道：

> 这是一部中国人用新的口头文学语言写作的当代小说，其中没有西方的丝毫痕迹……我从未像在阅读此书时，如此贴近一个完全来自异域的人生……作家是在一个迷人的、原生态的中国生活的背景下，讲述这部非常写实的小说。但小说并非仅仅展示苦难，在很多时候，作家带着如诗如画、幽默风趣的笔触，以浓厚的兴趣表现了种种新鲜的风俗和观念——甚至对那些自认为对中国略知一二的人们来说，也是如此。①

纳什·伯格则更具体地指出，老舍正是通过精心描绘北平社会的经典场景，来表现中国民众的生活和风俗的："它们浮现在读者的记忆中：一个冬夜低等小茶馆里正在喝茶的车夫们；祝寿和春节的庆祝；赤贫百姓的原始迷信的医疗手段；以及不仅这些穷人、包括他们为之工作的中产阶级的所有家庭生活。"②更重要的是，小说对北平传统文化、地方风俗的表现是如此得心应手、不露痕迹，丝毫没有令这些不同文化背景的挑剔读者感到隔膜或难以理解，正如一位论者所言，他此前接触了一些据说是"杰出汉语文学"的中国现代小说，但几乎无法读懂，而阅读《骆驼祥子》的时候："并不会觉得它是一部译作；你分享一个洋车夫的人生，就像分享一个法国职员、俄国农夫、美国都市青年的人生那么自然。"至于老舍为何能如此高妙地描写自己的国家、文化和人民，同为中国人的林语堂则向美国读者透露了其中的秘密：

> 因为他的幽默，就像他笔下的人物，是从北平的土地上生长起来，与北方普通民众天生的风趣和贫嘴不可分割。即使是在讽刺，他对于自己描写的底层阶级的天然同情，赋予了他对于他们的磨难和艰辛以温情和理解，而这些苦难使他的人物变得真实可爱。

---

① Henry Seidel Canby, Book-of-the-Month Club News, no.7(1945).
② Nash K. Burger, Life and Death in a Chinese City, The New York Times, July 29(1945).

浓厚的温情,对个体的固有价值的坚定信仰,包括富于人情味儿的幽默,以及立意的坦率、正直和诚挚,是这位作家的标记。①

来自普通市民阶层的老舍对日常生活的描写是如此写实,不仅使美国评论家领略了道地的中国文化与地方风物,而且使他们得以超越文化猎奇的肤浅层面,触摸到掩藏在古国情调之下的中国社会现实,从而对小说的社会批判主题有深刻的感知。一位评论者感叹道:"当你读完这本小说,你就会认识到中国的真正问题不在于政治或军阀势力之类,而是长期以来的社会不公和经济混乱,像祥子这样善良而可爱的人,尽管品行端正,却只能凭借他们异乎寻常的民族性格而苦苦求生。"②另一位论者则认为:

> 小说的寓意比故事更重要。它是中国社会和经济结构的暴露和控诉,这个体系败坏了一个人的身体和道德品行,使他"堕落到野兽的地步"。……对穷人聚居的大杂院之贫困肮脏,老舍的描写细腻逼真,妇女和老人的悲惨处境令人神伤。这大杂院足可与我们最糟糕的贫民窟相提并论,显示了当没有社会良知的时候,"自由企业"将会导致怎样的极端状况。③

这里需要强调的是,尽管译者伊文·金将小说结局改为祥子从妓院救出了小福子,二人获得了自由,但这个好莱坞式的结局并没有影响批评家们的判断力,大部分评论者仍然准确地指明了小说内在的、整体的悲剧性。正如威廉·杜·博伊斯所揭示的:"那个奔向想象中的自由只是一个作者诗意的姿态。几乎就在同一个段落里老舍提醒我们,由于祥子所遭受的如此创伤,世上没有自由,无尽的苦难也没有停止。"他更指出小说有着浓厚的绝望情绪,并认为,和同样以表现下层民众生活著称的美国小说《布鲁克林有棵树》不同:"我们找不到线索来证明老舍

---

① Lin Yutang, Book—of—the—Month Club News, no. 7(1945).
② Henry Seidel Canby, Book—of—the—Month Club News, no. 7(1945).
③ Alexander Brede, Far Eastern Quarterly, vol. 5, no3(1946).

的男主角感觉到中国的上空也有星辰（意指生活的勇气，孟注）。《骆驼祥子》是一本值得一读，但阴郁压抑的作品。"①这与老舍"要由车夫的内心状态观察到地狱究竟是什么样子"、要从"笔尖上……滴出血与泪"的自我表述，不能不说是相当切合的。②

除了对小说主题的精准把握，批评家们也对《骆驼祥子》出色的文体成就再三致意。一位评论者认为：

它的讲述是如此简洁朴素，伴随着第一流传记般流畅的叙事，而祥子的性格与个性也是如此光彩照人，以至于我们更像是在听一个娓娓道来的故事，而不是在读一本有着情节、冲突或者通俗剧元素的小说。③

纳什·伯格也谈道：

故事、象征、主题，小说中这三个要素被巧妙地结合在一起，相得益彰。……毫无通俗剧的气息，也几乎没有宣传的痕迹。小说以故事为中心，就像它应该的那样，作家简洁然而动人地展示了祥子的悲剧。④

《哈特福德新闻报》则干脆将老舍命名为："一位老练的讲故事大师。"⑤亚历山大·布雷德则对老舍的语言技巧印象深刻，认为老舍："长于写实，善用比喻，时有警句，不忘反讽——比如总是走霉运的'祥

---

① William Du Bois, The New York Times, July 30, (1945).
② 见老舍:《我怎样写〈骆驼祥子〉》,《老舍生活与创作自述》,香港生活·读书·新知三联书店 1981 年版,第 68 页,第 70 页。
③ Henry Seidel Canby, Book—of—the—Month Club News, no. 7(1945).
④ Nash K. Burger, Life and Death in a Chinese City, The New York Times, July 29(1945).
⑤ Maxine Tull Boatner, Courage and Defeat in China, The Hartford Courant, July 29(1945).

子',以及永远乱哄哄的'人和'车厂。"①老牌杂志《大西洋月刊》也对小说的语言极口揄扬,认为:

> 《骆驼祥子》中的珍宝乃是民间谚语和含蓄的街头隐喻。它们被富于文采地翻译过来,在外国人听起来,就像某些有着炫目想象力的作者的发明。然而,人们很快就会认识到这些语言宛如中国历史中流通千年的铜钱,对每天使用它们的人来说平淡无奇,对我们来说却是生动鲜活、极有价值的。②

当然,《骆驼祥子》英译本的文体能够受到美国文坛的激赏,与译者出色的工作有密不可分的关系。应该说,除去译者对小说情节的擅自改动不论,英译本《骆驼祥子》总体上还是比较忠实地传达了原作的神韵,这在本就少人涉足的"中译英"领域实属难能可贵。

正如《每月一书俱乐部消息》所言:"传教士翻译家已经把中文糟蹋得够厉害了。《骆驼祥子》的译者伊文·金把汉语白话的质朴、土气完全带到了英文当中。一个美国人几乎没法判断,《骆驼祥子》英译本的成功有多少属于他,又有多少属于老舍。③"

女批评家范妮·布彻也认为:"伊文·金翻译的《骆驼祥子》是个杰出的文学成就。小说纯粹的中国风格被保留下来,读者根本不会感觉到这个西方人在把自己的观点强加于人,但也不会觉得这部小说与自己格格不入。"

另一篇《纽约时报》的评论则认为,《骆驼祥子》成功的翻译与译者长期的中国经历有关:"据我们所知,在英语世界中没有哪本书可以像从中文翻译的本书一样,如此毫无愧色地谈论中国。这也许是因为伊文·金在中国生活的时间是如此之长,以至于他不再为传达这些中国

---

① Alexander Brede, Far Eastern Quarterly, vol. 5, no3(1946).
② Langdon Warner, Rickshaw Boy, The Atlantic, no. 9(1945).
③ Lewis Gannett, Other First Readers Say, Book－of－the－Month Club News, no. 7(1945).

人物所揭示的内容而感到棘手。"①因此,尽管此后因为《离婚》版权问题,译者伊文·金与老舍产生矛盾,但对于英译本《骆驼祥子》的翻译成就,人们似仍应给以客观的评价。

在上述代表美国主流媒体的评论之外,另一值得注意的声音,是霍华德·古尔德在《芝加哥保卫者报》所发表的文章。由于该报是美国最有影响的黑人报纸之一,因此它在某种程度上或可反映了处于社会底层的美国少数族裔对《骆驼祥子》的解读。作者着重强调了祥子悲剧背后的政治经济因素,认为:

> 如果一个国家里的剥削行为不受抑制地泛滥,个人的雄心和能力就不能保证体面的生活。因此,尽管祥子有坚定的志向,出色的能力,长期的辛劳,年复一年为了攒钱而省吃俭用,他仍然注定要失败,这不是由于他自身的错误,而是因为他无法克服他所处的国家、时代的政治经济结构所导致的灾难。

另一方面,作者也期望更多的美国人特别是美国黑人,都来读一读这些关于亚洲人民的小说,因为来自农村、在大城市里拼命挣扎的"祥子们",和那些想要移居美国北方去寻找"更充实的生活"的南部佃农(主要是黑人,引者注)是如此相似。如果美国黑人对世界其他地区有色人种有更多的了解,"我们也许会对自己奋斗争取的目标有更深刻的理解,也会为完成未来的任务增添更多的力量"②。尽管文中作者并没有使用什么马克思主义术语,但在美国文坛对《骆驼祥子》的评论当中,这篇文章的左派色彩无疑是最为浓厚的。

对于老舍本人,美国评论界也始终颇感兴趣。继 Kay Yang 在《每月一书俱乐部消息》上发表了专文进行介绍之后,不少评论都以一定的篇幅向美国读者介绍这位来自战时中国的作家。由于当时美国文化界对中国现代作家的确所知无多,因此在介绍老舍生平时出现了不少明

---

① Maxine Tull Boatner, Courage and Defeat in China, The Hartford Courant, July 29(1945).

② Howard D. Gould, The Chicago Defender, October 13(1945).

显的错误。例如，在一篇文章中，老舍出生于山东，曾在省立师范学校上学，在英国就读于牛津大学；在另一篇评论里，作者则认为："《骆驼祥子》是《八月的乡村》的中国作者创作的另一部小说。"①更糟糕的是，这些错误史实还常常被其他评论者辗转引用，以讹传讹。

不过，假如我们抛开这些细枝末节，而从整体上把握美国媒体对老舍的描述，则会发现它们对老舍的关注自有其重点。

首先，这些英文评论不约而同地突出了老舍的自由主义立场。林语堂当然不能完全归于美国批评家之列，但他在《每月一书俱乐部消息》上发表的意见，或可说引导了美国文坛对老舍意识形态归属的基本判断。他认为老舍有着对"个体内在价值的坚定信仰"，"作为个人主义者，他不能被划分到任何派别，他的正直使他与某些做派无缘，比如不厌其烦的意识形态说教，倒叙技巧的廉价模仿，或者现代写实主义对令人作呕的某些细节的强调，而很多现代中国作家都具有这些特征"。② Kay Yang 也在文章中写道："作为一个自由主义作家，除了为祖国的福祉、自主以及人民的自由，老舍别无政治倾向，因此他被整个中国文学界所共同尊重。"③另一篇书评也强调，老舍"是一位著名的自由主义者，……《骆驼祥子》的每一页都讲述了他对中国人民的热爱和对自由的追求"④。尽管老舍的思想相当复杂，远非"自由主义"一词可以概括，但如此陈述，显然有助于普通读者对老舍产生好感。

与之相应，评论家们还强调了老舍贫病交加的生活现状，以及毫不屈服于困难的独立精神。Kay Yang 写道：

> 因为长时间的缺乏营养、艰苦工作以及精神紧张，眼下老舍的健康状况非常糟糕。他为贫血症所苦，去年在医院待了很久，饱受

---

① C. B, Chinese Tale Strikes Directly At Imagination, The Washington Post, September2(1945).

② Lin Yutang, Other First Readers Say, Book－of－the－Month Club News, no. 7(1945).

③ Kay Yang, Law Shaw, Book－of－the－Month Club News, no. 7(1945).

④ Nash K. Burger, Life and Death in a Chinese City, The New York Times, July 29(1945).

胃病和阑尾炎的折磨。他生活清贫,但坚持拒绝接受任何金钱资助,因为他认为这样将会损害自己的那支笔。①

林语堂也介绍了老舍由于出版商拖欠版税而造成异常拮据的经济状况,并指出:"对中国作家来说,现在是艰难的日子,但他仍坚持信念,毫不妥协。"②《远东季刊》也称赞老舍是"一个自由、独立的思想家",并且"拒绝为了物质利益而损害自己的原则"。③ 由此塑造的老舍形象,虽略嫌煽情,但无疑更容易被美国的主流意识形态所接受。

最后,在中美同为二战盟国的时代背景下,美国评论界有意彰显老舍为中国抗战文艺事业作出的贡献。不少文章都重点介绍了老舍在艰苦的条件下,为"文协"所做的大量工作:担任领导人,建立分会,帮助青年作家,编辑《抗战文艺》等等。通过这些不乏细节的叙述,投身于抗战事业的老舍连同笔下的祥子,以其坚韧、真诚、耐劳的民族精神,共同成为战时中国的文学代言人。这不仅完全颠覆了美国大众文化中被歪曲、丑化的华人形象,而且与林语堂、赛珍珠等作家所塑造的传统中国形象也大异其趣。换言之,在中美关系的蜜月期,老舍及其作品经过一番重新解读,成为美国社会想象战时中国的重要途径,乃至成为全新的中国形象的一部分。这或许是文学因素之外,《骆驼祥子》在美国广受欢迎的另一重要原因吧。

行文至此,我们不难发现,《骆驼祥子》的美国之行,既是现代中国文学与世界文学发生联系的重要界标,同时亦超越了文学范畴,而成为一桩影响深远的文化事件。在迥异本土的文化语境中,文本的翻译、改写、出版,以及被无数次地阅读和评论,不仅与文本本身构成对话,而且在某种意义上成为文本新的组成部分。在流动的跨语际实践当中,文本不再是凝固的化石,而是成为阐释空间不断生长、意义不断增殖的有机之物。就此而言,现代中国文学作品的译本及传播研究绝非仅仅属

---

① Kay Yang, Law Shaw, Book-of-the-Month Club News, no. 7(1945).
② Lin Yutang, Other First Readers Say, Book-of-the-Month Club News, no. 7(1945).
③ Alexander Brede, Far Eastern Quarterly, vol. 5, no3(1946).

于翻译学或比较文学领域,而从来就应是现代中国文学研究的题中应有之义。事实上,鲁迅与增田涉关于翻译的问答,早已成为鲁迅研究不可或缺的课目。令人颇感遗憾的是,作为少数几位亲自参与翻译自己作品的现代大家,老舍的小说译本及传播研究似仍未得到足够的重视。太炎有云:"前修未密,后出转精。"著者不揣谫陋,草成小文,倘能抛砖引玉,引起学界对这一问题的关注与探讨,不亦幸甚?

附:

美国报刊《骆驼祥子》评论一瞥

"对一本小说的终极检验,是看我们到底有多喜爱它",E. M. 福斯特说。只要你还活着,你就可能会深深地爱上这部小说的主角——祥子。他为了最卑微的幸福所作的努力将使感性的读者洒下同情之泪,但命运不能打倒他,最终人类本性的善良在他身上纯洁地、胜利地显现……我们五位评委一致认为《骆驼祥子》——一位迄今为止不为美国公众所知的中国作家的作品——是我们时代最杰出的小说之一。

——《每月一书俱乐部新闻》1945年7月号

骆驼祥子

这部小说讲的是祥子的故事,他绰号"骆驼"。士兵抢走了祥子的人力车并且奴役他,但他带着三只骆驼,找到了回北平的路。他随后卖掉这些骆驼,重新开始攒钱买车,这就是车夫们叫他"骆驼"的原因。读着这个朴实无华的开头,你一定会以为这不过是又一部关于中国日常生活的书,就像赛珍珠或项美丽(Emily Hahn)的作品。绝非如此。我认为,这是一部中国人用新的口头文学语言写作的当代小说,其中没有西方的丝毫痕迹。如果在小说开头、战乱发生的时候,有白人在北平,祥子也不会注意到他们。这是中国人眼中的中国;然而小说中角色如此富于人性,性格如此突出,故事也引人入胜,我从未像在阅读此书时,如此贴近一个完全来自异域的人生。

祥子是个孤儿,18岁时从农村来到城市。他高身量,相貌堂堂,强壮而稍微有些木讷。他一点儿也不识字,但读者首先会注意到,他本质上,或者说从道德角度讲,是个有教养、懂礼数的人。伟大的中国哲学家的伦理道德就是他的伦理道德。他相信人要谨言慎行,相信善有善报,这就是人们叫他祥子的原因。小说中他的生活就是与种种赤贫、不公、性的堕落和社会罪恶斗争,而他总是本本分分,经受住这一切。当你读完这本小说,你就会认识到中国的真正问题不在于政治或军阀势力之类,而是漫长的社会不公和经济混乱,像祥子这样的善良而可爱的人,尽管品行端正,却只能凭借他们不寻常的种族性格而苦苦求生。

当然,小说完全是客观中立的,它甚至根本未曾言及于此。当一个女学生在祥子的人力车上向他谈到言论自由和人权的时候①,祥子根本没有想到这与穷人们有什么相干,他们必须先填饱肚子。

祥子的志向是拥有自己的人力车,要不他就得在刘四的人和车厂租一辆。在他借宿和工作的这个车厂里,刘四令人厌恶的女儿虎妞总是想俘获他,就像可怕的蜘蛛想要吸尽他的精血。他年复一年、一分一毛地攒钱,直到攒够了一百块,买了自己的车。当你成为自己的老板时,这的确是一份非常高尚的职业。祥子是最出色的洋车夫之一,他懂得怎么保存和使用力气。他拉着车,阅尽了北平和她形形色色的子民。他曾替一些家庭拉包车,交到了朋友,也被荡妇勾引欺骗。18世纪伟大的英国小说曾以这种方式极为生动地描写了伦敦,《骆驼祥子》置身其中,毫不逊色。

但祥子的运气不佳,贫穷和虎妞使他喘不过气来。她假装怀孕,这样刘四就会同意他们的婚事,但这如意算盘没成功。他们住进了大杂院,在这里醉鬼父亲把自己的女儿卖进妓院,女人们没日没夜地工作,以维持家庭的生计。祥子几乎彻底堕落,但良知尚存。虎妞死后,在战

---

① 这是《骆驼祥子》的翻译者自行添加的情节,原作中并没有这一人物。

胜恐惧之后,祥子把爱着他的小福子——现在是个奴隶似的妓女——从白房子(一个大慈善家所拥有!)里救了出来。她身患重病、奄奄一息,但祥子的精神——这精神曾使他成为好人——最终战胜了邪恶与苦难。

作家是在一个迷人的、原生态的中国生活的背景下,讲述这部非常写实的小说。但小说并非仅仅展示苦难,在很多时候,作家带着如诗如画、幽默风趣的笔触,以浓厚的兴趣表现了种种新奇的风俗和观念——甚至对那些自认为对中国略知一二的人们来说,也是如此。

事实上,这本书所拥有的特质,使人们一眼就看出它非同凡响。它的讲述是如此简洁朴素,伴随着第一流传记般流畅的叙事,而祥子的性格与个性也是这么光彩照人,以至于我们更像是在听一个娓娓道来的故事,而不是在读一本包含着情节、冲突或者通俗剧元素的小说。你读完这本书之后,它仍徘徊不去,萦绕在你的心头,在你头脑里留下了强烈而新鲜的印象,使你忍不住再三回味。总之,它看上去不仅非常引人入胜,更是一部精美而令人难忘的小说,代表了一种新的中国文学。

——Henry Seidel Canby,《每月一书俱乐部新闻》1945 年 7 月号

终于出现了一本讲述闪耀着人性的中国人的小说!我们已经见识过关于中国人的种种著作,它们表现了古雅的传奇性的中国人,坚定的革命的中国人,信仰《圣经》的中国农民,以及怪异、阴柔的中国人。还有一些几乎无法读懂的现代中国小说,我们被告知这些小说是杰出的汉语文学,这或许是真的。在老舍的《骆驼祥子》中,我们遇到并熟识了一个中国洋车夫,他是世界上最可爱的人之一,就像斯坦贝克(Steinbeck)书中的乔治和雷尼,①也不时地令你想到汉姆生②(Hamsun)笔下的伊萨克和芭布罗。③ 你读他的小说时,不是在欣赏一个充满异域风情的大陆,而是分享一个人的生活。传教士翻译家已经把中文糟蹋得够厉害了。《骆驼祥子》的译者伊文·金把汉语白话的质朴、土气完全

---

① 斯坦贝克小说《人鼠之间》中的主人公。
② 汉姆生,挪威著名作家,曾获得 1920 年度诺贝尔文学奖。
③ 汉姆生小说《土地的成长》中的两个人物。

带到了英文当中。一个美国人几乎没法判断,《骆驼祥子》英译本的成功有多少属于他,又有多少属于老舍。当你读这本关于一个卑贱小人物的梦想——拥有一辆自己的洋车,虎妞带来的苦恼,对稳健的奔跑和出一身透汗的享受——的小说,并不会觉得它是一部译作;你分享一个人力车夫的人生,就像分享一个法国职员、俄国农夫、美国都市青年的人生那么自然。在这里,中国说书人的悠久历史融入了西方文学表现人生的伟大传统。

——Lewis Gannett,《每月一书俱乐部新闻》1945年7月号

老舍,原名舒舍予,一位已经在中国建立了声誉的小说家、剧作家和幽默作家。也许他最为人所熟知的,是作为幽默小品作家,以及天才的、无懈可击的北平方言作家。这种搭配并非偶然,因为他的幽默,就像他笔下的人物,是从北平的土地上生长起来,与北方普通民众天生的风趣和贫嘴不可分割。即使是在讽刺,他对于自己描写的底层阶级的天然同情,赋予了他对于他们的磨难和艰辛以温情和理解,而这些苦难使他的人物变得真实可爱。浓厚的温情,对个体的内在价值的坚定信仰,包括富于人情味儿的幽默,以及立意的坦率、正直和诚挚,是这位作家的标记。作为个人主义者,他不能被划分到任何派别,他的正直使他与某些做派无缘,比如不厌其烦的意识形态说教,倒叙技巧的廉价模仿,或者现代写实主义对令人作呕的某些细节的强调,很多现代中国作家都具有这些特征。

他大约五十岁,现在和家人一起住在重庆附近的北碚,时常手头拮据,因为出版商总是不支付版税。对中国作家来说,现在是艰难的日子,但他仍坚持信念,毫不妥协。

——林语堂,《每月一书俱乐部新闻》1945年7月号

老　舍

这是1944年6月一个炎热的下午。① 老舍先生创作生活二十周年

---

① 此处误,应为1944年4月。

纪念会在重庆百龄餐厅的一间大厅内举行。大约三百人赶来参加,而更多的人未能入场。来宾包括在重庆的几乎所有文学界头面人物,许多学生,以及来自苏联大使馆的临时代办和秘书。在来宾发言、祝酒词和焰火表演之后,老舍从他的座位上站了起来。他是一个中等身材的男子,棕色的眼睛,目光坦然诚恳。他被人们的热情深深打动,并声明敬谨地接受大家的厚爱。他想要表达他的谢意,但不是作为他刚刚提到的演说家,他用低沉然而坚定的语调说:"我发誓,当有一口气的时候一直写下去。"

老舍生于山东省①,这那里的人民以忠厚诚实、勤劳踏实著称。我们对他的早年生涯所知甚少,他从未写过、也未谈论过自己。我们知道他曾经进入过省立师范学校。他在那里教书,也曾进入北京著名的大学。那时他为了消遣,开始写小说。我们甚至不知道他是否接受过北京大学的学位。事实上,他从来不在意自己是否拿到过一个学位。那时候,他一心想的是回到自己的省份教书,继续写小说。

教了几年书之后,他得到一个去牛津大学学习教育的机会。② 后来他承认,比起教育,他更喜爱文学。在伦敦老舍遇到了已故的许地山教授,他是一位世界知名的学者,当时正在大英博物馆研究印度哲学。许教授那时已是著名的短篇小说家,他发现老舍的文笔趣味盎然、意蕴丰富、前途无量,因此鼓励老舍将自己的创作拿去发表。

在许地山的推动下,老舍开始写第一部小说《赵子曰》。这部小说于1928年出版,并且立刻受到欢迎。小说尖锐地讽刺了中国的大学生,他们被夹在西洋文化和古老的儒教传统两大潮流之间,想象着他们是孔夫子的传人,要建立新的传统,其实不过是小丑而已。

老舍在二十年代末回到了中国,先在北京大学,然后在山东省的青岛大学教书。他相继出版了几部长篇小说和短篇小说集如《老张的哲学》、《骆驼祥子》,以及一部戏剧《面子问题》,这些是他最著名的作品。

卢沟桥事变之后,他离开了北方,于1938年到达汉口,从那儿又到了重庆。他也曾到西北旅行,去过西安和兰州。两首描述性的叙事诗,

---

① 此处误,老舍出生在北京。
② 此处有误,应为伦敦大学,而且不是去学习教育,而是担任讲师。

每首大约有五千行,记述了这次旅行。他与宋之的合作创作了四幕话剧《国家至上》,表现了回汉团结主题。同时他开始尝试写一些故事,可以用于通俗文艺形式"大鼓"的演唱。他目前正在进行的新作《火葬》,试图表现战时的中国,将会是他作品中最长的一部。

1938年,中华全国文艺界抗敌协会成立。在文协成立伊始,老舍就被选举为领导人,并且连选连任。从那时起,他就一面写作,一面积极组织中国作家为抗战出力。

在战争的早期阶段,在他的推动之下,青年作家被文协派往前线以及敌后。他们被组织起来,访问战士和他们的家庭。文协鼓励他们写作,并负责发表他们的文章。《抗战文艺》月刊创刊了,发表小说、速写、诗歌、戏剧以及批评,茅盾与老舍都是编辑。他们经常召开作家会议,在会上朗诵小说和诗歌,讨论文学和社会问题。

作为一个自由主义作家,除了为祖国的福祉、自主以及人民的自由,老舍别无政治倾向,因此他被整个中国文学界所共同尊重。他得以在几乎所有大城市建立文协的分会,在那里文学家可以聚集在一起,或多或少从事同样的文学活动。在随后的日子里,出版受到政治束缚,绝大多数活跃作家躲藏起来,文协逐渐萎缩,几乎只剩下虚名。尽管老舍苦苦支撑《抗战文艺》的生存,但它一年最多只能出版两期。

老舍在肉体和精神上都忍受痛苦。鉴于当前言论自由的缺乏,去年六月他发表了一篇文章,谈到:"当我写作时,我常常觉得自己是一个小偷,四面张望,看是否有人在后面跟踪,监视我正在写的东西。当一个作家不得不审视自己写下的每一个字,就像一个小偷观察着自己的每一个动作,他怎么能工作?"

因为长时间的缺乏营养、艰苦工作以及精神紧张,眼下老舍的健康状况非常糟糕。他为贫血症所苦,去年在医院待了很久,饱受胃病和阑尾炎的折磨。他生活清贫,但坚持拒绝接受任何金钱资助,因为他认为这样将会损害自己的那支笔,到目前为止,他已经用它创作了超过20部充满真诚和正义感的作品。

在中国,老舍被认为是当代小说创作的先锋之一。尽管他读过许多世界经典作品,我们从他的文体中看不到任何西方影响的明显痕迹。

他是中国最受欢迎的小说家之一。尽管身体和精神上都饱受折磨,他仍在创作自己最长的一部小说。每个中国读者都相信他在二十周年纪念会上的誓言,并相信老舍会真诚地履行这个誓言。除了诚实,他一无所求。

——Kay yang,《每月一书俱乐部新闻》1945年7月号

一座中国城市中的生与死

《洋车夫》是关于一个质朴、善良的农村青年和他的城市生活的故事。这样的故事在中国(同样在其他地方)并不鲜见。但由于作者老舍既是一个诗人,又是一个小说家,他把这位农村青年,祥子,视为所有忍辱偷生——对祥子来说显然是对人性的犯罪——的人们的象征。并且,由于老舍经历了中国漫长的战乱和社会动荡,他的小说不可避免地把注意力放在了中国民众的苦难。

故事、象征、主题,小说中这三个要素被巧妙地结合在一起,相得益彰。在激烈和悲悯中,毫无通俗剧的气息,也几乎没有宣传的痕迹。小说以故事为中心,就像它应该的那样,作家简洁然而动人地展示了祥子的悲剧。

故事的发生地北平,上演了如此多的悲哀与痛苦。作家描写了它的酷热与寒冷,盛夏与寒冬,狂风与暴雨,像一个人物性格那样真实。"她污秽又漂亮,衰老又颓废;她活泼而明媚……"

祥子热爱北平,就像赛珍珠笔下的王龙热爱大地一样,但祥子的故事比王龙的故事更苦涩更污秽,就如同城市里的贫民比乡村里的穷人更辛酸。

祥子每一次奋斗的努力都归于零。对他来说,"悲哀总是成群结队"。租赁了车厂的人力车,在三年的苦干和节俭之后,他终于买了自己的车。"没人知道洒下了多少汗水才挣到这辆车。"但乱兵抢走了他的新车。他顽强地开始工作,准备再买一辆,但没料到一个侦探偷走了他的积蓄。然后他被一个淫荡、令人厌恶的姑娘虎妞引诱并结了婚,她是祥子工作的人和车厂老板的女儿。

虎妞令他不得安宁，"毁了他从乡间带来的那一点清凉劲儿……他只得在她的牙中挣扎，像被猫叼住的一个小鼠。"虎妞死后，祥子从她的控制中解脱出来，并与小福子——曾以200块大洋的价格卖给了一个军官，然后又被抛弃——相爱。但小福子有一个酗酒的父亲和两个年幼的弟弟，祥子没法养活他们。绝望之中他自暴自弃，"生活的毒疮只能借着烟酒妇人的毒药麻木一会儿，即使刚刚梅毒发炎还很疼痛。"

此后，当他得到一份更好些的工作，祥子在一家妓院里发现了饥饿的小福子，尽管小福子奄奄一息，小说还是以希望的暗示来结束。祥子抱着小福子悄悄地跑出妓院，"夏夜清冽的风儿吹拂，他怀抱中的人微微颤动，随着祥子的奔跑，和他贴得更紧。她还活着。他也活着。他们自由了。"

老实说，看上去祥子经历的苦难好像比小说里表现得更悲惨。但这没有考虑到祥子的勇气、坚韧和高贵这些即使他身处逆境也在坚持的品质（尽管随着故事的发展，这些品质顺理成章地在逐渐消失）。由于祥子从未完全屈服于压迫的外力，即使他一度荒唐不堪、走向堕落，也仍然得到了读者的同情。

这部小说在对一个洋车夫的生活、内心和灵魂进行透彻的分析之外，也从一个侧面丰富而有趣地展示了中国人民的生活和风俗，它们浮现在读者的记忆中：一个冬夜低等小茶馆里正在喝茶的车夫们；祝寿和春节的庆祝；赤贫百姓的原始迷信的医疗手段；以及不仅这些穷人、包括他们为之工作的中产阶级的所有家庭生活。

尽管老舍已经写了将近二十本随笔集、剧本、长篇小说，《洋车夫》是他在我国出版的第一部小说。他原名舒舍予，是一位著名的自由主义者，也是1928成立的中华全国抗敌文艺协会的领导人。《洋车夫》的每一页都讲述了他对中国人民的热爱和对自由的追求。

当然，本书是翻译之作，作者也只好听由他的翻译家的摆布。伊文·金的工作看来相当出色，获得了一种适合于故事的韵味和色调，给他的翻译加入了一些与中国艺术相联系的特色、超脱和柔和。

最后，这本书有一个大家都可以看见的目的，这个目的从来没有构成故事的障碍。这就是把中国人和世界的注意力引向中国下层民众的悲惨处境。在祥子和虎妞的麻烦的高潮,作者评论道:"他们自己和世界秩序中愚蠢和最残酷的贪婪把他们带到这种处境,并且使他们无路可走。"然而在作者看来,显而易见,人物的愚蠢和贪婪是不能和世界秩序的愚蠢和贪婪相提并论的。

在结尾他通过祥子表达了这样一种想法,中国是能够转危为安的,"他们将会投身于正义的力量,与统治人间的邪恶化身斗争下去"。

当情节缓缓流淌、集合了沉重、趣味和令人深刻的印象的时候,所有这些汇聚成一个本色当行的、有趣的故事。在表现中国人民生活的小说中,《骆驼祥子》应该是一座里程碑式的作品。

——Nash K. Burger,《纽约时报》1945年7月29日

我们知道,老舍是舒舍予的笔名,他是中国小说家、诗人、剧作家和自由主义者。从1928年中华全国抗敌文艺协会成立以来,①老舍就一直是它的领导人,在敌人入侵之前,他积极地传播自由中国的信念。他将近50岁,和家人一起住在重庆附近,他的健康被国家漫长的危机所损害。他写了超过二十本著作,现在正从事于最雄心勃勃的计划,创作一部描写战时中国的小说。《骆驼祥子》是他在美国出版的第一部小说。

这部小说讲述了一个中国青年和他改善命运的尝试。祥子(他从来也不像他讽刺性的名字那样是个英雄)看起来无论如何都是十足典型的穷人。不苟言笑,沉默寡言,而且倔强执拗(尽管他最后总是屈服于环境),他的性格从一开始看上去就令人沮丧。当他来到北平依靠拉车谋生的时候是个乡巴佬,随着小说的发展,他陷入了更深的绝望。被乱兵抢去了他的第一辆车,被黑暗的荡妇诱骗结了婚,被他所爱的女子的家庭无情地榨取,他寻求在"烟酒妇人的毒药"中消磨时间。在小说结尾他重新找到了小福子(此时困在妓院里),他抱起她冲进了夜幕,奔向新的自由。

---

① 中华全国文艺界抗敌协会成立的时间是1938年,但这几篇书评都误为1928年。

过于类型化的男主角

如果这个情节似乎有点脱离主线，旁逸斜出，《骆驼祥子》的文体和主题并不能有所弥补。老舍先生决定让他的男主角沉浸在一种独特的气质中：祥子与其说是人类的不如说是中国的，于是读者更倾向于用思想而不是感情去同情他。当然，那个奔向想象中的自由只是一个作者诗意的姿态。几乎就在同一个段落里老舍提醒我们，由于祥子所遭受的如此创伤，世上没有自由，无尽的苦难也没有停止。

但绝望（缺乏非常丰满立体的人物形象来推动逐渐停止的钟摆）是一个长篇小说的微弱的推动力量；如果我们必须和人物一起生活三百多页，象征是人物贫乏的替代品。《布鲁克林有棵树》①给我们讲述了关于穷苦人远远更多的东西（既包括绿点②也包括中国），不是因为它描写的是更接近底层的人们，而是因为它重新增强了人们的勇气和人类精神的尊严。弗兰西·诺兰③能够穿过她住的公寓窗口的栏杆看到天上的星辰，以及更遥远的世界。我们找不到线索来证明如果老舍的男主角感觉到中国的上空也有星辰。《骆驼祥子》是一本值得一试，但阴郁沉闷的作品。

——William Du Bois，纽约时报 1945 年 7 月 30 日

这是一本既引人入胜又能给人教益的小说，它描写了一个北平人力车夫祥子的道德品性逐渐溃败的故事。祥子是一个内向腼腆、不善言辞、健壮结实的乡下青年，为自己的力量感到自豪，认为拉车是自己最适合的职业。他来到北平，淳朴正直、满怀希望、雄心勃勃。但在他努力攒钱买车的过程中，他变得贪婪、自私而不择手段，屈服于车夫们贫穷困苦的经济和社会环境。他刚刚拥有了自己的车，就被掳掠的士兵抢走。他重新努力准备再买一辆，积蓄又被敲诈殆尽。在应付女人

---

① 《布鲁克林有棵树》(A Tree Grows in Brooklyn)，是一部著名的描写布鲁克林贫民生活的美国小说，作者是贝蒂·史密斯。
② 纽约布鲁克林区的一处地名，故事的发生地。
③ 小说主人公。

方面,他天真、老实、懵懂无知,被诱骗进了一桩不情愿的、羞辱并且奴役他的婚事。他的妻子有些钱,给他买了一辆车,但讽刺性的是,他又不得不卖掉这辆车来为妻子送葬。努力获得成功变得这么困难,看上去徒劳无功,于是他总结生活的意义就在于白天努力工作,晚上尽情享乐,成了走在"末路"上的车夫。但一位激进学生的友善,妓女小福子真挚的爱情,以及与岳父刘四的相遇,帮助他重新找回了自信和志向。他的人生经历使他历练成人。

然而,小说的寓意比故事更重要。它是中国社会和经济结构的暴露和控诉,这个体系败坏了一个人的身体和道德品行,使他"堕落到野兽的地步"。它可以和《悲惨世界》这样的小说并肩,在世界文坛上拥有一席之地。老舍生动而客观地反映了贫苦车夫的生活,比如冻得半死的老祖父,已经到了"为了挣几个铜子儿,一个跟头摔死在车把前"的年纪;酷热难当、尘土飞扬的暑天和随之而来的狂风暴雨,使祥子得了发烧、痢疾,卧床数月。对于大雨给穷苦人带来的灾难,老舍评论道:"穷人家,大人病了,便全家挨了饿。一场雨,也许多添几个妓女或小贼,多有些人下到监狱去。"对穷人聚居的大杂院的贫困肮脏,老舍的描写细腻逼真,妇女和老人的悲惨处境令人神伤。这个大杂院足可与我们最糟糕的贫民窟相提并论,显示了当没有社会良知的时候,"自由企业"将会导致怎样的极端状况。

老舍理解贫民生活的悲欢离合,并从一开始就抱着深厚的同情。他是再典型不过的中国文人,长于写实,善用比喻,时有警句,不忘反讽——比如总是走霉运的"祥子",以及永远乱哄哄的"人和"车厂。

老舍是当代小说家舒舍予的笔名,他的几篇短篇小说已被收入王际真所编的《当代中国短篇小说选》(哥伦比亚大学出版社,1944).他是一个自由、独立的思想家,拒绝为了物质利益而损害自己的原则。值得一提的是,本书插图作者是 C. Leroy Baldrige,他的作品始终致力于真实地表现中国人的精神。这是一本值得被广泛阅读的佳作。

——Alexander Brede,《远东季刊》五卷三号,1946 年 5 月

人力车夫

几乎任何美国人都能毫不费力地识别出人力车是一种交通工具,

并将之和中国的日常生活联系起来。尽管我们常在电影银幕上或者悬疑小说中看到它们,但很少有人了解那些洋车夫的生活与习性,或者能对他们与远东经济、历史的关系以及扮演的角色解释一二。在众多有关中国人的优秀作品中,小说《骆驼祥子》是特别受欢迎的新的添加,这不仅因为它是一部打动人心的小说,也是由于它表现了那些只想努力糊口的人们的艰苦斗争。

车夫祥子,一个满怀期望来到城市的乡村小子,笃信努力、诚实的工作是出人头地、获得温饱的必要条件。作家通过叙述主人公的冒险经历,对所有人力车夫不得不面对的贫困、苦难、朝不保夕以及最终的悲惨命运,进行了令人震惊的描写。他显示,如果一个国家里的剥削行为不受抑制地泛滥,个人的雄心和能力就不能保证体面的生活。

注定失败

因此,尽管祥子有坚定的志向,出色的能力,长年的辛劳,年复一年为了攒钱而省吃俭用,他仍然注定要失败,这不是由于他自身的错误,而是因为他无法克服他所处的国家、时代的政治经济结构所导致的灾难。

每次作者似乎要把他带到苦海的边缘,又把他重新拉回为了温饱的绝望挣扎。

如同其他关于中国及其人民的书籍,祥子给笔者留下了强烈的印象,也使我产生了这样的期望:更多的美国人特别是美国黑人,都应该来读一读这些关于亚洲人民的小说。我们无法不把祥子的绝望挣扎以及他那些来自乡村、在喧嚣都市中拉车的同伴们,和想要移居北方去寻找"更充实生活"的美国南部佃农加以对照。

在美国的我们,总是专注于那些迫在眉睫的问题,诸如种族差别、歧视、私刑、人头税、匮乏的教育机构、公共健康和住房计划等等,以至于我们忘记抽出时间去了解这世界上其他正在生活的民众。如果我们对他们有更多的认识,我们也许会对自己奋斗争取的目标有更深刻的理解,也会为完成未来的任务增添更多的力量。

天涯若比邻

即使在战争期间,当我们认真地讨论世界人口四分之三是有色人种,而且追问其背后意义的时候,我们对其他国家所知仍然太少。很少有人意识到这个误区,也很少有人去发现这些"更黑的兄弟们"面临的问题,到底有何不同。

如同其他关于中国民众的好书一样,《骆驼祥子》为比较美国和中国提供了有趣的基础,并使我们有可能对人们过去、现在乃至可以预料的未来都将生活其中的不同社会环境进行评价。美国人对中国人民奋斗历程的阅读和了解,可以使他们在重新审视自身问题的时候,比单纯依据美国国内的状况,拥有更多的信心和理解。

洋车夫们对社会福利一无所知,没有最低工资,没有失业补偿金,没有退休金。他们的生存境况正最深刻地凸显,我们正在美国努力改善的这些制度是多么必要。

此类作品影响了我们对本国民众生活的反应,除此之外,一个不可避免的事实是,在不远的将来,这些遥远的国度将成为我们的邻居。飞机已经使世界变得更小,即将到来的原子时代预示着一个阶段:中国人和远东的传统的联系将更加紧密,就像今天的纽约和伯明翰。

我们应该更加明确地注意这些技术进步,并开始理所当然地向那些将要成为邻居的人们敞开心胸,放宽视野,这样的时刻已经到来。

——Howard D. Gould,《芝加哥保卫者报》1945年10月13日

中国的勇气和失败

《骆驼祥子》令人惊讶地显示了,不论一个中国人多么不善言谈,他依然可以有丰富深沉的思考。作者舒舍予,笔名老舍,是一位著名的当代中国小说家、剧作家和幽默作家。本书是他在美国出版的第一本书,翻译者是伊文·金,一位美国人。据我们所知,在英语世界中没有哪本书可以像从中文翻译的本书一样,如此毫无愧色地谈论中国。这或许是因为伊文·金在中国生活的时间是如此之长,以至于他不再为传达

这些中国人物所揭示的内容而感到紧张。

老舍的小说叙述了一个洋车夫祥子的生活。在读完此书之前，我们知道了祥子内心和外在的感觉——当他饥饿的时候，这也是他通常的状况，以及当他成功地取得和享受热粥和馒头的时候。祥子完全与他自己的生活相适应了。

祥子的生活是凄凉和令人厌恶的——但这仍然是生活。如果我们把自己投入其中，每一个人的生活都是有趣的。祥子也知道这一点，而且他的精神也足够成熟到思考其他的人们。直到那时他才得到了平静。

这个中国小伙子从北平外的小村庄来到这个城市，寻找他的运气。他生命的目的之一就是拥有一辆人力车。对他而言，没什么比这个更有魅力：没有其他的工作能这么自由。他没有资本，他首先被迫去拉租来的车，挣到份子钱，一天三毛五，除此之外他开始攒一些铜板。他知道，作为一个乡下小子，他必须理解城市的运行法则。和那些有经验的人力车夫一起拉车，他发觉自己嘴慢气盛。尽管他很快就明白了城市的行话隐语，他仍然不能自己运用。不知怎么一来，他得到了沉默寡言的名声。利用这个特点交易来使自己进步，他发现人们信任他，因为他脸上是那么简单可爱，灵魂是那么安静。他拉车的生意很好。

我们和祥子一起感觉到他体内的力量：他的年轻（他将近二十岁），他的干净（他喜欢干净的衣服，干净的身体和纯洁的心灵），以及他的志向。他希望得到一点点这个世界的好处，然后回到乡下，娶个姑娘。为了娶个一清二白的姑娘，所以自己也得规规矩矩，为此他拒绝美食的诱惑，也不喝好茶，仅仅因为他想比一般车夫做得更好一点儿，就被认为是"不合群"，"他仿佛就是在地狱里也能作个好鬼似的。"他喜欢拉车，因为比起其他力气活儿，这是件更容易挣钱的事情。

我们在不知不觉中发现自己生活在拥挤、俗艳、辉煌、充满的东方城市。通过祥子的反应，我们闻到了它的味道，听到了它的喧哗，置身其中，品味再三。他很快学会了规则，通过拉包车，他能攒下更多的钱。经过三年时间和不断的变换雇主，他攒够了一百块，一辆新人力车的价钱。这钱象征着许多真实的苦难：没有一天的空闲，吃喝也没有规律，病了也没药。

有时候,我们所渴望得到的东西,却会带来最大的不幸。拥有了自己的人力车,给祥子带来了灾难。当他被乱兵抓走的时候,他只是刚刚拉着客人出了西直门。他失去了自己的人力车和干净体面的白布小褂。当军队匆忙撤退,他逃回了城里。

从现在开始,他的人生从上升开始转向下坡路。当他哭和笑(尽管他很少能笑)的时候,我们也和他一起落泪和欢欣。他最终推理出了古老的哲学:有一丁点好处没有?他曾经试过忍耐,——得到了什么回报?他的洋车被抢了,这样的事反复上演,他除了出卖自己的力气别无选择!通过正反双方的争论,我们理解许多中国的智慧:一个命题被提出,而后整个都被丢进对立面。

祥子的人生使我们了解了许多有趣的人物和风俗:刘四和与他一起管理人和车厂的女儿虎妞,杨宅大太太和二太太比赛似的支使祥子,曹先生的家庭,小福子,以及最后,祥子堕落的原因夏太太。看着祥子在我们眼前崩溃,我们所有人的心里都想拯救他,使他恢复对人性的信任,他失落的理想,最重要的,他对自己和人生目的的可爱的、清晰的看法。

人们可以深信不疑地说这本书是被彻底地用甜蜜和苦涩书写。老舍,一位老练的讲故事大师,在可恨、卑贱的存在中给了祥子每一个可能的转变。读了这本小说的人,没人会很快忘记祥子的命运,他是今天中国社会的典型象征。

——Maxine Tull Boatner,《哈特福德新闻报》1945年7月29日

为了成功:一个洋车夫的奋斗

一本当代北平的小说——据出版商郑重宣布,作者是中国最著名的作家之一——现在与美国读者、首先是每月好书俱乐部的广大会员们见面了。伊文·金翻译的《骆驼祥子》是一个杰出的文学成就。小说纯粹的中国风格被保留下来,读者根本不会感觉到西方人把自己的观点强加给他们,但也不会觉得这部小说与自己格格不入。

《骆驼祥子》是关于这个社会底层的穷人的小说，也是关于梦想——得到一个微不足道的东西——的小说。命运是如此频繁地打破这个梦想，以至于梦想和失败几乎成了同义词。

主人公祥子，一个有着强健体魄和单纯灵魂的乡下青年。在这世界上，他只想要一件东西，一辆属于自己的人力车。他铁一般的肌肉有足够的力量，让这个梦变成现实。他到了北平，没日没夜地拉车，他不沾烟酒和女人，甚至拒绝稍好一点的食物和茶叶，数着积累起来的每一分钱，直到最终依靠自己完成了一项壮举——攒够一百元，足够他给自己买一辆闪耀着油漆光泽的人力车。但几乎就是在第一次出车的时候，他在北平的城门外被士兵捉住，连人带车都被掳走。

祥子不想当兵，但他看起来无力挣脱，直到敌人的一次进攻造成混乱，他才设法带着士兵丢弃的三匹骆驼逃离军队。他回到北平，名字也变成"骆驼祥子"，拥有一辆车的梦想由于曾经短暂的成为现实，现在变得更加执著。这个梦想的代名词就是一分一毛的积攒，它占据了祥子的全部生活。然而，岁月流逝，除了来自命运的一个又一个打击，以及暂时地拥有过一辆被诅咒的人力车——更像个命运的捉弄，他的经济、身体和精神都一无所获。

人和车厂老板的女儿对祥子的引诱，是一个苦涩的插曲。但他和虎妞的婚姻是更不幸的经历，在这个婚姻中他像个奴隶。当祥子给一位善良教授当私人车夫的时候，他经历了一段相对快活和安稳的时光。但这位好人不幸被暗探盯上，指控他在上课时发表煽动言论，因而不得不逃走。祥子被暗探抓住，为了保住性命，他辛辛苦苦积攒的每一分钱都被抢了去。

当祥子和小福子——对穷人孩子来说，这是一个最具讽刺性的名字——相爱，对于她流落街头的命运，他无能为力。此后幸福似乎在向他们招手，祥子却找不到小福子，在这大城市中，那么多的穷人孩子都淹没在人海，难以寻觅。在小说的结尾，祥子实施了唯一的一次暴力行动，反抗不可逃避的失败命运，使读者看到一抹亮色。

对于西方读者，特别是那些习惯了赛珍珠和林语堂以纯熟技巧所描绘的现代中国图景的读者来说,《骆驼祥子》看起来像一部青涩的小说习作,它对中国大都市人生的全景式反映也受到严格限制。除了祥子与曹先生的交往以及与短暂地涉及学生抗议活动,小说只记录了一个洋车夫有限的生活。但这本小说有自己的特质与活力,就像伊利诺伊大草原上丛生的一枝黄,堪萨斯平原上的向日葵,或者加利福尼亚山边火红的野罂粟。它土生土长,没有受过外国技巧的裁剪。

——Fanny Butcher,《芝加哥每日论坛报》1945 年 7 月 29 日

中国故事直接冲击你的想象

在许多陈词滥调之中,我们常用来推卸自己的社会责任的是"我也是成千上万穷人中的一个"。我们经常完全忽视印度人、中国人,没有把他们视为人类的独立成员。我们总是大而化之地谈论饥馑、愚昧和不安,而且被这种理念所束缚。我们忘了那千百万印度人、中国人同样也是男人和女人。

《骆驼祥子》是《八月的乡村》的中国作者创作的另一部小说。就算它只能帮助我们不再重蹈覆辙,也足以称得上是一本好书,以及对世界民众的宝贵贡献。

实际上,它做到了这一点,而且做得更多,因为它是一位艺术家的作品。对于美国读者公众来说,它关注的素材看上去过于简陋甚至毫不起眼,然而老舍先生成功地冲击了人们的想象。

祥子是个年轻、不善言谈然而有志气的北京人力车夫。他从农村来到大城市,想干出一点名堂来。

失去人力车

三年的艰苦工作,无数的辛勤汗水,终于使祥子有可能买下属于自己的人力车,从人和车厂老板刘四那里独立出来。

但祥子自己当老板的日子并不长久。有一天他在城外被军队带走,失去了闪亮的新车。

《骆驼祥子》还关注着这样一些事件:祥子和虎妞没有爱情的婚姻,

以及与小福子的无望的爱情——这个女孩被卖入妓院,是像祥子一样流离失所的人。

祥子从来不能完全理解,到底是什么力量在统治他的生存。政治斗争把祥子的雇主曹先生卷入其中。祥子也目睹了一位女学生被执行死刑。但为了生存的苦苦挣扎,没有给启蒙和反抗留下时间。

《骆驼祥子》将令你思考,在怎样的基础上远东才能建立起稳定和平的社会?

——C.B.,《华盛顿邮报》1945年9月2日

眯着眼睛通过显微镜观察一滴沟中的死水,你能看到无数微生物的蠢动,相食,繁衍,重组,竞争,以及死亡。在北平这一滴水中,作者几乎无动于衷地审视了洋车夫的世界。

都柏林的贫民区(至少在文学中)看上去被爱尔兰人的快活精神抹上了几许亮色,斯坦贝克笔下的人物也总是通过镜头向你抛着媚眼儿,邀请我们和他们一起醉生梦死。但是,不知是否由于从中文翻译而来,妨碍了英格鲁—撒克逊人的眼睛看到真实的景象,或者因为我们的眼力不够尖锐,北平污浊的底层只展示给我们淫荡的女人,没有煽情的悲剧或者鲜活的幽默。

把文学先放在一边。真实地看看人力车夫们在北中国的冬季挤成一团,端着冒着热气的汤碗,或者听听他们活灵活现的咒骂,是一个重要的人性经验。毋庸置疑,老舍的中文本给了中国读者艺术能给予和表现的所有真实性。当然,译者伊文·金也让我们忘了这是从另一种语言翻译而来。很显然,这里的悲剧性之强烈,就像希腊悲剧或莎士比亚悲剧。

《骆驼祥子》中值得重视的乃是民间谚语和含蓄的街头隐喻。它们被富于文采地翻译过来,在外国人听起来,就像某些有着夸张想象力的作者的发明。然而,人们很快就会认识到这些语言正是那中国历史中流通千年的铜板,对每天使用它的人来说平淡无奇,对我们来说却是生动鲜活、极有价值的。

这本书更加可信,因为书中每一个人对政治和国际事务(我们由于

报纸阅读而对之非常熟悉)都一无所知。一种真实的直觉告诉我们,金融货币丑闻,新的法律制度,以及遥远延安的共产党军队,都没有打扰到北平这滴污水中的人力车夫们。但当今天,大米送不到城市,高粱和卷心菜从乡村马车上被日本士兵征收,他们又会怎样?在新的统治者脚下,那些心怀怨恨的日本人又该怎样自嘲所谓的"共荣"呢?

——Langon Warner,《大西洋》月刊1945年9月号

第五章　文本的言说

一、仁爱与抒情
　　——汪曾祺的气质

气质,是人格的重要组成部分。创作主体的个人气质渗透于创作的全过程,对作品美学风格的形成产生重大影响,作品也由此体现出鲜明的个人色彩。因此,准确地把握创作主体的个人气质,是全面、深入地理解作品的一条可靠途径。汪曾祺本人在谈到这一点时颇多感慨:

　　我们的理论批评,谈作品的多,谈作家的少,谈作家气质的少。"诵其诗,读其书,不知其人可乎?"(《孟子·万章》)理论批评家的任务,首先在知人。①

作家对此是有感而发的,他曾不止一次地抱怨过评论界对其气质的某些误解:

　　一些写我的文章每每爱写我如何恬淡、潇洒、飘逸,我简直成了半仙! 你们如果跟我接触得较多,便知道我不是一个不食人间烟火的人。②

---

　　①　汪曾祺:《关于小说语言(札记)》,《汪曾祺文集·文论卷》,江苏文艺出版社1994年版(后同,不另注),第22页。
　　②　汪曾祺:《捡石子儿(代序)》,《汪曾祺文集·文论卷》,第213页。

然而，即使想简要地勾勒出作家气质的几个主要方面，也并非易事。这需要植根对作品的分析之上，并结合对作家个人经历、生活背景的考察，从而得出结论。更重要的是，这个结论应能在作家的其他作品中得到进一步的印证。本节试图从此入手，撷取作家个人气质中较为显著的仁爱、抒情两个特征加以描述与论证，并希望由此对进一步理解汪曾祺作品有所帮助。

蔼然仁者

汪曾祺多次提到儒家思想对他的影响[1]。从小学五年级开始，汪曾祺就由祖父每天讲授《论语》，并且隔天作一篇"义"来解释《论语》中的内容（《寻常茶话》）。但我们不能就此断言汪曾祺是一个儒家思想的忠实信徒。新文化运动时期，许多自幼受儒家传统教育的知识分子恰恰成为儒学最激烈的批判者。然而，令人颇感兴趣的是，在启蒙主义思潮风起云涌、批判传统文化之声不绝于耳的八十年代，汪曾祺却毫不讳言自己的儒家思想渊源。儒家思想为何对作家有如此强大的吸引力？

还是看看汪曾祺本人的解释：

> 我不是从道理上，而是从感情上接受儒家思想的。我认为儒家是讲人情的，是一种富于人情味的思想。[2]

显然，作家接受的是儒家所谓"讲人情"的一面，实际上是把儒家思想的核心——"仁"加以通俗化、情感化了。"仁"的内涵十分丰富，诸如爱人、克己复礼、恭、宽、敏、信、惠等儒家思想均可归入其中。它以亲子之爱作为核心的人类心理情感为基础。在此基础上，孔子又提出了"爱人"、"泛爱众"、"老者安之，朋友信之，少者怀之"等仁学理想，其中明显

---

[1] 汪曾祺曾坦言自己受儒家思想影响较大，见《认识到的和没有认识的自己》，《北京文学》1989年第1期。又说："我接受了什么影响？道家？中国化了的佛家——禅宗？都很少。比较起来，我还是接受儒家的思想多一些。"见《我是一个中国人——散步随想》，《汪曾祺文集·文论卷》，第237～238页。

[2] 《我是一个中国人——散步随想》，《汪曾祺文集·文论卷》，第238页。

保留和发扬着早期奴隶制社会中残存的原始氏族公社时期的"原始人道主义"和博爱精神。① 这种朴素的人道主义思想主张在一定的社会伦理规范与人际关系中,肯定人的尊严,建立人与人之间爱与信任的关系。汪曾祺之所以被儒家思想所吸引,正在于他对这种朴素人道主义精神的认同和接受。但是,在中西文明碰撞交汇的时代背景下,汪曾祺没有也不可能把儒家的仁学理论原封不动地继承下来。事实上,在西方思想资源的启蒙与激活之下,他抛弃了儒家仁学中因片面强调长幼尊卑、伦理秩序而严重束缚个性发展的一面,吸收了人人平等、个性解放等新质,形成了既带有浓厚儒学色彩又具有鲜明时代特征的人道主义思想。因而,作家八十年代初所发表的一系列小说,其精神内涵既与当时带有西方近代启蒙主义色彩的人道主义思潮有所呼应与暗合,体现出以尊重人的生命价值为本的现代性,又有所侧重与不同。

《寂寞与温暖》中的沈沅,实际是作家借以抒怀的一个自传式人物。在被打成右派后,她的精神濒于崩溃:

> 她的神经麻木了。她听着那些锋利尖刻的语言,全不明白那是什么意思。她的脑子会出现一片空白,一点思想都没有,像是曝了光的底片。②

主人公为何会出现如此强烈的痛苦感受?我们知道,儒家思想在氏族血缘关系的基础上,反对个体脱离群体,强调人相互依存的社会性,认为人只有在一定的社会伦理关系中才能存在和发展。沈沅被打成右派,则意味着成为人群中的异己分子而被孤立、敌视。政治生命被宣判死刑本身并不可怕,可怕的是被逐出人群后的孤独感以及随之而来的人际冷漠和排斥,这对作家而言是难以承受的。他为这种恐怖的前景所震惊,并把这种震惊在主人公身上表达出来。同样,要缓解这种惊骇进而使其精神得到温暖和复苏,也必须在人际层面上给予抚慰和

---

① 参见李泽厚《中国古代思想史论》,人民出版社 1985 年版。
② 汪曾祺:《寂寞与温暖》,《汪曾祺文集·小说卷上》,江苏文艺出版社 1994 年版,第 190 页。

接纳,即这种人道关怀必须是儒家式的关怀。

　　小说情节的发展证明了这一点,马夫王全安慰沈沅时说的话颇耐人寻味:"俺们,庄户人,知道什么是谷子,什么是秕子……他们不要你,俺们要你!"①可以说,正是因为有了"庄户人"无视政治禁忌的人际接纳,为沈沅提供了重新参与人群正常交往的可能,从而避免了绝对的孤立,才使她的精神得以暂时平静下来,打消了自杀的念头。然而作为一个知识分子,沈沅不可能真正溶入以"庄户人"为主体的社会人群中,她始终希望回归到原来那个以知识分子、干部为主体的优雅的人群之中。这个希望随着正面人物赵所长的出现成为可能。当赵所长一见沈沅时便问:"你怎么这么瘦?"这句姗姗来迟的人际关怀用语,带有浓厚的感情色彩和认同倾向,由于从人群中居于中心地位的权力所有者发出,实质上暗示了人群即将重新接纳她。果然,赵所长不久便为沈沅摘掉了右派帽子,最后一道障碍也扫除了。

　　在小说的结尾,当沈沅走进阔别五年的办公室参加"评先"会时,俊哥儿李拉开一张椅子,亲切地招呼她坐下:"这还是你的那张椅子。"这个意味深长的细节象征着沈沅获得原来所属人群的认可后,重新回到了人际关系网络中的原有位置。这样环环相扣的情节设置并非作者有意为之,而是他的人道主义诉求在现实中合乎逻辑的发展——在经历"寂寞"之后重获"温暖"。小说所要表述的这一人道主义主题,自始至终都带有浓厚的儒家伦理文化色彩。

　　在饱尝人情冷暖之后,汪曾祺对人际关系中的相互关爱与信任的呼唤显得更加迫切:

　　　　说老实话,不是十年"文化大革命"的惨痛教训,不是经过三中全会的拨乱反正,我是不会产生对于人道主义的追求,不会用充满温情的眼睛去看人,去发掘普通人身上的美和诗意的。②

---

① 汪曾祺:《寂寞与温暖》,《汪曾祺文集·小说卷上》,第191页。
② 汪曾祺:《我是一个中国人——散步随想》,《汪曾祺文集·文论卷》,第238页。

对下层群众之间相互关怀、彼此温暖的歌颂,成为汪曾祺作品中一个常写常新的主题模式:《岁寒三友》中靳彝甫在需要资助时,王瘦吾和陶虎臣解囊相助;靳彝甫在王瘦吾和陶虎臣生计无告、濒于绝境时,将视若生命的三块祖传田黄石变卖;《故里三陈》中的陈泥鳅用冒着生命危险挣来的钱为陈五奶奶的小孙子看病;《徙》中的高北溟不忘师恩,虽然自己仅得温饱,仍勉力周济恩师不争气的儿子。这些教师、画匠、手工业者,虽然社会地位低微,但都有一颗仁爱之心,他们集中体现了作家对"涸鲋之辙,相濡以沫"这一古老人道主义命题的赞美和张扬。爱需要信任来维护,作家对政治运动所造成的人际关系的猜忌和紧张深为不满,他以温婉的讽刺表达了人与人之间应该相互信赖、相互支持的愿望;公共卫生局的"负责同志"竟然会担心淘粪工人在公共厕所里放定时炸弹(《七里茶坊》);"我"挖野菜,也会被门卫怀疑放炸弹(《故乡的野菜》);"黑五类"分子们换一瓶酱油,买一条白鲢子,也被"小脚侦辑队"的大妈们监视着(《非往事·鞋底》),在令人啼笑皆非的事件背后,流露出作者融化人际坚冰的热望。

汪曾祺的儒家人道主义精神还突出地表现在对下层群众的悲惨命运的悲悯与同情。这与中国古代儒家士大夫作品中对大众的深厚关切、对苦难的诚挚感受是一脉相承的。《岁寒三友》中被人挤垮生意的王瘦吾;《大淖记事》中惨遭毒打的十一子;《徙》中被势利小人解职而陷于困顿的高北溟;《故里三陈》中无辜被杀的陈小手;《皮凤三楦房子》中始终无法索回房产的高大头……作家的仁爱之心使他对下层民众的苦难遭遇有着本能的敏感,在字里行间往往饱含着感情,有时悲愤之情难以抑制,甚至会发出峻急严厉的质问:

> 他在大青山打过游击,无历史问题,为什么要整他,要打断他的踝骨?为什么?①

这种仁者之怒在《虐猫》、《天鹅之死》、《八月骄阳》诸篇中转化为一

---

① 汪曾祺:《草木春秋》,《收获》1997年第1期。

股沉郁哀痛之情,蕴含着对非人道、无人性行径的强烈谴责和控诉。

当然,这种"金刚怒目"式的情感外溢在汪曾祺的行文中相当少见。在多数情况下,即便是表示不满,作家也采取"哀而不伤"、"怨而不怒"的态度,以一种平和、节制的叙述方式表达出无可奈何甚至是有些超然事外的情绪。这可以解释为"通达",即作家所说的"对世事看得很清楚,很透澈,不太容易着急、生气发牢骚"①,这实际上是仁者的一种境界。儒家本质上是积极入世的,但它并不排斥某种形式的淡泊与超脱,正如孔子所说"道不行,吾乘桴浮于海",作家在饱经风霜之后,对理想与现实之间的差距有了足够清醒的认识,从而对世事表现出一定程度的洞明乃至超然。应该说,这同一般看破红尘的混世思想,以及道家所谓"和光同尘"的出世精神有很大差异,对此作家也有所廓清:

> 我不是不食人间烟火、不动感情的人。我不喜欢那种口不臧否人物,绝不议论朝政、无爱无憎、无是无非、胆小怕事,除了猪肉白菜的价钱什么也不关心的离退休干部。②

在他看来,这种"通达"不应意味着对人生冷漠、颓废、虚无的态度,而是应该贯注着儒家传统中"知其不可而为之"的乐观进取精神和仁爱思想。用作家评价阿左林的一句话来概括,就是"热情的恬淡,入世的隐逸"。③ 作家的这种淡泊与超脱既寄寓了自己深沉的人生况味,又在更高的精神层面上表达了对人道主义理想的执著。

汪曾祺的仁者之风还体现他的文学观念上,他有个"朴素的古典的中国式的想法,就是作品要有益于世道人心"。

但是,对这种注重文学教化功能的观念,作家并不是从一开始就自觉地接受的:"以前,我写作品从不考虑社会效果,发表作品寄托个人小

---

① 汪曾祺:《老年的爱憎》,《钟山》1994年第1期。
② 汪曾祺:《老年的爱憎》,《钟山》1994年第1期。
③ 汪曾祺:《谈风格》,《汪曾祺文集·文论卷》,第56页。

小的哀乐,得到二三师友的欣赏,也就满足了。"①它是随着作家儒家人道主义思想的逐渐觉醒,感时忧民的忧患意识与匡时济世的责任感的日渐强烈而产生的。他认识到"文学,应该使人获得生活的信心"(《认识到的和没有认识的自己》);"我想把生活中真实的东西、美好的东西、人的美、人的诗意告诉人们"(《美学感情的需要和社会效果》),为了将对生活的乐观精神传达给读者,汪曾祺甚至不愿写反面人物,②因而在他的笔下,人物大多都以仁爱为怀,善良正直、热情诚挚,具有自我牺牲精神和责任感。作家在创作这么一个充满爱与美的理想化世界以感化读者的同时,也为自己充满乌托邦色彩的仁爱精神找到一方栖息之地。

把仁爱精神作为人生理想,作为衡量、评价现实生活的原则,这使汪曾祺的作品拥有宽广的精神向度。但是,这里的人道主义毕竟只属于伦理道德的范畴,而未能提升到哲学的层面。它在使作家拥有博大仁慈的悲悯情怀的同时,也容易使作家热衷于生活表面现象的描述而流于浅层次的情感抒发。作家有意无意地回避形而上的哲学思辨,使作品有时因缺乏足够的思想厚度而显得浮泛单一。

抒 情 之 风

作为一个充满艺术灵性的作家,汪曾祺从情感上而非理论上接受了儒家朴素的人道主义精神。因此,他的仁爱之心也只能以抒情而非说教的方式表现在作品中。正如他自己所说:"作品的主题,作者的思想,在一个作品里必须具体化为对所写人物的态度、感情。"③为了进一步说明抒情在创作中的重要性,他在"现实主义"前面冠以"抒情"二字,将自己的文学创作称为"抒情现实主义"④。对这个自造的概念,作家没有也无意给予清晰的界定,他只是想强调:自己是在以一种特殊的方

---

① 汪曾祺:《美学感情的需要和社会效果》,《晚翠文谈》,浙江文艺出版社1988年版(后同,不另出注),第26页。
② 汪曾祺、施叔青:《作为抒情诗的散文化小说——与大陆作家对谈之四》,《上海文学》1988年第4期。
③ 汪曾祺:《道是无情却有情》,《晚翠文谈》,第35页。
④ 汪曾祺:《〈晚饭花集〉自序》,《晚翠文谈》,第18页。

式进行现实主义创作的。对于作家而言,抒情既是一种由仁爱之心而来的艺术气质,也是一种艺术地把握生活的方式。作家的创作实绩也有力地证明这一点:以《受戒》、《大淖记事》为代表,他的优秀之作无不以情见长。抒情在汪曾祺的创作中居于如此突出的地位,根本原因在于它是作家个人的抒情气质在艺术创造中审美化的延伸。

　　作家幼年的生活环境对其抒情气质的形成具有相当大的影响。汪曾祺的祖父是前清拔贡,但绝少遗老气而富浪漫气质,常饮酒后大声吟诵李白诗,甚至毫无顾忌地把自己的风流韵事告诉汪曾祺,谈到伤心之处,不禁老泪纵横,全无长辈尊严。① 作家的父亲则是一位多才多艺的性情中人,丝竹管弦无一不精且擅长金石书画,心灵手巧又富于童心,常于春日与孩子们奔跑呼叫着放风筝。② 在这样充满艺术气息的宽松环境中成长,汪曾祺从小便有了一颗善于发现美、领悟美的敏感心灵,使得他对生活中的是非善恶、美丑妍媸着比常人更为丰富强烈的情感反应。因此,在他吸取历代文学作品的精华进行文学创作的前期准备时,也不自觉地倾向于那些抒情色彩浓郁的作家。他喜欢归有光的《先妣事略》等几篇富于人情味儿的抒情散文,却很讨厌归氏迂腐的正统思想;③对于影响自己颇深的鲁迅,汪曾祺经常提到的也只是《故乡》、《社戏》等几篇公认偏于抒情的小说;④作家所直接师承的沈从文、废名,其抒情风之突出则早有定论。有一颗富于艺术感受力的心灵,伴随着充满抒情风格的艺术作品的熏陶,作家的抒情气质也日渐成熟。

　　作为作家个人气质的折射,抒情在汪曾祺作品中体现得相当充分。这首先表现在作家主观情感的流露,汪曾祺总结为:"我的感情无非忧伤、欢乐、嘲讽这三种。有些作品是这三种感情混合在一起的。"⑤不过,在《天鹅之死》、《黄油烙饼》等作品中作家还表达了强烈的悲愤之

---

① 见汪曾祺《我的祖父、祖母》,《作家》1992 年第 4 期。
② 见汪曾祺《我的父亲》,《作家》1992 年第 8 期。
③ 汪曾祺:《谈风格》,《汪曾祺文集·文论卷》,第 53 页。
④ 汪曾祺、施叔青:《作为抒情诗的散文化小说——与大陆作家对谈之四》,《上海文学》1988 年第 4 期。
⑤ 汪曾祺、施叔青:《作为抒情诗的散文化小说——与大陆作家对谈之四》,《上海文学》1988 年第 4 期。

情。当然,以此将作品分类排队并没有太大的意义。本节试图把注意力集中在一些看起来与抒情无甚关系的形式问题,如叙事成分,回忆式笔调,以及小说语言等等。我们将在下文论证,作家抒情气质的介入以及小说抒情功能的引进,对这些小说形式问题也有相当深刻的影响。

与非抒情性小说相比,汪曾祺作品的叙事成分有了较为明显的变化,这首先表现在小说情节因素的淡化倾向。无论是《受戒》、《大淖记事》等"高邮"系列小说,还是《安乐居》、《小芳》等现实题材小说,其故事情节都异常简单。作家曾承认他不善于讲故事[①],事实上他经常只求有一个叙事线索,能够为抒情提供随手可得的情节铺垫即可。小说的情节发展也因此显得松散而随意,在《幽冥钟》里作家干脆取消了情节。随着情节因素的渐次消失,诸多的非情节因素(如风土人情、社会背景)涌入小说,抒情功能便附着在这些非情节因素上发挥作用。在《大淖记事》中,作家在前面的三节都在讲风俗,第四节才出现人物,对这样的情节设置有人认为有比例失重之感,而作家则将之解释为必须为人物安排一个合乎逻辑的生活环境。[②] 其实,作家精心描绘的水乡风俗更多成为一种渗透着抒情韵味的氛围,为小说中即将发生的缠绵悱恻的爱情故事提供一个充满情感色彩的背景。有学者已经指出,这种抒情性的氛围具有情感规定性,并"带有触发、烘托和解释作用",它浸润着创作主体的情思,相对于一般以叙事为主的小说中冷静客观的环境介绍、背景刻画而言,更具感人的魅力。[③]

不仅如此,抒情功能的引进还使作家小说中情节因素的"纪实性"有所加强。作家本人曾经强调"修辞立其诚。"(《〈桥边小说三篇〉后记》)抒情小说家总是力求以诚恳真挚的情感打动读者,而真诚的情感抒发必然要求以较具真实性的人事叙写为前提。汪曾祺曾提出要对"小说"这个概念进行一次"冲决":"小说是谈生活,不是编故事;小说要

---

① 汪曾祺、施叔青:《作为抒情诗的散文化小说——与大陆作家对谈之四》,《上海文学》1988 年第 4 期。
② 见汪曾祺《大淖记事是怎样写出来的》,《晚翠文谈》。
③ 解志熙:《新的审美感知与艺术表现方式——论中国现代散文化抒情小说的艺术特征》,《文学评论》1987 年第 6 期。

真诚,不能耍花招。"①讲的正是这个意思。纵观其创作,情节叙事因素中传统叙事小说所常见的戏剧性冲突渐渐消失,过于明显的艺术虚构难觅踪迹,因而变得更加"生活化",更接近于凡人真事,从而显得格外朴素亲切。这无疑是小说"散文化"的特征之一,因为相对于小说而言散文更注重纪实性。从这点看作家的一些小说的确可当做散文来读,其情节的某些虚构性淹没在大量真实生动的生活细节之中,使读者难以觉察。这源自作家一个坚定的信念,即"情节可以虚构,细节绝不能虚构,必须有生活的感受"②。在这一观念的支持之下,作家借助这些凝结了真情实感的生活细节,营造出一个个充满浑厚情韵的"散文式"抒情氛围。

在创作中作家有意识地采用一种"过去时态"的写作,将绝大部分小说置于回忆笔调之中,这与小说抒情功能的需要有直接的关系。③作家承认:"人到晚年,往往喜欢回忆童年和青年时期的生活。"④随着时间的消逝,作家与过去产生了某种心理距离,从而能够跳出历史情境,"平心静气地以一种审美静观的态度去回顾过去"⑤。它意味着作家可以按照自己的主观审美理想,把回忆中的人物原型给予随心所欲的艺术加工,以满足自己的美学情感,因为这些原型"大都是死掉了的,怎么写都行"。⑥ 但在现实生活中,作家一方面还没有找到"人的心的珠玉,心的黄金"⑦,另一方面又难以对现实人物进行褒贬⑧,也就无法进行艺术加工,更谈不上满足作家的审美情感并将之传达给读者了。因而作家只得把目光转向过去,在如梦似幻的记忆深处找寻自己的抒

---

① 汪曾祺:《〈桥边小说三篇〉后记》,《晚翠文谈》,第 120 页。
② 汪曾祺:施叔青:《作为抒情诗的散文化小说——与大陆作家对谈之四》,《上海文学》1988 年第 4 期。
③ 关于抒情小说与回忆笔调之间的关系,见解志熙《风中芦苇在思索——中国现代文学的现代性片论》,河南人民出版社 1994 年版。
④ 汪曾祺:《美学感情的需要和社会效果》,《晚翠文谈》,第 23 页。
⑤ 解志熙:《新的审美感知与艺术表现方式——论中国现代散文化抒情小说的艺术特征》,《文学评论》1987 年第 6 期。
⑥ 汪曾祺:《回到现实主义,回到民族传统》,《晚翠文谈》,第 29 页。
⑦ 汪曾祺:《道是无情却有情》,《晚翠文谈》,第 35 页。
⑧ 汪曾祺:《回到现实主义,回到民族传统》,《晚翠文谈》。

情之境。

汪曾祺认为,"语言决定于作家的气质。"①他的抒情气质对作品风格产生重大的影响,最突出表现在小说语言的"诗化"倾向。对于自称为"通俗抒情诗人"的汪曾祺而言,这种语言的"诗化"是自觉的。他强调,"短篇小说应该有一点散文诗的成分"②,其中当然包含着语言应该诗化这一观念。早在四十年代,作家便在《复仇》中运用现代主义诗歌跳跃的语言、新奇的意象等技巧,迈出了语言"诗化"的第一步:

> 人看远处如烟。
> 自在烟里,看帆篷远去。
> 来了一船瓜,一船颜色和欲望。
> 一船是石头,比赛着棱角。也许——
> 一船鸟,一船百合花。
> 深巷卖杏花。骆驼。
> 骆驼的铃声在柳烟中摇荡。鸭子叫,一只通红的蜻蜓。③

作家采取了意象派的手法,恰如其分地烘托出复仇者用一生的时间寻找仇人而不得,从而茫然无措、怅然若失的凌乱心绪。1949年之后,作家的创作进入一个相对沉寂的时期,但这种意象派式的语言实验并未中断。在六十年代创作的《羊舍一夕》中,我们仍然可以看到它的痕迹:

> 大灯好像在拼命地往外冒光,而且冒着气,嗤嗤地响。乌黑的铁,锃黄的铜。然后是绿色的车身,排山倒海地冲过来。车窗蜜黄色的灯光连续地映在果园东边的树墙子上,一方块,一方块,川流不息地追赶着……④

---

① 汪曾祺:《关于小说语言(札记)》,《汪曾祺文集·文论卷》,第22页。
② 汪曾祺:《〈晚饭花集〉自序》,《晚翠文谈》,第19页。
③ 汪曾祺:《复仇》,《汪曾祺文集·小说卷上》,第19页。
④ 汪曾祺:《羊舍一夕》,《汪曾祺文集·小说卷上》,第74页。

与《复仇》中的"诗化"语言相比,作家收敛了许多,不仅取消了诗体分行以减少意象之间的跳跃感,而且这种诗化语言在全篇小说中所占的分量也大大减少了。1980年代作家重返文坛之后,语言的"诗化"实验重又活跃起来,尤以《天鹅之死》为代表。在这篇小说中作家大胆打破常规,通篇采用分行诗体,在形式上最接近抒情诗。值得注意的是,作家在此所表达的感情也异乎寻常的强烈,从小说附注中我们发现,在作品完成七年之后,作家重新校阅时依然"泪不能禁",那么在写作当时作家的情感之汹涌激荡,也就可想而知。这种强烈的抒情冲动推动作家放开手脚,不再拘泥于语言的诗化,而是在最大限度上把小说形式推向了诗歌——这种最适合抒情的文学体裁——以满足情感宣泄的需要,在发挥抒情功能这一意义上,称这篇小说为诗并不为过。由此可见,抒情功能的需要,是小说中诗化因素蓬勃生长的重要原因。汪曾祺常说创作者的感情要在字里行间流露出来,[①]"诗化"的小说语言则为之提供了绝好的土壤。

汪曾祺的抒情气质,不仅是通过引进小说抒情功能从而改变了小说的某些艺术形式,更直接地表现于笔下塑造的人物形象。作为一个主观色彩强烈的理想主义作家,汪曾祺笔下的人物大多带有创作主体的鲜明烙印,因而体现出独特的抒情气质。这当然不是指林黛玉式的多愁善感。对于作家笔下挣扎于生活重负之下的普通百姓来说,它表现为对单调枯寂的日常生活中美的敏感与热爱,对诗意的浪漫生活的渴望,甚至敢于为此冲破世俗的规范。在他的小说里,不仅知识分子懂得在笔墨山水、梅兰竹菊之间寻找生活的情趣,便是那些贩夫走卒也多有艺术爱好:严谨耿直的锡匠们爱唱"小开口"(《大淖记事》);本分老实的瓦匠们最会踩高跷(《故里三陈》);顶不济的修鞋匠,也要养几盆悬崖菊,在花影披纷中运锉补鞋(《皮凤三楦房子》)。这些凡夫俗子承受着生活的压力,却依然在忙碌奔波之余寻找着美,酿造着诗意。他们的抒情气质最为灿烂的迸发当属对爱情幸福的勇敢追求,倘若这要求不被

---

① 汪曾祺:《"揉面"》,《汪曾祺文集·文论卷》。

世俗所接受,他们便会作出一生中最具浪漫精神的举动:私奔。《受戒》里一场焰口过后便会有一两个大姑娘、小媳妇跟和尚跑了;《大淖记事》中媳妇也多是自己跑来的……对于这些敢于蔑视社会规范、追求个人幸福的"破戒者",作家不无欣赏。他曾经回忆起童年所见的一位与人私奔的小媳妇,并且"对这个女人充满了尊敬"①。在《迟开的玫瑰或胡闹》中,邱韵龙为了一场迟到的恋爱坚持要跟结发数十年的老妻离婚,并宣称:"我宁可精精致致地过几个月,也不愿窝窝囊囊地过几年。"这是他度过漫长枯燥乏味的日常生活之后,浪漫抒情气质的一次大爆发。因而在小说中作家破例发了一句议论:

    这实在是一句十分漂亮,十分精彩的话,"精精致致"字眼下得很好,想不到邱韵龙的厚嘴唇里会吐出这样漂亮的语言!

  但是,对于这种为了追求个人幸福而抛弃结发老妻的举动,作家的仁者之心与社会责任感又不允许他大加褒扬。小说情节的安排将作家这种矛盾的心态暴露无遗:邱韵龙在顺利再婚后便心脏病突发去世。作家既让人物实现了自己的人生追求,又使他避免了面对世俗伦理时的尴尬,在爱情与道义之间实现了某种并不完美的平衡。
  由此可见,作为作家艺术化人生态度的一部分,汪曾祺的抒情气质给作品带来了难以磨灭的抒情风格。它不仅深刻地影响到小说形式的诸多方面,而且间接地投射于人物性格,从而使作品带有强烈的个人色彩而独树一帜。

结　　语

  作家的气质包含有太多文学以外的因素,我们只能攀上一块最熟悉的基石——文学——向它尽力眺望。经过文本的梳理与分析,汪曾祺气质的两个特点渐渐浮现在我们眼前。朴素的人道主义思想赋予作

---

① 汪曾祺:《吴大和尚和七拳半》,《汪曾祺文集·散文卷》,江苏文艺出版社1994年版。

家宽阔浑厚的现代仁者气质,他的欢乐与悲哀、愤怒与旷达都是由此而来。同时,他以抒情的方式表达对世界与人类的仁者之爱,无论多少悲欢离合、爱恨情仇,都化为笔下的情感之流,慰藉着人们枯槁的心灵。以悠扬动人的抒情之笛,从容抒发蔼然仁者的人间情怀,这一诗意画境,不正是对作家本人气质及其作品风格的最好概括吗?

二、知识分子及其问题
——谈谈《风雅颂》

显而易见,《风雅颂》关注的是知识分子及其问题。尽管阎连科在后记中决然否认这部小说是"朝中国当代知识分子光亮的脸上吐了一口恶痰",声明它只是写了自己"漂浮的内心",但主人公杨科那句神经兮兮的口头禅——"我是知识分子、专家教授",以及小说对学院体制的快意揭露与尖刻讽刺,却再清楚不过地表明这是一部地道的知识分子小说。问题在于,作为知识分子小说,它是否成功?它所谈论的到底是怎样的"知识分子"?它提出的是真问题吗?它是否抓住了当今知识分子问题的主要症结,它的谴责、反思与批判是否击中了要害?如果答案是否定的,那么这又暴露了作为知识分子的作者本身存在着哪些问题?尽管小说问世以来,议论纷然,但我以为这些问题并没有得到真正的触及和有效的解决。

先让我们从最直接的阅读感受谈起。我以为,《风雅颂》并不是一部成功的知识分子小说,这首先表现为人物塑造的失败。

自西方现代主义小说兴起之后,刻画人物已经不再是小说的重心①,因此现在还来谈论"人物"似乎已经有些过时,但对于表面"荒诞"而骨子里仍然坚持现实主义路向的阎连科来说,能否写好自己的主人公仍然是小说成败的关键。《风雅颂》唯一的主人公是清燕大学副教授杨科,其他人物如赵茹萍、付玲珍、李广智等皆面目模糊,只能说是配合

---

① 见史忠义:《20 世纪法国小说诗学》,社会科学文献出版社 2000 年版,第 377 页。

情节而设置的龙套角色,称不上有完整性格的"人物"。对于杨科,作家显然寄托遥深。小说对知识分子精神状况的反思与批判,完全是以杨科为象征符号而展开的。在某种程度上,杨科的精神历程成为当代知识分子精神状况的一个借喻——杨科从京城到耙耧山故乡的游历是喻词,而知识分子的精神颓败是其实际的喻指。可是,杨科这一人物的塑造是令人失望的。这也直接影响到小说深层主旨的表达。

小说一开始,作家刻意安排主人公面对一个令人尴尬的戏剧性场面——自己的妻子和副校长正在床上苟合——来暴露自己的性格特征。这样不仅笔墨经济,而且可以先声夺人,引起读者的注意。从叙述策略上讲,这乃是小说家们惯用的手法,无可厚非。问题在于,杨科所表现出的性格过于极端,行为亦大乖常情,给人以强烈的虚假感。当他面对正在偷情的奸夫淫妇时,不仅丝毫没有愤怒和不满,反而感到"不安和内疚",为了一句下不为例的承诺,甚至不惜下跪乞求,而这一切仅仅是因为"知识分子的名誉"。不仅如此,随着情节的发展,杨科不厌其烦地询问妻子与副校长的性爱细节,积极主动地帮助寻找奸夫遗失的内裤,几次三番地向妻子下跪以表明自己的诚实,像堂吉诃德似的与风沙搏斗,又毫无征兆地成为学生们抗击沙尘暴的领袖……这些行为举动是如此离奇,以至于在校领导们还没有举手表决将其送入疯人院之前,读者就会以为他已经精神失常。虽然小说本身就是虚构文学,但如此乖张的性格,也实在是过于"超"现实了。

随着故事的推进,主人公的性格与行为越发显得漏洞百出、难以解释。新春佳节,杨科为天堂街的小姐们大讲《诗经》、肆意狂欢,尚可解释为"同是天涯沦落人"的传统文人心态;而他疯狂地爱上玲珍的女儿小敏(这个人物在小说前半部分根本不见踪影),并在小敏新婚之夜掐死新郎,则毫无心理逻辑可言。至于小说结局,杨科在诗经古城安营扎寨、招兵买马,营造落魄知识分子的伊甸园,则纯属为荒诞而荒诞,已经谈不到什么真实性了。

这么说,并不意味着我认为小说人物性格应该平淡无奇、泯然众人。相反,无论是传奇话本还是现代小说,书写畸人畸事正是题中应有之义;而且我相信,作者如此处理,自然有其用意。阎连科显然并不在乎人物性格是否符合现实生活,他想要表达的与其说是生活真实,不如说是心理真实,亦即作为知识分子的杨科与现实世界之间紧张的心理关系。问题在于,作者刻意于此,不免用力过猛——自人物登场伊始,就用极为夸张的手法,对主人公自私、自卑、自渎的精神缺陷进行展示,将其定格为"人生失败者"形象,以说明其心理的扭曲变态。至于人物性格为何如此乖谬,作家却并没有进行交代,这不能不使读者感到突兀和难解。此后的一系列离奇情节,也都是为了印证人物的病态心理,人物本身的性格却并没有进一步发展、丰富。事实上,作家显然是被自己过于直白显豁的批判意图所累——为了表现人物与环境的紧张关系,不得不追求人物性格的戏剧性,人为地扭曲人物的情感逻辑;而人物性格过于戏剧化,反而伤害了人物的真实感。如此一来,人物与外部环境的对立关系倒是得到了强化,然而人物性格发展的历史性、逻辑性和自洽性却被忽略不计。正如英国小说家伊丽莎白·鲍温所说:

> 小说中的人物必须带着他们各自的必然性进入作品。……如果这种必然性没有贯彻始终——如果作家强迫人物作出一些我们本能地感到他们不可能做的事——,我认为这时我们就会感到小说的真实性出现了瑕疵。①

我们无法在《风雅颂》中发现人物性格的这种"必然性"。因此,尽管小说以"内聚焦"的叙述视角,浓墨重彩地表现杨科的内心世界,甚至作家将自己的某些影子也投射其中,但主人公依然显得单薄、苍白、概念化。读者不能理解这位主人公为何如此行为怪异、思维飘忽,而只能将之视为作家给定的一个符号,一个意图,而非一个活生生的人物。由于远离真实,杨科无法代表所谓的"当代中国知识分子"。换言之,他完全缺乏作为知识分子的"典型性"——这一批评术语虽然陈旧,但颇能说明当今中国小说的某些问题。

不难看出,作家之所以如此倚重杨科这一人物,显然是想以之为中

---

① 伊利莎白·鲍温:《小说家的技巧》,《西方文艺理论名著选编·下册》,北京大学出版社1987年版,第201页。

心,对当下知识分子及其问题展开讽刺、反思与批判的。然而,如果反思与批判不是建立在真实性的基础之上,它的力量就要大打折扣。《风雅颂》所采用的某些情节模式,也引人注目地暴露着这一内在缺陷。

"性",在阎连科的小说中一向扮演着重要的角色,《风雅颂》也不例外。但是,与九十年代以来强调感官刺激的身体写作、"欲望叙事"不同,在性爱描写方面,《风雅颂》更注重表现人物围绕"性"所形成的复杂关系,因此可以称之为"性事件"描写。故事开场,杨科捉奸在床却向奸夫淫妇下跪,便是一桩典型的富于戏剧性的"性事件",它凸显了三人之间紧张的关系;紧接着,小说闪回到二十年前的盛夏之夜,杨科拒绝了玲珍的献身,这同样暗示了两人之间难以解脱的道德关系。此后,无论是杨科规劝小姐们从良,抑或夜闯小敏洞房,小说中此类"性事件"无不隐含着作者预设的道德意图以及批判立场。正如主人公杨科所言:"学问越大,性欲越弱,学问做到极致就不再有性的渴求了。"①在这些性事件中,杨科总是处于被动、消极、退缩的地位,而性能力的软弱和性心理的扭曲,则暗示了精神的萎靡与病态。需要指出的是,在现代中国文学中,这种从下半身入手来显示知识分子精神软弱性的情节模式实在过于泛滥,已经成为令人厌倦的庸俗桥段。自郁达夫、庐隐、茅盾、沈从文以来,"智识阶级"的性缺陷或者说"阉寺性",似乎成了其精神世界的固定象征,勃发强悍的性能力只能体现在少数民族、体力劳动者或者充满野心的资本家身上——在《风雅颂》当中,小敏的丈夫李木匠承担了这种角色。阎连科显然毫无警惕地沿袭而非跳出了这种模式,性与知识分子身份构成的尖锐对立固然多少可以呈现杨科人格病态的一面,但这种构思的陈旧与模式化,却使它的表现能力大为削弱。

不仅如此,玲珍精神上的守贞与茹萍肉体上的背叛,从一个侧面折射出小说袭用的另一种老套的冲突模式——知识分子(城市)与农民(乡村)的二元对立。作为来自农村的作家,阎连科在乡土和城市之间的价值判断毋庸置疑。《风雅颂》的原名叫做《回家》,已经再清楚不过地表达了作家内心的情感取向和文化立场。小说以杨科在京城与故乡

---

① 阎连科:《风雅颂》,江苏人民出版社 2008 年 6 月版,第 31 页。

之间的游荡为线索,处处隐含着城市与乡村的冲突,其中流露着浓厚的道德训诫与伦理反思意味。玲珍的献身与茹萍的背叛形成了黑白分明的对比,不仅隐喻了乡土的忠贞与城市的堕落,而且暗示杨科的悲剧成因乃是抛弃了乡土,而这正是每一个走进城市的知识分子的道德原罪。尽管对于作家而言,这种城乡对立来自亲身体验,包含着不容亵渎的真情实感。但我们仍然不得不说,无论是杨科对玲珍的背信弃义,还是玲珍死后杨科的高加林式道德忏悔,都没能摆脱1980年代此类小说的固定模式。陈陈相因的结果,是给读者一个强烈印象,即作者似乎还停留在路遥写作《人生》的那个年代。而小说中的道德批判,也由于时过境迁,丧失了原有的力量而成为味同嚼蜡的老生常谈。事实上,人们早已认识到,对于当代作家来说,回到乡土并不能解决身份认同以及由此带来的精神困扰,即使作家宣布完全放弃自己的知识分子身份以及意识形态——且不说这已不可能——也不可能真正解决这些问题。从现代社会进程上看,无论是民粹情绪、乡土情结还是文化守成主义,从来都不能真正解决现代化进程所带来的伦理道德问题。

指摘一部小说是容易的,困难的是给出理由。在这里,我想追问的是,身为知识分子的阎连科,为何在表述知识分子的时候会出现真实感稀薄、自我重复乃至批判乏力的问题?我们当然可以指责他对学院体制和大学生活缺乏体验,就像阎连科自己所说,他对大学并不熟悉。[①]正因为如此,小说的情节破绽之多,任何一个有过高校任教经历的学者都可以毫不费力地指出几处,譬如副校长李广智那个纯属子虚乌有的"全国所有大学博士点审批小组组长"的头衔。但是,我认为"不熟悉生活"并不是造成问题的根本原因,更何况人们可以用"荒诞手法"、"心理真实"等等标签将那些漏洞一笔勾销。我以为,关键问题在于作家对知识分子的认识脱离了正在急剧变化、日益复杂的现实世界。因此,他所看到的知识分子种种精神病象就并非"真问题",而由此生发的反思自然成为错位的批判。

首先,小说所使用的"知识分子"概念值得斟酌。"同样的词或同样

---

① 阎连科:《漂浮与回家》,见《风雅颂》,第327页。

的概念,当处境不同的人使用它时,就指很不相同的东西。"①那么,阎连科又是在何种意义上界定知识分子的呢? 人们一般认为,知识分子"除了献身于专业工作以外,同时还必须深切地关怀着国家、社会、以至于世界上一切有关公共利害之事,而且这种关怀又必须是超越于个人(包括个人所属的小团体)的私利之上的"②。很显然,杨科的职业是大学教授,是学院专家或者说技术知识匠(technical intelligentsia)。③ 他除了关心自己的《诗经》研究,争取早日评上正高博导之外,并不关心公共事务,对社会文化也没有什么批判精神。因此我们可以说,作家所使用的是一种更为笼统的、以高等教育背景乃至职业作为划分标准的"知识分子"概念,把它看成是"工农兵"之外的一个相对独立而稀缺的阶层,正是这种传统的、带有计划经济色彩的知识分子观,它让我们想起了十七年小说、电影《决裂》或者小说《人到中年》中的知识分子——他们或为反面人物,或为正面典型,但都由于自身的教育背景而与其他阶层有着显著的差别。然而,1990年代以来,随着市场经济的席卷而来,中国社会发生了巨大的变化,知识分子阶层也发生了整体性的分化:一方面,高等教育的普及使得拥有知识不能再成为进入某一个阶层的理由,人们已经很难判断一位大学生到底是不是"知识分子";另一方面,伴随着市场化的进程,物欲横流的消费主义时代降临,政治、经济的变革,资本力量的介入,权力对人的掌控与异化,都使知识分子的角色、功能、定位和自我认同发生了根本性的变化。原有的知识分子阶层开始分崩离析:一部分与权力、资本合谋,上升为统治阶层和既得利益集团的一员;一部分则日益技术化,成为与现实政治无涉的庸俗中产阶级的一部分;只有少数保留了原有的参与意识,成为萨义德意义上"社会中具有特定公共角色"的、"以代表艺术(the art of representing)为业"的

---

① 卡尔·曼海姆:《意识形态与乌托邦》,黎鸣、李书崇译,商务印书馆 2000 年 9 月版,第 278 页。

② 余英时:《士与中国文化·自序》,《士与中国文化》,上海人民出版社 1987 年版。

③ 阿尔文·古尔德纳:《新阶级与知识分子的未来·序言》,杜维真等译,人民文学出版社 2001 年版,第 2 页。

知识分子,①但他们之间的思想分歧是如此巨大,使他们看上去几乎毫无共通之处。在这样的历史背景下,那种以教育和职业为基础、带有社会分工性质、具有人格化色彩的"知识分子"概念,已经很难适用于任何一个中国社会阶层。"知识界"、"读书界"乃至更时髦的"知识共同体"、"学术共同体"等概念,在某些情况下或许还有其特指意义,而集团性、有内在统一性的"知识分子阶层"是否存在,已经受到根本性的质疑——"知识分子"正在日益成为一个边界不清、内涵模糊的过时概念,一个启蒙主义意象,一个"空洞的能指"。在这种情况下,小说中杨科挂在嘴边的那句"以知识分子的名义",就显得异常滑稽可笑,而小说对知识分子的激烈批判和否定,也由于"知识分子"概念的先行瓦解,变成了无的放矢的假命题。

其次,我们想问的是,小说为何要将注意力集中于知识分子的"精神问题"?这又可以从两个层面来质疑。一是,小说所揭示的道德颓败、精神扭曲,的确是20世纪90年代商品经济勃兴以来中国社会出现的严重问题。然而,无论是精神生存、价值观念或是道德存亡问题,都是现代性进程的必然结果,并非属于某个阶层独有的精神病症,知识分子在其中也不具有因果性、决定性的作用。知识分子的知识、技能优势,并不足以在道德、精神领域将他们与其他社会阶层区分开来。因此,将"知识分子道德问题"从社会各阶层的复杂关系中抽离出来,加以单独考虑或批判,甚或将之视为社会整体精神状况上升或下降的关键所在,都是毫无意义的。二是,所谓知识分子精神问题,是在世界格局发生结构性变化、中国社会全面而深刻的剧烈转型过程中发生的。它看似属于意识形态领域,但仅仅是诸多社会问题的表象,背后则隐藏着更复杂、更多样的社会关系,而其根源都应该追溯到客观世界的巨大变化。因此,对精神道德问题进行孤立的讨论已经远远不够,而应该"从生产方式、资本的活动、全球性市场,以及所有这些重要社会活动与文化生产的关系来着手分析"②。换言之,满怀着道德义愤或失落悲情,

---

① 萨义德:《知识分子论》,单德兴译,三联书店2002年版,第16—17页。
② 汪晖:《"新自由主义"的历史根源及其批判——再论当代中国大陆的思想状况与现代性问题》,《台湾社会研究季刊》第42期,2001年6月。

将所谓"精神之殇"视为知识分子最重要的问题,把所有矛盾都归结为伦理道德的腐坏,实际上掩盖了真正的症结所在。具体到小说,造成杨科精神悲剧的原因当然是复杂的。但诚如上文所述,小说对杨科的精神病象进行了淋漓尽致的夸张、表现,却吝于讨论这种精神病象背后的复杂成因。读者只能从主人公的自我追述中依稀发现,抛弃故乡未婚妻以及妻子的出轨——主要是因为杨科还不是教授博导——似乎是造成他精神扭曲的远因与近因。尽管小说也涉及对学院权力机制的嘲讽,以荒诞的手法表现校领导举手表决将杨科送入精神病院,却没有对"权力"及其本质进行更进一步的历史分析,反而滑向了冗长的内心独白与心理描写,重复着1980年代权力/异化的伤痕文学叙事。事实上,体制化的学院制度的确是杨科悲剧的现实因素之一,但必须看到它背后的"合理化"进程,以及将所有人裹挟在内的宏大历史进程,才是造成知识分子问题的深层原因。正如汪晖所言:"现代化运动的特征是通过渐进的、合法化的途径,把社会生活的各个方面组织进韦伯所说的那个'理性化'的秩序之中。"[1]而这个"合理化"过程的最终后果——"由于工具理性的扩张而导致的支配性牢笼,特别是官僚化的社会机制对个人的压制"[2],导致了杨科以及知识分子的悲剧。惜乎作家已经触及这个关键问题,却并未深挖下去,而是仅仅停留在对权力进行黑色幽默式的肤浅讽刺。我们不禁要问,如果作家只是满足于一般性地描述人物与现实世界的紧张关系,表现人物精神、心理的无力与无能,但对这种紧张关系和软弱性的根源和实质无动于衷、不做分析,那么这种描述和表现又会有什么力量呢?

从上面的分析我们可以看到,对已经走向消散的"知识分子"主体进行道德反讽和精神批判,并将之与其他具有道德优势的阶层如农民对立起来,作家的这种堂吉诃德姿态背后,其实隐藏的仍然是一种精英主义/启蒙主义的知识分子观念。尽管小说表面上对知识分子的精神病象极尽讽刺挖苦之能事,但潜台词无疑却是认为知识分子应该比其他阶层承担更多的道德责任——这正是1980年代"民族的脊梁"之类

---

[1] 汪晖:《死火重温》,人民文学出版社2000年版,第429页。
[2] 汪晖:《死火重温》,人民文学出版社2000年版,第202页。

知识分子神话的重新表述。这种自我谴责、贬斥越是真诚动人,就越是反映了作家潜意识当中对知识分子的自我崇拜,因为极端的自我贬损往往来自极端的自我崇拜,如同自卑和自恋常常是一枚硬币的两面。小说采用了这种将知识分子与其他社会阶层相区别的差异化策略,在对乡土村民的理想化与知识分子的自渎中,完成了对所谓道德问题的思考。它对所谓知识分子劣根性的渲染,与八十年代知识分子的自我神化一样虚妄,其内在的启蒙逻辑则是完全一致的。

在"人文主义"、"人道主义"等启蒙话语的批判能力丧失殆尽的今天,对依附于对这些话语的知识分子神话,作家仍旧保持了信仰,毫无警惕和自我反思。正因为如此,他对知识分子精神病象的诊断既不可能击中要害,也不可能开出药方。小说的尾声,杨科发现了"诗经古城",建立了一个专门收容小姐和高级知识分子的伊甸园(这似乎是对柏拉图《理想国》的戏拟),并找到了"新的生活和爱情"。这一构思是如此敷衍、随意、粗糙而缺乏可信度,与其说是因为"作者偷懒了"[①],倒不如说在固有的意识形态的主导下,作者不可能给知识分子找出一条真正的出路,而只能虚构一个连他自己也未必相信、未必满意的乌托邦。这个失败的结尾,深刻地暴露了作者面对现实世界的无力感、无助感和断裂感,并再一次生动地说明,观念层面的缺陷将怎样如附骨之疽,必然导致文本形式的崩裂。

毫无疑问,从题材敏感的《为人民服务》到直面艾滋病问题的《丁庄梦》,阎连科始终是一位努力楔入现实并富于批判精神的小说家。事实上,我于此始终心存敬意。也正因为这样,《风雅颂》所出现的这些问题才更值得我们加以思索和讨论。换言之,我们都看到了阎连科面对现实"有话要说的冲动"[②],但这并不能使我们忽略"说什么"、"怎么说"以及"为何说"的问题。正如俄国思想家梅列日科夫斯基所说:"俄国知识分子的力量不是表现在知识水平上,也不是表现在理性力量上,而表现在他的心灵和良心上。因为俄国知识分子的心灵和良心几乎总是在

---

① 谢琼:《读了心里不舒服》,《新京报·书评·关注》,2008年6月21日。
② 王德威:《〈诗经〉的逃亡——阎连科的〈风雅颂〉》,《当代作家评论》2009年第1期。

正确的道路上,而理性上却总是常常找寻不到方向。"①我们从《风雅颂》以及杨科身上确乎可以读到小说家苦闷的心灵、迷茫的灵魂,却无法找到对于现实世界的清醒、深刻的认识;我们可以感受到弥漫全书的虚无感和挫败感,却无法把捉到对当前社会问题的理性、历史的分析。作家试图表现当代知识分子的精神困境,却沉溺于自我与现实之间的紧张心理关系不能自拔,从而无法认识到所谓"知识分子"与"精神家园问题"都是和中国急剧现代化的宏大历史进程息息相关的。小说只能成为作家自我心理经验和精神焦虑的宣泄场所,而无法成为一个复杂的、敞开的,能够与现实生活进行互动对话的话语场域。在民族国家逐渐融入全球资本体系、各种社会矛盾日益复杂化尖锐化、个人的社会属性/政治属性重新浮现的今天,这不仅是阎连科,也是所有准备以书写介入现实的作家所共同面临的困境。

这一困境逼迫我们去思考一些更为重要的问题,诸如:我们是不是应该摆脱启蒙主义那些二元对立的简单化思维去看待知识分子?精神、道德问题是否仅仅通过寻找精神家园——比如回到《诗经》或者乡土——就能得到解决?一个富有批判激情的作家应该怎样不仅仅依靠激情来处理现实?作家是否应该以整体性的观念,从批判的社会科学理论角度,从具体的历史和现实分析中,认识、把握自己所身处的世界?更进一步,我们可以追问,在当下文学写作中,理论是否一定是有害的?某种程度的理论自觉,对于思想力匮乏的当代作家来说,是否有益和必要?……回答这些问题,无疑是对当代作家提出了更高、更艰难的要求,但他们无法逃避、必须直面,因为这样的大时代已经到来。

---

① 转引自张建华《俄罗斯文化中的"知识分子"概念辨》,《北方论丛》2009年第1期。

三、生命不息　犹如喷泉①
——莫言《蛙》三题

一如既往,莫言的长篇新作《蛙》以似有还无、虚实相生的高密东北乡为背景,而其所思所指,也一如既往地超越了这一隅原乡,而涵纳了更为广袤纷然的时空变迁、历史思索与人生经验。由于小说涉及计划生育政策,一时颇为引人注目,评论者或惊讶于莫言的勇气,为作家敢于触碰这一敏感题材而击节叫好;②或指斥小说与多年前的《红高粱》系列一脉相承,不过是作家在诺贝尔情结的驱使下,对西方阅读趣味的又一次迎合与投机。③ 在我看来,这些议论虽然彼此针锋相对,甚或不免过甚其词,但考虑到它们各自的意识形态立场,其实都有自洽的内在理路及批判意图,不可简单以"误读"一词否定之。尽管如此,从主题设置、人物勾画到形式分析,我的感想却与上述论调有所不同,以下试分三题,约略述之。

一部关于生育的民族史

所谓"信史"常常千疮百孔,而虚构之文学作品有时反能折射部分的真实。如果将《蛙》视为一部依赖所谓"题材敏感性"招徕读者的小说,这未免太小看了莫言。尽管小说的主要情节都是围绕计划生育政策展开,而且莫言自己也确曾遭遇"国策"所带来的人生烦恼,④但计划生育只是小说必需的背景而非主旨——与其说作家是试图反思这一政

---

① 此处借用《蛙》结尾主人公"小狮子"分泌乳汁、犹如喷泉的意象,我以为这一意象虽然出现在篇末,但具有涵摄全篇的力度,莫言借此形象地表达了他对生命原力的感受。

② 见《〈年度致敬〉2009 年年度图书(虚构类):莫言〈蛙〉》,《南方周末》2010年 2 月 10 日。

③ 林雪飞:《莫言是否在迎合西方阅读趣味?》,《辽宁日报》2010 年 4 月 12日。

④ 见《莫言:姑姑的故事现在可以写了》,《南方周末》2010 年 2 月 10 日。

策的得失利弊,倒不如说是为民族撰写一部以生育为主题的当代史,而其终极意图,或在于思索人类社会中最为神圣恒久的"生命繁衍"与国族的现代化进程之间错综复杂、纠缠万端的历史与现实关系。

不得不说,这是一个沉重到难以言说的话题。

诚如作家所言:"生育繁衍,多么庄严又多么世俗,多么严肃又多么荒唐。"[①]对于我们这个注重家族血统、以"上事宗庙,下继后世"为伦理基石的古老农耕民族而言,生育繁衍的意义从来就不止于维系血脉、绵续种族,而是已经渗透进社会文化、伦理道德乃至民族心理,成为民族集体无意识的一部分。小说家用乡野之中的娘娘庙象征着民族集体的生育崇拜,并暗示着生育不仅是乡土中国社会生活的中心,也是人们生存的意义和价值所在,"我的乡亲们,我的旧友们,都在为这座庙活着,都是靠这座庙活着啊"[②]。莫言收起了以往华丽铺陈、艳异奇崛的文风,转而以平实朴拙、琐细庸常的笔触细细写出了乡民对于生育的祈望、虔敬与执著。虽然面临着国家机器的猎捕、严刑峻法的威压,人们,特别是那些怀了孕的女人们,对繁衍子嗣的渴望依旧强烈。她们为了腹中的孩子费尽心机,可以躲在地窖里不见天日,可以跳入河水以躲避检查,可以不顾性命在木筏上生产——她们对生育的渴望超越了现实利害的计算,在人类最为顽强的繁衍欲望面前,现世的种种戒律与诱惑悄然寸断、灰飞烟灭。在小说的结尾,一生以执行计划生育为天职的"小狮子"早已丧失生育能力,但在购得一子之后,干瘪的乳房竟然神奇地分泌出喷泉般的乳汁——如此魔幻的想象只不过为了验证小说中的一句话:"女人归根结底是为了生孩子而来。"[③]在小说家看来,母性无论被压抑多久,终究会喷涌而出,冲决身份、职守、制度和政治信念的世俗堤防,只有生育才能让女人成为女人,也只有生育才能让女人成为人。

《蛙》中的生育之所以显得如此崇高庄严,还在于作家写出了它的另一面——死亡。整部小说刻意凸显生与死的亲密无间,凡有生命呱

---

① 《蛙》,《收获》2009年第6期,第162页。
② 《蛙》,《收获》2009年第6期,第162页。
③ 《蛙》,《收获》2009年第6期,第157页。

呱坠地之处,死亡即如影随形,死亡不仅是生育的反义词,更成为它的近义词。莫言把生育写得如此惊心动魄、命悬一线,以至于人们会很自然地想到另一部关注生育与死亡的现代中文经典,萧红的《生死场》。萧红以女性作家的身份,凭借对生育和死亡的杰出描写,探讨了特定历史时空中的女性身体经验与历史命运。然而,与《生死场》把生育繁衍看做对女性身体的严厉惩罚并给予嘲讽不同,①《蛙》中的生育及死亡令人伤感但并不可怖。相反,女人们的勇气与坦然使死亡变成了生育仪式的高潮,生与死的轮回更替诠释了民族不屈不挠的生命意志。

当然,《蛙》并不满足于对生育进行泛神论式的膜拜与图解。小说继承了莫言将历史空间化、局部化的叙述技巧②,把一个妇产科医生的荣辱人生、几个悲怆的生育故事与半个世纪中国历史的风云变幻勾连起来,并将省思重点投射于家国命运,这也使得小说成为典型的"第三世界民族寓言"③,其中一些细节尤其意味深长。例如,故事开篇不久便以充满亮色的笔调描绘了一出风俗喜剧:1953年,卫生学校毕业的姑姑斗败了土法接生的"老娘婆"田桂花,成功救治难产孕妇,新法接生开始在高密东北乡推广。从技术角度来看,新法接生与小说中出现的卫生局、喷气式飞机乃至民族革命一样,都是现代性的题中之义,也都带来了进步与发展。然而,作家亦指出了现代性进程的两面性:现代医学知识既带来更高的生育率和存活率,又以更精密的器械、更发达的技术带来对生育的人为控制和强制干涉。不仅如此,随着现代民族国家的建立,生育不再是个人和家族的私事,而是与整个民族的兴衰联系在一起,上升为国家和公共事务的一部分。随着新法接生的普及,科学接管了民间产婆的接生权,现代民族国家对个体生育的强力介入也成为天经地义,而这恰恰为日后无数的人间悲剧埋下了伏笔。同样,随着世纪末商业化进程的到来,生育再次成为时代的牺牲品。小说中的牛蛙公

---

① 参见刘禾:《跨语际实践——文学,民族文化与被译介的现代性(中国,1900—1937)》,宋伟杰等译,三联书店,2002年版。

② "历史空间化"的提法,见王德威《千言万语何若莫言》,《读书》1999年第3期。

③ 参见詹明信《晚期资本主义的文化逻辑》,陈清侨译,三联书店1997年版。

司将生命的繁衍改造成精明的生意,不仅控制青蛙的繁殖以攫取商业利润,而且迫使年轻姑娘们成为权贵富豪们代孕的工具。生育尚未逃离政治的掌控,便又落入了资本的牢笼。作家选择陈鼻父女扮演小说后半部分的主角,可谓意味深长,无论是陈鼻凭借自己的大鼻子扮演堂吉诃德,还是陈眉替人代孕,都不过显示了资本现代性的本来面目:"它使人和人之间除了赤裸裸的利害关系,除了冷酷无情的'现金交易',就再也没有任何别的联系了。"①身体,甚至包括生理机能如怀孕、生育,都成了市场不等价的交换物。

面对如此"被现代化"的生育行为,小说没有也不可能做出轻松的、非此即彼的价值决断。莫言显然徘徊在充满矛盾的现代性想象之中,他既认为自然资源如此有限,为了民族的生存,进行生育控制是不得已而为之,另一方面,他又不能无视计划生育给某些个体生命带来的深重创伤;他既承认代孕技术的进步可以解决不孕夫妇的人生苦恼,又对生育被金钱所操纵深恶痛绝。这种内在的矛盾性构成小说家历史观的基本特征,在某种意义上,他是一个不满现实的现实主义者,一个反抗宿命的宿命论者,一个质疑现代性的现代主义者。正是这种观念的矛盾性构成了小说叙事的内在动力,并使"生育"这一传统主题充满了现代性的张力。

一位亦神亦魔的女人

莫言在接受采访时说,《蛙》是因为人物而产生灵感和激情,也是把塑造人物、展示人物命运作为最根本的追求。② 换言之,人物既是小说的起点,也是小说的终点。因此,准确地理解小说的灵魂人物,对于解读小说具有极为关键的意义。

姑姑是《蛙》中的灵魂人物。这是一个反差型的人格,或者说,神性与魔性的冲突、并存是这个人物的主要性格特征。她是烈士后代,有着"黄金般璀璨的出身",父亲是八路军西海地下医院的创始人。自幼聪

---

① 《马克思恩格斯选集》(第一卷),人民出版社1995年版,第274页。
② 《莫言:姑姑的故事现在可以写了》,《南方周末》2010年2月10日。

明绝顶,智勇双全——还是儿童的时候,就曾经智斗日本鬼子杉谷司令。长大之后,又继承了父亲的革命卫生事业,成为一个全身心为党服务的"红色木头"。在她的黄金时代,她是受人尊崇的送子娘娘、观音菩萨,身上散发着百花的香气,成群的蜜蜂和蝴蝶围绕她飞舞……妇产科医生的妙手仁心以及高贵的革命血统,使她成为高密东北乡的"圣母"——活人无数、无可争议的生育之神。

然而,姑姑对革命事业的忠诚,使她在执行计划生育政策时到了铁面无私的地步。她忠实于自己的工作,无论是接生还是引产,似乎都没有区别。她可以拉倒邻居的门楼来逼迫侄儿媳妇自首,可以对被迫跳入河水的孕妇穷追不舍,可以像日本人追捕游击队一样对逃跑的孕妇布下天罗地网。不论多少孕妇死在引产的手术台上,都无法动摇她的信念。莫言借小说人物之口,一语道破了姑姑神魔并存的性格特征:"你姑姑住了半个月院,伤没好利索就从院里跑出来,她有心事啊,她说不把王胆肚子里的孩子做掉她饭吃不下,觉睡不着。责任心强到了这个地步,你说她还是个人吗?成了神了,成了魔啦!"①她的"手上沾着两种血,一种是芳香的,一种是腥臭的",救人与杀人、活菩萨与活阎王、天使与无常,同时体现在姑姑身上,造成了性格的极端反差与人格的内在分裂。

从原型批评的角度来看,这是一个典型的"既善又恶的母神原型"(mother archetype),同时具有"善良母神"与"恐怖母神"的特点,既与生殖力、温暖、保护、多产、生长有关,又象征着女巫、女术士(高超的接生技术?),与死亡、毁灭恐惧、危险、饥饿相关,并且"生与新生以一种深刻的方式,永远与死亡和毁灭联系在一起",这正是恐怖母神原型之所以伟大的原因。② 事实上,如同《丰乳肥臀》中的上官鲁氏,姑姑的形象可以从民间生育崇拜文化中找到源头。这种来自文化原型的反差型人格虽然色彩强烈,对比鲜明,富于戏剧效果,但并不复杂,看上去更接近E. M. 福斯特所说的"扁平人物"。或者按照弗莱的看法,这种人物无非

---

① 《蛙》,《收获》2009 年第 6 期,第 150 页。
② 参见埃利希·诺依曼:《大母神——原型分析》,李以洪译,东方出版社 1998 年版,第一章、第二章及第九章、第十一章。

原有文学类型中定型人物模式的变体,只不过多少加以个性化了。①

那么,塑造这样一个类型化的人物对于莫言来说是不是过于容易了?莫言是不是又开始翻检他那盛满民间珍宝的锦囊?这样的人物不会有些过于夸张而失去真实性吗?这些质疑或许都有一定的道理,但我以为,这乃是莫言的一种写作策略,其目的是不愿让过于精致复杂的人物性格和心理分析妨碍某种理念的表达。人物的后续发展验证了我们的看法:退休之后,姑姑晚景凄凉,作为一个成功的计生干部和一个失败的女人,她沉浸在无尽的忏悔和梦魇之中。她精神憔悴,神志恍惚,"身披宽大黑袍,头蓬如雀巢,笑声如鸱枭,目光茫然,言语颠倒"。更重要的是,她认为自己不但有罪,而且罪大恶极。她终日供奉着泥娃娃,等待他们获得灵性,投胎于人间,希望以此获得救赎。在这里,作家不仅重新赋予姑姑以人性,更隐晦地表达了对民间伦理的认同,从而否定了"神性"与"魔性"。作为高密东北乡的"一个神话",姑姑有着巨大的人格魅力,拥有众多的崇拜者和追随者,这样一个卡利斯玛型人物的精神崩溃,难道没有暗含着政治性的讽喻意味?她在执行计划生育政策的时候,正是那些正确而空洞的政治符码赋予她权威和力量,"三代单传"、"绝后"等民间话语及其背后的传统伦理观念显得软弱无力、不堪一击,被彻底地压抑直至消失。然而,她晚年的忏悔赎罪的举动,不正隐喻着民间伦理对国家意志、传统文化对现代性力量的卷土重来和最终胜利吗?在个人史、家族史、民族史交织重叠的叙述中,作家对姑姑的复杂情感,不也折射了他对当代中国历史的压在纸背的反思、批判和言说吗?类型化的人物往往有利传递世俗的伦理教谕,表现简化的感情道德体系,也许《蛙》的好处,就在于人物性格既有恰如其分的矛盾,也有拿捏精准的单纯。

一枚自我反讽的文本

《蛙》的文本形式颇为特别,前四部为书信体,第五部则为九幕话

---

① 参见 M. H. 艾伯拉姆斯《文学术语词典》"人物"条,北京大学出版社 2009 年版;以及诺斯罗普·弗莱《批评的解剖》,百花文艺出版社 2006 年版。

剧。这种不寻常的文本形式意味着什么？它仅仅是一次形式层面的文体实验还是有着更深层的含义？针对这一文本形式,莫言有段话值得注意：

> 最后的章节变成了一个话剧,彻底的虚构,又推翻了前四章的真实性,是为了跟前面形成一个互相补充、互相完善的互文关系。可以说前面四章的内容,就是为了最后推出这个话剧。这也是小说里面蝌蚪和杉谷义人一直通信不断讨论的东西,他想把姑姑的故事写成一个话剧,他不断地把他姑姑的一切、包括他本人的一切告诉这个杉谷义人,他姑姑的故事讲完了,他自己的故事也差不多讲完了,话剧也就完成了。这个话剧既是从这个小说里生出来的,也是从前面书信体的叙事的土壤里面成长起来的。话剧部分看似说的是假话,但其实里边有很多真话,而书信体那部分,看似都是真话,但其实有许多假话。①

之所以不嫌辞费,将这段话照录于此,是因为其中透露了颇多信息：第一,从创作过程来说,话剧先在于小说。书信体部分正是为最后推出这个话剧而服务；第二,话剧虽然是"彻底的虚构","但其实里面有很多真话",与书信体的貌真实假构成了强烈反差,并颠覆了书信体部分所苦心营造的现实感。② 因此,作为镶嵌在文本中的文本,这九幕话剧虽然篇幅不长,但对于全篇而言,其实相当重要。

这部话剧给人带来的阅读感受并不愉快,凄厉幽森的诡异氛围与前面书信体的亲切、写实笔调迥然不同。主人公忽然变成了替剧作家蝌蚪代孕的女子陈眉,而情节也近乎一个带有表现主义色彩的梦魇——姑姑住在阴暗洞穴之中,与精神错乱的泥塑大师为伴,象征婴儿鬼魂的青蛙频频向她讨债。同时,面对着金钱、权力编织的无形之网,

---

① 《莫言：姑姑的故事现在可以写了》,《南方周末》2010年2月10日
② 书信体小说常常带有一种"伪纪实性和现实感",从而造成读者对虚构现实的幻觉。见戴维·洛奇《小说的艺术》,王峻岩等译,作家出版社1997年版,第25页。

陈眉无望地寻找着自己的孩子……失去婴儿的母亲,神经质的诉说以及阴郁压抑的社会背景,这些都令我们很容易想到鲁迅的《祝福》。更重要的是,和《祝福》一样,这部话剧也暗含着知识分子的道德反省和自我否定——《祝福》中的"我"因为无法回答祥林嫂的问题,而在事实上成为弱肉强食的社会环境的共谋者。①《蛙》中的剧作家蝌蚪则本身就是代孕的直接受益人和抢走孩子的幕后主使。这个人物带有小说家本人的影子,而小说对这一人物的审视、嘲讽与否定也最为突出。因此,整部话剧阴暗低沉的调子更多地来自作家的这种自我观察、拷问和批判。而在荒诞的情节背后,作家实际上提出了一些更形而上的问题,例如罪、赎罪以及"历史的原罪"。

从生命本位的角度来看,无论是主动执行计划生育政策的姑姑、小狮子,还是被迫将自己妻子送上手术台而导致她死亡的蝌蚪,都是有罪的。终其一生,他们都无法摆脱罪恶感的纠缠,莫言有意设计了一个余华式的结局:"一个有罪的人不能也没有权利去死,她必须活着,经受折磨,煎熬,像煎鱼一样翻来覆去地煎,像熬药一样咕嘟咕嘟地熬,用这样的方式来赎自己的罪,罪赎完了,才能一身轻松地去死。"②莫言并不是一个以哲学思辨见长的作家,但在这里,他试图将问题推向更深入的层面。可以看到,话剧的主题从"生育"转向了对人的行为的严肃思考,这也是它与前四部显得不相协调的重要原因。我们在小说中可以听到自我安慰和自我忏悔两种声音交替出现,构成了潜在的对话关系。作为知识分子的蝌蚪一直在为自己和他人寻找赎罪的可能,他相信"真诚的写作才能赎罪",这部话剧正是赎罪的成果;姑姑"用芳香的血洗掉腥臭的血",将她引流过的 2800 个婴儿通过泥塑再现,来弥补心中的歉疚;小狮子则想通过获得一个孩子来实现自我救赎。然而吊诡的是,小说又从根本上否定了救赎的可能性——"剧本完成后,心中的罪感非但没

---

① Theodore Huters. 1994. "Ideologies of Realism in Modern China: The Hard Imperatives of Imported Theory." In Politics, Ideology and Literary Discourse in Modern China: Theoretical Interventions and Cultural Critique, ed. Liu Kang and Xiaobing Tang. Duke University Press. 68.

② 莫言:《蛙》,《收获》2009 年第 6 期,第 207 页。

有减弱,反而变得更加沉重。"莫言毫不怜悯地指出,所有这些行为都不过是人们的自我安慰,主人公们在自我救赎的同时,又继续犯下新的罪行——蝌蚪、小狮子通过代孕,想要获得自己的孩子,但又造成了陈眉母子分离的人间悲剧。换言之,陷溺在罪与赎罪的无尽循环中,人不可能摆脱负罪感。

这种带有宿命论色彩的原罪观念显然不是来自什么宗教,而是植根于莫言对历史的认识,因此可以称之为"历史的原罪观"。在莫言看来,血腥和罪恶本身就是历史的一部分。姑姑的手上固然沾满了鲜血,但这就是历史,"历史是只看结果而忽略手段的"①。我们无法对历史进行价值评判,因为"对与错,是时间的也是历史的观念决定的"②。我们的民族历史掺杂着罪与罚、善与恶、死亡与生命、痛苦与欢欣,我们是历史的一部分,也就必然要承担起历史犯下的过错。我们既是罪行的受害者,也是罪行的施行者。这或许正是莫言在"贾雨村言"的表象之下,想要说的真话。小说结尾的一场"戏中戏",或许正反映了莫言对历史的冷峻认识。在话剧第八幕,疯疯癫癫的陈眉抱着孩子,误闯了电视戏曲片《高梦九》拍摄现场,倾诉冤情。小狮子等人也尾随而至,与之争子。牛蛙公司买通导演,指使扮演清官高梦九的演员,将孩子判给小狮子。显然,莫言在这里借用了中外民间广为流传的"智断亲子"故事原型,但他有意改变故事的结局,将孩子判给了抢夺者而非生母,从而构成了对故事原型充满讽刺意味的戏拟。莫言似乎想告诉读者,"包待制智勘灰阑记"里的朗朗乾坤、清平世界不过是诗意的幻象,"葫芦僧乱判葫芦案"般黑白颠倒、是非莫辨,方才是真实的历史与现实。故事原型中隐含的原始正义、民间智慧乃至善恶果报等民间理法,被莫言拆解殆尽,言语道断之处,只余下一脉深入骨髓的虚无感——基督教的原罪尚且有末日审判可以救赎,而在《蛙》中,甚至连审判本身也是不义。正是这入骨的寒意,使这部九幕话剧构成对小说前四部分的自我反讽与颠覆,并使《蛙》在莫言小说中成为极有阐释弹性的一部。

---

① 莫言:《蛙》,《收获》2009 年第 6 期,第 148 页。
② 莫言:《作为老百姓写作》,《莫言研究资料》,天津人民出版社 2005 年版,第 65 页。

附　　录

一、世界舞台上的民族主义

　　1986年,一位正在湖南教书的美国女教师偶然结识了一群来自菲律宾的流亡革命者。由于刺杀马科斯总统的计划失败,这些菲律宾共产党员于1960年代末逃亡中国。作为第三世界国家的革命同志,他们受到了毛泽东主席的接见,随后被安置在长沙,有了自己的工作和住所。二十年后,正值阿基诺夫人的"人民力量"运动推翻了马科斯政府,一位流亡者认为重整山河良机已至,便挈妇将雏,带着对革命的乐观回到了菲律宾。然而,在几个月后的一次聚会中,美国女教师得知这位革命者已被阿基诺的军队处死。

　　正是带着对中国和亚洲革命如此复杂而伤感的"前理解",这位年轻女教师——瑞贝卡·卡尔(Rebecca E. Karl)——回到了美国,开始了她对近代中国历史的多年思考和研究。虽然她的考察对象并不是席卷现代中国的共产主义革命,而是清末民初的中国民族主义,但她坦承,在湖南的一番经历仍是自己展开中国研究的最初动机。尽管同情并不一定来自了解更不必然意味着了解,然而在亚洲腹地的多年游历以及与第三世界民族革命——虽然已是夕阳般的尾声——传奇般的相遇,却无疑使她具有大多数美国同行所缺少的某种优势。或许正是由于如此,她的近著 Staging the World: Chinese Nationalism at the Turn of the Twentieth Century(中译名《世界大舞台——十九、二十世纪之交中国的民族主义》,以下简称《世界》)既具理论张力,亦不乏历史的体贴，并以其对美国东亚研究方法论的内在反思，成为近年来英语学术界民族主义及东亚研究领域颇有锋芒的一部著作。

埃里克·霍布斯鲍姆(Eric Hobsbawm)曾感叹道，假若不对"民族"这个单词及其衍生的有关词汇有所了解，我们几乎无法对近两个世纪的人类历史做出解释。具体到中国近代史，当然也可作如是观。或许正是由于这一问题如此重要而又如此经典迭出，以至于后来者多少都会感觉到无从说起的困惑。然而瑞贝卡似乎并没有这样的苦恼——其提出问题的方式可谓相当特别。1904年，著名伶人汪笑侬创编的新派京剧《瓜种兰因》在上海春仙茶园上演。此剧描写土耳其因礼仪纠纷对波兰宣战，后者当然战败，不得不割地求和。剧情虽不尽合于史实，然因影射晚清政局，大受沪上观众欢迎，以至于警察局不得不出面告诫观众不可过于兴奋。如同当时众多可以视同政治寓言的文学作品，《瓜种兰因》不仅多含文字游戏（例如剧名即暗指瓜分、种族、波兰、原因），其剧情亦蕴含着"对现代世界与中国之间构建性关系的复杂阐释"。剧中采用的"波兰"、"亡国"、"同种"等词语看似平淡无奇，但倘若置于晚清思想发展脉络中，其与民族主义话语之间错综复杂的联系便自然浮现。由于常被视为中国自身的镜像，"波兰"本身的词性与内涵在晚清语境之中不断发生变化。早期维新派如康有为对波兰的认识，以国家和统治者关系为中心的精英主义做主导，并不涉及"人民"与"社会"。但戊戌变法失败之后，知识界对清廷极为失望，遂把作为"民族"的波兰视为复兴之寄托。由此，知识界对国家的定义重心逐渐从狭义的"国家"(state)向"民族"(nation)移动，"人民"、"群"、"社会"等概念逐渐成为民族主义思想的重要组成部分。不仅如此，剧中选择土耳其（指代日本）作为波兰（指代中国）的征服者，是以象征的方式表明种族的划分并非以文化相似性而是以现代国家力量/地缘政治为标准，这不仅批判了晚清一度非常流行的中日"同种"论，而且也显示当时知识分子对以全球权力/地理而非文明/文化为基础的现代世界秩序的初步认识。作者以京戏为引子，从市井娱乐转入精英话语，此种举重若轻的叙述方式，颇有四两拨千斤之效。

眼光的变化，使欧美之外更广阔的世界渐渐被纳入国人的视野。

亚非拉地区的民族抗争不仅在实践层面,而且在理论和话语层面深刻影响了中国民族主义的发展演变。在《世界》的第二部分,作者再次聚焦于几个耐人寻味的历史片段,更生动地阐释了这一观点。1881 年,夏威夷国王加剌鸠(Kalakaua)远渡重洋,访问中国并会见了李鸿章,提出了中国与夏威夷联手抵抗西方的请求。李鸿章却认为这一要求"不仅是放肆的而且是古怪的"(中译本第 81 页),因而不予回应。这位直隶总督兼北洋通商大臣对太平洋事务如此冷漠,似乎正折射出当时国人(绝不仅仅是决策层)对现代世界格局与殖民势力缺乏应有的认识。到了 1900 年,由于檀香山唐人街爆发瘟疫,梁启超被迫在已为美国控制的夏威夷短暂驻留。对于他而言,此时的"夏威夷"具有全然不同的意义。身处其中,他发现所谓"亡国"不仅意味着王朝更迭或领土丧失,同时也是一个种族、语言、文化和政治逐渐消亡的被殖民过程。为了使国人理解并警惕这种现代的"亡国",则必须重视"人民"与"政府"的关系,建立现代"民族国家"(nation)。同时,华人在夏威夷被殖民过程中所遭受的不公正待遇,不仅使他们和本土中国人结成了命运共同体,而且凭借他们的政治经验、反抗精神和经济贡献,被中国知识分子视为新国民的理想形象,而民族主义的核心问题之一——"国民"理论,就得以在夏威夷华人的基础上被想象和建构。因此,借助梁启超、林獬等人的论述,夏威夷已不再是对国人毫无意义的蛮荒海岛或地理符号,而是作为现代全球空间体系中超地域性的政治镜像,直接参与了中国民族主义话语的形成。

事实上,伴随 19~20 世纪之交全球范围内反殖民斗争的逐渐兴起,被中国知识界重新发现并赋予意义的地域空间绝不仅仅是夏威夷。从菲律宾到埃及,从土耳其到南非,这些地区爆发的民族革命斗争都曾在晚清舆论中激荡一时,也都从不同层面影响了中国知识分子对"革命"、"历史"、"人民"等现代主题的思索。正是借助这些彼此关联而又层次分明的个案分析,作者勾勒出起源期中国民族主义思想的深层结构及其内部不同话语之间的矛盾、冲突、调和、形变,其中不乏洞见。譬如,作者认为 1895~1903 年间菲律宾反对西、美殖民统治的民族革命,不仅使中国知识界认识到"革命"对于解决民族生存问题所具有的具体而现实的意义,而且使他们对革命的现代性一面也有了初步了解:革命并非蛮人的造反,而是殖民地人民在当代世界的社会政治实践的新模式。而只有通过理解革命,人民、国家、现代化和历史等等互相纠缠在一起的术语才可能得到清晰的梳理,晚清知识分子才能有效地把重要的理论/历史问题与全球形势联系起来并产生新的理解。同时,由于中国与菲律宾相似的地位与共同的被殖民/半殖民经验,晚清知识分子获得了一些即使在今天看来也难能可贵的见解——通过反观西班牙史书中的菲律宾人形象,他们辨认出了隐藏在帝国主义巧妙的历史叙事背后的整合性策略,并且认识到帝国历史叙事并非事实的真实反映,而是对特定人群才具有物质意义的一种意识形态表述。这种表述同时构建起一整套全球结构体系,并通过自封为"历史"得到巩固(中译本第146页)。由此,不仅欧美列强所宣称的诸如"人文主义"、"文明社会"、"人种差异"等等命题变得十分可疑,弱小民族是否可能以及如何书写"历史"与"文明"等相当超前的问题也被令人惊讶地提出,虽然它们在当时并不可能得到回答。

不过,尽管书中如此透辟犀利的论述所在多有,我更感兴趣的却是作为一位女性学者,瑞贝卡在对历史细节保持敏锐嗅觉的同时所展现出的理论洞察力与批判意识。我以为,倘若不抱偏见,《世界》的每一位读者都会注意到她那宏大的理论视野。她始终从共时性与比较性的角度,将中国民族主义置于全球现代性空间的背景下进行考察。在这背后,则隐含着作者对于现代性的激进理解——现代性是一个全球经济、政治、文化、力量、物质与表现的总体性结构,帝国主义形式的资本主义扩张使中国无可避免地成为这"总体"(杰姆逊语)中的一部分。作者强调,由于资本主义的扩张,帝国主义以及知识、实践的全球流通,晚清中国被明确和暴力地置于世界之中(中译本第3页)。因此,作为现代性产物的民族主义也就必须放在中国与外部世界,尤其是亚非拉被殖民国家的互相依存、互相影响的复杂关系中来看待。这种互动关系不仅表现在对被压迫命运的彼此同情和政治斗争的遥相呼应,更体现在意识形态层面的相互渗透、辨别、吸收与融合。所以人们不应在一个封闭而孤立的模式或系统中分析民族主义话语,而必须将之作为一个文化/

政治/历史问题,放在全球性的比较语境中加以考虑。

人们当然可以批评作者有些"理论先行"。但我以为,如果追根溯源,这种视野的形成或许并不完全来自书本,而是与瑞贝卡二十多年前的"中国体验"有内在的联系。也正因如此,她对东亚研究方法论的反思可谓相当有颠覆性。在她看来,一度广为流行、现在仍颇有市场的中/西(日)二元对立的中国近代史研究范式,及其背后隐含的以欧美为中心、将西方历史普遍化的意识形态霸权和历史目的论固然应该被否定,但那种看似批判西方霸权而片面强调中国自身的独特性和历史逻辑、将中国从全球语境中孤立出来的所谓"中国中心说"也不可取。因为后者将民族主义视为一种完全中国内生的、与外部世界无关的一种现象,必然会导致从根本上忽视中国民族主义话语更为广阔的背景与资源。换言之,这两种研究范式同样带有偏见地否认了世界的复杂性。瑞贝卡还着重分析了杜赞奇(Prasenjit Duara)《从民族国家拯救历史》一书的偏颇之处。她并不否认杜赞奇的理论贡献,但她提醒,为了反对国家主义历史叙述的话语霸权而去寻求一种完全无视甚至"分离"全球历史的"内部的"、"地方的"历史,无异于缘木求鱼。同时,完全将"民族"视为意识形态的虚构,将民族主义简单地等同于国家主义从而彻底否认其作为理论/历史问题的真实性,也不能构成对欧美中心主义和普遍主义霸权的真正批判。只有将中国民族主义重新置入全球语境,把它看做形成于19世纪晚期的现代历史问题的一部分,并且努力复原全球历史语境中的内部关联,才能真正实现对中国民族主义话语及中国自身现代性境况的语言、历史、文化和政治的充分理解。这或许正是作者更愿意将本书视为"知识文化史",而非一般意义上的思想史或社会史的根本原因。

显而易见,虽然《世界》讨论的是相当具体的历史问题,但它的学术目标与理论企图绝不仅限于此。在写作过程中,作者曾三易其稿并大幅压缩字数,语言的高度抽象化更凸显了其内在的思维强度与理论力度。换言之,这是一本并不易读但的确具有某种"典范性"(见《美国历史评论》2003年第1期书评)的重要著作。另一方面,由于作者所关注的全球资本主义现代扩张作为历史进程仍在继续甚至变本加厉,《世界》对现实的辐射能力也不应被忽视。在知识层面,它有助于人们重新思考中国在全球空间中的实际位置,反思由于对欧美中心世界体系的无条件认同而造成的对亚非拉世界的长期忽视以及对国际主义理想的贬低、丑化;在实践层面,它也反复提醒一个我们曾经献身其中但今天已几乎被全然淡忘的历史事实——中国的民族主义及其现代命运,既是在与西方列强的对抗中、也是在与世界其他被压迫民族的互相依存中形成的。特别是在西方金融危机持续加剧、世界格局发生结构性变化的情况下,它对于我们如何思考和处理与其他发展中国家乃至西方国家的复杂关系,如何在国力上升而与其他国家不可避免发生利益冲突的过程中,既维护自身利益、又避免落入新的孤立主义或霸权主义陷阱,都不无裨益。在民族主义的幽灵再次游荡在世界舞台的今天,无论是重新扮演主角或是继续充当看客,对《世界》所提出的这些思考,其实我们都无法回避。

二、穿越边界的历史追寻

——《语言运动与中国现代文学》读后

汉语从古典到现代的历史性转折,或许是 20 世纪中国文化最深刻的变化,而现代汉语与现代文学之间的关系,也早已超出了工具与主体、载体与本体的层次,成了现代中国文化研究中最本己、最复杂而又最具挑战性的课题之一。如果说以往的现代文学史著对此重要问题缺乏关注,那并不公允。事实上,自中国现代文学学科建立以来,语言问题,尤其是白话与文言之争,就始终是五四文学革命乃至现代文艺论争的中心问题之一,诸多先贤也都有过精彩的论述。20 世纪 90 年代以来,在国外人文社会科学"语言学转向"的影响下,又出现了一批借助西方语言哲学解读现代文学的成果,大大拓展了人们的思路。然而,诚如一位学者所言:"对于中国现代文学来说,语言变革既是最重要也是最根本的现代性问题,又是一个关涉甚多的难题。"①论题本身的重大与复杂,不仅意味着价值与难度,而且也意味着不断生长的研究空间和动态演进的研究方法。换言之,一个真正有意义、有生命力的学术论题,不仅不会因为现有的研究结论而过早终结人们对它的想象,反而会随问题意识的转换不断激发出新的学术探索。刘进才的《语言运动与中国现代文学》(中华书局 2007 年版,以下简称《语言》)便是新一代青年学者在这一领域的最新收获。

一

较之于以往同领域的研究著作,《语言》有着自己鲜明的学术特色。这首先表现为贯穿全书深沉厚重的历史感或曰历史意识。近年来对中国现代文学语言问题的研究多从欧美语言哲学入手,偏重于理论的建构和发挥,虽时有令人耳目一新的见解,但常疏于把握研究对象的历史实际,与现代中国复杂特殊的历史情境略嫌隔膜,其结论往往不免流于浮泛甚至偏颇。刘进才则将"语言的本质是什么"之类言人人殊、玄之又玄的抽象命题搁置起来,转而以朴素的史学研究方式进入论题。在作者看来,现代汉语不仅仅是一种语言形态,而且也是与百年中国文化命运相纠缠、相始终的历史事件,是一场接一场曾经波澜壮阔、高潮迭起、绵延不绝的"运动"。因之,对于中国现代文学的语言问题绝不能单纯从语言学层面或文学层面进行现象分析,而必须以历史的眼光考察语言运动对现代文学的深刻影响以及现代文学的回应,而要达到这一目的,又是纯粹抽象的理论演绎难以实现的。因此,研究者不仅需要参考西方理论,更需要贴近原生态历史的客观梳理与叙述,借助对历史细节的钩沉稽隐,重建对这一历史过程的合理想象。不仅如此,作者还充分认识到现代文学语言问题作为历史事件的多面相与复杂性,体现出相当健全的历史理解力。在立论之初,他就清醒地意识到:"现代文学中的语言问题,并不是简单的文学内部问题,单在文学内部是很难考辨

---

① 解志熙:《语言运动与中国现代文学·序》,《语言运动与中国现代文学》,中华书局 2007 年版,第 1 页。

清楚的。"(原书第 9 页)因而,他既没有重复以往从修辞学角度对某个作家乃至文学流派语言风格的研究模式,也没有固守把现代文学语言问题化约为文言与白话之争的传统思路,而是把影响现代文学语言的内部因素与外部因素加以综合考量,着力凸显现代文学语言与二十世纪中国社会政治、经济、文化、教育等诸多方面的关联与互动。正是由于具备了这一辩证的历史观念,《语言》一书便独具匠心地将研究重点放在对具体历史事件和现象的分析和把握上。作者没有依托某种固定的结构(比如时间性)进行巨细靡遗的论述,而是抓住历史关节,在充分搜辑原始史料的基础上,选择那些在近现代史上或轰动一时、或虽被世人淡忘而实则影响深远的历次语言运动加以重新考察,并着力发掘其与现代文学多重复杂的内在联系。全书分为上中下三编共十章,以个案研究为基础,分别对晚清以降的废除汉字思潮、西方传教士与早期白话文体、儿童文学的发生与国语运动、国文教学中的文言与白话问题、新文学建构中的民间语言资源、方言文学运动、《讲话》与文学语言观念及创作实践的转变等等关键命题进行了有针对性的、"仄而深"的专题研究,并以现代汉语革新与现代文学生产的互动作为线索贯穿前后,使全书形散神聚,共同勾勒出语言运动、国文教学、现代文学书面语言三者之间的多元共存、彼此互渗、互为生发的宏大历史图景,再现了它们在"现代中国"的想象与建构过程中所扮演的历史角色,从而巧妙地实现了微观研究与宏观研究的结合。

  与作者对语言问题作为历史存在物的本质特征的深刻体认和对历史复杂性的辩证认识相呼应,《语言》在研究方法上也体现出史学研究的典重风格。史家严耕望曾云,传统治史方法"要从史料搜罗、史事研究中,建立自己的一套看法,也可说一番理论;而不遵行某一种已定的理论为指导原则,来推演史事研究。换言之,要求理论出于史事研究,不能让史事研究为某一种既定的理论所奴役。这种研究方式自然要吃力得多"[①]。《语言》所采用的质朴扎实的研究路向,可谓庶几近之。在进入问题之初,作者即将史料的发掘和整理放在研究工作的首要位置,

---

① 严耕望:《治史三书》,辽宁教育出版社 1998 年版,第 150~151 页。

在前期准备阶段搜集了上千万字的相关资料,其中多有为人所未见者。他在广辑史料的基础上考订辨疑,多所创获,解决了一些久悬未决的学术难题,给读者留下了颇为深刻的印象。例如,对于中国近代以来所使用之新词汇究竟来自日译西籍还是源自中国本土的西学译本,学界一直聚讼不已。其中不少人认为,源自欧美的新词首先是被日人用汉字翻译,然后重新输入汉语。作者则根据西方传教士马礼逊1808年开始编纂、1822年在澳门出版的第一部汉英字典《华英字典》,证明"单位"、"法律"、"交换"、"铅笔"等许多通常认为来自日语的词汇,实际出自在华传教士于英汉互译中创制的汉语新词,只不过随后被日语借用并伴随晚清留日热潮"返销"中国,从而揭示了中国近代(现代)汉语词汇的来源远比人们想象得还要复杂。又如汉译《圣经》在近代白话文体的形成过程中究竟扮演着怎样的角色,也是近年来学界的热点问题,特别是《圣经》翻译中是否采用过白话自由诗体从而有可能成为现代白话诗歌的出发点,更是引发了激烈的学术争论。[①]《语言》则依靠由英国传教士里约翰、艾约瑟共同翻译,1872年京都福音堂印行的《颂主圣诗》,详尽论述了早期圣诗译者"辞不求文,语期易解"的诗学理念以及译诗所表现的通俗清浅、和谐自然的语言效果,为晚清中国即已存在分行书写、言文一致的白话圣诗提供了无可动摇的铁证,而这一发现,无疑将促使学界对《圣经》翻译的历史地位与作用进行重新评价。

《语言》一书对于史料几近"竭泽而渔"的态度,使之不仅在"点"——具体考证——上多有突破,而且在"面"——新的研究方向——上也有令人兴奋的拓展和推进。晚清以来,方言文学就是中国文学版图中不可或缺的组成部分,也是一种形态复杂而影响深远的文学现象。特别是在方言文艺方兴未艾的今天,对现代方言文学的再发现显得格外迫切和重要。但是,以往的方言文学研究多是围绕某部典型文本从语言修辞或地域文化的角度进行论述,从未将作为"运动"的方言文学思潮纳入研究视野,其文学史的意义与价值自然也就无从阐

[①] 参见刘皓明《圣书与中国新诗》,《读书》2005年第4期;江弱水:《〈圣经〉、官话与"引车卖浆者流"》,《读书》2005年第11期;刘皓明:《从字说到灵——对江弱水先生批评的答复》,《读书》2006年第12期等。

发。《语言》则考察了五四以来的历次方言文学运动,弥补了这一不应有的空白。作者首先围绕五四时期的"歌谣运动",还原了"方言调查会"的成立、《国语周刊》的发行、刘半农的方言诗歌实践等一系列历史细节。在此基础之上,作者对以方言为主的歌谣运动在新文学的建构中所发挥的历史作用进行了全新的阐发:"歌谣运动实际上连接了国语运动和新文学运动,通过记录各地歌谣进行方言调查,通过歌谣本身的整理为新诗提供可资借鉴的语言资源。歌谣运动既是一场眼光向下的民俗学运动,也是近代以来语言运动的深入和发展。"(原书第233页)在第八章中,作者又以上海方言剧和华南方言文学的讨论为中心,钩沉了四十年代先后在上海、广东、香港等地出现的方言文学思潮,对这些被湮没已久的文学现象进行了清理发掘。他不仅以史料的细密梳理重现纷繁的史事真相,而且详加辨析,对方言运动背后的复杂动力机制进行了深入的讨论。他认为,方言文学体现了晚清以来语言运动的核心主张"言文一致",但是又与语言运动的终极目的——建立现代的民族共同语——存在冲突。因此,方言文学的兴起或消退,与国语运动不同时期的倾向和策略有关。另一方面,方言文学并非纯粹的文学或语言学现象,其背后的意识形态因素颇值得关注:拉丁化新文字运动对方言剧的提倡更多是出于左翼文艺大众化的考量,华南方言文学的热潮则体现了国统区作家对《讲话》精神的贯彻,新中国成立后方言文学的式微则导源于国家意志对地方性认同的警惕和压抑。作者通过翔实可靠的叙述和分析,第一次全面展现了方言文学、国语运动以及现代民族国家的语言策略之间的复杂互动关系,既总结了方言文学的历史成就与经验,也反思了方言文学乃至"言文一致"主张的局限,而作者从中所体现的融个案剖析与思潮研究为一炉的研究路向,也为今后现代方言文学研究打开了新的局面。

二

值得注意的是,刘进才在搜集史料时所持的是一种以"历史"为本位的态度。也就是说,任何有助于解释论证研究对象的史料,无论其学科属性,都可拿来使用。因此,他虽然将研究对象确定为"语言运动与中国现代文学",但采用史料的范围并不局限于语言学和文学史,而是大胆穿越学科边界,进行跨学科的历史考察。对此,刘进才实有着相当的自觉。他在绪论中专列一节,提出跨学科研究的重要性:"跨学科研究蕴涵着研究者走出封闭的学科格局并力图实现创新的研究期待,也许正是不同学科之间的相互交叉与碰撞激活了本学科内部原本察觉不到的新的生长点。事实上,很多看似不同的学科之间本来就没有壁垒森严的学科界限,而是存在着'剪不断'的内在关联。因而,研究中不应该也没有必要固守某一学科的领地,跨学科研究不但提供了研究创新的契机,也引发了新的学科的诞生。"(原书第8页)在作者看来,跨学科研究不仅需要在理论层面彼此互通、多方参照,更需要在史料发掘中破除我执、放开眼界,特别是在解决类似中国现代文学与现代汉语这样的重大的综合性学术问题时,更不能囿于学科边界而划地自限。作者对此不仅有自觉的方法论意识,而且在全书的写作过程中加以贯彻和实践。上文所举两例,便是作者利用宗教史料解决文学史问题的好例。除此之外,作者还通读了以往并不被现代文学研究者所重视的《国文杂志》、《国文月刊》、《语文》月刊、《教育杂志》、《中学生》等一批教育类杂志,从中发掘了不少极有价值的原始资料,并与文学史料参照互证,从而寻空蹈隙,发现一些原本从文学研究视角难以发现的新问题。例如,书中对于现代国文教学与语言运动之间的关系格外重视,专设中编对此问题进行集中讨论。1920年教育部曾颁布一条著名的训令,规定凡国民学校一二年级国文课都须统一采用语体文(白话),现有文学史著对之甚为看重,认为它代表着白话文在体制内合法性的确立,是白话战胜文言的标志。但是,这一历史事件对于中小学国文教育、现代儿童文学以及国语运动到底产生了怎样的切实影响,学界却未给予足够的关注。刘进才详细考察了民国小学国语初级教材的变化,通过详赡严密的史料分析,指出教育部训令的发布加快了现代儿童文学进入教材的步伐,从形式和内容上改变了传统语文教学模式,而国文教材的变化"也潜移默化地改变着新一代儿童的语言习惯"(原书第118页)。同时,由于儿童文学的特殊性,言文一致的语言主张更容易在儿童文学领域得到实现。通过儿童文学的创作实践,现代作家在不经意间也改变了自身的语言习惯。由此,作者对小学语文教育、儿童文学与语言运动的复杂关系给予了创造性的辨析和总结,使我们对现代儿童文学的发生有了更深层次的理解:"现代语言运动的目标首先是在儿童文学领域实现的。以教育为旨归的现代语言运动呼唤并催生出现代新型的儿童文学文体,而儿童文学的发展和成熟又进一步巩固并扩大了现代语言运动的成果,并引领现代语言运动向着积极健康的方向迈进。"(原书第131页)紧接着,作者又以三四十年代"中学生国文程度"的讨论为切入点,考察了中学国文教学中的文言与白话问题,并从国文教学的角度回答了一个相当重要却也相当棘手因而长期被现代文学研究界所有意无意地忽略的问题,那就是:既然新文学运动之后白话文已经取得了"胜利",何以在公文布告、新闻社论、公私函牍等实用文体领域却是文言占据上风?作者在清理几次论争的来龙去脉之后认为,白话文在中学国文教学中并不像在小学语文教学中那样一帆风顺,相反,由于国文教材编撰理念的差异,这一问题要复杂得多。一方面,卷土重来的文化复古主义对国文教学屡有干扰;另一方面白话文自身也并非无懈可击。国文水平的"低落",突出表现在应用文领域,其原因则在于新文学运动领导者从一开始就更重视"纯文学"教育,无论是"文学的国语"还是"国语的文学",着眼点都在于文艺性的"美术文体",因而忽视了白话应用文体的教材建设和教学训练。作者进一步认为,新文化运动之后,白话与文言之争并没有平息,而是转入了教育领域;中学国文教材中文言与白话比例的消长,正是长期以来白话与文言不断斗争的曲折反映。现代国文教育与国语运动之间既互相促进又彼此制约,而四十年代诵读教学的提倡,则代表了国语运动者和新文学作家在国文教学领域的自我调整和共同努力。

类似上文这样令人耳目一新的学术发现在《语言》中并非个例,而是所在多有。如对于新式标点符号在现代白话文体形成中的历史作用、斯大林语言学理论对五十年代作家语言的影响等诸多问题,作者都能够言人所未言,给读者以有益的启发,而这又是来自作者对史料的高度重视和充分掌握以及在此基础上对历史的反复涵泳和体会。正是这样一种富于历史感的、跨学科的研究路向,使《语言》的学术成就达到了一个相当的高度。杨义先生便认为,《语言》的重要贡献在于:"将语言运动与中国现代文化、现代文学、语文教学结合起来考察,打破了此前学界将语言运动、现代文学、语文教学三者分割的局面,提供了一种崭新的语言运动与文学生产的整体观。"(原书第 2 页)按诸原书,这一评价实非溢美之词。此外,史料的丰赡翔实与理论思维的客观节制相得益彰,论证细密扎实而能见其大,也都是《语言》突出的优点。当然,作为青年学者的学术著作,在诸多优长之外,《语言》也存在一些未臻完善之处,人们尽可对它的具体得失进行进一步的讨论,但该书所体现的学术研究新思路和治学风格,理应得到学界的重视。在这里,同为青年学人而颇受启发的我也想对此略谈一二感想。

众所周知,现代文学研究陷入某种危机与困境可谓由来已久,而迄今并无根本改善的迹象。不少研究者枯守各自的地盘,面临无题可选、无"新"可"创"的尴尬局面。《语言》一书的出现当然不可能完全解决这一问题,但是它所使用的"跨学科的史料发掘"却不失为一种可资借鉴的研究方法。"凡一种学问能扩张他所研究的材料便进步,不能的便退步。"①在人文学科之间的联系越来越密切、边界越来越模糊的今天,现代文学研究的困境,不能不说与史料意识的划地自限、史料工作的停滞不前有直接的关系,而破除学科之间的界限,扩张史料搜集的范围,或许正是一剂对症良药。跨学科史料问题的提出,实质上是对文学史研究的本质的还原。作为专门史的文学史研究,本身首先是一种历史研究。学科为了建制的需要可以人为划分,而史料则无需区别对待。只要有利于文学史研究的进展,任何史料均可以加以应用。因此,将原属教育史、宗教史、政治史、语言文字史的材料合而用之,便非但不是擅自越界,反而是历史研究的题中应有之义了。在史学研究界,这种对学科界限的穿越已屡见不鲜,远之有陈寅恪的"诗史互证",近之则有国内外兴起的新社会史、新文化史研究,都堪为典型。时至今日,随着学科互动的增加,文学史研究再将史料的搜集限制在纯粹"文学"的范畴,似乎

---

① 傅斯年:《历史语言研究所工作之旨趣》,《傅斯年全集》第三卷,湖南教育出版社 2003 年版,第 6 页。

既无必要,也无可能。当然,文学史研究自有其特点,其史料自然当以文本为根基,但如能放开手脚,广寻他证,不仅治史的视阈将大大放宽,治学境界也自当不同。就方法论层面而言,《语言》所追求的正是一种建立在坚实史料发现与勤苦工作基础上、确实能够有助于现代文学研究取得突破的跨学科研究。它对宗教史、教育史、语言史等多种学科史料的大量使用,甚至会使读者怀疑这是一本文化史而非文学史的著作。对此人们当然可以用"驳杂"批评之,但它的贡献不正在于以这史料的丰沛"驳杂"、曲折互证,使我们获得了此前未有的对语言运动、现代文学、语文教育之间多重关系的整体把握以及对历史多面相的综合认识吗?史家李济曾经一再强调历史研究要获得"整个的知识",也就是要打破旧史学只在文字材料中兜圈子的"内循环式"研究范式,利用一切可能的材料认识历史。① 对于文学史研究来说,也许只有告别那种故步自封的"纯文学理念",自觉地穿越学科之间的藩篱,方能造就一种博洽宏观的学术视野,从而获得关于文学的"整个的知识"。

另一更深层次的启发或者说感想,涉及青年文学史研究者如何建立自己的历史感,找到属于自己的历史感受。艾略特曾谈到:"对于任何一个超过二十五岁仍想继续写诗的人来说,我们可以说这种历史意识是绝不可少的。这种历史意识包括一种感觉,即不仅感觉到过去的过去性,而且也感觉到它的现在性。……这种历史意识既意识到什么是超时间的,也意识到什么是有时间性的,而且还意识到超时间的和有时间性的东西是结合在一起的。"②其实何尝是写诗,任何一项真正严肃的人文科学研究工作,不都是需要几分历史意识吗?但可能因为这"历史意识"太过平常了吧,人们反而常常忽略了它。就《语言》所讨论的问题而言,现代汉语的形成当然与百年来西潮的激荡有直接的关系,但是,这并不意味着对这一历史事件的分析和把握必须成为西方理论的牺牲品。相反,正如《语言》所显示的那样,即便是研究与西方影响关系紧密的现代性问题,我们仍然可以通过历史的、朴素的、本土化的方

---

① 转引自王汎森:《中国近代思想与学术的系谱》,河北教育出版社 2001 年版,第 370 页。

② 艾略特:《艾略特文学论文集》,百花洲文艺出版社 1994 年版,第 2—3 页。

式进入,进行一种简明然而有力的"在地"研究,通过原生态历史事件和细节的平实叙述,通过对历史人物和现象的同情与理解,使我们置身于生动的中国语言变迁的历史情境,获得对现代文学语言问题既是"中国的"也是"历史的"理解,从而不至于使我们对本民族历史的言说变成西方社会科学理论的附庸。我以为,这正是在理论泛滥的时代青年研究者建立自身历史感的有效方法。就此而言,《语言》实际上提示了一条青年文学史研究者如何处理与自身息息相关的民族历史命题的新路——也许可以称之为"在地的文学史研究"。它应该既有面向世界敞开的阔大胸怀,也有自己独立的阅读和思考;既能借鉴吸收国外的社会科学理论,也能珍视源自本土的切身体验,特别是应该以自身对民族历史的深入阅读和体会为基础,强化自身的问题意识而不至于陷入别人的话语场不能自拔。生发开去,我们甚或可以说,《语言》所体现的学术风格对于青年一代学者在全球化的狂潮之下深根固本,恢复对民族历史的自主感知和分析能力,重建对中国学术传统的本土认同,从而找到孜孜以求的学术原创性,获得更坚韧而长久的学术生命力,都有不容忽视的启示作用。在这个意义上说,《语言》不是宣示一个结论或答案,而是提供了一个重新理解、思考和出发的起点,而这或许正是它最大的贡献。

三、大历史与小人物
——略谈《十月围城》的历史观

任何一部历史题材的影片——或者说任何一部影片——都无法回避历史观的问题。每位导演都必须对这个问题作出自己的回答,哪怕他是个纯粹的商业片导演。很多商业大片为人所诟病,往往不是由于技术层面的原因——事实上,它们在这方面通常是技术过剩——而是因为它们扭曲变形、颠三倒四、面无人色、不知所云的历史观念。与之相反,《十月围城》可谓是近年来少见的市场与口碑双赢的一部大制作,从主流官媒到街谈巷议,无不青眼有加。从影片中,主管部门看到了爱国,知识精英看到了民主,普罗大众则看到了明星。这部电影能够如此善调众口、左右逢源,当然与制作人深谙国情、能为巧妇有关,但影片内部多面复杂的历史观念也在其中发挥了至为重要的作用。

作为护身符的正史叙述

如同岭南文化曾经产生了孙中山、康有为、梁启超等一代伟人,并进而影响近代中国的历史进程,香港虽然一向被视为蕞尔小岛、"文化沙漠",但对中国历史与命运自有一份贡献,也自有一份关切。与台湾不同,香港虽然沦为殖民地的时间更长,但港人的民族认同从来没有成为真正的问题。百年来的香港电影,虽然以商业娱乐路线为主,但从未放弃过对政治、历史题材的介入,甚至在商业片中也不时流露出对严肃命题的思考和言说,港产功夫片挥之不去的民族主义色彩,以及周星驰的无厘头喜剧《国产凌凌漆》等便是明证。"黄飞鸿系列"的长盛不衰,与《叶问》的红极一时,其背景便是港人深藏心底的家国情结。

《十月围城》在国内古装大片屡受舆论抨击的背景下,选择较为敏感的近代历史题材,既是一招妙手,也是一步险棋。由于影片在策划之际,港片的香港及海外市场已经大为萎缩,主要的市场目标只能是中国大陆,因此如何处理本片的历史叙述,使之与官方意识形态相接榫,便成为最关键的问题之一。影片虽然采取了真实人物与虚构情节相交错的编剧手法,但主题立意中规中矩,完全吻合正史叙述。影片从一开始就通过不同人物之口,反复强调了"革命"、"民主"、"共和"的合法性,并通过报社社长陈少白的宣讲,将已属异国管治的香港与母国兴亡联系起来,巧妙地呼应了当下国族认同的话题,并为整部影片定下了爱国主义的基调。不仅如此,为了表现人物性格,影片不惜袭用"启蒙"俗套,先设置一场五四文学中典型的父子冲突,再让李玉堂从一介商人转变为勇于担当的革命者。当陈少白提醒李玉堂"你赞助革命的第一分钱的那一天起,你就是革命党"的时候,影片对香港/中国关系的影射已经呼之欲出——尽管香港号称商业立港、功利至上,但从来没有、也不可能自外于国族历史。因此,虽然影片中少爷李重光来自北方,但当他高呼"革命是历史的潮流,整个中国都被卷进来"的一瞬,我们完全可以把这一自我陈述看成港人面对国家意识形态的集体表白。

正因为如此,《十月围城》便很容易被定位成"港产主旋律"影片,或者像有些评论者所说,不过是《建国大业》的功夫版——只不过"国"变成了"中华民国"而已。影片对国族历史的认同与渲染,为民族情感、国家意识和牺牲精神的表达奠定了深层基础,并进而保证了自身的"政治正确"(Political Correctness)。由于命系国内市场,对于投资一亿五千万元的制片方来说,这无疑是一道至关紧要的护身符。

历史阴影下的小人物

然而,正如影片监制陈可辛所言:"我们真的不是在拍一部革命片!"《十月围城》虽然刻意凸显了民族革命的正当性,以求被主流意识形态接纳,但在"痛说革命家史"之外,显然别有关怀。导演陈德森一再强调,他不关心什么革命、政治,只关心从平民的视角重新叙述历史。如果按照国内主旋律影片那样讲历史,毫无官方背景的《十月围城》恐怕真要血本无归。因此,影片必须在为正史背书之外,独出机杼。

不难看出,《十月围城》的真正主角并非孙中山,而是众多隐藏在历史阴影之下的小人物。影片蓝本虽然来自1973年的《赤胆好汉》,但编导特意将原剧主角单打独斗的情节改为类似于《七武士》的群戏模式,主角或为赌徒、或为戏子、或为车夫、或为乞丐……无不是平头百姓,升斗小民。影片前半段几乎全是文戏,编剧不惜笔墨,为每位主角设计了曲折动人的过去,同时穿插了大量细节以表现人物的性格。换言之,整部影片前半部分都是在讲述普通人的"小历史"。而在影片后半部分,当市井细民一一死去,银幕上都会打出其姓名、生卒年月与籍贯。尽管这些人物纯属虚构(唯一在历史上实有其人的陈少白反而活了下来),但导演化虚为实、重构历史的目的已经昭然若揭。在这里,影片借助小人物的喜怒哀乐、悲欢离合,展现了另一种朴素的、平民的历史言说,向凌驾于自己之上的宏大叙述发起了挑战。这种历史观虽然强调小人物对历史的参与,但与民粹主义的"人民史观"有本质的区别。后者认为人民创造了历史,但实际上人民最终沦为了一个统御、权威的符号,也即齐泽克(Zizek)所说的"主人能指"(master signifier),只剩下空洞的躯壳。相反,《十月围城》对于历史的理解,更近于德国历史学家汉斯·麦迪克(Hans Medick)为"日常史"所提出的口号:"小即是美。"影片更加注重对小人物及其日常生活细节的叙写,镜头处处流露着人本主义的温情与悲悯。故事中除了少爷李重光,其他自告奋勇的五位主角连所要保护的对象是谁都不知道,也无意知道。保护革命领袖,对他们有着完全政治之外的意义——对于车夫阿四意味着报答恩情,对戏子方红意味着继承父亲的遗志,对于乞丐刘郁白意味着从过去得到解脱,对赌徒沈重阳意味着做一个合格的父亲,对小贩王复明则意味着可以回到少林寺。他们在历史大变局面前的懵懂无知、自在自为,恰恰映射出"小历史"的真实与质感,与充满目的论(teleology)色彩的宏大叙事(grand narrative)的空洞无物形成鲜明的对照,而这两种历史观的并存与对峙,也正构成影片内在叙事张力之所在。

由此,我们便可以理解《十月围城》为什么要采用超级写实主义(super realism)的场景。陈德森从十年前构思影片开始,便坚持一定要按照1:1的比例搭设1905年的香港中环实景。这不仅耗资巨大,而且在几乎所有人看来都毫无必要。因为对于大多数导演来说,简单的布景无碍于故事的讲述,至于远景,交给电脑特技就已经足够。事实上,《十月围城》最后的场景成本达到了4300万。陈德森对影片场景近乎偏执的要求,其实从一个侧面反映了他对历史的自我定义:无论是人物还是场景,只有充满细节,才是历史。而影片中镜头向历史细节的无限推进,本身就是对叙述的背叛与嘲讽。

此外,影片的某些情节也同样泄露了天机。例如,孙文在影片中是相当重要的叙事动机,也是正史的象征。然而耐人寻味的是,在相当长的时间内,观众看不到他的正面镜头,而只能看到那顶著名的白色盔形帽,或者仰拍造成的伟岸背影。只有当剧中小人物们纷纷死去之后,张涵予扮演的孙文才在逐渐拉近的镜头中,显现了自己的庐山真面目,而此刻繁华的香港也渐渐隐没。这一吊诡的安排也许纯属偶然,但我却更愿意将之视为影片对历史悖论的深刻隐喻——大历史的巍然确立,或许只能以无数个人/细节历史的消失为代价。在这里,影片终于按捺不住,闪现了它的批判锋芒。

商业片如何讲述历史

一部电影存在两种互相指斥的历史观,不仅会影响影片意识形态结构的自洽,甚至会造成情节的乖张与错乱。这一点在《集结号》中体现得相当明显——尽管这也是一部力图调和两种历史观念的尝试之作,但它无法将人本历史观坚持到底,最终选择在整体架构中向正史叙事妥协,虽然引发了对历史的反思,但又阻碍了这反思的进一步深入,从而显得进退失据,腹背受敌。应该看到,作为商业片,《十月围城》相当高明地处理了两种历史叙事的关系问题。整部影片结构精巧、节奏流畅,不同历史观的并存并没有撕裂整部影片,反而彼此对话、互为生发,组成了不断衍生意义的立体结构,影片也因此获得了更为丰富多元的内涵,满足了不同类型观众的阅读期待。因此,可以说《十月围城》的成功之处,就在于并没有将历史视为包袱,反而视为商业元素之一。它行走在两种历史叙事之间,游刃有余地寻求着平衡。影片虽然对泯灭个体的国族宏大叙事提出了质疑,但并未完全倒向"小历史"。事实上,虽然当代历史观最重要的理论指向之一就是"对元叙述(meta-narrative)的怀疑",但正如雷迪所说,宣布一切元叙述的终结,这本身就是"一种特别霸道的元叙述"。[①] 既然历史只不过是话语游戏,对于一部志在票房的商业片而言,以草根的平民历史观彻底颠覆堂皇的正史叙述,就显得既无意义,也无必要了。正因为如此,尽管陈德森本人自有其情感取向和价值判断,但他对宏大叙事的解构可谓手下留情,点到即止。相反,《十月围城》通过不断强调"革命"的意义,更尽力抹平不同历史观之间的矛盾与缝隙。不仅如此,香港电影的一大长处就在于能够灵活地利用商业性元素作为外衣,隐藏自身的意识形态诉求。梁家辉、黎明、李嘉欣、谢霆锋、胡军等一线明星的加盟,李宇春"唱而优则演",篮球明星巴特尔的客串,都使《十月围城》看起来完全是一部典型的贺

---

① 韩震、董立河:《历史学研究的语言学转向——西方后现代历史哲学研究》,北京师范大学出版社 2008 年版,第 242 页。

岁片,历史叙述的纠结冲突被覆盖在娱乐的油彩之下,显得更加暧昧模糊。

  由此,如果回到本文开篇提出的问题,我们就会发现,《十月围城》最大的贡献不仅在于提供了值得讨论的不同历史观念,更在于展示了一种值得借鉴的历史叙述策略。面对艺术、市场和意识形态的多重制约,非此即彼的一元叙述未必是理想选择。相反,多种历史观的并置、对话与互动倒有可能打开意义衍生的空间,使影片具有更为宽广的叙事场域、更为充沛的动力机制和更为多样的阐释可能。换言之,于模拟再现的基础上虚实相生,在多元共存的基础上和而不同,商业影片不仅可以深刻地讲述历史,更可以建构自己的历史美学——尽管这并非易事。

参考书目

一、中文报刊类

《安徽俗话报》、《大中华》、《国风报》、《国民日日报汇编》、《甲寅》、《甲寅日刊》、《甲寅周刊》、《民报》、《清议报》、《时务报》、《苏报》、《新民丛报》、《新民丛报》、《新青年》、《新潮》、《言治》、《庸言》、《浙江潮》、《正谊》。

二、中文史料类

《报人生涯三十年》,张友渔著,重庆:重庆出版社,1982年版。

《陈独秀年谱》,王光远编,重庆:重庆出版社,1987年版。

《陈独秀诗存》,安庆市陈独秀学术研究会编,合肥:安徽教育出版社,2003年版。

《陈独秀书信集》,北京:新华出版社,1987年版。

《陈独秀文章选编》,北京:三联书店,1984年版。

《陈独秀著作选》,上海:上海人民出版社,1984年版。

《钏影楼回忆录》,包天笑著,香港:大华出版社,1971年版。

《达化斋日记》,杨昌济著,长沙:湖南人民出版社,1981年版。

《独秀文存》,合肥:安徽人民出版社,1987年版。

《傅斯年全集》第三卷,长沙:湖南教育出版社,2003年版。

《胡适留学日记》,合肥:安徽教育出版社,1999年版。

《胡适文集》,北京:北京大学出版社,1998年版。

《黄兴集》,北京:中华书局,1981年版。

《黄兴年谱》,毛注青著,长沙:湖南人民出版社,1980年版。

《回忆亚东图书馆》,汪原放著,上海:学林出版社,1983年版。

《康有为大同论二种》,康有为著,北京:三联书店,1998年版。

《老话上海法租界》,中共上海市卢湾区委党史研究室编,上海:上海人民出版社,1994年版。

《李大钊生平史料编年》,张静如、马模贞、廖英、钱自强编,上海:上海人民出版社,1984年版。

《历史人物资料丛编之八·政学系与李根源》,存粹学社编集,香港:大东图书公司,1980年版。

《梁漱溟全集》,济南:山东人民出版社,2005年版。

《临时政府公报》,中国国民党中央委员会党史史料编纂委员会,台北:中央文物供应社,1968年版。

《柳宗元集》,北京:中华书局1979年版。

《鲁迅全集》,北京:人民文学出版社,1981年版。

《名家小说》,章行严编,上海:亚东图书馆,1916年版。

《秦力山集》,彭国兴、刘晴波编,北京:中华书局1987

《社会巨变与规范重建——严复文选》,上海:上海远东出版社,1996年版。

《苏曼殊全集》,北京:中国书店1985年版,影印本。

《谭嗣同全集》(增订本),北京:中华书局,1981年版。

《弢园文新编》,王韬著,北京:三联书店,1998年版。

《晚清文选》(上、下),郑振铎编,北京:中国社会科学出版社,2002年版。

《文坛五十年》,曹聚仁著,上海:东方出版中心,2006年版。

《我与我的世界》,曹聚仁著,香港:三育图书文具公司,1973年版。

《吴虞日记》,中国革命博物馆整理,成都:四川人民出版社,1984年版。

《五四时期的社团》,北京:三联书店,1979年版。

《五四时期期刊介绍》,北京:三联书店,1959年版。

《五四运动回忆录》(续),北京:中国社会科学出版社,1979年版。

《五四运动回忆录》,北京:中国社会科学出版社,1979年版。

《五四运动与二十世纪的中国——北京大学纪念五四运动八十周

年国际学术研讨会论文集》,欧阳哲生、郝斌主编,北京:社会科学文献出版社,2001年版。

《五四运动与中国文化建设——五四运动七十周年学术讨论会论文选》,北京:社会科学文献出版社,1989年版。

《辛亥革命回忆录》,中国人民政治协商会议全国委员会文史资料研究委员会编,北京:文史资料出版社,1961年版。

《辛亥革命前十年间时论选集》,北京:三联书店,1977年版。

《辛亥革命时期期刊介绍》,北京:人民出版社,1983年版。

《新编增补清末民初小说目录》,[日]樽本照雄编,济南:齐鲁书社出版社,2002年版。

《新闻界人物·一》,《新闻界人物》编辑委员会编,北京:新华出版社,1983年版。

《杨昌济文集》,王兴国编,长沙:湖南教育出版社,1983年版。

《饮冰室合集》,梁启超著,北京:中华书局,1989年版。

《〈饮冰室合集〉集外文》(上、中、下),夏晓虹辑,北京:北京大学出版社,2005年版。

《远生遗著·黄远生遗著附录》,上海:上海书店,据中国科学公司1938年版影印。

《章士钊全集》,上海:文汇出版社,2000年版。

《章太炎年谱长编》(上下),汤志钧编,北京:中华书局,1979年版。

《章太炎全集》,上海人民出版社,1984年版。

《章太炎政论选集》(上下),汤志钧编,北京:中华书局,1977年版。

《知堂回想录》,周作人著,石家庄:河北教育出版社,2002年版。

《中国新文学运动史资料》,张若英编,上海:光明书局,1934年版。

《中华民国史档案资料汇编·第二辑·文化》,中国第二历史档案馆编,南京:江苏古籍出版社,1991年版。

《周作人年谱(1885—1967)》,张菊香、张铁荣编,天津:天津人民出版社,2000年版。

《周作人自编文集》,止庵校订,石家庄:河北教育出版社,2002年版。

《朱自清全集》第 6 卷,南京:江苏教育出版社,1996 年版。

《追忆梁启超》,夏晓虹编,北京:中国广播电视出版社,1997 年版。

《追忆章太炎》,陈平原、杜玲玲编,北京:中国广播电视出版社,1997。

三、中文著作类

《八股文概说》,王凯符著,北京:中华书局 2002 年版。

《报刊史话》,方汉奇著,北京:中华书局,1979 年版。

《报人·报史·报学》,朱传誉著,台湾:商务印书馆,1985 年版。

《从传统中求变——晚清思想史研究》,[美]汪荣祖,南昌:百花洲文艺出版社,2002 年版。

《大母神——原型分析》,[德]埃利希·诺依曼著,李以洪译,北京:东方出版社 1998 年版。

《大众传媒与现代文学》,陈平原、山口守编,北京:新世界出版社,2003 年版。

《发达资本主义时代的抒情诗人》,[德]本雅明著,张旭东、魏文生译,北京:三联书店,1989 年版。

《风中芦苇在思索——中国现代文学的现代性片论》,解志熙著,郑州:河南人民出版社,1994 年版。

《革命逸史》,冯自由著,北京:中华书局,1981 年版。

《国家与学术:清季民初关于"国学"的思想论争》,罗志田著,北京:三联书店,2003 年版。

《黄兴评传》,左舜生著,台北:传记文学出版社,1968 年版。

《甲午战争前后之晚清政局》,石泉著,北京:三联书店,1997 年版。

《剑桥中华民国史》(第一部),费正清主编:上海:上海人民出版社 1991 年版。

《近代名家评传》(初集),王森然著,北京:三联书店,1998 年版。

《救亡与传统——五四思想形成之内在逻辑》,[日]近藤邦康著,丁晓强等译,太原:山西人民出版社,1988 年版。

《跨语际实践——文学,民族文化与被译介的现代性(中国,1900~

1937)》,刘禾著,宋伟杰等译,北京:三联书店,2002年版。

《宽容与妥协——章士钊的调和论研究》,郭华清著,天津:天津古籍出版社,2004年版。

《老舍全集》第17卷,北京:人民文学出版社,1999年版。

《老舍生活与创作自述》,老舍著,香港:生活·读书·新知三联书店,1981年版。

《李大钊早期思想与近代中国》,朱成甲著,北京:人民出版社,1999年版。

《理念人——一项社会学的考察》,[美]刘易斯·科塞著,郭方等译,北京:中央编译出版社2001年版。

《历史学研究的语言学转向——西方后现代历史哲学研究》,韩震、董立河著,北京:北京师范大学出版社,2008年版。

《论文偶记·初月楼古文绪论·春觉斋论文》,刘大櫆、吴德旋、林纾著,北京:人民文学出版社,1959年版。

《民族与民族主义》,[英]埃里克·霍布思鲍姆著,李金梅译,上海:上海人民出版社,2000年版。

《民族与民族主义》,[英]厄内斯特·盖尔纳著,韩红译,北京:中央编译出版社,2002年版。

《名学浅说》,耶方斯著,严复译,北京:商务印书馆,1981年版。

《批评的解剖》,[加]诺斯罗普·弗莱著,天津:百花文艺出版社,2006年版。

《七十年中国报业史》,赖光临著,台北:中央日报社,1981年版。

《清末的下层社会启蒙运动:1901—1911》,李孝悌著,石家庄:河北教育出版社,2001年版。

《清末上海租界社会》,吴圳义著,台北:文史哲出版社,1978年版。

《清末新知识界的社团与活动》,桑兵著,北京:三联书店,1995。

《嬗变——辛亥革命时期至五四时期的中国文学》,刘纳著,北京:中国社会科学出版社,1998年版。

《上海法租界史》,[法]梅册·傅立德著,倪静兰译,上海:上海译文出版社,1983年版。

《十七世纪英国文学》,杨周翰著,北京:北京大学出版社,1996年版。

《死火重温》,汪晖著,北京:人民文学出版社,2000年版。

《桐城文派评述》,姜书阁著,上海:商务印书馆,1934年版。

《晚期资本主义的文化逻辑》,[美]詹明信著,陈清侨译,北京:三联书店1997年版。

《晚清报业史》,陈玉申著,济南:山东画报出版社,2003年版。

《晚清国粹派文化思想研究》,郑师渠著,北京:北京师范大学出版社,1997年版。

《晚清小说史》,阿英著,上海:东方出版社,1996年版。

《晚清学堂学生与社会变迁》,桑兵著,上海:学林出版社,1995年版。

《汪晖自选集》,汪晖著,桂林:广西师范大学出版社,1997年版。

《汪康年:从民权论到文化保守主义》,廖梅著,上海:上海古籍出版社2001年版。

《王晓明自选集》,王晓明著,桂林:广西师范大学出版社,1997年版。

《文论十笺》,程千帆著,哈尔滨:黑龙江人民出版社,1983年版。

《文史通义》,章学诚著,沈阳:辽宁教育出版社,1998年版。

《文学术语词典》,[美]M.H.艾伯拉姆斯著,北京:北京大学出版社2009年版。

《文学语言与文章体式——从晚清到"五四"》,夏晓虹、王风等著,合肥:安徽教育出版社,2006年版。

《文章辨体序说·文体明辨序说》,吴讷、徐师曾著,北京:人民文学出版社,1982年版。

《五四新文化的源流》,陈万雄著,北京:三联书店,1997年版。

《五四运动——现代中国的思想革命》,[美]周策纵著,南京:江苏人民出版社,1996

《现代性的五副面孔》,[美]马泰·卡林内斯库著,顾爱彬、李瑞华译,北京:商务印书馆,2002年版。

《现代性社会理论绪论》,刘小枫著,上海:上海三联书店,1998年版。

《现代中国文学史》,钱基博著,北京:中国人民大学出版社,2004年版。

《想象的共同体——民族主义的起源与散布》,[美]本尼迪克特·安德森著,吴叡人译,上海:上海人民出版社,2003年版。

《新阶级与知识分子的未来》,[美]阿尔文·古尔德纳著,杜维真等译,北京:人民文学出版社,2001年版。

《新文化运动前的陈独秀》,陈万雄著,香港:香港中文大学出版社,1979年版。

《新闻史上的新时代》,胡道静著,上海:世界书局,1946年版。

《杨昌济的生平和思想》,王兴国著,长沙:湖南人民出版社,1981年版。

《意识形态与乌托邦》,[德]卡尔·曼海姆著,黎鸣、李书崇译,北京:商务印书馆,2000年版。

《英国散文的流变》,王佐良著,北京:商务印书馆,1994年版。

《张灏自选集》,[美]张灏著,上海:上海教育出版社,2002年版。

《章炳麟·章士钊·鲁迅》,[日]高田淳著,刘国平译,呼和浩特:远方出版社,1997年版。

《章士钊先生年谱》,袁景华著,长春:吉林人民出版社,2005年版。

《政治秩序与多元社会》,[美]林毓生著,台北:联经出版事业公司,1989年版。

《中国传统的创造性转化》,[美]林毓生著,北京:三联书店,1988年版。

《中国的启蒙运动——知识分子与五四遗产》,[美]微拉·施瓦支著,李国英等译,太原:山西人民出版社,1989年版。

《中国的新闻记者与新闻纸》,张静庐著,上海:现代书局,1932年版。

《中国近百年政治史》,李剑农著,上海:复旦大学出版社,2002年版。

《中国近代思想史论》,李泽厚著,北京:人民出版社,1979年版。

《中国近代文学之变迁·最近三十年中国文学史》,陈子展著,上海:上海古籍出版社,2000年版。

《中国近代学术与思想的系谱》,王汎森著,石家庄:河北教育出版社,2001年版。

《中国散文史》,陈柱著,上海:商务印书馆,1937年版。

《中国散文小说史》,陈平原著,上海:上海人民出版社,2004年版。

《中国思想传统的现代诠释》,[美]余英时著,南京:江苏人民出版社,1998年版。

《中国思想小史》,常乃惪著,上海:上海古籍出版社,2005年年版。

《中国现代思想史论》,李泽厚著,天津:天津社会科学院出版社,2003年版。

《中国新闻发达史》,蒋国珍著,上海:世界书局,1927年版。

《中国新闻事业》,黄天鹏著,上海:上海联合书店,1930年版。

《中国政治思想史》,萧公权著,沈阳:辽宁教育出版社,1998。

四、外文著作类

Lin Yutang, *a History of the Press and Public Opinion in China*. New York: Green Wood Press, 1968.

Liu Kang and Xiaobing Tang ed. *Politics, Ideology and Literary Discourse in Modern China: Theoretical Interventions and Cultural Critique*. Durham: Duke University Press, 1993.

Lydia H. Liu ed, *Tokens of Exchange: The Problem of Translation in Global Circulations*. Durham: Duke University Press, 1999.

Randall Collins. *The Sociology of Philosophies: A Global Theory of Intellectual Change*. Cambridge: Belknap/Harvard, 1998.

Rudolf G. Wagner ed. *Joining the Global Public: Word, Image, and City in Early Chinese Newspaper, 1870—1910*. Albany: State University of New York Press, 2006.

后　　记

　　本书写作时间颇长，一些章节甚至可以追溯到十几年之前。那时的我还是个二十出头的年轻人，正在河大求学。为了应试，我不得不花费大量时间和精力去对付外语和政治，以致变成了中国高校里常见的那种考试动物。许多该读的书没有读，该想的问题未曾想，对做学问而言，根本谈不上什么知识储备——就像一个毫无准备的旅人，赤手空拳便上了路。漫漫长途，竟然支撑到现在，不是因为天生胆大，实在是由于无知者无畏。自然，那时所写的一些文字，其幼稚浅薄也正是无可掩饰也无从掩饰的。之所以厚颜将这些文字收入书中，并非敝帚自珍的意思，而是想时时提醒自己，在知识积累的意义上，我有着一个多么寒酸贫瘠的过去和捉襟见肘的现在。这种知识上的窘迫感和自卑感或许将长久地纠缠着我，但说实话，我已经习惯甚至有些爱上这种感觉。它之于我，仿佛藤野先生的照相之于鲁迅，已经内化为另一个自我，可以在"夜间疲倦，正想偷懒时"，"使我忽又良心发现，而且增加勇气了"（《藤野先生》）。

　　书中的另一些章节，则是博士毕业之后断续写就。这期间做博士后研究，进站、出站，出国访学，忙忙碌碌，难得消停。这些文字大多就来自此类功利性的阅读和写作，背后隐藏着各种出站报告、课题、项目的影子。现在看来，这些文章目的清晰、结构完整，说得上中规中矩，既没有明显的瑕疵，也缺乏另类的个性，如同学术流水线下来的标准工业品，挑不出什么大毛病，但就是少了那么一点儿生气——而这恰恰是我最不能满意的。差可告慰的是，尽管学术研究已经从志业沦为职业，从"荒江野老，两三素心人议论之事"变成了"机械复制时代的艺术作品"，但自忖写作态度尚算谨慎，或者说认真——这虽不能使我靠近真理，但或许可以令我远离荒谬。事实上，我生性疏懒，资质愚钝，耽于空想而怯于行动,是不宜于学术工作的,之所以对"认真"二字多少有所体会,全然得益于众多师长的身教言传。读硕士的时候,曾听过刘思谦师的小说批评课。每当作业发回来,上面圈点勾画、密密麻麻,满是她的批语——把学生的作业当成自己的文章去改,这份耐烦和认真令我至今仍时时想起,难以忘怀。王富仁师一向对学生宽厚有加,但就在离博士论文答辩还有一个月的时候,他在电话里温和而不容质疑地告诉我,论文不可存目,一定要将鲁迅那一章写出来,从而使本想敷衍过关的我度过了有生以来最紧张也最煎熬的一个月,而我也着实领教了他外圆内方的一面。后来在哥伦比亚大学访学,一篇几千字的书评,翻来覆去改了数次,仍然不能让刘禾教授满意,我不禁暗暗叫苦。后来才知道,她对自己的文字其实更苛刻——这真是出乎我的意料。直到这次请序于解志熙师,他的认真再次令我动容。在寄去书稿后不久,他便回复了一封电邮。打开一看,却是二十余条文字待勘之处,整整齐齐地排列着——志熙师不仅将枯燥乏味的书稿细读了一遍,而且还义务代我做了一遍校对!不仅如此,在我将序言转交责编之后,志熙师又陆续发来三个修订版本——其实每次都没有太多改动,只是调整了个别字句和段落,以及记忆不确之处。我知道,在这"快"字当头、讲求效率的时代,志熙师其实是可以不必如此的。

  因此,现在想想自己聊以自慰的所谓"认真",和诸位先生相比,实在不值一哂。或者说,"认真"本来就是我对自己的一种期许或者想象,它如果存在,便是属于未来,或是另一世界。现在要做的,应该是以最谦卑的态度,握紧了笔,写下几个字,给自己一个新的开始。

  本书的出版得到了诸多师长的支持。没有刘增杰老师的宽容,我很难完成博士后阶段的研究工作,本书的部分内容也将永远停留于设想。刘禾、李陀老师的慷慨,使我有游学美国的机会,从而大大拓展了本书的视阈。孙先科老师虽然事务繁忙,仍屡次过问出版事宜,给予许多帮助。河南大学出版社的总编辑张云鹏先生在资源相当紧张的情况下,毅然将本书纳入出版计划,这种对后辈学人的扶掖关怀,也许正是百年河大历经劫难却依然生生不息的原因之一。

再次感谢解志熙师拨冗赐序。长久以来,他的鼓励与支持,如远方的一簇火,使暗夜行路的我有所依恃,忘却畏惧。

最后,还要感谢亦师亦友的责任编辑谢景和先生,没有他的帮助,就没有这本书。

孟庆澍

2010 年 10 月 11 日夜,于河大仁和屯寓所